上海文化發展基金會資助項目

陸錫熊集

〔清〕陸錫熊 撰
許雋超 李嘉瑤 點校

上
上海古籍出版社

圖書在版編目(CIP)數據

陸錫熊集 /（清）陸錫熊撰；許雋超,李嘉瑤點校. —上海：上海古籍出版社,2022.11
ISBN 978-7-5732-0450-9

Ⅰ.①陸… Ⅱ.①陸…②許…③李… Ⅲ.①古典文學—作品綜合集—中國—清代 Ⅳ.①I214.92

中國版本圖書館CIP數據核字(2022)第177143號

陸錫熊集

（全二册）

［清］陸錫熊 撰

許雋超 李嘉瑶 點校

上海古籍出版社出版發行

（上海市閔行區號景路159弄1-5號A座5F 郵政編碼201101）

(1) 網址：www.guji.com.cn

(2) E-mail：guji1@guji.com.cn

(3) 易文網網址：www.ewen.co

啓東市人民印刷廠印刷

開本890×1240 1/32 印張26.375 插頁8 字數638,000

2022年11月第1版 2022年11月第1次印刷

印數：1—1,300

ISBN 978-7-5732-0450-9

I·3653 定價：128.00元

如有質量問題,請與承印公司聯繫

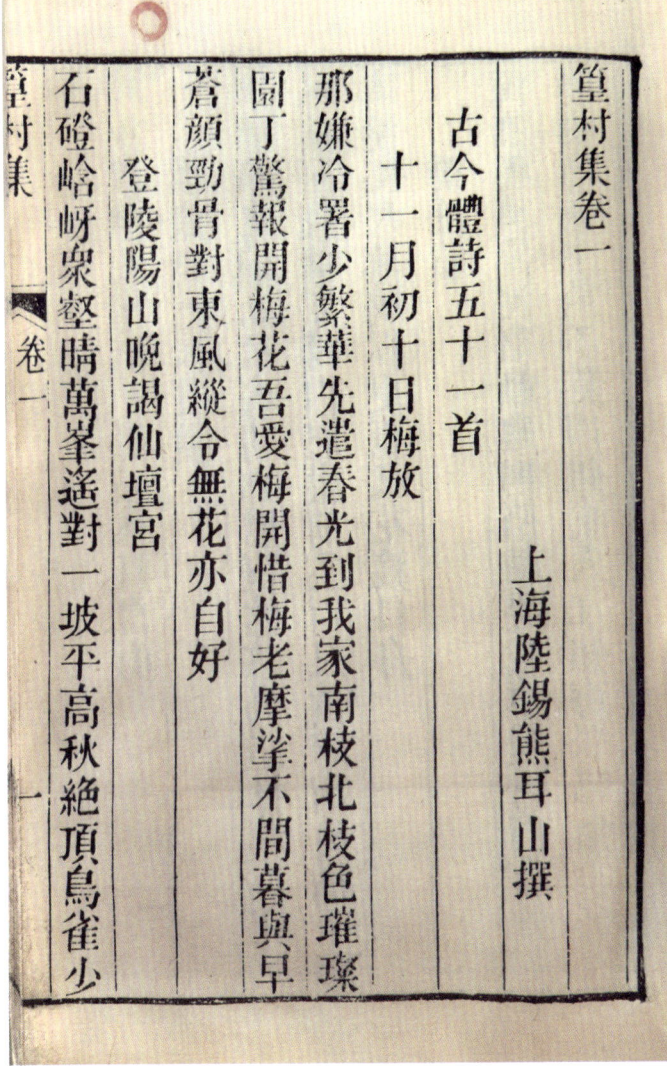

道光二十九年刻本《篁村集》書影

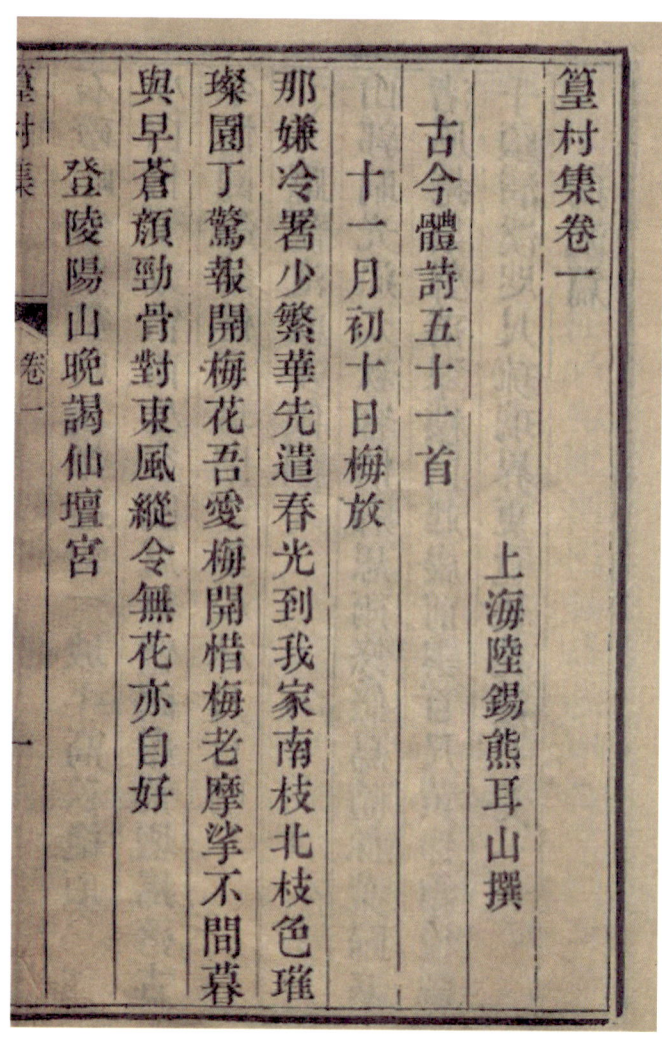

嘉慶十三年刻本《篁村集》書影

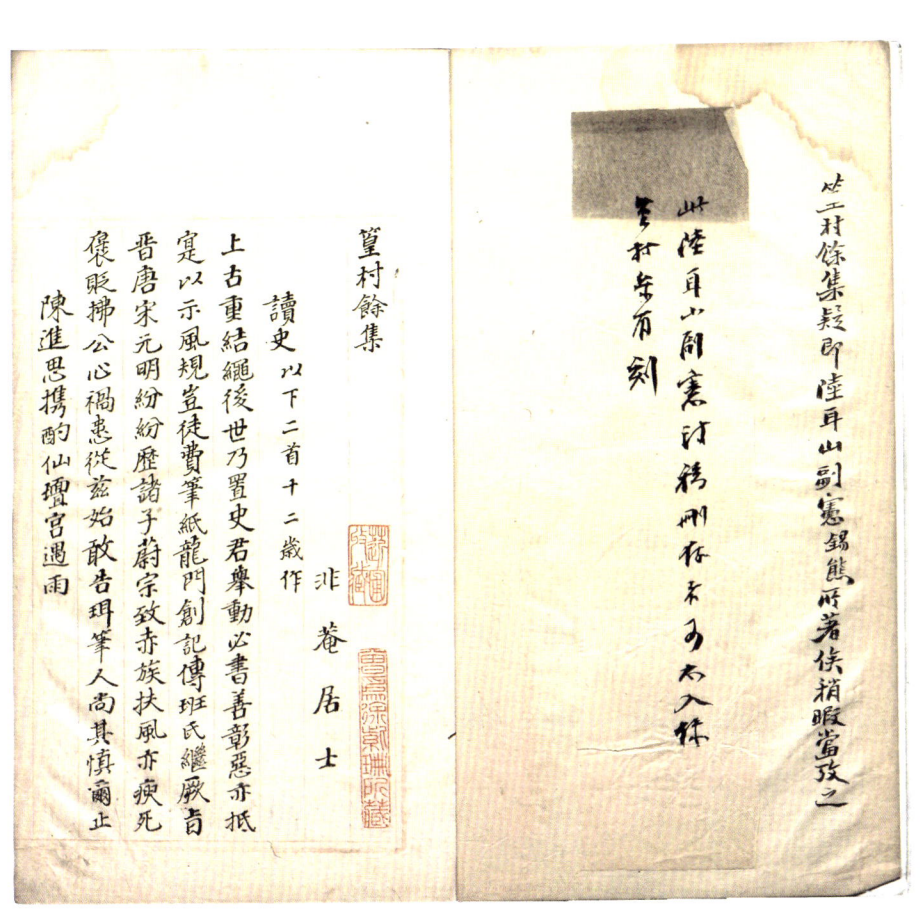

南京圖書館藏陸錫熊《篁村餘集》鈔本

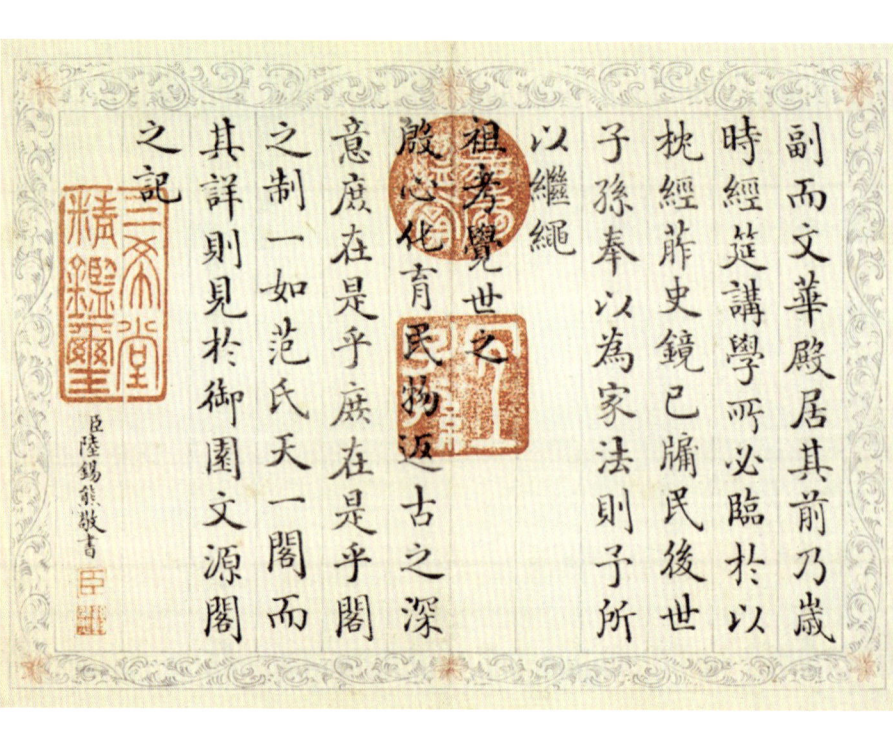

故宫博物院藏陆锡熊书《御制文渊阁记》手跡

前　言

　　清代是中國傳統文化的總結期。乾隆三十八年（1773）春，《四庫全書》館開，大學士劉統勳薦紀昀、陸錫熊司總纂，碩彦雲集，樸學大盛。紀、陸合撰的《四庫全書總目》，辨章學術，考鏡源流，集中國古典目錄學之大成。陸錫熊"考字畫之譌者，卷帙之脱落者，篇第之倒置，與他本之互異，是否不謬於聖人，及晁公武、陳振孫諸人議論之不同。總撰人之生平，撮全書之大概，凡十年書成，論者謂君之功爲最多"（王昶語）。陸錫熊以博洽通儒，領袖《四庫》書局，名望遜於紀昀，亦乾嘉學派巨擘之一。

　　陸錫熊，字健男，號耳山，江蘇松江府上海縣人。雍正十二年（1734）十二月初二日生。乾隆二十四年（1759）舉人，二十六年進士，次春南巡召試一等，授中書舍人，繼入軍機處。三十八年八月，以撰《提要》稱旨，由刑部郎中改授翰林院侍讀，五遷至都察院左副都御史。以出關校覈文溯閣《四庫全書》，五十七年二月二十五日，病殁於奉天。著有《寶奎堂集》《篁村集》，纂輯《陵陽獻徵錄》《婁縣志》等。事具王昶《誥授通奉大夫都察院左副都御史陸公墓誌銘》（下簡稱《陸公墓誌銘》）。

陸氏爲華亭舊族。元末陸子順，析居上海馬橋，五傳至陸深，弘治十八年（1505）進士，由翰林院編修，仕至詹事府詹事，文章翰墨，蜚聲海内。屢爲權臣所忌，歸田營後樂園於浦東陸家嘴，是爲陸錫熊七世從祖。高祖陸起鳳，明天啓元年（1621）副榜，購日涉園於縣治南，以奉其親。曾祖陸鳴球，廪監生，平居日事編纂，與兄鳴玉、鳴珂，時稱"三鳳"。祖陸瀛齡，雍正元年（1723）拔貢，學行兼優，壯歲橐筆佐幕，晚官安徽石埭縣教諭。父陸秉笏，乾隆六年（1741）舉人，克敦孝行，博涉經史。先世芸香世守，著述不輟，至陸錫熊總纂《四庫》，位列九卿，愈大昌門楣。陸錫熊外祖曹一士，爲陸瀛齡里中摯友，雍正八年進士，翰林院編修、山東道監察御史，政事文章，朝野欽挹。母曹錫淑，繼母曹錫堃，持家教子，不廢吟詠，洵一門風雅。

陸錫熊髫齔受詩學、經史於母氏，有神童之目。七齡就傅，十齡喪母，年十二隨父依乃祖石埭學署，翌歲習作，既有根柢。年十六，輯《陵陽獻徵録》，搜佚燭幽，評騭古今人物，具良史才，爲異日簪筆蘭臺之張本。陸瀛齡司鐸十載，致仕攜孫歸，埭人歎其貧，則曰："宦囊在孫腹矣。"越歲陸錫熊補諸生，旋肆業省城紫陽書院，得與吴中師友切磋往還。至二十八歲捷南宫，次年珥筆彤廷，與參密勿，才幹得以發抒，遂無負所學矣。

陸錫熊服官幾三十年，歷膺清要，疊荷聖恩，持身一以廉正。嘗典鄉試三，分校會試二，出爲學政一，實心實力，所至號得人。而尤爲同僚推重者，一爲嫻於制草，一爲勤於纂書。爲人恂謹，嗜古成癖，讀書外無他好，不問家人生産，乾隆帝贊其"學問好，人正派"。晚益覃心經濟之學，欲見諸施行，不以詞臣自限。顧性頗渾穆，愛惜羽毛，終無緣封疆之寄。紀昀以"生死書叢似蠹魚"自輓,移之陸錫熊,亦頗恰切。

陸錫熊久充文學侍從,奉敕編纂之餘,亦撰有詩文集。惜不及六旬遽歿,生前未遑刻印,亦無小集單行。存世陸錫熊詩文集,已知有刻本、寫本兩類。其中,刻本《篁村集》《寶奎堂集》,各十二卷,均有嘉慶、道光兩種行世。寫本有《篁村餘集》《寶奎堂餘集》《頤齋文稿》三種,皆不分卷。兹就目驗所及,先說刻本,再談寫本,先詩後文,分述如下。

陸錫熊詩集初刻本,牌記題"《篁村集》,凡十二卷,嘉慶戊辰(1808)九月至己巳(1809)四月刻於松江,版藏無求安居"。共四冊,陸慶循嘉慶十三至十四年梓行。雙欄白口單尾,半葉八行,行二十字。陸慶循字秀農,陸錫熊長子,監生,以方略館謄錄議敍州同知。詩編年,卷首冠王昶《陸公墓誌銘》,次"篁村集校刻姓氏",列"厚誼佽助"之"同里諸君"九人。次"篁村集目錄",多處有陸錫熊"原序"。目錄後附陸慶循題識,嘉慶十四年長至日作。正文共錄古今體詩七百二十二首,卷末附詞二十一闋。

詩集重刻本,牌記題"《篁村詩集》,道光己酉(1849)仲秋,孫男成沅謹重刊"。共四冊,陸成沅道光二十九年刊刻。雙欄白口單尾,半葉九行,行二十一字。成沅字芷泉,陸錫熊孫,監生,仕至河南懷慶知府。卷首"篁村集目錄",正文仍題"篁村集",共錄古今體詩七百二十二首,附詞二十一闋。卷末補陸錫熊佚詩二首及陸成沅短跋,另附陸慶循、陸成沅兩跋,以述原委。陸慶循跋,即嘉慶本目錄後題識移置而來。

道光重刻本《篁村集》,除新增佚詩兩首及陸成沅跋,收詩與嘉慶初刻本同,編排上有所調整。嘉慶本卷四爲"席帽稿",卷五"席帽稿"雜"橐中稿",卷六"橐中稿",錄詩各爲七十四、七十七、六十八首,篇幅較均匀。道光本卷四至卷六,錄詩一百十一、五十一、五十七首，將"席帽稿"統歸卷四，卷五卷六均分"橐中稿"，更尊重陸錫熊原稿小集之起訖。嘉慶本卷十二，收陸錫熊最後七年詩，生前未遑編定，故陸慶循刊刻時無小集名，目錄前亦無小序。道光二十九年，陸成沅重刻《篁村集》時，標卷十二爲"篁村賸稿"，目錄前增入陸慶循小序。

道光本《篁村集》，還訂正了嘉慶本十餘處誤字。如道光本卷五《發富莊驛大風雨作歌》詩，"東衢西衖斷行人"句，嘉慶本誤"衖"爲"術"；卷六《潯陽夜雨》詩，"散絲穿密幌"句，嘉慶本誤"幌"爲"愰"。嘉慶本是而道光本反訛者，亦有數處。如嘉慶本卷二《中秋夜碧梧草堂玩月歌》詩，"池館嗟非去年埒"句，道光本誤"埒"爲"捋"。總體而言，在編排、校勘上，道光重刻本優於嘉慶初刻本。

陸錫熊文集初刻本，牌記題"《寶奎堂集》，凡十二卷，嘉慶庚午（1810）秋刻於松江，版藏無求安居"。共四册，陸慶循嘉慶十五年付梓。雙欄白口單尾，半葉九行，行二十一字。卷首嘉慶九年吳錫麒序，後爲"寶奎堂集目錄"。正文分體排列，首制草、經進文，殿尾爲代作，共文一百一篇。卷末有陸慶循跋，並綴有"孫成鈺器人謹錄"字樣，成鈺爲陸慶循子。按，陸慶循跋自言"僅輯成《寶奎堂集》十二卷"，嘉慶刻本《篁村集》目錄後陸慶循跋，云"其餘諸稿，尚未徹編，而先子遽捐館舍"。知陸錫熊生前未能編定文集。

文集重刻本，牌記題"《寶奎堂文集》，道光己酉（1849）仲秋，孫男成沅謹重刊"。共十二卷，四册，陸成沅道光二十九年重刻，版式全同初刻本。卷首嘉慶九年吳錫麒序，道光二十九年嚴良訓、俞長贊、周爾墉、吳式芬四序，王昶《陸公墓誌銘》文。以及"寶奎堂文集原校姓氏"十三人，"重刊寶奎堂遺稿全集續校姓氏"九人，"寶奎堂集目錄"。正文分體排列，亦錄文一百一篇，同嘉慶初刻本。

道光重刻本《寶奎堂集》，除較之嘉慶初刻本，增嚴良訓等四人序，將嘉慶本卷首王昶《陸公墓誌銘》文移來外，排序亦有調整。嘉慶本卷五"策問"，有《乾隆三十六年會試策問一首劉文正公命作》《乾隆三十七年會試策問五首劉文正公命作》兩篇。道光本卷十一、十二爲"代作"，移此二篇至卷十一，編排劃一。道光本文字亦多有刪節。如嘉慶本卷三《爲在京漢官奏謝開科蠲漕二恩劄子》，道光本刪去文題"二恩"兩字；嘉慶本卷六《爲示諭事》，道光本改爲《曉諭諸生示》，刪去嘉慶本開篇"示諭諸生"四字，及文末"特諭"二字，更簡練通暢。

在文字校勘上，道光本亦有所訂正。如嘉慶本卷首吳錫麒序，"得以雍容揄楊"，道光本改"楊"爲"揚"，兩字通，道光本更規範。又如，嘉慶本卷一《聖駕四詣盛京恭謁祖陵禮成恭進樂府謹序》，"歡心允恰"，道光本改"恰"爲"洽"，是。道光本重梓時，亦新增數誤。如嘉慶本卷九《浙江提督喬東齋祭文》，"牆頭過酒""我翁听然"二句，道光本譌爲"將頭過酒""我翁昕然"，手民之誤，在所不免。總之，道光重刻本《寶奎堂集》，新增四序，編排更合理，文字更準確賅練，雖有新增譌字，總體上仍較嘉慶初刻本爲優。

陸錫熊詩文集寫本，已知有《篁村餘集》《寶奎堂餘集》《頤齋文稿》三種。詩集《篁村餘集》，不分卷，兩冊，南京圖書館藏，定爲稿本。紅格雙欄白口單尾，半葉八行，行二十字。正文上冊首葉，書名下署"非菴居士"，旁鈐"茞圃收藏""曾爲徐紫珊所藏"朱文長方印。徐渭仁號紫珊，嘉道間上海人。扉頁有民國間劉之泗題識兩則，其一："《篁村餘集》，疑即陸耳山副憲錫熊所著，俟稍暇當考之。"其二："此陸耳山副憲詩稿刪存本，可不入錄，《篁村集》有刻。"按，劉之泗僅定是書爲陸錫熊撰，未

· 5 ·

言是稿是鈔。其首尾皆一人硬筆工寫，除題頭鈐若干"存"字朱印外，無一處點竄增刪，謄寫痕跡宛然。其中，《楝鄂孺人節烈詞》一詩，"琰"字爲空，避嘉慶帝諱，顯非陸錫熊稿本，定爲鈔本，是符合實際的。

鈔本《篁村餘集》，共錄詩二百十首，詞五闋，其中三十九首詩，題頭鈐"存"字朱文圓印，已爲嘉慶初刻本《篁村集》收錄。嘉慶本目錄後陸慶循跋有云：

> 循自少里居，乾隆戊戌，始得趨侍都門，即請校輯全稿，不許。辛亥之春，乃手自編次，曰《陵陽前稿》，曰《東歸稿》，曰《陵陽後稿》，爲往來石埭少作。曰《浴鳧池館稿》，則自歸里後至舉鄉所作；曰《席帽稿》，則通籍時所作。又以庚寅典試廣東所作，編爲《橐中稿》；乙巳楚遊之作，編爲《雪颿稿》。各撰小序，列之首簡。

> 其餘諸稿，尚未徹編，而先子遽捐館舍，頓遭外侮，遺書且幾散盡。而是稿以叢雜幸存，循攜歸校勘，謹錄成《篁村集》十二卷。通籍以前，仍依原次作四卷。自壬午抵京入直，至庚寅九年，合以《橐中稿》，凡得二卷。自辛卯至癸卯十三年，凡得三卷，次以《雪颿稿》二卷。自丙午至壬子七年，僅存詩一卷，而以詩餘附之。統以年次編排，錄所編諸稿小序於目錄中，以誌首澤。合存詩凡八百餘首，核平生所作，十尚不得五六，當再蒐考，以成續編。

據此，《篁村集》前十一卷，即《陵陽前稿》至《雪颿稿》，爲陸錫熊歿前一載（乾隆五十六年春）"手自編次"。鈔本《篁村餘集》所錄詩，多在乾隆五十年（乙巳）前，與《雪颿稿》時間基本吻合。或陸錫熊生前從《篁村餘集》選出三十九首，另鈔成詩稿定本。陸慶循於父殁後,將此定本"攜歸校勘,謹録成《篁村集》十二卷",既云"録成",知未作删削。

陸慶循復云:"核平生所作,十尚不得五六,當再蒐考,以成續編。"倘嘉慶刻本付梓前,陸慶循得此《篁村餘集》,當將删賸之作,彙爲外編,綴於書末,以存先人心血。且如《篁村集》卷末《唐多令》乃豔詞,皆照録不删,《篁村餘集》末附五詞,多師友題贈,焉有棄之之理!陸慶循據其父詩稿定本,刊成《篁村集》前十一卷,殿以殁前七年詩,付梓時,《篁村餘集》並未寓目。道光重刻本《篁村集》,僅新增佚詩兩首,知陸成沅亦未得見《篁村餘集》。

鈔本《篁村餘集》所選三十九詩,與刻本《篁村集》對照,文字互有勝處。鈔本譌而刻本是者,如刻本卷三《七夕和韻》詩,"驪山劍閣兩嵯峨"句,鈔本誤"兩"爲"雨"。鈔本是而刻本誤者,如鈔本《恭和御製題文津閣元韻》詩,"千輛載來欽日課"句,自注:"《四庫》各書,繕本送山莊者,計數千册,排日呈覽,俱蒙隨時鑑別訛謬,指示無遺。"刻本"各書"作"全書",二者皆通,細味之,仍以鈔本爲是,刻本有妄改之嫌。總之,鈔本《篁村餘集》内容,在刻本《篁村集》之先,陸慶循、陸成沅皆未見此鈔本。至於南京圖書館所藏《篁村餘集》,或爲後世過録本,非乾嘉間舊鈔本。乾嘉間舊鈔本所依據的,應即陸錫熊手訂稿本。

陸錫熊文集寫本《寶奎堂餘集》,不分卷,上下兩册,南京圖書館藏,上册著録爲鈔本,下册著録爲稿本。上册書衣題"寶奎堂餘集上","此書徐紫珊舊藏。下册書衣題字,疑亦出先生手書,兹重摹補上册之首。癸亥夏五,偶檢群書識此。貴池劉之泗"。癸亥即民國十二年(1923)。扉頁李詳跋語兩則,册尾劉之泗跋語兩則,皆署癸亥六月。正文版式全同《篁村餘集》,首篇題下，鈐"曾爲徐紫珊所藏"朱文長方印。下册書衣兩重，題"寶奎堂集""寶奎堂餘集"，首篇題下亦鈐"曾爲徐紫珊所藏"印，册尾鈐"公魯校讀"白文方印。兩册皆一人硬筆工寫，筆跡與《篁村餘集》同，亦應定爲鈔本，且爲後世過録本。其不避"顒""琰"二字，所據或即陸錫熊稿本，抑或乾隆間舊鈔本。

鈔本《寶奎堂餘集》，共録文九十二篇，其中二十三篇，題頭鈐"存"字朱文圓印，已爲嘉慶刻本《寶奎堂集》收録。此二十三篇中，刻本、鈔本均有譌字數處，或皆傳鈔、刊刻所致。刻本是而鈔本譌者，如刻本卷八《宫保大學士嘉勇福公平臺述績頌》文，"屬失馭于疆臣"，鈔本誤"疆"爲"彊"。鈔本是而刻本譌者，如鈔本《爲王大臣謝賜蘭亭八柱帖劄子》，"冀勉效夫鑽研"句，刻本卷四誤"勉"爲"免"。與《篁村集》類似，陸慶循、陸成沅刊刻《寶奎堂集》時，亦未見鈔本《寶奎堂餘集》。

寫本《頤齋文稿》，不分卷，現藏國家圖書館，著録爲鈔本，"陸費墀"撰，實乃陸錫熊撰，時賢已辨之甚明。全書未見陸錫熊印記，定爲鈔本，也是妥當的。正文《工部侍郎内大臣三和碑文》，題側鈐"曾爲徐紫珊所藏"朱文長方印，知亦徐渭仁舊藏。《頤齋文稿》共録文八十一篇，與嘉慶刻本《寶奎堂集》重複者二十一篇，與鈔本《寶奎堂餘集》重複者七十九篇。筆跡不一，係多人毛筆工寫，有删改、圈點、眉批及浮籤。正文遇"顒""琰"二字，眉批"御名"或"御名應改"，知批改於嘉慶間，謄鈔或在乾隆末也。

以鈔本《頤齋文稿》與刻本《寶奎堂集》、鈔本《寶奎堂餘集》相同篇目比勘，《頤齋文稿》删改處，《寶奎堂餘集》《寶奎堂集》大多照改。間有刻本未從者，如《頤齋文稿》之《爲王大臣謝賜御製詩三集劄子》，原鈔作"會甲乙丙而包括三才"，批點者改"包括"爲"苞括"，措語更雅馴，《寶奎堂餘集》從之。

《寶奎堂集》仍作"包括",或因疏漏,或以二者詞義本無別也。

《頤齋文稿》譌字較夥,且多形近之誤,《寶奎堂集》《寶奎堂餘集》已訂正。如《頤齋文稿》之《爲王大臣賀平定金川表》,"詎比陰螂","詎"乃"拒"之譌,《寶奎堂集》《寶奎堂餘集》均已改。亦有《頤齋文稿》是,《寶奎堂集》《寶奎堂餘集》非者,如《頤齋文稿》之《宫保大學士嘉勇福公平臺述績頌并序》,"特貴生祠之築",《寶奎堂集》《寶奎堂餘集》皆誤"貴"爲"貢"。要之,以文字比勘結果觀之,《頤齋文稿》應在《寶奎堂餘集》《寶奎堂集》之先。

總之,鈔本《篁村餘集》《寶奎堂餘集》《頤齋文稿》内,皆陸錫熊詩文集早期形態。其中佚作甚多,陸慶循嘉慶間梓行其父遺作時,手中並無此三種鈔本,否則不可能棄而不録。令人不解的是,這三種鈔本的部分内容,已爲刻本所吸收。如陸慶循未經手,謄鈔、批改者又係何人?抑或本陸慶循經手鈔録,倩人批點,且已録出定本。後三種鈔本遺失,付梓時無法補入佚作,遂避而不提了。

蒙上海古籍出版社查明昊先生大力舉薦,責編毛承慈女史悉心覈正,整理本《陸錫熊集》始得面世。業師鍾振振先生寵題卷端,以爲策勵。李嘉瑶從遊十載,與襄搜校,共同署名,以誌墨緣。辛丑冬,雋超識。

整理凡例

一、整理本《陸錫熊集》，正文包括《寶奎堂集》《篁村集》《寶奎堂餘集》《篁村餘集》《陸錫熊詩文補遺》五部分。其中，《寶奎堂集》《篁村集》各十二卷，皆以道光二十九年陸成沅重刊本爲底本。共收文一百一篇，詩七百二十二首，詩餘二十一闋。南京圖書館藏鈔本《寶奎堂餘集》《篁村餘集》，剔除與正集重複者，共收文六十九篇，詩一百七十一首，目録内標出重複篇名。《陸錫熊詩文補遺》收詩三首，文四十三篇，詩餘一闋。本書共收陸錫熊文二百一十三篇，詩八百九十六首，詩餘二十二闋。

二、參校本有：《寶奎堂集》十二卷，嘉慶十五年陸慶循松江無求安居刻本；《篁村集》十二卷，嘉慶十三至十四年陸慶循松江無求安居刻本，校記中皆簡稱"嘉慶本"。國家圖書館藏鈔本陸錫熊《頤齋文稿》，録文八十一篇，與《寶奎堂集》重複二十一篇，與《寶奎堂餘集》重複七十九篇，校記中稱《頤齋文稿》。另，曾燠輯《朋舊遺詩合鈔》，嘉慶十年刻本，卷七録陸錫熊詩二十四首；王昶輯《湖海詩傳》，嘉慶八年刻本，卷二十四録陸錫熊詩二十三首；王昶輯《湖海文傳》，道光十七年經訓堂刻本，錄陸錫熊文四篇。三書所錄，保存陸錫熊詩文早期形態，有校勘價值，取以參校，校記中稱《朋舊遺詩合鈔》《湖海詩傳》《湖海文傳》。

三、附錄釐爲五部分，供研究者采擇。附錄一《晚晴樓詩稿》四卷，詩餘一卷，陸錫熊母曹錫淑撰，《四庫全書存目叢書》收錄，國家圖書館藏清鈔本，計詩三百十五首，詩餘六闋，可覘陸氏家世家學。附錄二傳記方志檔案。附錄三唱酬追悼，大致以撰者年齒爲序，除聯句外，一人未逾四首。附錄四于敏中致陸錫熊札五十六通，以《國家圖書館藏鈔稿本乾嘉名人別集叢刊》所收于敏中手跡爲底本。附錄五序跋提要雜評。底本原闕之字，以□代替。底本所無而需補充之字，加圓括號，以示區別。

總　目

上　册

前言 …………………………………………………………… 1
整理凡例 ……………………………………………………… 1

寶奎堂集 ……………………………………………………… 1
篁村集 ……………………………………………………… 191

下　册

寶奎堂餘集 ………………………………………………… 373
篁村餘集 …………………………………………………… 453
陸錫熊詩文補遺 …………………………………………… 501

附一 晚晴樓詩稿 …………………………………… 541
附二 傳記方志檔案 …………………………………… 617
附三 唱酬追悼 …………………………………………… 653
附四 于敏中致陸錫熊札五十六通 ……………… 707
附五 序跋提要雜評 ………………………………… 739

上册目録

前言 ·· 1
整理凡例 ·· 1

寶 奎 堂 集

寶奎堂集序 吴錫麒 ··································· 3
寶奎堂集序 嚴良訓 ··································· 5
寶奎堂集序 俞長贊 ··································· 7
寶奎堂集序 周爾墉 ··································· 9
寶奎堂集序 吴式芬 ··································· 11
誥授通奉大夫都察院左副都御史陸公墓誌銘 王昶 ····· 13

寶奎堂集卷一
　制草
　　孝聖憲皇后謚册文 ······························ 17
　　和碩誠親王碑文 ································ 18
　　工部侍郎内大臣三和碑文 ························ 19

封土爾扈特舍楞郡王册文 ………………………… 19
　　封土爾扈特沙喇扣肯貝子誥命文 ………………… 20
　　祭河神文 ……………………………………………… 20
　經進文
　　聖駕恭奉皇太后南巡頌 謹序 ……………………… 21
　　聖駕四詣盛京恭謁祖陵禮成恭進樂府 謹序 …… 24

寶奎堂集卷二
　經進文
　　恭慶皇上七旬萬壽樂府 擬上壽曲九章 謹序 …… 27
　　聖駕五巡江浙恭紀 擬康衢問答辭 ………………… 30
　御試文
　　誠無爲論 ……………………………………………… 34
　　擬爵李躬桓榮詔 …………………………………… 35
　　擬循古節儉奏 ……………………………………… 35
　　耗羨有無利弊策 …………………………………… 37

寶奎堂集卷三
　表
　　爲王大臣賀平定緬甸表 …………………………… 39
　　爲王大臣賀平定金川表 …………………………… 41
　　爲總裁進平定準噶爾方略表 ……………………… 42
　　爲總裁進御批通鑑輯覽表 ………………………… 45
　劄子
　　爲在京漢官奏謝開科蠲漕劄子 …………………… 47
　　爲熱河諸生謝設學建廟釋奠落成劄子 …………… 48
　　爲王大臣謝賜清文鑑劄子 ………………………… 50

爲王大臣謝賜御製詩三集劄子 …………………………… 50

寶奎堂集卷四
劄子
爲王大臣謝賜日下舊聞考劄子 …………………………… 52
爲王大臣謝賜蘭亭八柱帖劄子 …………………………… 54
爲王大臣謝賜重刻淳化閣帖劄子 ………………………… 55
爲總裁進評鑑闡要劄子 …………………………………… 56
爲總裁進舊五代史劄子 …………………………………… 57
恭進乾隆三十九年起居注劄子 …………………………… 58
爲軍機大臣議改定郊廟行禮儀注劄子 …………………… 60
爲總裁擬進銷毀違礙書劄子 ……………………………… 61
謝授翰林院侍讀恩劄子 …………………………………… 62
謝授右春坊右庶子恩劄子 ………………………………… 63
謝授侍讀學士恩劄子 ……………………………………… 63
謝授日講起居注官恩劄子 ………………………………… 64
謝補光禄寺卿恩劄子 ……………………………………… 64
謝授都察院左副都御史恩劄子 …………………………… 64
謝賜千叟宴詩劄子 ………………………………………… 65

寶奎堂集卷五
策問
乾隆三十年山西鄉試策問三首 …………………………… 67
乾隆三十三年浙江鄉試策問四首 ………………………… 70
乾隆三十五年廣東鄉試策問三首 ………………………… 73

寶奎堂集卷六

示
- 曉諭諸生示 …… 76
- 申諭釐剔弊源以重關防以端習尚示 …… 77
- 考試古學示 …… 79
- 飭禁書寫俗文別字以正小學示 …… 80

賦
- 召試觀回人繩伎賦 …… 81
- 蟭螟賦 以"巢於蚊睫，其細已甚"爲韻 …… 82
- 觀穫圖賦爲陳碻庵作 …… 84

論
- 二陸論 …… 84
- 裴行儉知人論 …… 86
- 漢景帝論 石埭少作 …… 87
- 唐太宗論 石埭少作 …… 88
- 唐武后論 石埭少作 …… 90

寶奎堂集卷七

序
- 山西鄉試錄後序 …… 92
- 浙江鄉試錄後序 …… 94
- 廣東鄉試錄序 …… 95
- 全閩試牘崇雅篇序 …… 96
- 徐麗六朗齋吟稿序 …… 97
- 蒔花居詩存序 …… 98
- 竹濤遺集序 …… 99
- 傷寒論正宗序 …… 100

補陳壽禮志自序 石埭少作 ································ 101
　　石埭縣志糾謬自序 石埭少作 ···························· 101

寶奎堂集卷八
　跋
　　李柳溪自紀跋 ··· 103
　　周禮讀本跋 石埭少作 ···································· 104
　記
　　佛龕記爲江畹香作 ·· 105
　啓
　　三元喜譴徵詩啓 ·· 106
　書
　　擬劉勰以文心雕龍取定沈約書 石埭少作 ········· 107
　贊
　　六世從祖小山先生遺像贊 ······························ 108
　擬箴
　　擬屏箴 并序 石埭少作 ···································· 109
　頌
　　宮保大學士嘉勇福公平臺述績頌 并序 ············ 109
　擬制
　　戲擬封橫行介士郭索爲醉鄉侯制 ···················· 112

寶奎堂集卷九
　壽序
　　錢嶼沙師七十壽序 ·· 114
　　王母吳太夫人八十壽序 ·································· 116
　　孫封翁李太夫人雙壽序 ·································· 118

· 5 ·

沈太守砥亭六十壽序……………………………… 120
李果亭六十壽序…………………………………… 122
祭文
浙江提督喬東齋祭文……………………………… 123
張太夫人祭文……………………………………… 124
傳
湯亮孫傳 石埭少作……………………………… 125
喬松老人傳………………………………………… 127
陶然黃君家傳……………………………………… 128
喬母張夫人家傳…………………………………… 129
墓誌銘
榮祿大夫都察院左都御史朱公墓誌銘…………… 131
通議大夫妙正真人龍虎山上清宮四品提點婁公墓
誌銘……………………………………………… 133
節孝汪母王孺人墓誌銘…………………………… 135
文林郎婺源縣儒學教諭王公墓誌銘……………… 137
中憲大夫工部營繕司員外郎朱公墓誌銘………… 139
贈奉直大夫太學生古存黃公墓誌銘……………… 140
贈淑人亡室朱淑人墓誌銘………………………… 141

寶奎堂集卷十
炳燭偶鈔二十九條………………………………… 144

寶奎堂集卷十一
代作
平定兩金川大功告成頌 謹序 代袁清恪公作 ……… 160
恭慶皇上七旬萬壽詩 謹序 代阿文成公作 ………… 164

聖駕五巡江浙序 代阿文成公作 …………………… 167
御製全韻詩跋 代于文襄公作 …………………… 169
乾隆三十六年會試策問一首 劉文正公命作 …………… 171
乾隆三十七年會試策問五首 劉文定公命作 …………… 172

寶奎堂集卷十二
代作
光禄大夫贈太保武英殿大學士文襄舒公墓誌銘
　　代于文襄公作 …………………… 175
光禄大夫贈太子太傅文淵閣大學士文定劉公墓誌銘
　　代于文襄公作 …………………… 180
光禄大夫贈太子太保户部尚書文莊王公墓誌銘
　　代于文襄公作 …………………… 183
榮禄大夫吏部右侍郎加尚書銜恭定吴公墓誌銘
　　代于文襄公作 …………………… 186
重建慈度菴碑記 代常州太守金蒔庭作 ………… 188

篁　村　集

篁村集卷一
　陵陽前稿 余初就塾時，先慈太夫人即口授漢魏古詩，多能成誦。十歲，先祖通議府君任石埭學博，余從之官，先祖於課經餘暇，令誦唐宋諸家詩，心輒好之，始學爲吟咏，而以有妨舉業，亦不多作，草稿久已不存。昨讀禮歸家，偶從敗簏中檢得數章，多先祖以丹黄批抹，手澤如新，泫然流涕，因録之爲《陵陽前稿》。石埭博士官舍在陵陽山麓，漢竇子明登仙處也。[一]

―――――――
［一］底本目録的小集名、小序，底本正文闕如。未作劃一，以存原貌。

古今體詩五十一首
　　十一月初十日梅放·················193
　　登陵陽山晚謁仙壇宮···············193
　　躍龍池縱步限韻···················194
　　獨漉篇···························194
　　短歌行···························194
　　出自薊北門行·····················194
　　捉搦歌···························195
　　企喻歌···························195
　　猛虎行···························195
　　行路難···························195
　　次韻送卞憲斯歸鑾江···············196
　　漫興·····························196

東歸稿 余年十七，先祖命歸里應童試，未售。培心顧丈爲余姑之夫，留余讀書海濱者一年，存詩數首，録之爲《東歸稿》。
　　舒溪歌别卞大與升···············196
　　寄别卞二憲斯···················196
　　别陳凌九·······················196
　　寄别王松巖·····················197
　　横塞灘·························197
　　桃花潭·························197
　　涇縣···························198
　　青弋江·························198
　　芮家嘴·························198
　　高淳河 是日立夏···············198
　　結交行贈張子奕蘭···············199
　　方廣庵訪道源不值···············200

壬申立春日試筆 ················· 200
余有埭行舟抵金閶矣僕忽痁疾水道復涸買舟仍返漫成
　此章 ····················· 200
舟中曉發 ···················· 200
秋日雜興三首 ·················· 201
雜興 ······················ 201

陵陽後稿 歲壬申，余復自里中赴石埭，居一年而先祖通議府君致仕歸，余隨侍還家，存詩若干首，爲《陵陽後稿》。

山城 ······················ 201
憶遠曲 ····················· 202
焙茶詞 ····················· 202
寄張子奕蘭 ··················· 202
折楊柳 ····················· 203
春江花月夜 ··················· 203
瓶中梅影 ···················· 203
相逢行 ····················· 203
放歌行 ····················· 203
團扇郎 ····················· 204
曉入後圃見落花 ················· 204
雨中作 ····················· 204
長歌行 ····················· 204
雪潭 ······················ 205
魚龍洞 ····················· 205
癸酉夏日將自埭上旋軫敝廬與同學諸君子別爰賦二律
　以贈 ····················· 205
培心堂夜集即席賦呈古心吳丈兼送入都謁選 ······ 206

篁村集卷二

浴鳧池館稿上 余自癸酉歲，從先祖父通議府君歸里，越明年，補博士弟子員。旋肄業紫陽書院，數往來吳門，與四方賢士大夫遊，吟壇酒社，更唱迭和，所得篇什稍多。迄己卯舉於鄉，蓋先後里居者六年，存詩若干篇，輯爲二卷。浴鳧池館者，余家園水榭，少日讀書處也。

古今體詩六十二首

雜詩	207
夜雨簡奕蘭	208
中秋夜碧梧草堂玩月歌	208
有憶次徐玉崖韻	209
神弦曲	209
鳳雛曲	209
主客行	210
送劉介亭先生按察福建	210
秋夜懷張大奕蘭因呈東皋諸子	211
鼎寶堂歌呈學使李晉寧先生	211
題問雲詞十二首	212
春草次徐玉崖韻	213
讀史漫興	213
戲鴻堂石刻歌	214
舟宿白蓮涇得吳大沖之見懷作即用韻卻寄	214
旅舍對酒	215
袁崧墓	215
永定寺	215
巽龍菴看秋色	215
送歸昇旭歸常熟	216
寄施硯齋甘肅	216

飲芭蕉露和點雲夫子 ································· 216
哭顧甥六吉 ······································· 217
清明後三日同人集青蓮禪院文讌即席賦句 ··············· 217
題友人探梅小影 ··································· 217
丹鳳樓秋集 ······································· 218
荷珠 ··· 218
雜興二首 ··· 218
贈陳雲村時讀書申江書院 ··························· 219

篁村集卷三
浴鳧池館稿下
古今體詩六十二首
題談秋帆師飛仙圖 ································· 220
題葉二藥岑觀穫讀書圖 ····························· 221
友仙亭 ··· 221
東菴 ··· 221
題東佘蔣氏別業 ··································· 222
寄沅江吳古心明府 ································· 222
哭族父西崖先生六首 ······························· 222
讀史雜感 ··· 223
雨中入中峰寺坐水明樓成二絕句即次念亭上人韻 ········· 223
蔣大芝巢蔣二琴山招陪沈歸愚宗伯彭芝庭司馬及諸同
　　學集繡谷送春歌 ······························· 224
春郊射獵圖爲蔣蟠猗賦 ····························· 224
青瑤池館夜集分賦得石字 ··························· 224
遂初園歌賦呈拙菴吳丈 ····························· 225
和少華竹嶼病起相晤曇華閣之作 ····················· 225

寄内絕句……………………………………………… 226
過德雲菴贈蕙園上人…………………………………… 226
七夕和韻………………………………………………… 227
登橫雲山放歌 丁丑李學使歲試作 ……………………… 227
聞木樨香有作 同前歲試作 ……………………………… 228
北城對月懷藥岑因寄…………………………………… 228
寄施上舍光祖廣西……………………………………… 229
過古香園夜飲有懷……………………………………… 229
飛鴻堂印譜歌…………………………………………… 229
春日雜感三首…………………………………………… 230
遊橫雲山同陳雲村孫筠亭分賦得五古………………… 230
題晉陽申五兆定山樓聽雪圖即送其省覲杭州………… 231
題陳研齋竹磵清吟圖…………………………………… 231
雪蕉……………………………………………………… 231
賦得絲蓴 戊寅李學使科試作 ……………………………… 232
過飲朱菜山齋頭即席賦謝……………………………… 232
題王石泉小影…………………………………………… 232
春日感懷口占示內子二律……………………………… 232

篁村集卷四

席帽稿 余己卯鄉試，獲供禮部，庚辰計偕入都磨勘，殿一舉，因館莊邸者一年。辛巳成進士，六月歸里，會聖駕南巡，獻賦行在所，蒙恩召試，授中書舍人，遇缺即補。壬午六月，抵京入直。前後三年，存詩數十首，都爲一卷，曰《席帽稿》。

古今體詩一百十一首

鄉試月印萬川 得川字 ……………………………… 234
爲閭邱秀凡壽…………………………………………… 234

皇姑寺……………………………………………… 235

石景山……………………………………………… 235

潭柘岫雲寺四首…………………………………… 235

姚少師影堂………………………………………… 236

渡渾河……………………………………………… 236

戒壇千佛閣………………………………………… 236

寄内子札意猶未盡續得二十八字………………… 237

贈王曉園户部……………………………………… 237

會試賢不家食 得同字……………………………… 238

御試五月鳴蜩 得清字……………………………… 238

爲朱錫田壽………………………………………… 238

玉峰阻風四首……………………………………… 239

除日吳門舟次用東坡臘日遊孤山訪惠勤詩韻賦呈龍
　華大兄………………………………………… 239

舟中咏冰次東坡聚星堂雪韻即用其體…………… 240

澄江晤金韻言即送其從劉學使之淮上…………… 240

湑墅除夕絶句三首………………………………… 240

贈張默存同年……………………………………… 241

蓉江道中懷人絶句二十六首……………………… 241

召試江漢朝宗 得宗字……………………………… 243

恭和聖製自金山放船至焦山用東坡韻…………… 243

恭和聖製初登金山元韻…………………………… 244

恭和聖製題釣魚臺元韻…………………………… 244

恭和聖製維揚懷古元韻…………………………… 244

贈凌雷州竹軒丈…………………………………… 245

題陳研左荷香小影………………………………… 246

題朱紹庭江樓春曉圖……………………………… 247

爲家觀察兄屺亭壽…… 247

爲都運葉東壺先生壽…… 248

答薛茂才…… 248

題畫…… 248

贈朱三菉山…… 249

題沈砥亭太守勸農圖…… 249

嘉平下浣讀趙璞函同年送弟禮叔南歸之作根觸羈愁茫茫
　交集援毫率和情見乎詞既以贈別并寄示故鄉諸子…… 250

送范大申如之官廣東…… 250

題施秋水紅葉西村夢影…… 251

題慧公上人照…… 251

題趙甌北同年耘菘圖即送出守鎮安…… 252

賦得桂林一枝 得丹字 浙闈主試擬作 …… 252

戹蹄發京師馬上有作…… 253

木蘭扈從二十首…… 253

木蘭行帳有惠酒蟹者賦此謝之…… 255

篁村集卷五

橐中稿一 庚寅五月，余以宗人府主事，奉命偕簡戶部昌璘典廣東鄉試。六月四日出都，十一月還朝，往返半載，途中得詩百餘首。取《史記·陸生傳》語，名之曰《橐中稿》。

古今體詩五十一首

涿州與祝芷塘編修別時編修使蜀…… 256

毛萇故里…… 256

河間不得見劉二桐引賦此卻寄…… 257

發富莊驛大風雨作歌…… 257

自德州至恩縣作…… 257

桐城驛望東阿諸山	257
東阿舊縣雨宿	258
東平道中即目	258
次汶上作	258
兗郡寄家人並懷後園草木四首	258
庚辰上春官偕同年王丈延之宿中山店題詩逆旅壁間今重過其地而王丈下世已五年矣愴然續題即用前韻	259
韓庄閘口望微山湖	259
徐州渡河	259
彭城詠懷古蹟三首	259
門人孫孝廉岳灝送我於河堤詩以示之	260
傷徐超亭教授	260
臨淮廢縣	260
濠梁雜詩三首	260
定遠靖國公祠	261
合肥龔端毅公故宅	261
北峽關見錢香樹司寇山行題壁詩即次其韻同玉亭農部作	261
翌日發桐城復倒押前韻邀玉亭農部和	262
潛山道中愛其風景清絶漫成一律	262
小池驛書壁二首	262
自潛山至太湖山行雜書所見四首	263
將至楓香驛道旁有古松一株奇矯特甚爲贈一絶	263
黃梅即事	264
初抵江口	264
渡潯陽江	264
登琵琶亭作	264

潯陽夜雨 ･･ 264
出九江南門上廬山麓 ･･････････････････････････ 265
東林寺用陽明山人壁間石刻詩韻 ････････････････ 265
三笑堂 ･･････････････････････････････････････ 265
西林寺 ･･････････････････････････････････････ 266
南唐後主祠 在圓通寺 ････････････････････････････ 266
望天池不得登有作 ･･････････････････････････ 266
廬山謠九江道中作 ･･････････････････････････ 266

篁村集卷六

橐中稿二
古今體詩五十七首
題德安縣清泉亭 ････････････････････････････ 268
安義山中紫薇花最盛田家以編籬落爛漫彌目戲題
一絕 ････････････････････････････････････ 268
奉新夜宿題徐氏樓壁 七月初三日 ･･････････････････ 269
抵高安 ･･････････････････････････････････････ 269
誰家 ･･ 269
贈臨江李匯川太守 ････････････････････････････ 269
臨江吸川亭舊傳王荊公生處感題二絕 ･･････････ 269
新淦江上二首 ････････････････････････････････ 270
周公瑾墓下作 在新淦 ･･････････････････････････ 270
峽江七夕 ････････････････････････････････････ 270
過吉水丞張君官舍題贈二首 張同里人 ･･････････ 270
吉安喚渡二首 ････････････････････････････････ 271
廬陵文信公祠 ････････････････････････････････ 271
吉州雜題四首 ････････････････････････････････ 271

苦熱十六韻 七月十一日泰和道中作 ……………… 272
御巷 在泰和，宋隆祐太后避金兵過此 ……… 272
萬安縣 …………………………………………… 272
一滴菴小坐 ……………………………………… 272
發烏兜驛行三十里天始明 ……………………… 273
贛州道中二首 …………………………………… 273
同年衛松崖明府惠儲茶一器賦贈 ……………… 273
登八境臺 ………………………………………… 274
下金雞嶺渡芙蓉江抵南康縣城作 ……………… 274
過大庾嶺 ………………………………………… 274
曲江舟次柬廣州趙雲松太守 …………………… 275
定圃中丞監臨試事闈中次法陶菴先生壁間石刻詩韻見
　示依次奉呈 …………………………………… 275
奉和定圃中丞中秋即事用陶菴先生元韻 ……… 275
八月十六日試院夜集賦呈分校諸君二首 ……… 275
填榜口號 ………………………………………… 276
鹿鳴宴畢疊次前韻賦呈定圃中丞二首 ………… 276
翁覃溪學使招登鎮海樓遊六榕光孝二寺用諸城相國師
　舊作韻賦詩見示奉次二首 …………………… 276
海珠寺 …………………………………………… 277
翁覃溪學使從侯官林上舍見其祖吉人舍人所藏漢甘泉
　宮瓦因倣製爲硯并拓其文裝成行看子屬題其後爲賦
　長句一篇 ……………………………………… 277
拱北樓遠眺作 …………………………………… 278
趙廣州雲松招同簡農部曹瓊州舒韶州泛舟珠江集海幢
　寺即席賦贈二首 ……………………………… 278
珠江竹枝詞四首 ………………………………… 278

· 17 ·

雨中舟次中宿峽夜入飛來寺題山暉堂壁示雪菴上人
　二首 ……………………………………………………… 279
韶州九成臺晚眺 …………………………………………… 279
南雄郡樓別張蒙川太守 …………………………………… 279
滕王閣 ……………………………………………………… 280

篁村集卷七

橐中稿三
古今體詩二十七首
陪瑤華主人遊盤山千相寺分韻得亭字二十韻 …………… 281
扈蹕自烟郊至白澗馬上大雪作 …………………………… 282
遊盤山古中盤作 …………………………………………… 282
題蔣心餘前輩歸舟安穩圖 ………………………………… 282
送費芸浦太守之官江南 …………………………………… 282
題錢方壺先生照 …………………………………………… 283
題阮裴園先生勺湖草堂圖三十六韻 ……………………… 284
題阮吾山秋雨停樽圖 ……………………………………… 284
分賦得有竹莊送紀心齋先生南歸 ………………………… 285
題查恂叔所藏宋謝疊山橋亭卜卦硯 ……………………… 285
聽泉圖爲劍亭舅氏題 ……………………………………… 286
賦得匠成翹秀 得多字 壬辰會試同考擬作 ……………… 286
題李耘圃滇南遠行圖 ……………………………………… 286
題周東谷聽泉圖即送之官中州 …………………………… 287
題牛師竹舍人小影 ………………………………………… 287
賦得苦菜秀 ………………………………………………… 287
乙未新正三日蒙恩召入重華宮茶宴恭紀四律 …………… 287
平定兩金川大功告成恭紀 七言古詩一百六十韻 ……… 288

篁村集卷八

橐中稿四

古今體詩五十八首

題韋約軒前輩秋林講易圖……293

集翁覃溪前輩小蓬萊閣賦宋蘇文忠公雪浪石盆銘拓本
　即次東坡雪浪石詩原韻……294

題馮笥山蒒湖秋泛圖……294

薛素素自寫小影爲陳伯恭編修題……295

張梅溪牧牛遺照其子西潭觀察屬題……295

買桐風雨卷爲張西潭觀察賦……296

韋約軒前輩招遊怡園登四松亭賦贈二首……296

兒子慶循將讀書永樂禪院因書韓文公符讀書城南詩示
　之并次韻爲賦一篇以勖……296

鄭雲門編修屬題其祖中允君所藏御賜新民硯……297

褚筠心學士席上同約軒中丞習庵中允作……297

三月十五日雨……298

題朱凝臺桐陰小影……298

題張涵齋侍講得樹軒五首……298

立夏日齋中作……299

哭宋小巖同年二首……299

三月二十七日同曹習庵中允吳稷堂吉士出游右安門
　外歷普濟宮至豐臺王氏舊園而還二首……299

四月朔日偕褚筠心學士張涵齋侍講吳白華庶子曹習
　庵中允小集韋約軒前輩有椒書屋分體得五言古詩
　一首……300

四月初七日行常雩禮上躬祀圜丘侍班恭紀……300

清秘堂齋宿作……301

送約軒前輩典試雲南二首 …………………………… 301
蒙恩賜蘭亭八柱帖恭紀二首 …………………………… 301
西苑退直遇雨 …………………………… 302
攜二子遊廬山圖爲蔣心餘前輩題 …………………………… 302
題沈心齋太守出山圖即送之官泰安 …………………………… 302
題舒謹齋郎中課兒圖 …………………………… 303
將遣兒子南還而行期未定中宵感坐觸緒成咏情見
　乎辭 …………………………… 303
庚子元旦太和殿早朝侍班恭紀 …………………………… 303
吳香亭同年招集引藤書屋屬題古藤詩思圖用李西涯學
　士柏詩韻 …………………………… 304
約軒前輩聽雨樓新居次施耦堂侍御韻二首 …………… 304
武昌閔上舍貞自追摹其二親像爲薦食圖同人各爲題句
　余亦賦五言一首 …………………………… 304
題歸航圖送吾山侍御假歸淮陰 …………………………… 305
恭和御製經筵畢文淵閣賜茶元韻 …………………………… 305

篁村集卷九

橐中稿五

古今體詩四十八首

辛丑正月四日齋宿光祿署作 …………………………… 306
正月五日太廟省牲恭紀 …………………………… 306
正月七日聖駕宿齋宮先謁皇乾殿侍班恭紀 …………… 307
正月八日上辛陪祀祈穀壇禮成恭紀 …………………… 307
正月九日蒙恩召入重華宮茶宴以快雪堂帖命題聯句即
　席恭和御製元韻二首 …………………………… 307
同年公讌於邵香渚給諫宅即席口號一首 …………… 308

十一日復集香渚給諫宅偕孫補山中丞用前韻柬曹習庵
　宮允 …… 308
十三日和補山醉歸惘然有感賦柬習庵之作三疊前韻 …… 308
習庵以詩招同人小飲四疊前韻奉答 …… 308
十四日汪雲壑修撰譾席補山遇雨未赴作詩以柬習庵余
　亦繼和五疊前韻 …… 309
和補山促習庵和章之作六疊前韻 …… 309
十七日補山招同人集百一山房七疊前韻 …… 309
張涵虛侍講久不作詩一夕和疊字韻詩成七章詞旨兼美
　走筆奉答八疊前韻 …… 309
十九日家硜士少詹招同人飲陳伯恭編修宅余以事未赴
　九疊前韻 …… 310
二十日褚筠心學士宅讌集十疊前韻 …… 310
楔墨齋群花盛放習庵有詩次韻奉和 …… 310
恭和御製春仲經筵元韻 …… 311
恭和御製經筵畢文淵閣賜茶作元韻 …… 311
題馮星實同年潞河督運圖 …… 311
兒子慶堯將從其婦翁星實方伯於江西藩署以詩送之 …… 312
恭和御製經筵畢文淵閣賜宴以四庫全書第一部告成
　庋閣内用幸翰林院例得近體四律首章即疊去歲詩
　韻元韻 …… 313
恭和御製仲春經筵有述元韻 …… 314
癸卯新正蒙恩召入重華宮茶宴以職官表命題聯句即席
　恭和御製元韻二首 …… 314
恭和御製降旨全免甘肅歷年緩征積欠詩以誌事元韻 …… 314
恭和御製彚萬總春之廟成因題句元韻 …… 315
恭和御製戒得堂東望元韻 …… 315

恭和御製題佩文詩注元韻……………………315
恭和御製幸避暑山莊即事得句元韻……………315
恭和御製密雲道中作元韻………………………316
恭和御製出古北口詠事元韻……………………316
恭和御製至避暑山莊即事得句元韻……………316
恭和御製永佑寺瞻禮元韻………………………316
寄孫春臺方伯……………………………………317
寄費芸浦方伯……………………………………317

篁村集卷十

雪騧稿上 余遭家艱，甲辰二月抵舍，卜地營葬，至冬末始克襄事。明年，植松楸，築丙舍，料理粗畢，乃以十月買舟，訪同年孫補山中丞於粵東。抵豫章，而補山適奉召入朝，遂不果行。復泝江至鄂渚而歸，丙午正月旋里。時與張孝廉立人同舟，偶有吟咏，立人輒爲余抄録成帙，因名之曰《雪騧稿》。

古今體詩七十一首
喬鷗村刺史甫莅岷州而石峰堡搆變奉檄守城賦詩
　紀事從郵中見示因和二章卻寄………………318
訪舊毘陵金蒔庭太守留榻郡齋旬日歸舟以二詩寄謝……319
題李筍香烹茶洗硯圖………………………………319
題李柳溪攜孫登岳陽樓圖…………………………319
題張丈遜亭秋林静寄圖……………………………320
玉壘張丈招飲塔射園賦贈…………………………320
飢騧之故將作粵遊攀戀松楸詩以誌痛……………320
題鄭輔堂別駕吳淞放艇圖…………………………321
造次成行計非獲已舟中默坐有戚然不自得者因讀東坡
　和陶詩輒效其體爲和貧士七篇以抒寫其意……321

武林門舟次晤謝肇渚太守時方奉其母夫人柩歸葬
　紹興 ………………………………………… 322
杭州寓舍雨坐因成短歌 ………………………… 322
自杭啓行有作 …………………………………… 322
富春江行即事四首 ……………………………… 323
桐廬 ……………………………………………… 323
舟中犬 …………………………………………… 323
嚴子陵釣臺 ……………………………………… 324
七里瀧 …………………………………………… 324
嚴州曉發 ………………………………………… 324
泊蘭溪 …………………………………………… 324
舟夜次立人韻 …………………………………… 325
衢州贈費芸浦方伯 ……………………………… 325
水落灘乾舟行濡滯西安至常山百里二日方達詩以
　誌悶 ……………………………………………… 325
玉山登舟 ………………………………………… 326
曉至湖口鎮 ……………………………………… 326
鉛山道中追悼蔣心餘前輩作 …………………… 326
貴溪縣齋示門人鄭大令高華 …………………… 327
舟中遇風有作 …………………………………… 327
寒鴉行 …………………………………………… 327
瑞洪聞雁 ………………………………………… 327
昔與姚佃芝臬使雪中同直西苑用清虛堂韻賦詩忽忽
　十五年矣道經豫章喜復相見天寒欲雪追念舊事感
　嘆彌襟因復次舊韻爲贈 ………………………… 328
至日登滕王閣 …………………………………… 328
南昌不得拜裘文達公墓感賦 …………………… 328

贈權江西巡撫舒大司空 舒爲文襄公冢子 ······ 329
鄱陽湖 ······ 329
星子令門人王千驥過舟中夜話 ······ 329
過南康不及遊廬山 ······ 330
北風吟 ······ 330
大孤山 ······ 330
湖口柬佃芝臬使 ······ 331
石鐘山 ······ 331
九江雜成四首 ······ 331
粵行不果因道溢口泝江訪吳樹堂中丞於武昌書此見意
　······ 332
瀕行兒子慶勳以先文裕公秋興詩八首墨蹟卷請題字攜
　置行篋舟中無事感念生平因盡次原韻以竊比於秋興
　之義爲附書卷尾其卒章則專及本事也 ······ 332

篁村集卷十一

雪馭稿下
古今體詩六十首
十二月四日 ······ 334
江行四首 ······ 335
黃州雜詠 ······ 335
雪堂 ······ 336
臘八日作 ······ 336
贈吳樹堂中丞二首 ······ 336
費公祠 ······ 337
遊崇府山劉氏園亭有懷吳白華京兆 ······ 337
登黃鶴樓放歌 ······ 337

武昌月夜 ………………………………………… 338
章湖莊太守罷襄陽郡將遊湖南詩以送之 ………… 338
江中望晴川閣 ……………………………………… 338
發武昌有述 ………………………………………… 338
贈周眉亭觀察 ……………………………………… 339
舟中夜坐賦示立人索和二首 ……………………… 339
彭澤縣 ……………………………………………… 339
金剛夾阻風 ………………………………………… 340
小孤山 ……………………………………………… 340
望江除夕用東坡集除夜野宿常州詩韻二首 ……… 340
立人見和前詩疊韻奉答 …………………………… 341
正月三日發華陽鎮遇風復還香口宿 ……………… 341
東流阻風偕立人步入山徑得小蘭若偶坐 ………… 341
立春日成口號三首 ………………………………… 341
未至皖城十里遇風泊光洲入夜風大作簸蕩竟夕復次
　前韻 …………………………………………… 342
贈書紱亭中丞 ……………………………………… 342
贈陳勤齋方伯 ……………………………………… 342
贈馮魯巖臬使 ……………………………………… 343
十二日初發皖口東北風又作再用前韻示立人 …… 343
十三日遇西南風復次前韻 ………………………… 344
桐城江上有懷姚姬傳禮部 ………………………… 344
舟行得順風頗厲江濤洶壯立人有懼色詩以解之 … 344
大通望九華山 ……………………………………… 344
蕪湖元夕點市中所鬻鐵畫燈以詩詠之 …………… 345
孫松友司馬從金陵古董肆得國初史大成繆沉兩殿撰手
　札各十通古勁可愛舟次見示爲題二絕 ……… 345

金陵感舊 …………………………………………… 345
登燕子磯入永濟寺 ………………………………… 346
風便自江寧一日至鎮江而運河方疏濬因泊江岸候
　啓壩 ……………………………………………… 346
碇舟江中獨遊金山用東坡大風留金山詩韻 ……… 346
開壩謠 ……………………………………………… 346
後開壩謠 …………………………………………… 347
築壩謠 ……………………………………………… 347

篁村集卷十二

篁村賸稿 此卷乃先君子自乾隆丙午至壬子，凡七年中所作。其間在朝儤值，以及視學閩中，奉使陪都諸役，王事馳驅，江山得助，吟咏正復不少，慶循等皆未能隨侍。迨瀋陽凶問至，慶循星犇而往，檢點行篋中，遺稿已佚其半，僅得詩若干首。今全集既付梓人，爰編此卷於後，而以詩餘附之。先君子每成一帙，皆自名其稿，綴言簡端，以誌顛末。獨此賸稿殘篆，尚未編集，爰目之曰《篁村賸稿》，以承先志。後之人如有續獲散佚者，幸即賜示補刊焉。慶循謹識。

古今體詩六十四首
　新城道中咏霧淞花 ………………………………… 348
　道遇范吉夫入都口占贈之 ………………………… 348
　有懷都下同里諸公賦此卻寄 ……………………… 349
　用前韻寄徐玉崖觀察徐與余先後出都門之建昌道任 …… 349
　平原夜宿二首 ……………………………………… 349
　長清山行遇雪 ……………………………………… 349
　望岱 ………………………………………………… 350
　羊流店爲羊太傅故里 ……………………………… 350
　泰安與吳稷堂邱芷房兩編修同飲蔡小霞太守郡齋時吳

邱典浙試回京小霞由詞林出守亦甫兩月耳	350
自新泰至蒙陰道中有作三首	350
沂州	351
李家店早發	351
試南劍日見兩廊燈火青熒口占二律示諸生	351
賦得雨中荷葉終不濕	351
奉命赴盛京典校初發京師有作	352
瀋陽書局見成警齋司空翁覃溪閣學福景堂京兆黃文橋明經倡和之作依韻奉呈	352
疊前韻贈文橋明經	352
疊前韻呈警齋侍郎	352
疊前韻呈景堂京兆	353
疊前韻再和警齋見贈	353
再疊前韻奉和覃溪前輩留題書局之作	353
題馮孟亭丈捧硯圖	353
題法時帆學士山寺學詩圖次覃溪閣學韻	354
書張文敏公遺照後	354
讀曹聲振表弟遺集	355
辛亥元日早朝恭紀	355
寒食日作	355
西直門外郊行	355
送郭紫仲令石埭	356
贈周眉亭方伯	356
送姜度香少司寇巡撫湖南二首	356
題馮星實夢蘇草堂圖	357
恭和御製招涼榭有會元韻	357
恭和御製永恬居元韻	357

恭和御製口內一首元韻	358
恭和御製烟雨樓對雨元韻	358
恭和御製題仿倪瓚獅子林圖六疊前韻元韻	358
恭和御製題澄觀齋元韻	358
恭和御製題文津閣元韻	359
香亭同年招集盆桂花下有作	359
巴蘊輝臬使被命同纂八旗通志有詩見示次韻酬之	359
一亭吳君屬謝生恩焜以所著北遊草見示爲題四絕卷端	360
題四松主人詩集用陳后山贈趙德麟韻	360
廚中米罄因成短篇示家人	360
辛亥除夕題張平伯游黃山詩卷後	361
三臺子旅店遇雪口號	361

詩餘二十一闋

邁陂塘 題王述庵蒲褐山房圖二闋	362
卜算子慢 龍口關道中	362
點絳脣	363
前調	363
減字木蘭花	363
水調歌頭 歸雲樓聽雨	363
過龍門	363
祝英臺近	364
唐多令	364
采桑子	364
賀新郎 汀州送黃春隄自江寧歸新安二闋	364
永遇樂 按部汀州，寧化謝山人尊，畫北固小景見貽。江山如夢，根觸舊遊，因次稼軒韻填此闋，將寄王夢樓同年和之	365

摸魚兒 秋滿將還，感戀交遊，賦此二闋，爲諸僚友贈別 …… 365
水龍吟 ……………………………………………………… 366
賀新郎 別兩松中丞 ………………………………………… 366
百字令 山海關 ……………………………………………… 366
滿江紅 孟姜女廟 …………………………………………… 367
點絳脣 ……………………………………………………… 367
南鄉子 渡灤河作 …………………………………………… 367

篁村集續編
題尹齋前輩鵲華晴嶂圖二絶 ……………………………… 368

篁村集跋 陸慶循 ……………………………………………… 369
篁村集跋 陸成沅 ……………………………………………… 371

寶奎堂集

寶奎堂集序

吳錫麒

古之文章，其能傳之不朽者，類皆遭際盛世，君明臣良，得以雍容揄揚，論述功德，發明惇大之業，推闡神聖之心，垂諸千秋，與《詩》《書》相表裏，夫是故《西京》之體爲可貴也。沿及後世，文日卑弱，好奇之士，往往么韻孤弦，別求傳世行遠之作，而轉視古人沉博絶麗者，爲靡曼不足爲。一旦朝廷有大著作，至於使命急宣，乃局縮無可應，惟刺取依樣葫蘆之語，以爲常格如是，此廬陵謂"翰林無文章"，蓋不自今日始矣。

耳山先生由部郎改官詞館，以文學受特達之知，疊荷聖恩，晉階卿貳。凡有經進之作，莫不嘉獎備至，賫予駢蕃。論者竊謂爲人臣子遭際如此，豈非異數；而不知其所以契合上心者無他，惟立言之得體也。

昔明宋景濂參侍講幄，凡詔誥賦頌，多經其撰述。嘗賜宴禁中，天子至親賦《醉學士歌》以寵之。今先生在翰林時，自奉旨纂輯各書外，其制草及一切典禮諸章奏，皆出其手。而歲首重華宮小宴，召入聯句，賜如意、畫軸以爲常。是先生之著作與景濂同，即先生之榮遇亦無不與景濂同。然則景濂開有明一代文章之運者，先生又何不可爲本朝之冠冕哉！

先生少穎悟，讀書一過不忘，撰文亦不假思索，大率蘊蓄于中而騰躍于外，故其氣宏深而博大，其辭藻耀而高翔。即其使館往來，賓筵酬贈，隨作隨棄，而吉光片羽，流落人間，亦自有沖和粹美氣象。余讀《寶奎堂文集》，竊歎先生已往，而光景常新，然後知文章自有道也。

余在京師，辱先生下交，與之言，恒訥然不出于口。及其縱論古今水利、兵刑、食貨諸大事，數其利弊，又如掌上螺紋，始知其經濟之大，非可獨于文字求之，然即以文字論，固已自有不朽在。若余者，叨隨詞苑幾三十年，其間凡四掌應奉文字，而拘牽常格，無所短長，每憶先生酒坐之談，真覺立咫焉而汗浹襟也。嘉慶甲子秋八月，錢唐後學吳錫麒拜撰。

【校】"汗浹襟"，嘉慶本作"汗洽襟"。

寶奎堂集序

嚴良訓

耳山先生以著作才受知高廟，殊恩異數，冠絕一時。中年益有志經世之學，乾隆五十七年，以副憲董校奉天，遽卒于役，未克大竟其用，世爭惜焉。外大父王蘭泉先生爲作墓碑，詳述生平，并敘交契甚厚。以時考之，先大父愛亭公同在詞館，當亦有交誼，余生也晚，未獲知其梗概。先生文、詩若干首，自奏牘以及酬答，莫不備具其體裁，足爲圭臬，而忠愛惓惓，尤令讀者想見其爲人。至襄定《四庫全書》，及奉敕編輯者，庋于中秘，昭示來茲，尤足以垂不朽。

嘉慶十五年，哲嗣慶循刊《寶奎堂集》《篁村集》藏于家，旋以海疆不靖，板燬于火。道光二十八年，余建藩于豫，哲孫成沅爲臬司李，懼其遺澤將湮，就行篋所攜原集，謀復刊刻，遵先志也。夫爲人孫子者，先人有美而弗彰，不可謂之孝。今司李刊先人之集，其欲紹先人之業，以補所未竟，厥志殆未可量也，司李勉乎哉！今年冬，以集見示，且請序于余，適余方裒輯先大父愛亭公遺稿付梓，因其有同志也，遂綴數語于簡端。道光二十九年仲冬朔，賜進士出身，護理河南巡撫，河南布政使司，前翰林院編修，館晚生嚴良訓謹序。

寶奎堂集序

俞長贊

昔寶鼎告重熙之瑞，司馬陳盛藻於漢京；介珪昭郅治之符，令狐輯《長編》於唐室。厥後子玄在官，《史通》用纂；君實視事，書局自隨。後人豔其遇，天下誦其書，藝府望尊，才流宗仰。

副憲耳山先生，根情苗言，華聲實義，意密理粹，致遠氣高。游河上溯堯年，章成畫日；絕越載留禹蹟，賦奏凌雲。於是薇省影縹，槐廳珥筆。口吐瓊書，名高於鷟掖；手揮霄翰，譽播於雞林。輕縑素練之章，瓊斝玉杯之貴，星舒雲布，錦粲珠零。金壺乍瀉，即埓青泥；琅簡新揮，總疑素構。與河間相國金版親發，玉箱共領，柳虯蜚聲於北府，裴諏競響於南省。以一躍十駕之才，正五方八體之繆；用一揮九制之敏，擷四部六錄之華。凡若劉《略》班《藝》，虞《志》荀《錄》，彙其叢殘，新其戔朽，蠡出者沙汰，蟬斷者補苴。考訂亡逸，赤軸紛羅；研覈異同，黃墨精謹。鳩集維勤，不遺玉屑；龍章丕煥，大啓珠叢。《提要》一書，抗名百世，臬乎棘寺分司，柏臺建績。

猶念書藏宛委，魚豕易譌；何期記讀瑯嬛，龍蛇遇厄！窮陰躔度，瀋陽首塗；積雪沍寒，譽星捔曜。縢帙所留，鼎彝並肅。儆覆轍於古今，則撰列朝之史；記棧車於嶺海，則考勝國之蹤。爲發幽光，則大節炳於緗素；能稽殊俗，則異聞識自契丹。溯黄龍丹鳳以還，問官則詳九級；增蒼隼青蛇之飾，《通志》則載八旗。聞考京師，《三輔》兼搜其跡；稿脩居正，《五代》亦補其篇。張侯遜此窮原，紀勝更逾葱嶺；元相存其少作，編年復系《笪村》。領辯悟異，縟句雕章，輝焕炳蔚，恢廓閑雅，金絲互引，玉石均調，所以激清風於八閩，傳鉅製於四譯。聆震雷之迅發，景濃雲之鬱興，朝野望風，山川增色。袁翻變色於邢穎，李白低首於宣城，不徒泉頌雙龍，谷記千蠋矣。又能鏗然自卑，惂焉若恤；抈歃毋失，絓紃不移。炳燭不忘於垂暮，劼書卓越於當時。擁旌三葉，履操不異夫儒生；清第百年，誦芬有待夫孫子。

芷泉司理篤念詒謀，重哀遺集。公續渡江之後，代顯國華；士衡入洛之年，先陳世澤。守之於烽燧驚心之後，刊之於簿書鞅掌之餘。以視詩編摩詰，敬念哲兄；集著歐陽，成由令子。今之準昔，尤有難焉。長贊後進叨陪，前塵夙企。瞻星氣而輝流翰苑，願表《忠宣奏議》之遺；采風詩而近接麐孫，兼志河雒同官之雅。道光二十有九年，歲在屠維作噩陽月，大興後學俞長贊拜序。

寶奎堂集序

周爾墉

國家當重熙累洽，治化光昭，其時必有駿偉非常之彥，應景運以發揚盛烈，班揚歌頌，燕許文章，所由與詩書相表裏。而光燄所在，亦斷不與蠹簡殘編，同其湮没者，誠有以呵護之也。

道光丁未冬，爾墉由京師來主彝山講席，始與司理陸君芷泉班荆道故。既而出耳山先生《寶奎堂遺集》見示，讀至半，乃作而歎曰：我朝受命有天下，盛德大業，邃古罕疇。高廟御宇六十年，奮武揆文，炳耀史册。復開四庫全書館，絜三古，匯九流，凡芝殿蘭臺及山岩屋壁之書，無不薈萃。六幕同文，非有劉向、曾鞏之材，不足以光藝苑而垂令典。先生與河間紀尚書同被特簡，值古今未有之遇，讀古今未見之書，所作《全書提要》，亦創古今未成之業，猗歟盛哉！

爾墉生晚，側聞父師緒論，私淑先生於數十年以前，真如太山北斗，顧終以未讀先生全集爲憾。今誦遺編，庶稍快生平之向往矣。司理俯仰一官，守兹集如天球圖璧，出俸鎸板，以惠士林。先生文章與氣運相感通，天下汲古敏脩之士，自有藏名山，秘枕中，以流傳之者，固非一時兵燹所能操廢興之權，況又得賢子孫如司理者乎！顧先生官通顯，進御文字與友朋唱和，流連山川，所作必繁富。爾墉舊藏先生題畫詩手蹟，亦亟錄付刊，雖所補僅止一篇，而先生默相之應，異日必有繼爾墉以副司理之心者，固可券也。道光二十九年十月，後學浙西周爾墉謹序。

寶奎堂集序

吳式芬

芷泉司理重刻其先祖副憲公《寶奎堂遺稿》竟，請敘于芬。芬也何敢敘公之集！然竊惟公與先曾祖司寇公爲同年進士，又與先曾伯祖中丞公交，集中有投贈諸詩。時先曾伯祖方開府武昌，公有粤東之行，中道而返，詩即經武昌時所投贈者也，末有"話到脊令原上草，涕痕重爲小中丞"之句，蓋先高祖恭定公暨先曾伯祖、先曾祖相繼官巡撫，世故以大、小二中丞别之，小中丞謂先曾祖也，是時先曾祖已捐館舍矣。烏乎！公之詩可謂纏綿悱惻，哀惋切摯，凡在讀之者，無不知公性情之篤。吾兩家交誼之厚，況在所施者之子孫，有不油然生感，悄焉雪涕者乎！如是則芬即不文，安可不敘公之集！翔重之以司理同官之雅，殷勤之請，于是鋭欲屬稿，而悾傯鮮暇也。適奉恩命，擢藩畿輔，不日將與司理别矣，遂書纍事而歸之，有以見吾兩家先世交契之淵源，吾兩人離合之蹤跡，俾後之子孫有所考而勿忘焉。

若夫公之通材碩學，鴻篇鉅製，固已麗篆縹緗，黼黻宇宙，世之讀公集者，皆能言之，無俟芬贅一言以爲輕重也。烏乎！若司理之不忘先澤，亟亟焉抱遺集以刊之，可謂"孝思不匱，永錫爾類"，芬視之有愧矣。承先啓後之規，不於此見之哉！道光二十九年九月，海豐後學吳式芬謹序。

誥授通奉大夫都察院左副都御史陸公墓誌銘

王昶

洪惟我國家重熙累洽，百數十載，蘭臺石室所儲，光燭雲漢。而皇上稽古典學，復開《四庫全書》之館，用惠藝林。先取翰林院所弆《永樂大典》録其未經見者，又求遺書於天下。書至，令仿劉向、曾鞏之例，作《提要》載於卷首，而特命陸君錫熊偕紀君昀任之。公考字畫之譌者，卷帙之脱落者，篇第之倒置，與他本之互異，是否不謬於聖人，及鼂公武、陳振孫諸人議論之不同。總撰人之生平，撮全書之大概，凡十年書成，論者謂君之功爲最多。

公諱錫熊，字健男，一字耳山，乾隆二十四年己卯舉於鄉，二十六年辛巳成進士。二十七年春，恭遇南巡，獻賦行在，召試入一等，賜內閣中書舍人，旋充方略館纂修官。時方奉勅修《通鑑綱目輯覽》，編撰以進，當上意，遂進直軍機處。三十三年十二月，遷宗人府主事，繼擢刑部員外郎，進郎中。三十八年八月，以撰《提要》稱旨，改授翰林院侍讀。四十年二月，授右春坊右庶子，未幾擢侍讀學士。閏十月，充日講起居注官，又充文淵閣直閣事。四十二年春，孝聖憲皇后賓天，凡大祭、殷奠、上尊諡，典禮嚴重，應奉文字，大學士于文襄公屬公撰進，皆被俞允。四十五年六月，授光祿寺卿。四十七年五月，授大理寺卿。五十一年十二月，提督福建學政。五十二年二月，授都察院左副都御史，仍留學政任，以五十五年春任畢旋京。

先是，《四庫全書》之成也，公任編輯，不任校勘。而上命分寫七分，自大內文淵閣外，圓明園之文源閣，熱河避暑山莊之文津閣，盛京之文溯閣，各庋一部。又於揚州大觀堂、鎮江金山、杭州西湖，皆建閣以庋之。而前校勘者不謹，舛錯脫漏，所在多有，文溯閣書尤甚。公以是書曠代盛典，不可任其疵纇，乃請自往校之。既而以爲未盡，五十七年正月復往，會春寒，山海關道中冰雪凍冱，比至奉天病卒。預是書之役者眾矣，公獨勤其事而殁，可悲也！

公以文章學業，受特達之知，故自《四庫全書》及《通鑑綱目輯覽》之外，凡《契丹國志》《勝朝殉節諸臣錄》《唐桂二王本末》《河源紀略》《歷代職官表考》，奉勅編輯，見付武英殿刊刻者，又二百餘卷。每書成，或降旨褒美，或交部議敘，或賜文綺、筆硯之屬，奏進表文，多出公手，上閱而益善之。

故事，歲初重華宮小宴聯句，惟南書房翰林得與焉。三十九年，奉旨召入，并賜如意、畫軸，後以爲常，蓋異數也。其餘特賞、年賞、節賞書畫石刻等物，不可勝紀。奉使衡文，累歲不絕，充山西、浙江鄉試副考官者各一，充廣東鄉試正考官者一，充會試同考官者二，提督福建學政者一。去取精審，所得多知名士，士論益翕然歸之。

公沖和純粹，其色溫然，其言吶然，而穎悟明敏，讀書一過，無不洞悉貫串。少時以詞賦入中書，中年在詞館，實朋酬贈，使節登臨，四方仰重其名，率以絹素來請。所作繁富，闐溢篋笥，顧不甚珍惜，輒爲人取去。自以上蒙恩遇，逾於常格，不屑以詞臣自畫。晚年益覃心經濟之學，取杜氏《通典》、馬氏《通考》，合以本朝《會典》，如食貨、農田、鹽漕、兵刑諸大政，溯其因革，審其利弊，口講手畫，侃侃然可以見諸施行。而惜其年之不永，是以訃至京師，賢士大夫莫不爲之曾欷累息者。

公生於雍正十二年甲寅十二月初二日，卒於乾隆五十七年二月二十五日，年五十有九。世爲江蘇上海縣人，諱鳴球者，曾祖考也；諱瀛齡，以選拔貢生，官安徽石埭縣教諭者，祖考也；諱秉笏，乾隆辛酉科舉人者，考也。三代咸以公貴，封贈如其官。配朱氏，封夫人，先公卒，以恭順能佐內政，爲親黨所推。子五，慶循、慶堯、慶庚、慶勳、慶均，皆孝友克家。女五人，孫男四人。

惟松江陸氏，世以文章著見。公七世從祖文裕公深，在明弘治、嘉靖間，以通人名德，望重臺閣，流傳翰墨，汔今人寶貴之。公官職略與文裕公等，若其掌著作而被恩遇，有文裕所未逮者。且《四庫全書》定於乙覽，尊於冊府，分布於海寓，騰今邁古，千載未有，而皆公審定而考正之。世之讀《提要》者，見其學術之該博，議論之純粹，顯顯然如在目前。所著《寶奎堂文集》《篁村詩集》，雖不盡傳其學，可無憾焉已。

余與公居同郡，先後同官內閣，同直軍機處，文酒之會，靡不同者。《輯覽》之修，余先任其事，尋以從獵木蘭，而公繼之。余嘗至上海，過公竹素堂，方池老屋，不蔽風雨，清修舊德，久而彌著。然則知公之深，無逾於予者。茲慶循等卜以嘉慶五年十二月庚午葬於先塋昭兆，奉狀請銘，其何忍辭！銘曰：

魚坁之裔，世以文名。緊公繼之，蔚其魁閎。總裁簡冊，以黻隆平。入典書局，出主文衡。拔諸髦俊，用爲國楨。《七略》

《七錄》，鉅編既成。正厥謬譌，往來神京。風饕雪虐，卒瘁於征。吳淞遼水，共此環瀛。雲車風馬，其返丘塋。文昌華蓋，作作庚庚。昭於幽窀，後昆之亨。

寶奎堂集卷一

上海陸錫熊耳山撰

制草 奉敕撰

孝聖憲皇后謚册文

崇儀告備，薦玉策以伸虔；懿行垂光，勒瑯函而闡實。報劬勞之厚德，禮洽馨聞；嚴對越之鴻名，義隆睿作。

欽惟皇妣大行皇太后，順體天經，化彰人極。萱庭示範，仰宮中之有聖人；瑤甸歸仁，臨天下而爲大母。自流徽於京室，荷篤慶於藐躬。億兆騰歡，萃萬方爲尊養；曾元衍瑞，裕五世以融怡。緬義訓之常昭，泂飂言之莫罄。賁鳳綸而賜復，澤及葭蓬；扶翟輅以觀民，呼兼嵩岱。益圖旅賀，來庭之鶼鰈駢臻；偃伯承禧，絶徼之干戈並戢。是皆慈暉普照，覃嶽瀣而含和；用能純履康綏，儷乾坤而集福。

憶昔者金泥絢祝，十八字疊演箕疇；冀來茲寶琰鐫華，億萬齡重增姬算。惟愛景情殷顧復，依旬之臚頌何窮；宜慈躬祉懋升恒，晉册之揚麻未艾。何升遐之忽邁，竟攀慟之難追！率土纏悲，終天銜恤。肇尊稱於殷禮，念形容無得而名；稽上謚於《周書》，極擬議於斯爲盛。有孝實原有德，本百行於地天；乃聖即協乃神，媲獨隆於堯舜。一詞莫贊，敢憑素幃以追摹；萬世爲公，並詢僉言而咸翕。爰遵彝典，請命於天，謹奉册寶，上尊謚曰"孝聖慈宣康惠敦和敬天光聖憲皇后"。

於戲！溯璇闈徽音大行，宜特隆冠古之聲；頌《清廟》昌後燕天，庶稍展崇親之悃。伏冀神靈式妥，陟降在兹。文琬貽型，抒慕誠之罔極；彤毫述德，荷申錫於無疆。宏啓嘉符，茂昌景祚。謹言。

和碩誠親王碑文

朕唯天潢襲慶，本支之澤方隆；藩度貽麻，大雅之風可溯。疇若宗盟之長，敘愍册以非私；每懷尊屬之賢，勒貞珉而有耀。

惟王端凝叶矩，醇謹流禔。慧著垂髫，聖祖洽承歡之愛；榮膺疏爵，先皇推同氣之恩。憶曾展帙同堂，進學常資夫講習；越自剖符就邸，睦倫更切乎倚毗。典屬籍於宗司，望崇瑤牒；寄分猷於統制，政肅牙麾。班朝則首率常聯，殿上列維城之冠；巡守而綜裹庶事，禁中資留務之勤。正茂景之承禧，祥歌行葦；何涼飇之戒節，疾問長桑！

惟時迴躒初聞，頻咨攝衛，宣醫遄遣，期導康綏。尚看扶掖來朝，想冕裪之如昨；詎意倉皇臨視，愴和藥之空勞！爰親奠醊以申哀，仍舉彝章而錫襚。給精鏐於內府，薦雕俎於長筵，節惠攸宜，易名曰"恪"。

於戲！唐叔之封圭宛在，誼篤褒親；河間之塋樹方新，情深感逝。念昔日詩書起譽，嘉儀表於皇枝；信他時金石揚徽，荷絲綸於國典。式昭令問，永視豐碑。

工部侍郎內大臣三和碑文

朕惟職隆邦事，程工嘉式敘之宜；榮荷朝章，篤藎勵維寅之節。領班聯於近陛，華髮承恩；瞻風采於垂紳，丹忱效績。既著圭璋之令望，宜留琬琰之芳聲。

爾原任內大臣，工部侍郎三和，端謹持躬，愨誠宣力。光依執戟，早充宿衛於期門；榮溢影纓，洊綜勾稽於內省。相是材能之懋，允惟任使之良。擢農部而分猷，泉刀克裕；佐冬官而董治，水土咸平。進參正席之班，率屬而仍司飭庀；再踐貳卿之列，鑴階而倍凜冰淵。履近星辰，極品之崇銜復晉；鞶垂禁籞，稀齡之優禮加隆。當歷考以彌多，宜介禧而愈茂。

工虞居六職之一，將永藉夫勛勩；康寧為五福之三，胡遽嬰夫疾疢！閔勞職事，頤安許就私家；軫慮沈綿，療治敕頒珍藥。遺章竟告，愍綍遄宣。陳彤俎以薦馨，發帑金以歸賵。節其壹惠，諡以"恪勤"。

於戲！卅年膺將作之司守，度克彰於溫樹；奕世賁飾終之典崇，褒式煥於堂封。表厥幽阡，昭茲來許。

封土爾扈特舍楞郡王冊文

寰宇同風，殊域凜尊親之戴；雲霄布澤，天家昭典物之隆。唯革舊俗以抒忱，會其有極；斯考彝章而命德，奉以無私。

爾舍楞，裔本漠陲，心依魏闕。屬窮荒之暫息，遷地居難；

遂合部之偕徠，瞻天路近。從狩習周陛之制，班朝霑酺讌之光。懷我好音，爾克自求夫多福；復其邦族，朕唯一視以同仁。擇水草而攻駒，俾享昇平之樂；配方旗而建隼，永圖生聚之安。特建崇班，式彰異數。茲以冊印，封爾爲札薩克多羅弼里克圖郡王。

於戲！嘉順節以推恩，庸以示綏懷之禮；備藩封而守度，尚無忘恭敬之心。茂對寵光，往膺祿位。欽哉！

封土爾扈特沙喇扣肯貝子誥命文

率土同歸，丕著懷柔之略；法天廣覆，普垂臨照之光。臚衆志以懷音，來王恐後；布大公而頒賞，與國咸休。

爾沙喇扣肯，志切輸忱，情殷慕化。溯漠庭之自出，少克承家；會朔部之靡寧，居思樂宇。爰敏關而請覲，迺逐隊以偕朝。行幄升班，慰瞻雲於晝接；仙莊莅宴，敷湛露於春溫。體予睠待之優，式洽寵綏之典。茲封爾爲札薩克悟察喇爾圖固山貝子，錫之誥命。

於戲！訖教協拱辰之義，宜無替於承恩；疏封開奕葉之祥，庶有辭於永世。是用釐爾尚時。欽哉！

祭河神文

惟神化洽資生，功昭濟物。溯靈源於九曲，懷柔推四瀆之宗；導遠派於三門，利賴遍中州之壤。自昨金隄忽潰，憐下隰之成災；因而菱楗頻騫，遣重臣以董役。屢頒庫鏹，徵材兼及於青徐；特發倉儲，拯溺倍先於儀考。

乃鍤雲之競集，績難就夫三冬；顧簸浪之仍廱，功復虧乎一簣。籌委輸於引溜，移上游而冀底安瀾；軫疾苦於窮簷，逾半載而弗蒙垂祐。撫朕躬而自責，慚旰宵之誠意未孚；倘神聽而可回，念黎庶之顛連何罪！爰舉祭河之典，不禁迫切以陳辭；虔申沈璧之儀，唯有屏營而祈助。尚邀靈貺，速蔵鉅工。

經進文

聖駕恭奉皇太后南巡頌　謹序

我國家受億萬年無疆之祜，佑啓皇帝以神聖文武，纘承列祖麻緒，誕保萬民，照臨四海，遠無弗屆，大莫能名。御極以來，典學勤政，動得理所，孝德昭融，神威遐暢。天聲廟勝，犁廷掃閭，自累代不賓之地，咸入版圖，供職貢。光天之下，日出之隅，孺乳煦嫗，以長以息，游於大當，厥有歲年。而皇帝以如天覆幬之心，猶念四海元元若一家子，維安平太，罔不豐雍，將俾永永年鑠乎大仁之化，不可以不省。

迺疇咨故事，行巡狩之禮。東距岱宗，南涉嵩洛，西抵趙代，北越塞外。所至問疾苦，禮高年，陳詩納賈，同律度量衡，塞晏駿尨，萬世一遇。而江淛地斥以廣，實庶且繁，自我聖祖仁皇帝六駕時巡，惠滂施厚，誕彌鋪衍。於今數十年所，百姓浸膏澤，震聲景，得以鞠子養孫，休息於太平者久，而未能匍匐道左，一望穆穆之光，則維思慕之忱，是冀是祝。

皇帝顧瞻南土，睠維先烈之孔昭，俯念輿情之誠且摯。於是以乾隆十六年辛未，暨二十二年丁丑，再術巡典。耆耇孩養，熙熙愉愉，無不仰望屬車，厥角稽首。自始戻止，以洎大駕之還，餐挹茂德，如雨氾濩，滋液滲漉，不可殫紀。民之被澤也益以厚，其望再幸也益以切，喁喁咮咮，回面内嚮。

於是岳牧之章，達民之虔，以二十有六年請。皇帝曰："慎哉！惟歲之或不登，予不愛廩粟飽之，而又以除道奔走我有司，子其有俟！"越明年，歲仍大有，室家樂康，其望幸也益堅且至，大吏則申以請。皇帝曰："敬哉！惟茲慈慶七旬，導和引禧，頌聲多豫。其戴皇太后德者甚厚，予將奉安輿臨焉，俾我民世世壽昌，以洽我慈歡，以紹我皇祖無窮之庥烈。其如所請。"於是申戒有司，崇儉黜華，一如前詔。二十七年春正月，車駕奉皇太后南巡。勞農省俗，加惠無已，勸賚錫予，益便以蕃，扶老挈稚，喜得重覩天顏，緣道抃舞，踊躍歌嘷，聲徹遠邇。

臣伏稽唐虞四巡方岳，周之隓山喬嶽，爛然詩書，播在歌詠。後世間踵前典，而或侈封禪，縱遊觀，奢汰不經，不足昭示無極。皇帝惟堯惟天，作民父母，念罔不在億兆人。是故十二年間，三與江浙百姓相見，慰勞婦子，飲釀被懿，而民咸沐乎高厚之德；周覽富庶，臚懽愛日，而民咸諭乎光前之孝。察吏循敕，延登三老，蒸進耄士，披章乙夜，儲思垂務，而民咸迪乎勅幾之哲。乘輿三幸，丕揚前烈，登躋極軌，靡不宣臻。乃至跂行喙息，蠉飛蠕動之類，畢用乂若，而民咸諒乎聖祖聖孫，攬手接武，為生民未有之盛。唐哉皇哉，茂則上儀，烏奕顯鑠，复絕萬古，照耀巍巍。

臣愚生長盛世，霑被雨露之澤者，至深至渥。又得從諸父老後，恭迓鑾輿，親遭逢於百千萬年非常甚盛之典，輒抃躍不自休。謹撰頌十章，章十六句以獻。其辭曰：

皇帝建極，闡繹基命。緝熙有光，作天然聖。大揚惠言，遍照萬姓。莖韶協度，玉衡齊政。宵升泰壇，下管上罄。大裘顒若，昭格神聽。寢門視膳，起孝起敬。瑤函寶册，用洽大慶。

北面師儒，攝衣升堂。於樂辟廱，鼓鐘喤喤。禮樂具舉，於周有光。四征不庭，撻伐大荒。屠耆郅支，斧膏其吭。流沙不毛，盡我版章。獻其楛矢，肅慎來王。冠帶侍祠，赤狄青羌。

升中泰山，秩望燔柴。百神受職，霍霽晝開。峻極於天，嵩高崔巍。代郡雁門，嶷嶷五臺。陪京鬱葱，漆沮有邰。式是四國，侯時邁哉！招搖前指，和鈴喈喈。守土臣某，奔走偕來。

帝眷南顧，於江之滸。包淮絡海，維揚州土。赫赫明明，自我烈祖。乘輿六駕，秋助春補。不愆不忘，傳次在予。予不憚勞，往錫之祜。玉趾再勤，慶典備舉。輝山潤川，巷有歌舞。

鸞旂大輅，還歸於京。群黎慕思，如彼孺嬰。飛章閶闔，達螻蟻誠。天門四開，聽聰視明。維歲之故，式徐其行。母女煩勞，以飽女阬。其棘其紓，胥視蒼生。地載天燾，蕩蕩難名。

帝有恩言，迺育迺遂。不遑啓居，哀時之對。駕龍十二，沃若六轡。期門四羅，肅肅萬騎。太常婀娜，翠葆羽蓋。填衢父老，爭謁掌次。虞后五載，周十二歲。前聖後聖，合若符契。

導自積石，黃河走東。欙橇親乘，疇若予工。宣房瓠子，春流溶溶。鬯之醴之，運於重瞳。方舟濟江，波伏無風。馮夷前驅，魚長黿穹。萬靈奔走，駕梁成虹。天子至止，來君來宗。

宸章琳瑯，照爍巖藪。龍蟠鳳逸，字大於斗。魚鳥咸若，卉木孔有。翠華來思，夾道楊柳。宛宛婦子，壺漿在手。福祿之茂，慈聖之壽。皇帝大孝，衆拜稽首。如岡如陵，同天地久。

厥土塗泥，下下維均。我載青旂，來惠農人。昔頻復稅，庚積其陳。今履青疇，畝菑其新。勿賦芻茭，飭我虎賁。勿撤茅茨，戒我臣鄰。衆拜稽首，皇帝大仁。於萬斯年，爲天下君。

無偏無黨，王道正直。匪敖匪游，求莫孔亟。庶民傒來，含和飲德。皇于三狩，永惠南國。豈惟南國，萬邦歸極。甄殷陶周，光我典冊。小臣執簡，管窺蠡測。作爲歌詩，垂萬世則。

聖駕四詣盛京恭謁祖陵禮成恭進樂府　謹序

臣聞樂府之作，所以述宣功德，體視賦頌，尤鏗鏐炳燿，足以震盪耳目。漢代有《重來》《上陵》二曲，爲"上陵食舉"樂府。《重來》辭不傳，《上陵》則惟侈言神怪，不稱臚聲纂實之義，臣竊陋焉。

伏見我皇上睿聖嗣服，道隆守創，丕昌無外，永維祖宗，肇邦受命，佑啓我家。祇祓對越，三率彝典，東謁閟寢，蒸蒸之思，夙夜滋虔。迺以今歲仲秋，時巡京藩，展事三陵，慕忱齊恪，朎蠁昭融。還莅舊都，章式勇備，達孝所曁，萬禧畢從，跨周軼虞，無所與讓。至於和神誡民，綏遐勤紀，經文緯武，所以崇天聲，垂軌物，有加於昔者，尚數十事，焄奕版策，不可殫記。回蹕禮成，卿士庶尹百執事，胥效賡頌。臣愚誠不足揚扢萬一，而恭逢嘉會，罣罣之私，不敢以輊薄自解。輒指事件繫，仿古樂府譜調，別題篇目，編爲十二章。詞淺義直，庶令篇工輨童，皆得諷吟，有以發揚聖天子盛德庥光，傳示無極。臣誠懼誠忄，拜手稽首謹上。

聖節受釐山莊發軔良辰協吉順天行也爲壽星明第一

壽星明，掞煇黃。紛嘉況，臨瑤閶。東鶖西鰈，咸會稽首："上皇帝，千萬歲！"熙沆碭，詹秋期。結霱雲，砰華芝。前驅八神，大丙奉騑。惠迪吉，天門開。招搖指，東之畿，肅肅四面歡僾來。

蹕路經藩部茌邊門所過鞠脮奉觴歡心允洽也爲柳邊青第二

柳邊青青，以紆崢嶸。窣堵坡路轉，興中墟和龍。左令支，右別部，保塞各各安鄽閭。昔甌脫，今禾黍。翠葆容與，轙紱俠塗齊負弩。采椽不斲構行宇，擁篲清塵職守土。積蘇衣，都曇鼓。筵開詐馬，旌門拜舞，陛下萬年中外主。

三陵謁祭備物升馨光孝思循彝典也爲高山作第三

高山作，基庥祥。天祚德，九州享。淵穆穆，聖重光。迪孝熙，寅蒸嘗。予有慕，眷舊邦。鞏轂林，龍䕫鵊。亙長白，襟三江。帝來覲，芬蕭薌。越閟茂，溯尚章。歲不居，懷秋霜。四展祀，昭皇誠。容有睟，僾若望。榆之樹，棼幄張。石馬馳，嘶靈風。陳廣牡，臨齋房。舞八溢，鏗玥鳴。神在天，感洋洋。承祓佛，歆嘉觴。祐孝孫，慶無疆。五朝冊，寶奉藏。

盛京太廟對揚鴻庥昭無極也爲章神烈第四

章我神烈，於昭于天。揚徽熙號，玉檢瑤編。練吉日，格新廟。千祇翊從，鷖斿前導。芝柄霞，栱盤龍。琅函琱，几當中，赤文綠字光熊熊。奕世侑，德饗功，日月照耀垂無窮。

御盛京崇政殿受朝遂錫愷宴大和會也爲聖當陽第五

聖人當陽，崇政朝百辟。仗衛從從，頫印劍烏。堯階《采茨》重，阿閣德羽集。十亭岜崿法會陳，函宮吐角穌八音。沛父老，南陽親，在鎬愷樂宣皇仁。

朝鮮國王遣使起居賜詩嘉寵文軌大同也爲平壤朝第六

平壤隶，幣朝天，謁者引鄉爻間前。使者嗛嗛致辭，臣祘拜表丹墀。帝嘉守禮庸作歌，榑桑東被光華多。慶尚全，羅鯨波。浡蕩沾朝恩，咨爾世世，奉職修東藩。

盛京鼎建文溯閣分庋四庫全書義符過澗經籍道光也爲水之瀾第七

水之瀾，導崑崙。聖之文，繹羲軒。圖書甲乙丙丁，淵源津薈桄三層。淮南浙之西，波溉褰幬榮。幽居爐編秘閣妥，三萬六千星摘顆。長恩守槴以環列，太乙吹藜而來下。文館崇儒遡冊府，文皇文思帝稽古，東壁揚輝慶繩武。

敕繕治奉天屬城葴工臨視壯觀瞻固封守也爲屹金郛第八

萬雉屹金郛，煌惶衛京雒。賦丈給水衡，鳴謷喜偕作。鐵爲壁，湯爲池。丹雘粉堞，蕩蕩開通逵。帝臨省厥成，重履視，咨周行，思難圖易民咸寧。不見永安極，長虹倚疊道，祖澤千春儷穹顥。

王跡肇基興懷祖烈川原諮攬即事摛吟命皇子彙錄函藏闡光猷式明訓也爲漢昭回第九

漢昭回，天爲章，震耀金石諧宮商。經過懷聖蹟，松杏山河長。壁壘屯風雲，旌旗尚飛揚。思王業，王業多艱難。《詩》以言志，造化迴斡歸毫端。守成愼永圖，蒙麻憬貽安。三復《豳風》篇，欽哉永寶以弗諼！

咸秩山川崇建祠宇上下神祇咸受職也爲萬靈趨第十

拱玉鑾，萬靈趨。視公侯，般徐徐。句驪東梁相灌輸，納嚕皓旰流英峨。鼎祠堳，神之愉，周流常羊橫泰河。遼東復遼西，突兀醫無閭。絡以大瀛海，升香絪縕通虛無，和風甘雨溟不波。登高樓，臨碣石，萬里青銅點飄黑。

行慶推恩澤覃豐鎬宏錫類也爲湛露滋第十一

湛露滋，萬物各遂生。復租稅，吏不呼門。九年儲，無待三年耕。旗莊差次貸，減囷粟滿盈。校官歌《鹿鳴》。弟子增員遊膠庠，咸禮讓，無所爭。雞竿子子，視罪輕重弛其刑。存問高年束帛異，粷守吏賜爵一級。暨從官，下有司，書姓名。聖德普，福如天，葆棳含淳，同樂太平。

鑾迴葴成格廟班朝鉅典喬皇天庥滋至也爲慶蕃釐第十二

蕃釐來成慶馮馮，昌瑞祇薦百福同。帝車迴杓臨紫宮，秉邕太室乎天衷。微垣端正開明堂，華鐘鏘洋宣八風，卿煙八昌曦瞳瞳。皇哉孝治格祖宗，延洪純算曼崋嵩，光被四海登熙邕。

寶奎堂集卷二

上海陸錫熊耳山撰

經進文

恭慶皇上七旬萬壽樂府　擬上壽曲九章 謹序

歲上章加子壯月旬有三日，恭逢皇上七旬萬壽聖節，純嘏懋臻，嘉禧駢臻。合撰乾始，增紀無量，昌期告禎，曩牘遼睹。皇帝乃以元辰誕敷德音，博惠陬澨，庸答徯懇。而盛德沖邃，不居旅賀，自爵土寀迥，秀民兆姓，以逮藩國之長黃，衣冠之師益。樹頷翹趾，顒展祝悃，謳誦謹牣，億口一音。

臣蒙恩典校秘書，近光覃渥，忻躍倍萬。每惟功德巍巍，隃軼繩契，雖酌蠡測管，末由規晰於萬一。竊考郭茂倩《樂府·燕射歌辭》，晉宋四廂樂，皆有王公上壽歌曲，而指意淺陋，其詞弗稱。輒依仿厥體，本中外嵩呼臚頌之志，演爲上壽曲九章，庶叶諸管弦，侑萬年之觴。有以宣導下情，榮鏡顯符，對揚無疆之庥慶。臣誠懽誠忭，拜手稽首謹上。

擬王公上壽曲一章章四十句

章聖符，邁威神。應帝期，泝昌源。肇大邦，作高山。武之揚，爍豐功。叶、殰四路，燀霆震。轢松杏，鹹糜麐。宅新邑，正三辰。烈丕承，廓岐豳。蒙古服，朝鮮臣。式典訓，垂億年。大一統，咸率賓。聖繼聖，綏兆民。頒鳳紀，覿龍鱗。訖晻昧，融皇仁。鍾五葉，開風雲。篤嘉祜，生聖人。迪前光，媕复聞。大報功，昭睦親。洽辨章，化無垠。獻曼壽，彌千春。

擬文職諸臣上壽曲一章章二十二句

皇帝踐阼，董正百官。邑熙念德，治登泰安。於穆衢室，疇咨日勤。棘序槐庭，咸荷照臨。帝挈懿綱，臬表儀陳。吹之揚之，有翹其倫。踏之蹶之，有恫其昏。天鑑因材，品式平均。坦坦康逵，祁祁德心。王道正直，人思自殫。聖壽萬億，紳緌洽歡。

擬武職諸臣上壽曲一章章三十一句

我皇握樞，憺稜威八荒。參旂井鉞，用征不庭。普天率土，莫不來王。執義討不愞，天聲震戎疆，出車有旝旂有章。廟算協，惟斷以有成，助順天降康。撫附剿逆，萬里不持糗糧。月𩇯既平，河源既通。逮西山白狗，羌敢跳踉。刑有常，天戈一揮，縶酋如羊。畲耕邏戍，遙相望。四衛遺支踔，羅剎而歸誠。會交間伊，綿觀光。磨高崖，凌穹蒼。與天並永，萬年慶無疆。

擬岳牧諸臣上壽曲一章章十七句

聖化浹兮九區，受朝寄兮，戴曳而佩紆。奉進止兮皇之謨，燭萬里兮戶樞。述我職兮來趨，凜命討兮袞與鈇。皇之巡兮遵川塗，效負弩兮前驅。御茨階兮臨青蒲，仰儉德兮垂模。流竹箭兮波徐，石鱗鱗兮海之隅。迴重瞳兮都俞，鞏奕禩兮厓河渠。願年年兮掃除，迓清蹕兮承懽娛。

擬在籍諸臣上壽曲一章章十八句

大君履庥慶，中外被禔福。佚老歸田廬，恩優視祠祿。生逢太平年，名亞耆英續。皤皤偕庶老，子弟互勉勖。銀牌綴彩縷，黃紽耀華服。肖翹各含生，矧乃荷涵育。山中芝作蓋，海上籌添屋。天行仰彌健，臣齒愧見錄。願同擊壤民，常效華封祝。

擬士林上壽曲一章章十九句

天垂奎璧文章府，五緯聯躔珠貫組。聖人則之成化普，芹頖菁莪大昕鼓。山川出雲天降雨，訣蕩亨衢鴻篷羽。甲乙環開恩牓五，孝秀論升欣接武。泰濛之西濚水滸，新豐弦誦皆鄒魯，體袪軋茁崇雅古。如周中規折中矩，彝訓崇閎式藝圃，群流匯瀠袞四部。蕭艾咸艾采蘅杜，三間牙籤扶棟宇，故事麟臺那足數！壽考作人欽聖主，橫經挾㮯紛歌舞。

擬耆庶上壽曲一章章十八句

桐生百物華滋，十雨五風應期，釀膏周流四垂。含哺鼓腹以嬉，湛恩次第溥施。壤賦全蠲不訾，漕艘限年罷齎。賜復屢浹淪肌，窮檐貸穀行糜。寒暑勤思怨咨，囏難知小人依。昔卹髫皆艾耆，長養幸際昌時。疏秧春隴一犁，納稼秋倉萬坻，為此春酒介眉。元會運世遞推，兕觥歲晉蕃釐。

擬藩服上壽曲一章章十三句

象胥鞮譯六幕陶皇風，車書玉帛內面爭來同，外臺粢幣王會陳髳宗。亦有丹青《職貢》新圖工，周陔《羽獵》甫草歌《車攻》。諸藩以時入覲陪珇弓，九菌百濮炎海波浮空。崑崙西極王母之所宮，伊古書契紀載難形容。陸鬐水慄奔走岡不共，山莊會極絡繹隨賓鴻。纏頭鐻耳效祝齊呼嵩，上皇帝壽章蔀環無窮。

擬班禪額爾德尼上壽曲一章章十五句

揚法螺，霏天花，遠涉絕漠朝皇家。佛出世，臨正衙，震旦壽寓開光華。資十力，演三車，現大吉祥帝所嘉。寫須彌，並洛伽，塞山萬道絢紫霞。頌皇釐，侔岱華，平聲。積算永紀恒河沙。

聖駕五巡江浙恭紀　擬康衢問答辭

皇帝四十有五載，蕃釐錫慶，覃衍黃圖。有詔五巡江浙，籲章是俞。斗柄插寅，六飛首塗。粵百有一旬有七日，而旋軫於神都。鴻儀備，閭澤濡。謏臣懵學，珥管金鋪。聆桑梓之質諺，采里巷之驩歈。謹詮紀什一，竊附訓方之所臚。

有康衢謠童，問於壤叟曰："元化丕宅，卜征筴期。太乙天目，躔臨四維。懿哉爍乎，皇帝五巡之上儀也！渙寶檢於元朔，而壽寓慶綏；案瑞牒於俶令，而春霂汁宜。且練日在卯，木德迂釐。蒼牙氏所以登敷教之臺，行八風而奠九陂。故迺對祈穀之燎燎，戒避耕之驂騑。德疇返而弗浸，膏岡罅而不熙。洵其爲隃邃古，軼來兹者乎？"

壤叟曰："戴灝英者，銅渾不能範其大；履游極者，瓊柱不能測其會。卬惟恩霂化翔，周洓於前巡者，久隱賑而無外。天子儲庥攄念，憨憨懇懇，亦既有年，而翠華重幸乎江介。吾儕小人睍睆，斿漱樽灌。蓋宣臻演溢，滲肌而延胝者，倍什伯於曩載。今子亶睎《雅》《頌》典馥之文，而弗捃陬瀿撢誦之概。奚其爲僮儓也？曷不叩槃鑰，竭營蒯。條次件舉，更端而對？"

謠童曰："脿脿揚土，襟淮抱瀛。桑駕應候，農鴷報成。獨不睹皇帝之載末而省耕乎？磕者負襆，鉬者輟矜。盆豢芬菹，遮術跽迎。紛儌儱不可以數計，欥飛式道，寅喻上指，曾弗懱夫趨聲。自我天覆雨施雲，行蓋霓旌。未拂乎首頓，而德音雷動，早沸岷絡而殷稽陘。逋滌其舊，百萬是贏；供免其新，什三是程。其使持節所理，三郡無出，今年租賦，咸阢縈望，差重輕。它若留穡秸，殖茨京。禮齯鮐，惠孺嬰。宙合咸鰍，千里一坰。皞皞乎歌遂物者，葛天之氓，吾其捉忭而進廣。"

壤叟曰："江左昌丰，百貨輪備。雄閈背望，鉅賈鱗次。車服光靡，千鄽百隧。天子俙然閔侈風之呰窳，而思博以瓦甓。還几籩與赫蘇，訓允式夫四苴。廑皇情之迴慮，申董勸而彌摯。凡我薦紳大夫士，以暨游蓁之僮，灑削之隸。罔不含真鏡粹，邸成淳洽，庸上迪乎聖人之志。"

謠童曰："伊古群后會嶽，敷奏庸功。枑椯爻閒，袞紱來同。惟上聖董正日，虔鞏有位，內外罔不共。雖萬里恒竦若進對，矧扈鉤陳以景從。皇帝乃御朝覿之帳，而釐百工焉。疇錫以乘馬，疇旍以翠章。叶。疇報善最而進律，疇換劇易而替衝。甄除道之庶寀，轉一階以遞崇。以至四方會時事者，亦奉進止司馬門外，述職守於睿聰。洵虞考無以藻其密，而漢課不足儷其公。"

壤叟曰："負弩入疆，先驅岳牧。謹汜掃夫行館，以候御宿。彼不龔而自夆，競子來於版築。謝粉丹之綈繢，蹠山水之灝淑。皇帝猶澹無爲，敦太璞。式茅茨之不翦，斥雕幾之近縟。爰膈以臺簡之要，歛以清淨之福。詔書切誡儆於有位，曾不憚再三以申告。緬采椽與卑宮，實巍巍遠媲夫芳躅。"

謠童曰："琅玗獻其采，竹箭毓其材。挈柄八坼，頓弦九閡。方狂闕以鱗集，試南宮而翕開。聯奎耀以旁魄，燭斗牛而昭回。擊轅之吟，協韻於絿縵；迎鑾之曲，比節於《扶徠》。迥行廬之給札，江浙則薇垣縮職，江西亦桂苑題籍，如遡玉堂而登蓬萊。陶頖沼之樂豈，廣青衿而煦培。僉詠蹈嘔喻，紳菁莪而進曰盛哉！"

壤叟曰："尌元鞴化，煥乎天文；范雅甄謨，仰乎大君。惟神毫擩染，漏未移點，晷不畧分。皋煙隰靄，悉受大造之迴幹。山若增而嵬嶔，水若波而裔淪。蠕蛸翹秀之屬，若益葋蘢而掀紛。自初二三集，藝圃所胱沫，舊均新藻，珠聯璧疊，咸迥出於思聞。墨海騰虹，豐碑切雲。展也嬪八闋，軼三墳，長照耀乎無垠。"

謠童曰："鑾輿時省，誕錫多祜。沃之若露，灌之若乳。噓之若風，膏之若雨。被渤澥之餘潤，猶液瀝而不可僂數。豁丁竈以紓力，尉牢盆之劬煮。祝湯仁之解網，迴陽曦于圄土。組練搏隼，艨艟翼虎。華蓋容抱，歡艫江滸。黃頭守櫂，日顧其旅。樓船停輓，月飤其伍。所過名山大川，薦煉甋宰。考鐘櫟皷，睠舊臣之宿草，澤並漏於雕俎。鴻施渥典，隨徽志以匝匜，夫奚一物之不獲其所。雖翰林子墨，怵思抽毫，亦莫殫其覷縷。況耕鑿之順則，亶饔皷而軒舞。"

壤叟曰："綜子之辨，約子之指。譬踐庪敦而度高，酌汍濫而量委。桷規晰於萬一，尚未罄勤民之懋懿也。今將慶恬波於靈溟，瞻榮光於德水。告子以丕績，博子以要旨。"

謠童曰："海於有蔽，鹽官之塘。重郛抗濤，屹焉若鶊。審起伏於坍漲，告南陊而北臧。維天臨眂成以定畫，盍觀寧而扢詳。"

壤叟曰："三壅噴欿，互為衝首。伍胥之所汨重，竇蒙之所析剖。崇隉蝹蜦，萬弩壁守。曩者金根屢紆，肇未迄酉。重瞳周覽，什究燦夫八九。相水土以嫥摙，知排樁沈揵之各有所取。故一層二層之坦，四尺五尺之誌，條石凷石之規，並握筡於貞久。今籌安重苞，詶可度否。豁帶郭之舊防，命易甃而培厚。鹽倉東鶖，並海屈糾。柴石間築，計鞏厥後。地所受栽，戒爾植掫。別以緹烏，固以牝牡。仍資衛於宿薪，毋以改建而遂忽於棄帚。覬成腴以惠瀾，憎陽侯而卻走。維浙西千億萬赤子，永戩生成於我后。"

謠童曰："河宗自出，昆侖之巔。葱嶺蒲昌，是惟重源。乃千里一曲一直，而歸墟於安東之壖。疏停道滯，禹績用宣。越鬈鑿之繼志，復身奋茇以爲人先。或釃之渠，或滌之川。迨兹五巡而授策，彌决於萬全。叟亦能第嘉頌，而誦'禽河'之篇乎？"

壞叟曰："天人之交，元契斯應。幽贊神明，昌符協聖。屬儀考之澹菌，佻期日而未竟。用夙夜紆軫於皇心，謂皓皓旰旰之爲吾民病。昨鳳艫之造梁，告吉禘而展敬。迴淵衷以默祈，禮祠庭而弡榜。河精禩禩，肸蠁如贈。升煙財瞥乎一昔，已周流常羊而允答夫神聽。欽陽感天之洌不旋，日藏隤繇而誌慶。若乃竹箭春流，黃淮匯并。填淤反壤，偪則劇競。自廝新河於陶莊，而濁無回漾，清無壖輪，乃瀇滉而各若其性。兹者法駕臨視，鑑抽薪上策，更重巽以申命焉。岸拓容湍，波寬失勁。重臣稟算，導緯析經。亦粵雲梯下趨，彭城上亘。驗水維於蒼檢，勱宵衣而權訂。豈伊後世《溝洫》《河渠》之志，所得絜其訏謨，固已揆地通原，邁羲軒而遐复。"

謠童乃作而謝，負劍而請益曰："蒙也沐浴醲化，出作入息。以飲以食，不知不識。第延跂夫穆穆之光，而莫克形容乎盛德。幸叟昭晰震煒，俾瞑蹟者得以窺，聵植者得以測。歌詠帝力，長饗挹而無極。"

於是前喁後于，結襟聯紳。抃呀怡懌，偕拜手而進陳曰："蓋聞乾坤之策，二五式均。肇五遞積，奇偶相因。自萬有一千五百二十，而推演於無量，戴天行者，識圓轉其如輪。恭惟上章以五紀歲，正泰元，增策裵，晉七旬。而習五繇以告祥者，又適屆十有五載，用懋舉夫五巡。五位相得，而各有合忻。若緯環嶽拱，介純嘏而啓洪鈞。由是相乘相衍，將萃元會運世，而駢提納祉於聖人。游壽寓者，容隸不能究其算，述巡典者；嫣姒不能邁其倫。至如臣等昭景飲醴，含沖佩淳。際游華而錫羨，樂登臺之恒春。惟曰自今至於萬億年勿替，引之常祝慶祺而翹勤。躋此所以尤徯，戀於屬車之清塵也。若夫觀河拜雒，察扈合符，荒誕瑰異之説，固聖哲所弗道，又烏足以擬議而並論御試文！"

【校】"瀇滉"，底本誤作"廣滉"，據嘉慶本改。

御試文

誠 無 爲 論

嘗觀萬理之具於我心者，莫不有其渾然太極之真，與爲綱縕而摩盪。而要其所爲渾然者，一念之未發，一私之不縈，天下萬事萬物之理，皦然具足於其中。而天下萬事萬物之所以然，仍寂然不動於其内，何也？曰：天體無爲，而原之出於天者，亦莫不有其人。生而靜之初焉，此無爲之旨，周子所以言誠，而即太極之義所由發明也。

今夫大哉乾元，萬物資始，誠之源也；乾道變化，各正性命，誠斯立焉。誠非確有主名之可按哉！然而誠固無可名也，可名則有爲，有爲則非復太極之真矣。五性相感，而未感則無爲。忿懥恐懼，好樂憂患之未萌，其蘊於一誠者，絶無端倪之可尋。百行有原，而其原則無爲。惻隱羞惡，辭讓是非之未著，其統於一誠者，更無情狀之可覿。

大哉誠乎！自其在天者而言，則隤然確然，易簡之原，宰乎群動之先。而太虚無朕，所謂"上天之載，無聲無臭"也。自其在人者而言，則何思何慮，寧謐之衷，立乎云爲之始。而得主有常，所謂"成性存存，道義之門"也。

自其統乎畢生而言，則赤子之心即其誠，雖無端啼笑，未始不類乎有爲。而由少壯以觀，則知識未開者，一無爲之體也。自其由乎一日而言，則平旦之氣即其誠，雖好惡相近，未嘗不驗之於有爲。而就旦晝以遡，則梏亡未覿者，一無爲之象也。

大哉誠乎！根乎物與無妄之原，藏於宥密不見之地。靜而無靜，不淪於寂滅；動而無動，時見其淵涵。一物未交，而聖、狂莫判；萬籟俱息，而舜、跖無分。如鑑之空，如水之止，鬼神莫窺其朕兆，視聞悉泯其形聲。以至無而涵至有，以至虛而含至實，非以無爲而宰乎百爲者乎？若夫由此而達之於爲，則爲幾矣。幾則易漓乎誠，吉凶悔吝生乎動，其是之謂乎？

擬爵李躬桓榮詔

朕獲承至尊休德，傳之無窮，思稽古典，以敎孝弟。仰惟光武皇帝，受命中興，撥亂反正，耆定武功，遂建三朝之禮，恢宏大道，被之八極。而臨饗未行，至德莫究，永言遺緒，夙夜常在朕心。迺者暮春吉辰，初行大射；令月元日，復踐辟雍。尊事三老，兄事五更，公卿撰杖，朕親袒割。樂既備奏，進而乞言，百僚具瞻，兆庶忻暢，斯皆聖祖功德之所致也。

顧惟涼薄，仰承休業，獲受斯慶，踧踖惟慚。三老李躬，德淳學茂，五更桓榮，傳朕東宮。朕既不德，不能厚報重闈，勞以官職之事。其各以二千石，祿養終厥身，並賜榮爵關內侯，食邑五千戶。天下三老，人賜酒一石，肉四十斤。有司其申勅四方，率由孝治，養耆艾，奉高年，俾化成於鄉，以永光我漢德，豈不休焉！

擬循古節儉奏

臣聞先王之制，自天子公侯、卿大夫士，至於皁隸、抱關擊柝者，其爵祿奉養、宮室車服之制，各有差別。小不得僭大，賤不得踰貴，非特其制節謹度然也。蓋所以辨上下而定民志，防其奢欲之萌，而杜其亡極之漸。是故堯舜之世，土階不斲，茅茨不飾，宮女不過九人，秣馬不過八匹。所以蕃阜庶物，節宣財賄，稱足功用，如此之備也。故天下家給人足，而頌聲作。《易》曰："后以裁成，輔相天地之宜，以左右民。備物致用，立成器以爲天下利，莫大乎聖人。"此之謂也。

至高祖定都咸陽，反秦之弊，孝文皇帝循古節儉，身衣弋綈，慎夫人衣不曳地。嘗欲營露臺，召匠計之，直百金，上曰："百金，中人十家之產也。"遂止。苑囿服御，無所增益，有不便，輒弛以利民。是以海內殷富，興於禮義，此躬行儉德之大效也。孝武之世，大事兵革，行齎居送，中外騷擾。而又廣治宮室，起上林苑，屬之南山，又多取好女至數千人，以填後宮。及孝昭幼沖，霍光秉政，不能以禮輔導，山陵多瘞藏物，又出後宮女，置於園寢。沿及孝宣，相踵不絕，群臣莫知舉正，甚可痛也。

是故奢侈成俗，轉轉相效，大夫僭諸侯，諸侯僭天子。嫁娶過度，祭葬越禮，衣服劍履，亂於主上，然不自知其僭也。習爲固常，媮視一切，蕩然無復禮義之心，陛下又不爲矯正，弊將安所底乎？今大臣徒循故事，無可言議。《論語》曰："當仁不讓。"臣愚以爲，陛下宜斷自聖心，參稽往制，以復古化。不當因循苟且，有厚自奉養之心。今齊三服官作工數千，蜀廣漢主金銀器官費鉅萬。夫竭民之財以奉主上，所求無窮，而其力有盡。今民苦饑饉，而廄馬食粟且萬匹，非所以示爲民父母也。臣禹不勝拳拳。

唯陛下深察古道，從其儉者，乘輿服御，三分去二，後宮擇留二十人，諸陵園女，悉遣宜春下苑。西南至山西至鄂，悉復以賦，貧民庶大自減損，有以安元元之命，稱上天之心。夫聖人憂民，非自娛樂，上不甚損，而下受其益，陛下何憚而不爲耶？伏願遠思堯舜之德，近察文景之治，鑑海內耗弊之由，絶法度無限之木，移風易俗，曠然一變其始，太平之基，可立致也。

耗羨有無利弊策

臣對：臣聞古之言國計者，莫備於《周官》一書。冢宰之職，九賦以斂財賄，九貢以致邦用，歲會月要，具有定式，皆所謂惟正之供者。然考太府所掌式貢之餘財，以供玩好之用，而金玉齒革，又屬之於內府，則常賦之外，自有贏餘者以儲用可知也。後代貢賦所出，幣易而錢，錢易而鈔，鈔易而銀，完納有多寡之殊，傾鎔有銷耗之漸。於是由散而聚者，尤不能不藉贏餘之數，以贍費而便民。而漢唐以還，其制不立，故靡得詳焉。

我國家本計加勤，民寧益裕，輕徭薄賦，休養百有餘年。而耗羨歸公一項，或有以於古未合爲疑者。不知耗羨之名，雖不見於列史，而其意實本於《周官》。且在今日，除弊利民，更有不得不出於此者。臣竊綜其利害而計之。

方耗羨之未歸公也，常賦爲府庫之上供，耗羨爲州縣所自取。儲之府庫者，有冊籍之鈎較，而秒忽不容以橫增；取之州縣者，任谿壑之貪婪，而千萬何妨於恣意！其所以蠹國而病民者，豈有窮極哉！然其仰食於耗羨者，正不獨州縣之予取予求也。上官勒索，期會日至於府矣；京僚借貸，竿牘不絶於門矣。且也親戚之交遊，僮奴之衣食，又無慮千百，指之垂橐而待矣。於是罄其所有，不足以供，而勸輸之令，科派之目，遍擾於民間。拖欠之久，虧空之多，遂及於帑項，民困之所以難蘇，而官箴之所以日闕者，職是故也。自雍正年間，定歸公之制，始舉積弊而一空之。官吏絕依附之徒，而苞苴之風息；公費有支銷之款，而箕斂之累除。而又即其中設養廉銀兩，以優贍臣僚，俾官與民兩受其便，誠萬世之法程也。顧行之既久，而公私積弊未能盡去，猶有足以上厪宸衷者。

臣愚以爲，耗羨之制，斟酌盡善，固可爲久遠之規。今日所慮，亦惟在司其事者之奉行不善而已。蓋耗羨有恒數，而不肖者輒思加重平餘；養廉有常支，而濫費者不免動及正帑。將恐耗羨之外，更生耗羨，而利孔日開，民乏日甚，有大足爲成制之害者。此前憲昭垂之下，不可無隨時補救之宜也。

我皇上惠澤覃敷，仁風廣扇，蠲租減稅，疊降恩綸，薄海黎元，無不飲和食德。而又諄諄詔諭大小臣工，以潔己愛民爲要務。凡有地方錢糧之責者，果能凜遵聖訓，奉公守法，砥礪廉隅。而督、撫、監司又爲之以時督率，俾出納有準，務矢清白之操；徵收有方，不爲苛急之政。用度之浮靡必謹，胥吏之稽察加嚴，庶乎有利無弊，而良法與美意並存，國計與民生永賴矣。臣謹對。

寶奎堂集卷三

上海陸錫熊耳山撰

表

爲王大臣賀平定緬甸表

欽惟我皇上聖武布昭，仁恩普被。憺威稜於有截，師中揚鈇鉞之聲；溥聲教於無垠，化外格車書之會。協一方一圓以致用，神機不設成心；苞九天九地以稱奇，遠馭長操勝算。奄羌髳而受索，銅標雪棧之塗；跨濛汜以開疆，玉貢金庭之域。凡人事天時之有合，先幾炳燭於九重；故義征仁育之咸宜，獨斷折衝於萬里。率俾暨光天之下，孰敢外於鈞陶；來威若時雨之行，自不勞於血刃。欣際六師霆震，共看蠻服之敉寧；仰欽八表風從，彌慶帝圖之廣大。

蠢茲緬甸，本屬幺麼，窮邊稱白象之酋，並海畫朱波之壤。巢梟覆卵，莽瑞體既炊火無遺；乳虎游魂，甕藉牙復羽毛漸長。

属疆臣之稽讨，始示包含；乃逆孽之乱常，旋滋钞窃。责白镮金旄之税，种人则洊被鲸吞；匿丛篁茂箐之区，醜类则潜驱乌合。向缘边而盗食，各土司侦候常惊；敢附塞而藏逋，诸版纳耕耰尽扰。徯虹霓於列部，望切来苏；蔪蜂虿於穷荒，诛先後至。迺咨偏旅，爰示薄惩。万窦因粮，指蚁封而深入；千旌夺垒，扫象阵以横驰。詎挺原伏莽之能为，顾薙草獮禽之未忍。谓不足臣而不足守，原无烦斧锧之汙；庸示以德而示以威，俾共喻丹青之信。当三句之逆命，舞干猶洽於好生；更一载之休兵，食椹期思夫憬德。岂意穴鮒假息，未悔触藩；槛兽呼群，尚怀拒辙。既益稔怙终之恶，实难寛阻教之刑。

於是赫天怒以宣威，秉神机而授算。因相臣之籲请，命佩印则旄节飞霜；选禁旅之腾骧，肅祃牙则弓刀曜日。用简孚於在位，兵出有名；维震惊乎朕师，罚行罔赦。盖圣人之心非得已，睿怀咸喻乎群工；而司马之法有必伸，义问早宣於绝徼。故乃关开铁壁，分两道而擣厥中心；路绕金江，按五城而断其右臂。野牛壩晨漂木柹，云排下瀬之船；夏鸠水晓亘梁虹，雨洗凌波之甲。南掌则腾笺贡款，修矛戟以同仇；猛拱则献籍输忱，属櫜鞬而请吏。自会师於蛮暮，旋奏捷於新街。地迸千雷，夺幟而频搴画麗；星飞一箭，伏弩而早殪红衣。老官屯乍合长围，阿瓦城已披狡窟。

方见云梯百道，尅日而犁扫堪期；特念雾岭千重，计候而鬱蒸是虑。中旨决班师之策，方矜暴露於熊罴；急邮传奉朔之章，遂覩向风於豺狼。头目则投戈繫组，乞命须臾；缅酋则襲锦封函，革心祈请。率南人以受约，詟天威而若葍倾阳；拱北极以朝宗，捧德命而如纶布泽。寔豨蛮貐，駢阗罗迤道之浆；漆股文身，鞠膢敏当关之籥。列睢盱而舞仗，待重增《王会》之篇；一尉候以颁符，看更续形方之纪。维事机之适会，阴阳悉契乎天行；故震疊之遙傳，進止咸承夫廟算。雖一人裕謙沖之度，宵衣猶歉成功；而萬方知弔伐之由，折箠原非究武。逆者征而順者撫，仰至人張弛之宜；叛則攘而來則安，實中夏羈縻之道。從此苴蘭入版，百夷之包匭偕來；還欣滇洱流膏，六詔之藩籬永奠。底群方而慕化，洵閭寓之流歡。

臣等忝列具僚，恭逢盛事。奉德音而動色，如親挾纊於軍中；緘誓表而馳誠，徒愧請纓於闕外。叶止戈之爲武，頌至德而運量難名；覘益地之成圖，仰神規而贊揚曷罄！譜歌詞於棨木，恰同臚介壽之觴；煥瑞曜於離方，喜益茂延釐之籙。

爲王大臣賀平定金川表

欽惟我皇上德懋敷文，功崇綏遠。車書萬國，瑤圖越參井之躔；干羽兩階，玉壘靖欃槍之氣。法采薇以命帥，偕迎時雨之師；圖滋蔓以寧邊，普洽光天之化。

維金川之小醜，介蜀塞之一隅。徼接牂牁，輒夜郎之自大；蠻聯板楯，每句町之相攻。懷姦久恃其包藏，授律曾經夫撻伐。射九頭而掃跡，神威早凜軒弧；祝一面而全生，大德幸寬湯網。方謂雷霆收怒，期豺性之終馴；豈知風雨興妖，尚鴞音之難革。凶殘相繼，索諾木則貙又生羆；間諜潛通，僧格桑則脣還倚齒。竊稱戈於鄰部，妄逞磨牙；屬出柙於疆臣，猶稽落膽。

我皇上念穴中之鬭鼠，汙斧無煩；憐釜底之游魚，炎岡未忍。倘三章之奉約，珠崖原許羈縻；迨九伐之興師，丹浦初非樂戰。迺跳梁之自阻，更伏莽之群興。聯九姓以分疆，咸遭踩躪；控三城而置戍，敢肆憑陵。拒比陰螂，既生成之自絕；噬同瘈狗，洵苞蘗之當鉏。蠢茲憤結神人，天討宜申於司馬；鑑彼寧求邊徼，妖氛冀靖夫封狼。始弗獲已而用兵，謂不恭命者無赦。

於是銀麟授印，高懸大將之旗；玉虎分符，廣練倓飛之士。修戈矛而偕作，禁旅雲騰；咨彭濮以咸徠，連營雷動。桃關啓路，威通井絡之墟；雪嶺揚兵，氣奪綢金之堡。指翔禽之晝落，但怯虛弦；逐毚兔之宵奔，惟存空窟。乃平摧夫堅壁，全收盩拉之疆；復申命夫中權，進壓促浸之境。千山鼓角，天上爭鳴；兩路貔貅，雲端並下。峰迴束馬，層碉則捲籜齊飛；徑闢緣猱，峻棧則凌緪直度。勒烏圍高墉不守，匈奴之右臂先除；噶喇依孤壘徒撐，長狄之春喉難遁。摩霄拔幟，盡散狐群；匝地張羅，立窮鼯技。星臨廣幕，徑探穴虎之城；月暈重圍，不斷長蛇之陣。賊徒攜貳，方剚刃以來降；番衆謹呼，競提箪而受撫。信覆巢之莫保，親戚皆離；遂繫組之成擒，罪人斯得。

是皆我皇上天威遠播，神武遐宣。懸金鏡於先幾，無微不照；握瑤鈐於秘策，惟斷乃成。御札三霄，赤羽問投籤之候；軍書萬里，丹毫成聚米之圖。蓋奇正兼資，授算不踰乎寸晷；故機宜悉稟，集勳適藏夫五年。黃鉞聲靈，盡掃沈黎之霧；紅旗騰踏，遙穿邛穀之雲。會茲辰凱唱金鐃，春闈之共球正集；看他日歌傳棫樸，雪山之耕鑿常恬。喜溢班聯，歡臚寰宇。

臣等才慚磨盾，願切鑴銘。迓百福於王正，欣聞吉語；頌六師於周什，倍仰神謨。際靈臺偃伯之辰，包戈共慶；續麟閣銘功之盛，宣石難名。

【校】"宣石"，《頤齋文稿》作"宣琰"，眉批："御名應改。"

爲總裁進平定準噶爾方略表

欽惟我皇上神謨廣運，義問遐宣。德耀軒弧，地絡恢紫濛之野；化覃禹服，天山鞏白皋之圖。拓二萬里甌脫而遙，共球僉集；越廿八宿經躔以外，疆索閎開。周原排築舍之謀，握珠鈐於獨斷；大漠奏犁庭之績，懸金鏡於先幾。師期甫再閏而不踰，廟算爲百王所未有。碣樹龍堆絕徼，流沙詎盡提封；觚操虎觀新編，聚米宜昭方略。

曰前曰正曰續，彙三朝之訓典而兼賅；系日系月系年，書兩部之蕩平而悉備。原夫傳標《西域》，錄著班《書》，鎮啓北庭，事詳唐籍。繞陽關而保塞，外孫之國空傳；度陰磧以懸兵，都護之官旋罷。難堅約束，焉耆王則侍子終歸；略受羈縻，吐谷渾則降番欲散。矧復湟流地限，徒矜貢馬之連群；要知蒟醬名高，究屬乘槎之鑿空。創非常而立極，奇功實待於聖人；擴無外以恢紘，盛事獨超於亘古。

溯自阿魯台之部，別爲準噶爾之名。顧實汗既老上初強，噶爾丹遂夜郎自大。四部本伊脣齒，雄心已侈鯨吞；七旗係我藩籬，狡計將罹蠶食。洪惟我聖祖仁皇帝親征三駕，凶渠仰藥以歸骸；爰逮我世宗憲皇帝大武一匡，逆孽輸琛而表界。惡未盈於五稔，姑稍寬畫斧之期；亂彌扇於九黎，將自遘焚巢之禍。蓋威畏德懷之並用，實天時人事之猶須。當聖主之初元，正神機之默運。

乃閱蟻頻經掃穴，終焉推刃相尋；亡猿亦效款關，正爾操刀宜割。迓壺簞以載道，競傾馬乳之漿；蹴廬帳於窮荒，竟折狼頭之纛。厄魯特燎原孰避，及時春雨其蘇；綽羅斯因壘皆降，所過秋毫無犯。右師麾蚤先濟，俄傳頡利之宵奔；別部捧橄偕來，已見兜題之面縛。將欲性馴虎落，分封存衛拉之規；何期脣沸鴞音，交扇起伊犁之黨。比烝徒勢集，怒螳猶覷當車；而小醜途窮，狡兔豈容擇窟！邏騎徠大宛汗血，共期誅毋寡之頭；窮鱗賸羅刹游魂，早見瘞蚩尤之髀。舉虺潛之逆種，莫請灰釘；暨烏合之凶徒，均膏齊斧。籌萬全而安袵席，因一舉而靖欃槍。

至分部於花門，原連疆於蔥嶺。責延留之納稅，誰憐力盡鞭

· 43 ·

答；等阿惡之拘酋，久已命懸湯火。詎入檻之纍囚方釋，鷹竟離鞲；迨乘軺之節使被遮，豺還當道。實難期於人理，寧得逭乎天誅！是用申命元戎，龔行顯罰。下諸城而斷臂，白山之士氣胥騰；踰重險以攻心，黑水之軍聲協應。乍覩朽紅困滿，三單因雪窖之糧；旋聞鼓角地鳴，萬里蹴洼池之騎。維睿畫早周乎前事，六師疑天上而來；況聲威尤憺夫後援，二豎尚井中而坐。伊西洱風雲合陣，于髳之棄甲何多；拔達山草木知兵，巨骨之專車遂致。

於是收其種落，初興司馬之屯；定厥租庸，更置宜禾之尉。從茲出玉門而風和吹篴，開繡壤而雨潤翻犁。測月觛以分疆，正緯度東西之次；越繩崖而表景，總金山南北之圖。查拉則花蕊翻新，不數車師白氎；騰格則暮文別鑄，全銷安息金錢。邊營苜蓿千群，不費市臺之采購；遠墽朩稌萬甽，無煩農部之輓輸。矤月盈璇璧之河，歲致崑波撈玉；露洎葡萄之圃，人霑閬苑分漿。大都督門戶持麾，扼蛇陣適中之勢；副校尉輔車列鐍，規犬牙相制之形。秋嚴乘障之烽，瓜期及而一軍番戍；春荷釃渠之鍤，柳中屯而六郡催耕。群欣通道痕都，五印土同遊化宇；自悔陸梁烏什，一丸泥立墮孤城。彎庭氏之神弓，孽芽盡折；按形方之要籍，灰燼全消。蓋惟屢變而愈康，天授若符乎左券；以故一勞而永逸，神謀適契乎中權者也。

今試溯牙璋之初發，洎玉斧之長驅。實承鴻貺而方臻，用展龍韜而屢捷。臚奉常以紀績，際會昌辰；譜椆鼓以宣音，鋪陳偉伐。既施仁而布澤，還飾喜以崇儀。郊勞臺邊，鐃鐲和《甘涼》之曲；策勳閣下，丹青傳褒鄂之姿。因覛聖武之布昭，進頌奎章之炳煥。提要揭雲霄之指，鐸振聾鄉；盤空鑴金石之文，星輝昧谷。火敦腦粘天浪靜，慶王師洗甲而還；狼居胥冠日峰高，瞻天筆勒銘其上。維居中以制外，包九天十地而運斡璇樞；用原始以要終，括二典三謨而文刊玉律。莫不六條頒格，長貽奠枕之安；

九域歸懷，益見鞏甌之固。準天保采薇以出治，頌聲之作昭然；邁握幾鉤要而成經，軍志之言粹矣。

臣等忝效編摩，預聞密勿。驚銅籤而候燎，每聽五夜之傳宣；紬石室而濡毫，寧藉一辭之潤色。匝月再呈夫乙覽，爲書百七十卷而奇；程功託始於亥春，閱時十有五年之久。欽大業之守而彌創，集靈臺偃伯之麻；仰淵衷之謙以持盈，徵冊府傳心之要。

爲總裁進御批通鑑輯覽表

欽惟我皇上法古綏猷，右文成化。稽帝堯而稽帝舜，考禮樂以等百世之王；監有夏而監有殷，秉權衡以定一中之統。刊歷代廿二家之史，文訂差訛；紀勝國三百載之書，編沿正續。廣修明於舊典，取鑑無遺；闡義例於微言，折衷有待。惟作者之謂聖，體則史而義則經；洵煥乎其有文，指以千而言以萬。成編既定，至教斯垂。原夫在昔有邦，若時稽古。因文見義，用布訓於丹青；比事屬辭，咸取裁於筆削。蓋史使其記，必明取舍之宜；而鑑監於前，實具是非之迹。

至編年以定體，尤提要而徵文。涑水之表歲系時，裒輯實原於《漢紀》；紫陽之列綱分目，指歸悉本於《魯書》。洎遞嬗夫元明，亦間沿爲著述。然而年茇益部，不同習氏之存劉；系黜房陵，莫問昭公之在晉。合書地書人以表例，枘鑿恒多；繫歲陽歲陰以表名，盾矛不免。雖糾唐有作，文人之習相沿；而譏鄶無庸，史法之傳漸失。乃在前明中葉，復有《纂要》一書，略具規模，倍多踳駁。魯魚錯見，沿故牘之乖譌；臧否失宜，任詹言之蕪漏。當發函於幾暇，欲訂毫釐；因付館以編摩，載陳圭臬。纂排數載，薈萃群書。授青簡而肇錫嘉名，御丹毫而時抒精義。

溯自分編以論次，逮兹削稿而觀成，凡條目之攸紛，幸睿裁之悉稟。闡特標之論，覺管窺蠡測而無由；垂刪定之文，實壤薄流涓之莫助。承素王而纘彝典，說明則道自可行；仰聖祖而紹前聞，揆一則心無不合。昭其經法，大旨備而悉奉指南；示以變通，舊例繁而不皆從朔。大用策而小用牘，若網在綱；國爲緯而年爲經，咸指諸掌。審是非而繩懸悉準，具首尾而囊括無遺。紀載之例綦嚴，宜事增而文省；見聞之辭各異，故遠略而近詳。或分注以備言，特書與附書並列；或後經以終義，事本與事末兼該。披月竁之輿圖，悉河判重源之實；考星經之次舍，知躔同五緯之誣。國語則遥證金源，按出之傳譌始剖；世牒則遠徵蒙古，卻特之受姓咸稽。以至正字審音，《三蒼》並協；旁及釋名辨物，《五雅》兼資。凡質實而辨疑，盡部居而州次。譬校讐於掃葉，作述之義昭如；擎體要於挈裘，興替之端備矣。

且夫正統偏安之辨，尤屬人心天命所關，即良史未協於大公，欽宸斷獨衷於至是。蓋自緹油失職，恒緣諱飾爲文；迨至光岳分區，浸以詆諆成習。名互稱夫島索，徒相嘲出聘之車；號已貶於孫臣，尚欲侈橫磨之劍。總偏私之曲徇，致名義之都乖。況如丙丁讖成，宋祚隨江潮並歇；庚申史就，元基與塞草同荒。乃或續景炎於南渡之餘，更且擯至正於北遷之始。皆妄加其予奪，遂盡悖乎公平。

惟至聖之制義因心，故定案必循名責實。削紀年於閏位，凜乎大命之難諶；改書寇於舊條，截然内詞之莫假。實從古未發之義，於此心適得所同；屬勝朝改玉之時，當聖代膺圖之會。欣際六龍乘御，大一統已悉受周疆；特念五馬倉皇，小朝廷尚僅留夏肄。殉黃巾於冀北，既大書春月之三；擅白版於江東，遂并紀福王之一。運分甲乙，存殘局而國號斯加；事附閩滇，溯遺封而藩稱非僞。是皆擴天地爲公之量，覆載同符；因之冠星雲有俾之章，典謨並燦。《春秋》之旨在居正，奉正義以無私；帝王之事集大成，勒成書於有永。允矣無偏而無黨，粲然是訓而是行。

至特筆之所垂，統全書而咸貫。劍南之册未至，肅王不改儲稱；上都之號猶存，懷邸難逃簒字。循莽大夫之例，望石城而冷笑褚公；冠周平章之名，對高廟而多慚狄相。莫不約群紛以炳義，本彝訓以敷言，立綱常名教之大防，極微顯婉彰而一致。信讀書之貴得間，不啻引錐而畫沙；審觀人之必於微，乃知鑄鼎以象物。蓋揚王鈇以治萬世，非天子莫操其權；而會民極以執兩端，獨聖人能見其大。昔者蘭陵《通史》，繁華徒侈千篇；貞觀《晉書》，論斷祇存四贊。咨忠臣而録袁粲，寧本親裁；侈盛事而補陳橋，何關正體！從未有定書法則軒鏡心懸，著史評則堯文手勒。善者勸而惡者懼，知袞鉞之非空言；參於天而驗於人，在方策以明大道。書成一百二十卷，盡善盡美而蔑以加；事紀四千五百年，舉要舉凡而得其當。

臣等學慚閎覽，才謝淹通。識故籍而有愧五難，論先民而粗聞十例。時政記言，起居記事，願依左右史之班；伯恭知古，君舉知今，難參大小賢之例。屬操觚於虎觀，濫厠分排；承執簡於麟編，幸邀鑑定。惟子夏得其書矣，詎能贊夫一辭；若皋陶見而知之，實叨榮於千載。從此名山藏副，定百家作史之模；更欣秘殿刊成，闡奕禩傳心之要。

劄子

爲在京漢官奏謝開科蠲漕劄子

欽惟我皇上治握瑤樞，化光玉燭。躔開璧府，布文露以占祥；粷劭珠倉，驗歲星以錫福。天衢利見，道亨而論秀偕升；地寶咸登，頌作而綏豐屢告。四度廣寒增籍，珊瀛之解額頻加；三回發運蠲符，繡壤之田租盡復。建新黌於磧外，弦歌遍月窟而西；食舊德於寰中，耕鑿滿春臺之上。固已菁莪樂育，二庠之賓賦呈材；癬廩蒙庥，九鳸之農辰協正。

兹以泰元推筴，將增寶籙於堯年；因之尺一頒綸，預卻瑤觚於幽雅。在臣庶情臚獻壽，尚慚三祝之輸忱；乃聖人欲軫從民，特慰萬方之待澤。念儲才於學校，彙征吉而闢用四門；思藏富於閻閭，慶賜行而足先百姓。捧雲中之鳳詔，歡動青衿；拜天上之鸞書，和生綠覎。薪樞叶咏，添栽桃李於春官；粟秸無徵，普免稻粱於秋賦。桂苑聯登杏苑，十七省真喜洽周天；豫州遞及荆州，廿四郡仍膏流間歲。合兩闈以溥惠，冠子卯酉而瑞啓先庚；輪七載以施恩，届甲乙丙而祥鍾當午。選賢書則三場迭試，正副榜之名姓都題；準計簿則九等均籌，本折色之顆銖盡豁。溯卅六科搜羅允備，更今番路廣彈冠；數十五年曠蕩重申，猶前度糧餘棲畝。《霓裳》疊奏，競接武於青雲；户帖停催，看騰歡於赤縣。從此奎芒射彩，吉徵瞻聚緯之符；還如太乙行宫，福曜遍臨方之慶。紫垣煜爌，群欣戀祉之駢臻；黄紙傳宣，共荷湛恩之彌渥。

臣等幸依魏闕，仰誦宸謨。榮已溢於彤纓，覿盛事而快先韋布；愧方深於竊粟，奉温言而感倍鄉閭。近光首切夫鳬趨，戴德同陪夫鼇抃。拔十尚期得五，願諸生勉副旁求；耕九定獲餘三，知太史常書大有。塗謡巷抃，冀稍抒銜結之私；山壽川增，惟益晉升恒之頌。

【校】文題，嘉慶本作"爲在京漢官奏謝開科蠲漕二恩劄子"。

爲熱河諸生謝設學建廟釋奠落成劄子

欽惟我皇上統備君師，化覃中外。率俾暨光天之下，千百國文德同敷；執中肇建極之原，十六字心傳畢貫。涉星波以負笈，重瀛之子弟偕來；遍月窟以橫經，絕域之弦歌相應。

惟興州之奧壤，當朔野之名區。溯畫界於五京，尚闕皈章之籍；逮棄疆於三衛，幾成甌脫之鄉。自全興歸形訓之官，始長塹罷春秋之戍。駐軒皇之華蓋，豫遊常奉鳴鑾；築堯帝之茨宮，會極曾臚合瑞。乘六龍以時苗，天行垂法祖之獻；屯七校以從蒐，聖武震柔邊之策。塞田留熟，慶數千里匝隴桑麻；仙館邪居，看十萬户環闤煙火。班初升於赤縣，彌覘地產殷繁；志已蕆於黃圖，尚軫人文樸略。念序庠其有制，聿遵太學之成模；謂富庶以何加，宜迪聖人之至教。

因誕敷夫恩綍，俾特建夫新黌。列舒雁之青衿，員增弟子；擁銜鱣之絳帳，職領師儒。正誼分齋，肄簜課四時之業；明倫表額，限經循二試之規。度爽塏以初營，泮水則半規浮碧；峙桷楹以並作，宮牆則萬仞飛甍。爰嚴栗主之隆儀，仍準戟門之令式。禮崇文廟，揭日月以升東；號冠熱河，紀山川而從朔。侑馨香於兩序，配祠之定位無訛；宣和雅於三終，正律之元音悉備。秀鍾武列，知衆派之同歸；瑞拱興安，仰高山之在望。當采芹而思樂，來巡纔迓鸞旗；乃釋菜而觀成，展謁還紆玉輅。盈階吉俎，重比圜橋；列几嘉邊，輝分闕里。辨擗協奇褎之節，屈萬乘以尊師；陪裎偕奔走之司，詔諸生以觀禮。重勒劈窠鉅榜，墨海騰虹；特摛紀事鴻篇，文圃翔鳳。神明無往而不在，想壁中金奏遙傳；禮樂待時而後興，正天上奎文永煥。

某等欣沾時雨，幸服儒風。飲和貽作息之恬，論秀沐栽培之厚。聽講堂之鼓篋，乍荷甄陶；覬禮殿之懸圖，惟深踊躍。近光華於塞上，恍相攜槐市生徒；和弦誦於關中，欲常傍杏壇雨露。欽此日詩書立訓，遹追牗俗之神謨；願他年械樸成材，長頌作人之聖壽。

爲王大臣謝賜清文鑑劄子

　　欽惟我皇上文思廣運，聖學超微。八風宣而韻叶和箎，聲皆爲律；六文成而祥開彩筴，字本於形。史矕前代，舜訛彙三朝以訂義；志創同文，標準合西域以臚音。粵徵鴻製於國書，久奉成編於《文鑑》。

　　在昔神明立極，肇開羲畫於先天；及茲述作宣猷，重焕堯文於奕世。闡元音以述要，欽聖以繼聖之隆模；參新例而發凡，仰精益求精之睿志。自綸言之渙布，經館局以分排。國語首標，建臬表創垂之制；漢書旁附，貫珠諧通變之歸。權輿於一十二字之中，悉脣調而齒協，推衍於三十六部之內，亦旷次以州分。舉類稱名，卅二卷舊聞大備；象形會意，五千言新語增翻。蓋音本自然，清濁分而音皆從字；故義非强合，箋疏當而義不淆音。凡夫精意所昭垂，悉本聖裁之鑑定。全函鐫就，集形聲至理以咸該；令甲頒來，達邦國書名而皆準。茲復仰承嘉惠，均荷榮施。捧自丹墀，敬誦聖人之制作；擎來緗帙，欣逢天子之考文。

　　臣等學昧審音，才慚識字。仿推詳於轉注，信從來穿鑿皆非；循繙譯於偏旁，幸此日考衷得是。揚王庭以宣化，願偕九譯而同遵；教國子以程書，常與《六經》而並重。

爲王大臣謝賜御製詩三集劄子

　　欽惟我皇上觀文成化，出言爲經。垂玉策於詩壇，叶九奏莖韶之韻；冠瑤章於集庫，陳八風糺縵之音。千篇則點筆如飛，經緯新而熟彌生巧；十體則分箋並下，包含廣而大可通神。契歲序之周星，初二集已辰環鳳律；運天行之駢曜，萬千首更琲積驪淵。溯紬簡於先庚，雲鐃奏雅；泪增函於開甲，芝莢敷珍。

粵矢詩之既多，洵體物而咸備。彤闈愛晷，述盛典於萱枝；翠輦行春，陋新歌於竹箭。驗雨暘之時若，在宥同歸；擷子史之微言，群疑並析。法《六經》以見道，精焉即兵農禮樂之書；彙萬有以取材，散之兼草木蟲魚之疏。何止比周公制作，僅諸家盡入範圍；即使付游夏參詳，實一字不能增損。佇窺全於延閣，赤文願覯光華；迨錄副於禁林，翠版載咨剞劂。三編排就，會甲乙丙而苞括三才；百卷刊成，起漢唐宋而陶鎔百氏。欣叨承夫恩賜，獲仰誦夫敷言。錦帙攜來，紫極之雲霞交爛；牙籤頒到，黃封之翰墨俱香。正襟對而肅若橫經，盥手題而恭逾執玉。惟冀藏諸三篋，永貽珍什襲之傳；還看載以五車，佇閱紀便蕃之錫。

臣等學慚篆刻，才謝廣飅。和《雅》《頌》而莫效來歌，感宮商而自同率舞。皮奉則榮光照室，知天下之大文；披尋而妙緒生心，信聖人之至教。惟深欽佩，曷罄名言！

【校】"萬千首"，《頤齋文稿》作"千萬首"。"苞括"，原作"包括"，據《頤齋文稿》改。

寶奎堂集卷四

上海陸錫熊耳山撰

劄子

爲王大臣謝賜日下舊聞考劄子

欽惟我皇上化洽黃圖，治隆赤縣。握璇樞於九寓，覆無私而載無私；拱珠斗於三垣，會有極而歸有極。和風雨而天躔箕斗，開億年定鼎之模；指山河而地控瀛滄，鞏萬里建瓴之勢。宸居壯麗，紫宮之法象常昭；天府膏腴，青簡之圖經宜訂。紀《春秋》於燕國，《隋書》已佚遺編；考輿志於《析津》，元代僅存殘稿。惟史臣之載筆，曾事蒐羅；取京邑之舊聞，別加排纂。北平著錄，如合璧而聯珠；西畯補遺，欲溯原而竟委。然以椎輪大輅，實草創之難工；況夫握槧私門，更拘墟之不免。衣縫百衲，參差留紫鳳之形；塾喚三家，斷爛挾《兔園》之冊。沿《坊巷衚衕》之集，定位多訛；核《燕都遊覽》之篇，稱名或舛。

至乃龍蟠虎踞，神都之謨烈彌光；萬戶千門，太室之規模式廓。仰天文之糺縵，垂芒而交映松雲；戴奎畫之光華，絢彩而遥臨平城。奉宸遊於上苑，詎同六遂提封；肅官守於周廬，難混九條市陌。循名責實，洵莫撐其瑕瑜；起例舉凡，允有資於釐定。

爰迴乙覽，特發丙籤。據原目以參稽，不忘菅蒯；命儒臣以增考，大啓瑯嬛。部次州居，稟折衷於聖鑑；旁搜博討，徵典實於秘書。廣體例於一十五門，朗若珠眉之照；慎研摩於百六十卷，蔚乎《玉海》之觀。統罩勢於辨位正方，燦螺紋於模山範水。坐明堂而出治，經緯陰陽；依文囿而來歌，翔游麟鳳。左右庭曹司拱宿，平分露序鵷班；東西街肆隧閶雲，遠涉炎風朔雪。綜林麓陂池而畢載，茁時奚養之區；彙赤畿緊望以同編，馮翊扶風之輔。封圻畫斧，羈縻陋僑郡之分；障塞丸泥，扼險紀重關之設。考丁黃於計簿，服疇而永賴生成；問謠俗於輶軒，食德而長瞻雲日。零璣斷璧，既並綴夫瑣言；淮雨別風，亦兼存夫疑案。若經若史若子集，百家之爐冶同歸；曰原曰補曰新增，萬派之淄澠悉判。

若乃大文炳燿，闡正論以開宗；睿什鏗鏘，庸作歌於即景。訪瓊華之僊島，空侈讕語於移山；望裂帛之重湖，更識謥音於捏鉢。詩標八景，垂虹非瀵出之名；莊號萬泉，丹沂豈北流之脈！甕雕瀆海，皮別殿以生香；鐘寫《華嚴》，搆精藍而震響。廣殫見洽聞之助，質實而悉奉堯言；括徵文考獻之全，道古而頻邀軒照。況復細書夾注，未辭益嶽之塵；乃至案語分條，許附測蠡之見。折以今之法度，知大爲京而衆爲師；焕乎其有文章，信述者明而作者聖。風宣首善，依光諧近日之誠；地擅上腴，數典表宅中之會。金臺壯色，玉笈增輝。

臣等學謝《論都》，才慚《括地》。欣鐫成於朵殿，快覩則讀願千迴；荷頒賜於瑤墀，祇捧則珍思什襲。際文物聲名之盛，仰朝章而塗軌咸遵；上和親康樂之書，慶聖壽而華封同祝。

爲王大臣謝賜蘭亭八柱帖劄子

欽惟我皇上治煥奎章，學探蒼雅。考六書於册府，理統其宗；究八體於儒林，藝通乎道。鑴石發《三希》之秘，追魏晉以尋源；拓藤驗《淳化》之遺，闡鍾、王以示範。

粵乃蘭亭製序，鼠鬚曾挾鴻篇；逮夫禊帖傳真，蟬翼爭誇妙搨。彙一十六人之賦詠，文漸佚於偏旁；綜百十七本之裝襮，品迥殊於甲乙。溯諸家之攬古，珠礫淆而耳食難憑；惟內府之藏珍，絹素完而手摹可信。名高褚令，記品題海岳庵中；格重虞公，曾什襲畫禪室裏。識鈎填於承素，猶存臥虎之形；妙波趨於誠懸，早勒《戲鴻》之帖。快覿龍津躍劍，董臨則已合雙身；欣逢驪頷探珠，柳蹟則重披初本。命改移而試做，傳神真欲動三毫；勅考補以加詳，不損詎但傳五字！宸題分綴，千葩羅群玉之山；御札親摛，萬派匯帝鴻之海。綈函深護，看耀日以騰光；翠柱環鐫，象擎天而取數。譬群音之迭奏，鏗鏘則金石胥諧；似衆水之交流，源委則渭涇立辨。超長睿、元章而作鑑，欽永垂書斷真評；邁修城、定武而稱奇，喜添播藝林佳話。從此摹來玉板，網中盡得珊瑚；何期賫向銅鋪，袖底忽驚虹月！名籖黃紙，瞻璧彩而爭擷；袟覆紅羅，拂墨香而共展。在蔡、薛、湯、京之上，洵莫儷此佳珍；備毫芒轉摺之全，幸叨頒夫善本。

臣等文慚授簡，法昧撥鐙，敬窺得髓之原，徒切銘心之慕。希趙子固之雅嗜，莫喻精微；讀桑澤卿之遺編，彌疏考據。圖成運筆，冀勉效夫鑽研；訓凜正心，願常深夫砥礪。

【校】"勉效"，底本誤作"免效"，據《寶奎堂餘集》改。《頤齋文稿》

"奎章"作"堯文","蒼雅"作"羲畫","鐫石"作"刻剡"。

爲王大臣謝賜重刻淳化閣帖劄子

欽惟我皇上道洽羲文，神超奎畫。訂圖書於册府，苞括《三蒼》；垂金石於儒林，覃精六藝。珊瑚網就，繙舊刻而久備甄羅；秘笈鐫成，發新硎而重加釐次。粤考帖名於《淳化》，允推書學之大成。自王侍書手定全函，芸倉集腋；惟畢太傅家傳初拓，册府留珍。爰紆鑑賞於臨池，特勅編排於插架。七百載源流可數，當年之裒輯曾勤；一十卷甲乙都乖，爾日之考稽未審。

於是詳辨《凡將》字體，臚衆解以参用所長；因之兼倣紀傳標題，惟聖人能獨見其大。魏官難改，舞陽侯之尊號宜删；秦刻終湮，當塗宰之遺碑斯準。證御書於黄敕，稽新舊史而義叶編年；考羣從於烏衣，合大小令而名符譜系。以至稱官稱爵，本從朔而無訛；舉地舉名，示指南而悉協。摘大文以跋簡，如定論之在《六經》；綴小楷以分行，可依注而求八體。是用宣諸翠版，勒以銀鉤。紙動霏烟，墨海之虬螭並躍；本傳夾雪，文園之奎璧争輝。搆閟館以羅珍，寓至治還淳之義；記鴻章以見道，知同文觀化之源。

乃猶廣被恩言，並得均叨珍賜。綈繩捧到，堆盤而古墨生香；錦軸裝來，皮案而神毫瑩彩。黄紙籤名早下，寧徒誇兩府叨榮；絳羅覆帙分攜，真欲笑千緗論直。况復弅存行殿，秘書添四庫儲藏；嘉惠士林，名札示萬年模楷。從此鐫華石墨，欣一時獲覩其全；還如初寫《蘭亭》，泂百代曾無此本。

臣等才拙操觚，學慚識字。得其門者或寡，覿波趨而蹊徑難尋；擬諸言而不能，仰星雲而頌揚曷罄！三熏啓匱，幸逢稽古之昌期；什襲盈箱，永奉正心之寶訓。

爲總裁進評鑑闡要劄子

臣等叨直禁廷，預修史牒，時稟睿裁之定論，獲觀《通鑑》之成書。惟閎綱備揭於御評，而特筆僅臚於《輯覽》，雖徵文而咸備，欲約指而末由。非鬚《闡要》之編，曷副專行之實！

竊謂監水者見分深淺，必至虛而其照斯澄；攬鏡者辨析毫釐，非至明而其光易眩。傳疑傳信，難究知人論世之名言；異學異師，罕期摘伏發微之卓識。是以臣等每從授簡，恒切紬書，鋪陳祇囿於尋端，是正未精於得間。及奉聖明之筆削，盡祛史斷之混淆。凡諸震聾覺瞶之創聞，胥是天理人情之極則。循誦已久，名言莫加，約其大端，宜可條舉。

蓋史例以編年爲要，而傳國以表統爲先，興廢之間，進退所係。自彼界此疆之各私其主，遂強予弱奪而莫得其平。伊古以來，率沿其陋。我皇上出之以獨斷，衡之以大公。宋之二王，以棄國流離而見斥；元之至正，與共主位號而偕存。俾知失乎天命而難諶，即欲托諸空言而無補。布在方策，昭然訓行。

至皇朝鼎建之初，值勝國社墟之會，天命斯集，人謀允同。彼大廈之已傾，豈一綫之可續！乃猶獨排群議，申命紀年，既大書甲申之元，又附著福王之錄。所見者大，非徒捐百家忌諱之爲；執中而權，自能協兩儀覆載爲量。使前史早識此義，將叢論何自而紛然！其事爲臣子所不敢言，即其辭亦游夏所莫能贊。若乃折衷人物，訂證舛譌，語之詳而擇之精，刪其繁以增其簡，旁逮屬辭而比事，皆當傳後以法今。特以卷過百餘，文成數萬，欲標至義，必綜大全。

臣等敬請勒爲一書，昭兹億世，詳加甄録，細繹指歸，謹繕全函，恭呈乙覽。帙分十四而備，條系八百而贏，經御撰者十之三，改批籤者七之五。用是刊之秘殿，副在藝林，證諸史之公是公非，賅百王之心法治法。群疑以之盡破，成案不可復翻。庶幾教萬世之君臣，永以爲訓；詎止示三長之法式，賴有是書。無任惘誠，伏候進止。

爲總裁進舊五代史劄子

臣等伏案，薛居正等所修《五代史》，原由官撰，成自宋初，以一百五十卷之書，括八姓十三主之事，具有本末，可爲鑑觀。雖值一時風會之衰，體格尚沿於冗弱；而垂千古廢興之跡，異同足備夫參稽。故以楊大年之淹通，司馬光之精確，無不資其賅貫，據以編摩，求諸列朝正史之間，實亦劉昫《舊書》之比。乃徵唐事者，並傳天福之本；而考五代者，惟行歐陽之書。致此逸文，寖成墜簡。閱沉淪之已久，信顯晦之有時。

欽惟我皇上紹繹前聞，網羅群典，發秘書而讐校，廣四庫之儲藏。欣覯遺篇，因裒散帙，首尾略備，篇目可尋。經呵護以偶存，知表章之有待，非當聖世，曷闡成編！臣等將《永樂大典》所錄《舊五代史》，按代分排，隨文勘訂。彙諸家以搜其放失，臚衆說以補其闕殘，復爲完書，可以繕寫。

竊惟五季雖屬閏朝，文獻足徵，治忽宜鑑。有薛《史》以綜事跡之備，有歐《史》以昭筆削之嚴，相輔而行，偏廢不可。幸遭逢乎盛際，得煥發其幽光，所裨實多，先覩爲快。謹勒成一百五十卷，分裝五十八册，各加考證，粘籤進呈。敬請刊諸秘殿，頒在學官，搜散佚於七百餘年，廣體裁於二十三史。著名山之錄，允宜傳播於人間；儲乙夜之觀，冀稟折衷於睿鑑。惟慚疏陋，伏候指揮。

恭進乾隆三十九年起居注劄子

欽惟我皇上德隆覆載，化暢垓埏。宏久道以宣猷，温肅協四時之柄；符用中以立極，平成調六幕之和。就如日而瞻如雲，物無不照；聲爲律而身爲度，動必可書。

臣等職領編摩，班依侍從。傍赤墀而載筆，地近珠霄；趨紫禁而紬書，光生玉簡。表歲更臨於盛壯，衍瑞筴之無疆；紀言莫罄於鋪揚，仰神謨之有焕。伏見我皇上紹天闡繹，率祖攸行。兩郊隆琮璧之文，虔申祝策；九廟潔豆籩之奉，慶洽居歆。圜宇祈年，卜農祥而告備；右壇涓吉，薦明德而升馨。大采迎陽，朝日則躬勤秉圭；橋山展敬，春途則祗啓鳴鑾。明正學於經筵，克復契由仁之旨；揭微言於御論，志勤垂慎憲之模。玉陛班朝，旅賀而正銜列仗；銅扉莅政，疇咨而昧爽垂衣。欽宵旰於堯階，戀暉曦於姒幄。調匜愛景，萬年稱蓬閬之觴；袯輦承愉，九奏叶咸莖之瑨。式三朝以舞綵，温清怡顏；臚五世以含飴，雲礽繞膝。矧乃山莊清暑，先諏仲夏之期；因之翟輅安程，頻緩中途之頓。祥凝松鶴，瑶齋則慈豫常頤；界接興桓，玉塞則武功並纘。獮前禽於甫草，平開舐鹿之場；殪猛獸於巉崖，直搗射熊之館。旌門娗隊，服勤之諸部偕來；帳殿呼嵩，述職之名王畢至。洵詰戎之遠略，爲柔遠之常經。

至如蠻孽偷生，螳猶拒轍；王師越險，猿已亡林。堅磡則百道平摧，交轟雷礮；危棧則千尋直躡，不藉雲梯。先陳貳負之尸，函封骨致；待繫谷蠡之頸，飛走途窮。雪捲螫弧，斷臂聲嚴於夾擊；山鳴鼓角，攻心策稟於先幾。念執殳修戟之勤，襃申進律；憫冒鏑攖鋒之志，恩逮承家。維儲峙之芻茭，本取資於帑藏。勞嘉襄事，優蠲沾梁益之氓；義獎從公，輴恤遍冉驍之部。憺威絕徼，佇掃穴而犁庭；食德窮鄉，盡饔歌而軒舞。

詎有白蓮煽教，自干左道之刑；青犢成群，敢作齊民之害。命牙璋以簡銳，慮周而迅發戈矛；馳虎節以臨戎，令肅而頓嚴刁斗。網遮十面，河西方荼火興屯；鎗試連環，城下已鯨鯢就戮。掃巢焚之餘燼，尚辨專車；束檻送之群俘，同誅獨柳。威申服鑕，懲懦氣於師干；賞貴加章，勵純衷於子佩。斥浮言之胥動，諄詳而共喻明綸；予大節之無虧，稠疊而均邀旌綍。田廬安堵，望樂土以知歸；租稅停徵，荷釀膏而殖業。

又若宏開冊府，廣庤琅函。鉛槧分曹，大啓酉山之籍；縹囊進御，常呈乙夜之觀。酬世守於青箱，附驥掛《崇文》之目；戴榮光於綠字，盤虬貽石室之珍。辨豕誤而加懲，三寫之訛必謹；飭珠還而務速，一瓻之戒毋忘。聿推稽古之鴻謨，允屬觀文之雅化。加以慎甄升於吏格，精澄敍於官方。卿月分班，青蒲畫接；郎星出牧，丹陛親掄。重考績於三年，黜陟秉裁成之義；鑑官材於六省，去留昭核實之公。訓大史之袪私，評確而先嚴藩臬；獎疆臣之稱職，慶行而特晉頭銜。察宮府之漏，言恩猶寬於窮治；申交通之厲，禁教必凜於防微。權不旁移，宿弊之根株盡拔；法行自近，群僚之誡勵同欽。

他如問寒暑於茅簷，心關晹雨；計粥饘於蔀屋，念切桑麻。因恪禱夫甘霖，並舉群神之望；更哀矜夫庶獄，悉蒙減等之仁。澤沛十行，雍豫發加期之廩；惠周一路，田盤增除道之鏳。籌補助於津門，移粟還盈萬石；軫歎收於畿甸，催科特緩三秋。隄工則潰蟻纔傳，早覃施於賑務；竈戶則蜚鴻自輯，仍紓力於商綱。總教喜洽丁黃，慶盈寧於壽宇；益見耕餘三九，頌樂利於康衢。以及眷篤賡詩，寵備錫階之典；情深宿草，榮增酹酒之儀。護歸櫬而遄行，簪履之懷常切；趣退才而給札，葑菲之采不遺。崇臨試於儒臣，鏚院則人欣鳴鹿；簡周巡於節使，黌宮則士樂歌芹。五刑必審於爰書，三刺咸叨於寬比。凡此福膺斂錫，調玉燭以常輝；皆由道契升恆，鞏金甌而益固。義精仁熟，懋昭無外之模；近悅遠來，光啓久安之計。

我皇上方且存誠不息，履盛彌謙。合要荒侯甸以觀成，猶勵情於夙夜；順春夏秋冬以布令，莫摹繪於乾坤。臣等才拙摛毫，識慚窺管。殫微忱於視草，難名帝德之崇閎；演積算於編年，永紀聖功之綿遠。

為軍機大臣議改定郊廟行禮儀注劄子

臣等仰惟我皇上敬事昊天，肅將禋祀，升中告備，歷久彌虔。大小臣工駿奔在列，無不仰瞻聖敬，欽服交深。

伏思隆禮所昭，莫重於郊壇大典，以聖人而事上帝，實有祇承感格之原。至於升降周旋，本屬儀文末節，自古兆於南郊，器用陶匏，掃地而祭，其初固特崇簡質。逮後世經曲雖詳，亦屬隨時損益，並非概本經文。在我皇上莊敬日強，臨御三十七年以來，從未曾因禮節繁多，稍或憚於親詣。顧禮有少為貴者，以其內心記傳，實為可據。是知應天以實不以文，所為合漠通微，要在乎志氣之清明，不僅藉乎度數之煩重。今欣逢聖壽周甲晉增，而昭事之忱，愈貞悠久，自當略裁縟度，益萃精心，以仰稱我皇上致愨奉誠之至意。

竊惟郊壇儀注，薦獻受胙，皆屬升壇行事。惟展九拜禮時，始還至第二成所設拜位，中間升陛頻煩，原不過以登降為行禮之節。其實寅恭對越，莫如就帝臨咫尺之地，本內志以交於神明，其感孚尤為切近。至於降輦就幄，尚在入門蒞事以前，而躬親壇位，尤係向年加禮，亦屬無關大體，均當從容撙節，以專致夫精明。所謂制禮之宜，實在於此。又如太廟社稷，有與酌定郊祀儀文相類者，自應一并議及。臣等敬謹公同詳議。

爲總裁擬進銷毀違礙書劄子

臣等遵旨閱看各省送到違礙書籍，業經將應燬之各書，節次查明，開單進呈請燬在案。兹復將續行解到之書，逐一檢閱，查有若干部，均係必應銷燬之書，謹另繕略節清單，同原書進呈，請旨銷燬。再，此項送到書籍内，尚有應行抽燬，及可毋庸銷燬者，外省辦理，未免稍涉拘泥，前經奉旨，交臣等一并分別查辦。

臣等查照原簽，詳細酌核。此等違礙各書，凡明季狂吠之詞，肆意罔悖，俱爲臣子者所當髮竪眥裂。其有身入國朝，爲食毛踐土之人，而敢於逞弄筆端，意含憤激者，尤天理所不容！自當凜遵訓諭，務令淨盡根株，不得使有隻字流傳，以貽人心風俗之害。至若明初著作，於金元每多偏謬之詞，雖議論乖僻已甚，究非指斥可比。又如明人時代在嘉、隆而上，則尚屬本朝龍興以前，或其書偶述邊事，大抵係指韃靼、瓦剌、朵顏三衛等部，《明史》可證，並非干礙。即措語太涉荒唐，原不妨量予節删，似不必概行全燬。又明末福王所稱年號，現在《御批通鑑輯覽》内已經載入，其楊陸榮之《三藩紀事本末》，並經奉旨存留。凡書内有偶涉三王稱號，而詞氣尚無違悖者，似亦當分別辦理。

又如類書之分門隸事，叢書之分部標目，誌傳之分人紀載，及各選本之臚列諸家，俱與專係一人一事，必須全燬者有異。此等遇有違礙，亦祇須酌量抽燬，似毋庸因此概廢其書。又若錢謙益、屈大均、金堡、呂留良等，誕悖已極，其言之散見他部者，固斷不容稍有留存。至在他人情狀稍輕，所有違礙之處，業將本集銷燬，其詩文別見，查無觸悖者，似亦不必悉事查銷，用昭差等。

又如明代印本，而中及廟諱字樣；雍正以前印本，而中及御名字樣者，在當時本無豫避之理，祇須於板片內敬謹缺改，似亦毋庸概將原書簽摘，徒事紛紜。又或一人而數書者，彼此原不相妨；兩書而同名者，前後亦多迥異。此等均須詳核區分，不可彼此牽連，致乖平允。如此分別酌辦，於闢邪距詖之中，仍寓進退權衡之義，似於事理更爲詳慎。

臣等謹於送到各書內揀出若干部，俱係應行抽燬及毋庸銷燬之本，謹另繕略節清單，同原書粘簽進呈。是否如此辦理，伏候訓示，臣等即行知各該督、撫，一體遵循。其有續獲之書，及前此送進時緣經雨斛濕，未經臣等閱看者，俱令其即仿照此例，分別辨明，再行彙送，核定具奏。再，此項書內，查有已燬重本，俱毋庸覆閱。又有沿途遇雨斛濕，難以翻揭者，亦未便存留。謹一并開單，繳進銷燬，合并聲明。

謝授翰林院侍讀恩劄子

臣等職忝紬書，學疏稽古。幸遇右文之世，瑞集奎躔；同升典校之司，光依壁府。九重頒賫，叨承寵渥之加；《七略》編摹，愧乏涓埃之效。乃仰蒙我皇上俯垂天獎，特沛綸言，忽傳鳳沼之褒榮，驚荷龍光之拔擢。晉木天之華秩，階轉三資；換丹地之清銜，班登五品。西崑盛事，即日喧傳；東觀群儒，聞風鼓舞。聖主文明之治，自古所無；小臣知遇之隆，於斯爲極。恩榮逾分，感激難名！

伏念臣昀起諸謫籍，重直槐廳；臣錫熊拔自曹郎，許登藜閣。八磚翔步，已叨再造之仁；三館抽毫，濫預殊常之選。何期金坡舊路，更荷隆施；玉署新除，彌沾愷澤。一時佳話，爲縉紳之所爭誇；千載奇逢，實夢寐之所不及。頂祝而祗深抃舞，省循而愈切兢慚。臣等惟有悉意丹鉛，殫精縑素。文章報國，冀少酬高厚之恩；夙夜在公，益勉竭駑駘之力。

謝授右春坊右庶子恩劄子

臣咕嗶微材，草茅下士，荷蒙教育，疊被生成。依巡蹕以觀光，拔升薇省；歷樞庭而奉職，洊備郎曹。自充校理之司，未有涓埃之效。詞垣改秩，遽叨殊擢之非常；秘館紬書，方切寸心之負疚。

兹復仰承恩命，晉掌春坊，受格外之隆施，實夢想所不到。切銘中於夙夜，非筆墨所能宣，感愧交叢，悚惶曷既！惟有殫心職業，竭力編摩。鴻造難名，循省倍增其銜結；蟻忱永矢，庶幾上報夫高深！

謝授侍讀學士恩劄子

臣草茅賤質，咕嗶庸材，欣蒙大造之栽培，疊荷非常之恩遇。行廬授簡，奏名而早直機庭；秘館紬書，改職而特超郎省。掌坊華秩，旋進列於鑾坡；侍幄新綸，更依光於螭陛。念文章之報國，無補絲毫；勵夙夜之在公，常銘方寸。涓埃未效，循省多慚。

兹者仰沐鴻恩，復叨晉擢。玉堂地迥，獲升視草之崇班；冰署銜清，遽預登瀛之榮選。戴聖主恩施之倍渥，幬覆難名；撫微臣積悃之交抒，言詞莫喻。悚惶滋切，感愧交并。惟有篤意編摩，殫心校訂。精詳葳業，冀稍申葵藿之忱；敬慎持箋，務自竭駑駘之力。

謝授日講起居注官恩劄子

臣叨蒙拔擢，改列詞垣，洊被隆施，迥超常格。荷絲綸之疊沛，方夢寐以難安。茲復仰被鴻慈，晉充講幄。念昨恩邀簡署，依光而獲廁清班；洎今職預真除，申命而纔周匝月。凡沐屢加之寵澤，皆叨逾分之殊榮。感愧交深，名言莫罄。惟有矢衷恪慎，篤意編摩。務自竭其駑駘，冀稍酬夫高厚。

謝補光祿寺卿恩劄子

臣佔俾庸材，蓬茅賤質。行廬授簡，早蒙擢於薇垣；機地簪毫，遂洊陞於蘭省。自領紬書之秘職，倍邀逾格之深仁。改秩詞曹，預槐廳之榮選；晉躋卿列，叨棘寺之崇班。撫衷而未效涓埃，省己而常懷悚惕。再期解職，彌深魏闕之思；千里還朝，初奉承明之謁。方曠瘝之滋歎，乃優渥之薦加。天語親聆，俾即充夫現秩；聖恩特被，遽獲拜乎新銜。撫臣分之多慚，荷寵而莫知所措；戴天施之曲沛，沾膏而曾不逾時。洵夢寐所難期，實感惶之交切。臣惟有恪勤厲志，敬慎在公，冀抒葵藿之微忱，稍報生成於大造。

謝授都察院左副都御史恩劄子

臣江左寒微，材質庸陋，備蒙聖恩拔擢，教誨生成。凡夢想不到之榮施，皆覆載曲全之鴻造，撫心循分，夙夜難安。

茲復仰承恩命，補授副都御史。越列名之成格，特晉臺端；超序轉之常階，遽躋憲秩。念還朝未周一歲，計奉使甫及半年。荷稠疊之頻邀，倍戰兢而靡措，祇深愧懼，莫罄捐糜。臣惟有恪謹持躬，敬勤將事。矢公矢慎，實力實心，冀少竭夫駑駘，庶上酬夫高厚。

【校】此摺亦見中國第一歷史檔案館藏宮中録副奏摺，題名爲"奏爲補授副都御史仍留學政任恭謝天恩事"。開篇爲："福建學政臣陸錫熊跪奏，爲恭謝天恩事。臣考試福州府場內，於乾隆五十二年四月初五日，准撫臣徐嗣曾移，准吏部咨開，二月二十三日奉旨：'陸錫熊補授都察院左副都御史。欽此。'又於四月十二日，准撫臣移知，三月初二日奉旨：'陸錫熊著仍留學政任。欽此。'伏念……"摺尾云："所有感激微忱，除另疏題謝外，理合繕摺恭謝天恩，伏祈皇上睿鑒。謹奏。乾隆五十二年四月十三日。乾隆五十二年五月十七日奉硃批：'覽。欽此。'"

謝賜千叟宴詩劄子

　　欽惟我皇上德合清寧，恩覃仁壽。重熙洽慶，際六十年周筴之期；大衍申符，肇億萬歲積籌之始。啓韶春而布愷，禮重笙簧；引華耇以宣慈，朋偕偓佺。帝歌庸作，廣前韻而丕迪前光；矢詩既多，咨國老以逮茲庶老。備方圓於衆體，無非衢壤之謡；叶唱和於元音，如應葛天之舞。

　　况復吟聯陪隸，隨東鰈以充庭；還同譜製和聲，紀南弧而協律。彩箋分後，喜三千人會軼耆英；秘殿鐫來，看卅六卷義符《雅》《頌》。稽篇題於總集，亘古無儔；環元會於昌辰，新編遞續。臣星軺備職，芸帙叨頒，欣盥頌於琅函，敬珍藏於綈篋。體作人而布化，願臚陳樂職之詩；忝奉使以采風，惟同效華封之祝。

【校】此摺亦載《宮中檔乾隆朝奏摺》第六十三輯，開篇爲："福建學政、光禄寺卿臣陸錫熊跪奏,爲恭謝天恩事。乾隆五十二年三月十二日,據在京提塘官陳瑞芳,將恩賞千叟宴詩一部,賫送到臣。臣當即恭設香案,叩頭祇領訖。"摺尾云:"所有感忭微忱,謹繕摺恭謝天恩,伏祈聖鑑。謹奏。乾隆五十二年三月二十日。"乾隆帝硃批:"覽。""敬珍藏",底本誤作"敬修藏",據《宮中檔乾隆朝奏摺》及《頤齋文稿》改。

寶奎堂集卷五

上海陸錫熊耳山撰

策問

乾隆三十年山西鄉試策問三首

問：列傳創自馬遷，歷代史家沿爲永式。蓋其美惡具載，首尾詳明，於屬辭比事之中，寓微顯闡幽之旨，法綦善矣。聖天子覃精史學，榮鏡今古，既詔儒臣修輯《宗室王公表傳》，著其勳績，藏諸太常。復念滿漢大臣事蹟紀載未備，特命紬金匱石室之藏，博考詳稽，人立一傳，據實排纂，以昭袞鉞之至公，而示勸懲之大義，煌煌乎甚盛典也。爾多士績學稽古蘭臺虎觀間，異日必有能簪筆以鳴國家之盛者，其於撰次論定之法，可不講明而切究之歟？夫作傳之體，義例宜明，考訂宜審，而褒貶尤所宜謹。顧諸史皆不能無踳駮，何歟？《史記》世家、列傳，體制既分，而淮陰一侯，淮南、衡山兩王，獨入列傳，其進退之旨安在？

《漢書》以後，皆不立世家矣，而諸王列傳，或取冠臣傳之首，或散見臣傳之中。公主一也，而或爲傳，或爲表；釋老一也，而或爲志，或爲傳。其因時變例者，亦能詳其故歟？《史記》有《滑稽》《日者傳》，《五代史》有《家人》《義兒》《伶官》諸傳，《宋史》有《道學傳》，皆體之不相沿襲者，而或不免分析未當之譏。然則發凡起例，誠如何而可以盡善歟？《舊唐書》之楊朝晟，《宋史》之李熙靖，何以皆一人而兩傳？《元史》列傳既有速不台，而又別出雪不台；既有完者都，而又別出完者拔都，其乖謬滋甚。然則考訛正舛，誠如何而可以無誤歟？韋忠、王育身事二姓，而《晉書・忠義傳》取之；韓通周室忠臣，而《五代史》削之，其去取果有當否？陳壽貶諸葛亮，謂將略非其所長；魏收譽爾朱榮，謂韓、彭、伊、霍無以過，皆屬一人之私言。然則所謂直書其事，而義自見者，誠如何而始可以明法戒歟？夫諸史之傳，義博文繁，略舉數端，以綜大要。其異同得失之故，尚有不止於此者，是又在諸生之能推類以盡其餘也。

問：三晉風俗淳厚，本虞夏之遺，而代有偏據。尚勇任俠，其勁悍之氣，亦號難治。在唐河東多故，爲用武之地。厥後宋、遼分壤，名臣宿將，率以武功顯。我國家重熙累洽，六寓大同，并恒革武健之習，唐魏去褊嗇之風，固已比户可封，共稱樂土矣。顧所以導揚美化，而防其變遷者，其道實守土者之責，可不亟講歟？古之治斯土者，保障之功，久垂傳記。自後代有名賢，莫不乘地因時，循卓茂著，維桑與梓，成績猶可稽歟？將謂政尚嚴明，而柳霞之刺霍州，不用命者，但微加貶異，示恥而已；徐有功之爲蒲州司法，劉絢之令長子，皆不假鞭朴，而人自感悟。將謂治崇寬簡，而田延年之守河東，選尹翁歸等爲爪牙，以誅鋤豪强爲事；辛雲京之尹太原，有犯者，雖絲毫不貸，二者果遵何道耶？昔人謂簿書期會，俗吏之所爲。顧案牘日繁，民之情僞日出，有非可以高言清淨者，其庶幾如姜師度之勤於爲政，汲汲於興利除弊乎？夫爲治之道，張弛異宜，繁劇必資斷割之才，而闊略適滋叢脞之失，是將何術之操焉？意者明不至察，寬不至縱，勤而不煩，簡而不弛，必如大程子之令晉城，而後爲無弊歟？周舉爲并州而禁寒食，李暠守太原而禁不葬，今其俗已革矣。而如韓琦、歐陽修之開墾廢田，程師孟、陳堯佐之興修水利，豈無可倣而行之者歟？多士學古入官，將膺民社之責，宜講求有素矣，其以切當者著於篇。

問：山西爲古帝王之都，堯都平陽，舜都蒲坂，夏都安邑，今其地尚可確指而數之歟？後叔虞封唐，改號曰晉。自兩《漢書》注《帝王世紀》、《左傳》杜注及《通典》諸書，皆以晉陽爲始封之地。然考晉都於翼，即今之翼城縣，北距晉陽七百餘里。又《左傳》載晉所滅之國，如揚如霍如耿如魏如虞；諸公子所居之邑，如蒲如屈；所遷之都，如曲沃如絳如新田。以今輿地考之，不過平陽、蒲州、解、絳、隰、吉諸府州之地，在汾、澮二水之間。逮悼公以後，疆土日闢，於是晉之境始踰霍太山而北，有鄔、祁、平陵、梗陽、塗水、晉陽諸邑，皆屬今之太原府矣。地名雖易，古蹟尚存，能一一爲之辨證歟？杜預解綿上，以爲在今介休縣南。漢魏以後，寒食禁火，西河尤甚，似可信矣。然《左傳》載趙簡子逆宋樂祁於綿上，自宋入晉，豈應路出於西河介休乎？今翼城縣西亦有綿山，萬泉縣南有介山，能考其故實，以判厥是非歟？至於太原爲今省會，即《禹貢》"既修太原"，《左傳》"以處太原"之舊。而説《詩》者，并以"薄伐玁狁，至於太原"實之。夫晉陽去周京千五百里，玁狁乃西戎，周人禦戎，必不踰河而東也，豈高平曰原，古人通稱歟？抑周自有太原，尚可考而知歟？晉陽在唐爲北都，宋太宗既平北漢，降爲并州，再經遷徙，今之太原縣，猶屬舊太原之一隅，而府治則并非初徙之榆次縣矣。歷代以來，遷并不一，新名舊號，輾轉相蒙，此舛訛之所以日甚歟？多士生長是邦，其於山川形勢及古今沿革之故，宜有聞之熟而見之審者，盍詳言之，以備輿志之采擇。

乾隆三十三年浙江鄉試策問四首

問：六籍爲聖人垂教之書，窮經期於致用。我朝敦崇儒術，廣厲學官，正士子鼓舞奮興之會，討論流別，考較異同，非皆夙昔所強學歟？

《周易》在漢有田氏、焦氏、費氏，所宗何學？鄭、王兩家並出，輔嗣之說何以獨行？朱子兼取象占，是言數者固未可盡廢歟？占用九六，而間有遇七八者，厥義安在？《文言》爲孔子第七翼，而《春秋傳》穆姜已舉其文，亦能得其解歟？《書》分今文、古文，而漢代古文又有二，今所傳者何本？科斗書出孔氏壁中，安國之傳，何以反與所注《論語》多不合？《堯典》"九族"，《舜典》"六宗"，《禹貢》"三江"，衆說紛淆，將安所從耶？《詩》二《南》王化之首，《何彼襛矣》一篇，鄭樵指爲東周之詩，何以編入？公路、公行、公族皆晉官，又何以列於《魏風》也？《豳》兼《雅》《頌》，所謂"一詩而三用"者奚若？《春秋》據魯史舊文，惠公以前，何以全無紀載？論時月者，周正、夏正不同，其說孰長？杜氏、何氏、范氏三家之注，又孰能不阿本傳，而通其得失歟？高堂生十七篇皆士禮，天子諸侯郊祀宗廟之禮何遂全闕？元人集《儀禮逸經》八篇，而《周禮·冬官》亦有取，五官所屬，補之者其皆可信歟？《戴記》本漢儒輯錄，程、朱以前，表章《中庸》《大學》者，尚有何人？《樂記》一篇，果足當

《樂經》否歟？兩浙文獻之邦，傳習講明，師承有自，悉誦所聞，將以覘素積焉。

問：上古作者，未有專集，班《志》著録，人不數篇，建安而還，詞賦漸夥。於是有甄輯文章以行世者，史家目爲總集，其體昉自何人？隋、唐、宋《藝文志》所列，可悉數歟？高齋十學士之本，唐人無不熟精其理，而眉山蘇氏獨譏之，果不刊之論歟？《文粹》《文鑑》《文類》，代有專本，其大旨之異同安在？或議《文粹》所登未廣，而《文鑑》祇依江鉬初本，不録建炎以後，則又將何所據以補其闕歟？《文苑英華》《文章正宗》二書，博約之旨，見於平園周氏、後村劉氏所論列者，果悉有當否？唐宋八大家之選，其義例出茅氏特識歟？抑有所本也？專録韻語，始於徐陵，後代名家輩出，學者不能遍讀全集，其以簡代繁宜也。顧抄撮既多，持擇各別，孰爲分門，孰爲類體，孰兼舉歷代，孰專輯本朝？以至排比一時執友之作，酬倡之什，如《篋中》《題襟》者，代有幾集，集有幾家？其純疵得失之故，能縷晰而博論之歟？《唐詩主客圖》，其派別何指？更有《摘句圖》，屢見於《新唐書志》，亦能舉其凡歟？選家之有標抹注釋，其源何自？東萊《關鍵》、疊山《軌範》而外，尚有可舉似者歟？我皇上聰明天縱，集千古之大成，《御選唐宋文醇》《詩醇》二書，爲學海津筏。多士服習有年，講肄所及，宜辨之悉矣，盍詳著於篇。

問：兩浙古揚州分域，無餘之封，防風之國，其諸沿革所自起歟？《越絶書》《史記》，謂越境北至禦兒，而《乾道》《淳祐》兩地志，則以浙江爲自來吳、越分界處，或引唐人詩句證之，然歟否歟？吳、會稽分郡，建議者何人？鎮海軍節度，移治者何代？其他裁并分析，改隸來屬，見於史者不一，能類舉而縷述之歟？吳越建國，所改置軍府名目，《五代史·職方考》皆闕焉，可博引他書，以正其疏略歟？宋人紀地里者，於浙東、西爲特詳，自臨安諸志以外，吳興、嘉禾、越州、四明、永嘉、東陽、括蒼，皆有成書，姓氏篇目見於《郡齋讀書志》《文獻通考》者，猶得約言其概歟？水道之在浙，大者獨有漸江，環以巨海，詳錢塘之名，足知捍蔽爲要。仰蒙翠華臨幸，指示周詳，順軌恬波，固已永資利賴。其他支流別浦，脉絡灌輸，所在多有。規其大略，江以西爲武林，爲天目；江以東爲金川，爲雙溪，爲新安，爲東白，爲姚江，爲甬江，皆派之最著者。而溫、處二州之水，又多不入浙江，而徑達甌海。源委攸殊，分合歸宿，可一一指數歟？堰埭陂牐，筧壩塰硾之利，昔賢修舉頗備，孰緩孰急，亦曾爲之究心歟？夫畫野分疆，辨方域之大綱，而溝洫河渠，所關綦鉅。維桑與梓，習見熟聞，索記披圖，指掌以列，寧數典而或忘也！

問：守令爲親民之官，所使承流而宣化，民生之利病係焉。則凡考察之法，殿最之方，不可不亟講也。三代以還，言吏治者，惟漢最爲近古，史書所載激勸之道具備，其治行之尤異者，可悉數歟？刺史以六條察郡國，節目所具，與《周官》六計果相合否歟？唐之課吏，有四善、二十七最，宋則有四善、三最，各區爲六等、三等，科條綦密矣，而循良治蹟，什不得一二焉。且唐所置采訪黜陟之使，宋所設磨勘保任之令，其果一出於至公，而不至滋弊歟？江左宋元嘉中，始令守宰六期爲斷，後代或以三十月，或以三周年，爲考得失若何，格例異同，亦有可縷晰者歟？我皇上勤恤民依，肅清吏治，慎簡庶僚，綱舉目張，爲唐虞三代以來所未有。屢奉訓諭，諄復告誡，深切著明，務俾百爾臣工，益加警勉，精白乃心，以分猷而宣力。屬在有司，思所以滌慮洗心，仰副聖天子澄敘官方之至意者，必如何而始克無慚夙夜，無負任使也。夫弊吏以興廉爲先，而敬事以勿欺爲本，將以飭名檢而厲廉隅，果遵何術哉？吳隱之酌泉明志，趙抃焚香告天，寧無前事之可師者歟？利弊之源何以晰，案牘之繁何以理，教養之術何以興，詰姦緝匪之何以令行而禁止，推而準之，必有握其要者。諸生學古入官，坐言起行，原無二致，可各抒所蘊藉，以爲當宁獻。

乾隆三十五年廣東鄉試策問三首

問：聖賢之學，莫要於存心養性，《虞書》《商誥》所垂訓，窮理者必首闡焉。而《大學》言心不及性，《中庸》言性不及心，其義安在？《大學》所謂忿懥恐懼，好樂憂患；《孟子》所謂惻隱羞惡，辭讓是非，皆言心也。夫子曰"性相近"，子思曰"天命之謂性"，孟子曰"性善"，皆言性也。人心道心之分，氣質義理之辨，可備繹歟？程子曰"在天爲命，在人爲性"，論其所主爲心；張子曰"合虛與氣，有性之名；合性與知覺，有心之名"，其言固有互相發明者。朱子傳注《語錄》，尤闡抉無餘蘊，能融會貫通，揭其奧旨歟？濂、洛、關、閩，接洙、泗、鄒、嶧之真傳。其生平爲學之要，舉以示人者，緒言具在，亦能本其用功得力之處切言之歟？二程師周子者也，周子謂主靜立人極，明道謂下學上達，在收其放心；伊川謂整齊嚴肅，則心便一，淵源果相合否？張子《西銘》，與孟子"性善""養氣"之說同功，而楊龜山疑爲闊略，其論何如？朱子集群儒之大成，始受學於李延平，晚年造詣，果盡得之延平歟？嶺表爲陳獻章、湛若水講學之鄉，桑梓流風，觀型倍切。恭逢聖天子精一勅幾，緝熙典學，正多士抃舞奮興之會也。可先資拜獻，昌言毋隱。

問：漢代取士，有射策、對策之制。至唐而立秀才、明經、進士諸科，宋則制科、進士二途，亦並試以策。其間節目所具，條列所分，方略時務之名，五道、三道之格，能臚陳歟？董江都《三策》最醇正，何朱子尚未滿之？鼂家令、公孫丞相、杜欽、谷永、杜鄴所對策，具載《漢書》，孰優孰劣？唐代制策，獨推劉蕡，其可傳者安在？宋陳亮議論極偉，而首舉一策，似有近揣摩之習者，何歟？東萊呂氏謂策尚理會經義，而水心葉氏又以言無所用爲病，然則將何如而始可蘄至於古歟？至於五言唐律，所謂拘忌聲病，約句準篇者，肇於何人，嚴於何代？高棅目長律爲排律，毛奇齡稱試律爲試帖，果有所據，抑臆造歟？唐試律皆六韻，而亦有四韻八韻及限平限仄之不同者，何也？錢起《鼓瑟》、李肱《霓裳》而外，工其體者復有何人？明楊載所論"起承轉結，上下首尾"之法，其信足爲準繩歟？夫詩文體制實繁，源流亦廣，今即著在令甲，而諸生所習以發科者，約舉其凡，用覘心得，盍親切言之。

問：嶺南地理，始見於《太史公書》，曰百越，曰楊越，皆是也，稱名各殊，可縷釋歟？杜氏《通典》以牛、女爲越分野，當星紀之次；而《春秋元命苞》則以牽牛一星主揚越；《漢·天文志》又專言斗爲越分。或謂肇、惠殷於尾箕，雄、韶旁直翼軫，諸說紛紜，可析異同而詳辨其次舍歟？漢置南海等九郡，其直今廣東境內者幾郡？後漢嘗徙交州，治南海，《交廣春秋》《宋書·州郡志》所紀年月不合，孰爲徵實？唐宋東西分治，皆冠以"嶺南""廣南"之稱，又以何時始省"南"字？且史志所載，建置不一，爲州爲郡爲道爲軍爲路，隸轄之制，并析之由，能撮舉其略歟？夫粵東封壤，負山環海，其大較也。顧山之脈絡有二支，海之門戶有三路，凡險易衝僻，界至廣袤之數，可指諸掌而論列之歟？至海外雜國，昌黎所云"東南際天地以萬數者"，今莫不連檣接舶，會極朝宗，亦能采綴名目，證合史傳，以備職方之外紀歟？《周官》大司徒安擾邦國，在辨其山川名物。而分野建置，形勢關隘，又志輿地者所必及也。我國家重熙累洽，化浹海隅，體國經野之模，至詳且備。多士生逢聖世，沐浴涵濡，耳目所及，宜知之悉矣。其各數典以對。

寶奎堂集卷六

上海陸錫熊耳山撰

示

曉諭諸生示

　　使者奉簡命來此，始與諸生相見，文章品誼，尚未周知。念閩地賢哲代生，同風鄒魯，緒言未沫，遠有師承。諸生仰企前修，諒俱能勵志讀書，不煩繩削。然學無難易，一簣即爲止境，亦片言可以終身。是以爲者牛毛，成者麟角，要在功先切近，力貴精專。今略舉數端，爲諸生勖。

　　夫爲學以窮經爲首，而經師授受，實本專門，將溯源流，必資古義。諸生先當潛心注疏，穿穴諸家，詳辨訓詁，博稽名物，然後折中儒說，以睹指歸。精治一經，旁通六籍，苟臻貫弗，必與甄嘉。至史學與經並重，體用相資。諸生方欲學古入官，而故事茫如，將何以練習典章，擴充識見？即以行文而論，亦未嘗不可得其精意，羽翼微言。願研經之餘，時宜覽史，使者當隨便面行詢問，倘或不能置對，定加懲罰。他如比偶之篇，上施廊廟；聲律之什，首重廣颺。諸生勉爲華國之才，亦當究心鉅製，略識體裁，毋爲率爾操觚，自甘寒陋。

若夫唐宋古文，家弦户誦，非以剽擬爲工，總在辨其波瀾，參其氣息，徑塗有別，法度無殊。果能熟讀深思，何患作文不歸淳雅？諸生其尚奮志向學，舉一反三，各就姿性所近，穎異者益務沈潛，魯鈍者無輕暴棄。使者雖未嘗學問，當以所聞於師友者，時相告語，共效切磋。庶期克底有成，蔚爲令器，以無負國家樂育栽培之至意。使者有厚望焉。

【校】嘉慶本文題作"爲示諭事"。"使者奉簡命來此"前有"示諭諸生"四字，文末有"特諭"二字。

申諭釐剔弊源以重關防以端習尚示

本院恭荷恩綸，來司衡校，責成綦重，稱塞良難。惟有策勵俊髦，敦崇經術，屏除澆競，遴拔單寒，上以竭文章報國之忱，下不負清白傳家之素。顧側聞積習，頗惑歧趨，思從捷徑呈身，遂縱姦徒藉手。鼯雖伏晝，五技未窮；兔已成群，三窟猶在。兹軺車蒞試之初，正儒冠雲集之候，爰申告戒，用布腹心。

本院早叨科第，屢踐清華，生產不問於家人，出入靡言夫温樹。循書生之本分，常凜冰淵；守貧士之素風，仍甘蘆粥。况乎簡書可畏，物議難逃。方欲酬特達之知，關心竹箭；豈肯毀生平之操，動色苞苴！諒在邦人，咸知夙悃。

特是調包詿騙，撞歲招搖，鬼蜮多端，風影莫測。或謬稱縞紵，或假託葭莩，妄攀謝樹於階前，詭采庾蓮於幕内。至乃粉榆海上，藉通消息於雲帆；桃李蹊邊，詭寄殷勤於鯉素。在樓臺吹氣，亦當悟蜃市俄空；而愧儞貪看，或竟信木絲非幻。殊不知本院門皆重鑰，牘必親披，量裁悉秉於一心，評拔總由於兩手。家規整肅，詎廝童敢近丹鉛；庭誡森嚴，即子弟莫聞點乙。而且素端取友，雅善任人，凡有汰登，盡精審覆。縱或一言知善，全憑獨斷之權；就令五色偶迷，寧受不明之責！爾生童無圖速化，務勉大成，當茲弊藪之肅清，正慶人文之蔚起。

本院忝持冰鑑，欣入寶山。雖學儉青箱，亦粗窺夫《七略》；果文成黃絹，豈敢靳於三薰！爾生童等尚各自養修翎，同調逸足，謹束身於白璧，戒玷跡於青蠅。明拾芥之簏經，自同穎脫；待引針之磁石，寧慮珠遺。方當珍作國華，獻之宸鑑，在多士既克成令器，即使者亦與有榮施。倘或非分妄營，希心倖獲。得鹿者暗經摸索，空自越其短垣；亡羊者隱受欺愚，究孰償其厚橐？至若照開魑狀，便當場立喪身家；即使漏匿狐蹤，亦沒齒何施面目！試平心而自較，實返轍其非遲。更有甲移乙籍，敢假手於捉刀；李戴張冠，竟安心於替月。遞丸書而引線，密比刺閨；挾小本以隨身，盜同胠篋。惟茲積蠹，均冒常刑；倘襲媮風，寧容敗類！

本院燭情必得，執法無撓，將欲培此良苗，務盡去其害馬。爲問求榮得辱，猶遺有臭於十年；何如責實循名，霧竟不迷於三里。除已飭提調官，逐一密行訪查，嚴拏重究外，合行出示，剴切申諭。爲此示仰闔屬生童人等知悉，亟思愛鼎，競恥踰牆，俾宵小之潛形，冀英才之入穀。不憚由衷之語，尚仰體夫諄詳；庶端進步之階，佇共期於遠大。爾多士其各凜遵。

【校】嘉慶本文題作"爲特行諄切申諭釐別弊源以重關防以端習尚事"，"本院恭荷恩綸"作"照得本院恭荷恩綸"，"爾多士其各凜遵"後尚有"毋違毋忽"四字。

考試古學示

照得制義以清真雅正爲宗，詩歌以典麗和平爲則，本院業經明切曉示矣。至律賦一道，在前代爲程試之篇，本嚴聲病；在今日儲館課之用，尤貴雅馴。要厥由來，出於場屋，實與制義同源。唐則《英華》，宋維《文鑑》，約觀所錄，足見一班。至若《麟角》卌首，字朗珠璣；《正字》一編，言諧《韶》《濩》。閩才傑出，諒多士久挹遺風，共期接跡前賢，和聲鳴盛。比者本院校閱各屬課卷，見諸生所製律賦，亦皆斐然有作，頗多筆姿雋秀，卓爲可造之材。惟是體製所在，尚有欲與諸生細加商略者。

蓋論古賦，則古詩之流；言律賦，即八股之例。非無正變，互有指歸。在《選》理熟精者，原當兼長並擅。但既以典故命題，官字限韻，即係程文，便宜恪守前規，諧聲比律。不可變四六爲楚些，飾駢偶於漢《京》。況復亂以歌敵，混淆六義，坐添蛇足，尾聲由此不揚；又或設爲問答，氾濫《兩都》，曲效里曠，短垣因之自越。

且命題者原取義斷章，拈題者貴因文立意。即欲知出處，一點已明；乃泛敘本事，縷陳首尾。無取沂流窮源，翻令喧賓奪主。至若散植千尋，不易寸璧。"終南積雪"，兩韻已傳；"風雨重陽"，一言滋貴。苟居理要，何取冗長？又若七言弁首，幾等俳諧；六句成聯，最傷流麗。且或三語體同樂府，五字調近詩篇。惟蜑口以聲牙，罕愜心而瀏亮，此皆禁忌，宜亟掃除。

又若修詞立誠，乃心之聲，《選》言宏富之場，上自經史，下逮宋人，止矣。乃每下愈況，多摭拾清言小説、俚曲豔詞，里耳不聰，巴人等誚。甚且賦物則託興閨闥，寫景則侈談羅綺。豈知宋玉《高唐》，陳思《洛神》，靡風七子，張焰六朝，導淫長欲，不可以訓。此尤風俗人心所係，本院所欲嚴爲禁飭者也。

茲舉行歲試，業經行學，照例報名，候示期另考古學外，合行出示曉諭。爾諸生裕涵今茹古之資，行當鼓吹休明，潤色鴻業。務思格詩律賦，法與制義相通，斧藻群言，必歸大雅。上規唐宋應試之章，旁覽當代館閣之集，裁僞體而一歧趨，黜哀豔而汰煩瑣。佇見日華天鑑，足教萬口流傳；軒鑑干將，可定終身事業。本院實樂觀成效焉。

【校】嘉慶本文題作"爲考試古學事"。文末尚有"咸各凜遵毋違特示"八字。

飭禁書寫俗文別字以正小學示

照得六書之學，義在同文，點畫偏旁，咸昭定式。雖篆隸遞變，原不必盡泥古初；而體製有常，又何可稍沿譌似！韓昌黎識字之語，實在辨別形聲；顏元孫《干禄》之書，所以區分正俗。恭惟御定《康熙字典》，義例精詳，窮源正訛，統匯百代，諸生自當祗遵恪守，無軼範圍。

茲本院校閱各屬課卷，見謄真字樣，往往未能究心，隨意繕寫，以致殊形錯出，別體滋多。或罔辨於丁尾鈎頭，或沿誤於四羊三豕。或苟從減筆，檢部則冰水手木之無分；或都昧本形，考義則易晜舀舀之互用。甚且音聲相混，躔可去足而加絲；亦有波磔全乖，孟遂下子以配皿。至於俗間僞體，謬種流傳，衹可聽諸市廛，寧得登於簡策！

士子自髫年搦管，日事丹鉛，豈可白首紛如，書名未達！總在詳稽字畫，細核部分，辨析毫芒，折衷今古。洞悉乎諧聲會意之原，方不悖乎主敬正心之訓。爲此示仰該生童等知悉，嗣後謄寫文字，務各留心檢點，遵循《字典》，悉依正文，糾訂歧訛，祛除鄙俚。不獨簪毫授簡，將來免貽誚金根；亦且辨鼠識蜞，此日可漸通蒼雅。倘若仍沿宿習，將俗書別字任意填寫，縱有佳篇，必從擯抑。爾生童其各凜之毋忽！

【校】文題，嘉慶本作"爲飭禁書寫俗文別字以正小學事"。"將俗書別字"，嘉慶本作"將俗書白字"。

賦

召試觀回人繩伎賦　不限韻

聖天子德洋恩普，遠至邇安。越無雷而置尉候，屆蟠木而襲衣冠。絕漠從風，遍及乎陰火陽冰之域；廣庭合樂，備致乎魚龍曼衍之觀。同我太平，肅兩階而立仗；用其長技，綴七校而隨鑾。洒抒誠而獻巧，俾合寓以流歡。原夫地當西海，部號諸回。天堂默德之界，方枝計式之壖。織罽村邊，架高竿而跳躑；蒲萄林底，張巨索以崔巍。輕服每宜於短後，選能或及夫于髡。乍趁長風，似踏千層之浪；還依落日，高扶百丈之桅。

爾乃天威遐暢，聖化聿新。版圖隸於形訓，職貢等於編民。偕三十六國而傾心，宜效九功之舞；從八十一車而奏藝，允先百戲之陳。於是闢廣場之千步，樹巨臬之由旬。影盤空而界道，尾屬地而垂紳。乍結束以試手，忽翹竦以騰身。跂脚初登，如泠風之御列子；懸絙欲落，似玄圃之下仙人。習自遐陬，比吐火激波而更幻；呈之聖世，寧巴俞碭極而堪倫。蓋其階梯不事，剽捷足稱，躡千尋而上蠱，窺一綫而下乘。豈引縷而吹鳶，凌空忽起；寧索綯而登屋，自下堪升。不關抱木而號，等飛猱之神速；恰似銜繪而至，同孤鶴之騫騰。映參差於高柳，妙揮霍於長繩。想偕來於度索之區，聿昭其遠；固大異於羈縻之日，宜奏爾能。

況夫琱弓既張，楊葉斯指。彎彎之半月高懸，熠熠之流星下委。翻身欲轉，忽眩掉於晴空；撒手將停，更低昂於雲裏。落趾則二分垂外，自仰面而皆驚；貼腰則一點如飛，庶騎危而足擬。萬夫爭看，有同舞劍之大觀；片塵不驚，何異轉丸之妙伎！洵可以播鞉樂而稱奇，隨屬車而送喜。

彼夫骨索凌虛，舞絙迴步。都盧則橦木干雲，犁靬則眩人化霧。亦各操其土風，孰足昭夫遵路。維帝德之覃敷，合車書於軌度。企霞標而直上，知存捧日之心；亘綿紼以遙縈，益切如綸之慕。然而我皇上方且穆然遐思，澹然卻顧。履中蹈和，黜奇秉素。技可進道，叶任昧於莖韶；樂以同民，布雲霄之雨露。六宇侈傳夫盛事，何減《周書·王會》之年；九重授簡以抒詞，迥殊《勤政》《花萼》之賦。

蟭螟賦　以"巢於蚊睫，其細已甚"爲韻

化涵蠕動，象著元苞。茁微生而飛潛以類，麗薄質而形色皆殽。維爲肝爲臂之紛紜，造化不妨於游戲；知化馬化人之變幻，俗儒柱用其詆嘲。視則希而聽則夷，狀或淪於虛渺；形不生而影不滅，量難累夫斗筲。爰以玄工之亭毒，聿賦小物以兼包。宛如徑寸難求，莫覷秋毫之末；豈有一枝可托，竟安野父之巢！

蓋其體從濕化，産本氣餘。迎風以動，附物而居。彷彿雙緌，比雀縿而更銳；依稀兩翅，較蟬翼而還疏。映曉日而忽明，旋成烏有；過空帷而不見，何異子虛！就使聚族以遊，孰辨往來之迹；縱復成群以出，何殊寂滅之初！掘閱何時，寧若蜉蝣之可問；紛營此地，豈同蠅蚋而相於。

是以形莫辨乎絪緼，色莫接乎見聞。身罔區其首尾，體難度

以銖分。吹來一點針鋒，有微即入；不帶半星螢焰，何象可云？將止棘而傳聲，不似青蠅之易染；欲成雷而助陣，寧如白鳥之堪薰。適從何來，直入而何妨閉闥；爰得我所，擇地而仍畏驅蚊。

則有類比飛蠓，質殊舞蝶。常逢夏而紛飄，每入幃而喳喋。撲殘團扇，鳴尚呼朋；聽到晨鐘，翅還相接。論其體則塵埃已並其輕，觀其目而色相更何可涉？方謂蠅頭有利，自無地之能容；誰知蝸角堪爭，竟安身之彌愜。幻而復幻，似洹河之岸量沙，則可載須彌；玄之又玄，如阿堵之中傳神，而竟藏眉睫。

所以倏來倏去，若即若離。目中之著物無多，竟作壺中小隱；眉上之添毫有幾，偏成世上棲遲。如逢入幕之賓，應悟浮生歷歷；倘遇露筋之里，定知安宅縈縈。借方寸之光爲光，固已色障空空，全無眼耳；宅虛無之地爲地，轉若大千渺渺，盡化神奇。別乎有形，索幽微者驚云乃爾；入於無間，稱神異者訝曰何其！

然而類本萬殊，理歸一致。凡身世之所依，盡升沈之若寄。現金身於一粟，境界當作如是觀；起玉宇於半空，心地乃今爲已至。孰若索離朱於象罔，幾失其明；學酒甕之醢雞，難尋所自。不競塵寰之土，比飲河而更覺其清；相隨暮夜之間，非逐臭而自安所利。則安得不爲之深察夫毫芒，而曲狀其纖細。

彼夫東海微言，齊諧妙理。方共笑其荒唐，夫孰明其意旨？幻異境於行中，設殊聞於句裏。極纖毫而廣居自在，知易地則皆然；離聲色而著迹都非，必窮形而後已。

若夫蠛蠓能入夫歌詩，螺贏尚譏夫狂飲。鼱鼠則吸水可安，鷦鷯則依林爲蔭。往來雖極乎虛寥，託處轉同於寄賃。終不如辨羽翼而無分，任游行而莫禁。片地可樂爲華胥，寸境亦容夫高枕。豈熟視遂若無覩，胡然欲辨無言；問何來遽集於斯，或者其微實甚。

觀穫圖賦爲陳碣庵作

沿籬采槿，繞屋編茅。遮十畝之緑蔭，戛千竿之翠梢。魚潑剌而鱗活，燕差池而尾交。遲田間以散策，就枝上以安巢。俯霜隴之畇畇，通烟墟之漠漠。政昔搆於閱耕，攬今圖於觀穫。含白露而秀吐，捲黄雲而實落。綻虎帳之盈目，滿麕牙之入幄。望復望兮池上樓，樂莫樂兮江南秋。水迥痕淨，天高氣遒。鎌帶月而曉出，柳催風而暮收。嘉君子之素履，服先民之世疇。思一棱以分種，卜三間以從游。乃爲之長謠曰：

潞河七月雨霏霏，送君南去還荆扉。艾祁村頭稻正熟，蘆浦沙邊雁已飛。

論

二　陸　論

士君子負俊偉磊落之才，未有不思見用於世。然或用而不售，甚至於身敗名辱者，何哉？進退之介不能持，而禍福之機不能審也。

方晉之滅吳也，陸機、陸雲年纔弱冠耳。雖非身握大權，有國亡身死之責，然其兄則尚主矣，襲侯矣，身則代領父兵矣。受孫氏之恩，一旦覩其傾覆，苟能杜門自守，遯跡丘園，以明不忘吳國之意，豈非能進知退大丈夫哉！乃始則受張華之薦，繼則受楊駿之辟，依違闇朝，託跡公府，此其進身之識，已有昧焉者。然而猶未甚也，何則？

曹志，魏之藩王也，譙周於蜀，亦當大任，而仕晉爲顯官，當世不以爲恥。二陸在吳，人主未知，爵位未尊，固非二子者比。苟以國亡之故，而過人之才，遂以湮沒而不試，豈不可惜！則仕晉之心，要亦有未可盡非者。所恨者既仕之後，而進退不決，禍福不明，卒之自殺其身而止耳。

夫當惠帝昏庸之際，諸王擅政，骨肉相殘，其覆亡之機，不待智者決也。爲機、雲者，從顧榮、戴淵之計，扁舟還吳，匿跡故里，養其才以待時，豈非策之上者？即不然，於成都王之舉兵，告之曰："乘輿不可犯也，長沙王又無罪。機所以委身大王者，以大王必能屏藩王室，安靖國家耳。今欲稱兵向闕，是犯順也，機死不敢從命。"若是，則安知不聽？即不聽，安知必之死？即死矣，而泰山之重，豈不凜然尚有生氣哉！乃以用才之故，急於功名，躁於仕進。附賈謐而謐誅矣，附趙王倫而倫又死矣，卒以受恩之故，委命成都，若謂不世之功，由茲可建。而傲將潛於外，嬖寵讒於內，建春一敗，兄弟誅夷。其始也，亦本濟安世難之一心；其後也，遂至敗壞決裂而無所底止，則識之不足以用才也明矣。

然而機與雲之才識，又必有辨。史稱盧志問機曰："遜、抗於君近遠？"機曰："如君於盧毓、盧廷。"既而雲謂機曰："殊邦容不相悉，何至於此！"機曰："我父、祖名播四海，寧不知耶！"議者以定二陸優劣。嗚呼！此一時愛憎之詞，非通論也。夫士君子生當亂世，即不如孫登之絕口不談，亦宜思緘默以自免。以一言之故，而惡聲必反，含宏者固如是耶？及河橋之役，志遂以臣陵其君，進讒於穎，未必非此日之一語階之。則是機有才而太露其才，與雲有才而能斂其才，要未可同年語也。雖然，進退者人，禍福者天，陸抗平西陵，誅及嬰孩，而二陸之死，亦無噍類。嗚呼，獨機、雲之罪也哉！

裴行儉知人論

古聖人之所謂知人則哲，而不失天下士者，非但決之於富貴福澤間已也，亦觀其心與術而已。故有濟世之心，而沈淪阨塞於下者，則必思所以引之。引之不得，則又必表而出之曰："某某，棟梁才也。"無匡時之術，而或偶乘時竊祿位者，則必思所以退之。退之不得，則指之以明風天下曰："某某，食粟而已，不足任大事也。"此無他，不以祿位衡人，而後我之心乃公，而後人之真愈出。

唐高宗時，進士王勮、咸陽尉蘇味道皆未知名，獨吏部侍郎裴行儉知其必掌銓衡，托以弱息；而王、楊、盧、駱四子方負時譽，行儉決其不令終，後果偃蹇以死。行儉以是稱知人。吾甚嘉行儉之鑑衡不爽，而獨惜其所挾以論人者之非其本也，何則？我之所以能鑑人者，以其無我之見者存也。

古人君，縲囚臣僕，皆可置之上位。而晉之祁奚且舉及其仇，彼豈嘗以有利於我而後爲之哉！而其人卒能不負所知，而天下服其識。今行儉之於勮與味道也，吾意必勖之以得位，行道之所宜。乃但曰弱息爲托而已，則是行儉意中，初不必有辨別賢愚之真識也。彼不過思得一身都通顯者，以庇其子孫，而賞識於下僚，則其人尤爲易感。適見二子者，駸駸有競進之才，知其將貴且達矣，於是外託知己之名，而陰遂其私願，此特保守祿位者之所爲，而初未計及於其人之才與器也。不然者，當時人才輩出，如狄梁公、張漢陽、魏高要等，皆有撥亂反正之才。行儉苟識其一人，引薦在位，豈不足以扶將衰之朝，而弭未然之禍？計不出此，而沾沾於一二模稜唯諾之小人，亦安得爲大臣之度哉！

且行儉之於王、楊、盧、駱也，斥之以浮躁淺露，似矣；而以爲非爵禄之器，則其言尤有可議者。夫使士而果以享爵禄爲貴也，則古今來，夭如顏子，窮如夷齊，亦可以浮躁淺露目之乎？庸碌如張禹，無恥如馮道，亦可以其去浮躁淺露之習，而許爲端人乎？且也息夫躬之在漢，王融之在齊，信所稱浮躁淺露者矣，而亦能致位公卿，傾動一世。四子者特不幸耳，又烏足執以定天下士也！

且夫四子之文采照耀，豈得盡以無行疑之哉！當武氏專朝，義師東起，駱賓王能草檄以聲其罪，卒死於難，亦有合於見危授命之義；以視味道之身相僞廷，諂媚女主者，相去幾何！又安得以非享位之器，而謂遂足以相勝也！果如行儉説，則凡懷才抱德，而終身齟齬者，皆可謂非享位之器；而引庸才以誤國者，且得自附於知人之哲矣，豈足以訓天下哉！

雖然，學者苟執"先器識後文藝"之一言，以求遠乎浮躁之習，進不屑唯阿在庭，退亦不願以文章名世，則行儉之語，亦未嘗無節取也夫！

漢景帝論　石埭少作

漢景帝非天資刻薄人也。即位以後，減笞法，定箠令，恤刑之詔屢下矣；務耕桑，禁珠玉，勸農之詔又屢下矣。梁王不法，帝怒欲置典刑，太后涕泣不食，田叔一言即感泣矣。觀其内於母子兄弟，下於百姓黎民，慈祥豈弟之心，藹然靡間，雖使文帝復生，曷以過此！然其貽譏於史册者，亦不少矣。廢后薄氏，無夫婦之誼也；殺太子榮，無父子之恩也；絀申屠嘉，無君臣之禮也；戮周亞夫，無録功之意也。爲事刻深，遂以開後儒之訿議，然皆溯其流，而尚未澄其源也。

景帝刻深之故，蓋在鼂錯之爲太子家令，而儒者不及察也。

且古今來人君之德，必養於青宮，青宮之中，又端賴乎輔弼。《書》稱"僕臣正，厥后克正；僕臣諛，厥后自聖"。賢不賢之間，所係豈淺鮮哉！即賢矣，猶恐學之有偏，術之有雜也。必擇其文行心術無不純正者，始可以輔成君德而無弊。

秦始皇使李斯傅胡亥，故二世暴虐，其效彰明較著，不可誣也。方錯爲太子家令，太子愛之，號曰"智囊"。爲鼂錯者，意必以申商之書進太子，以刻薄寡恩之術說太子。太子聞之，忻然而悅，怡然而解，以爲由錯之言，可以懾臣民，震天下，而姦不敢逞，亂不敢作也。故凡即位以來，刻薄之事，類皆取錯之術而行之者也。

蓋忠厚者，景帝之本心也；刻深者，景帝之習心也。以習心之難除，故王后、子榮之事，策不絕書。以本心之不昧，故恤刑勸農之徒，詔猶屢降。初孝文時，吳太子入見，與皇太子飲博，爭道不共，太子引博局提殺之，刻深之故，當時已露其端倪。以文帝之賢，而不能近察其子，可慨也夫！又李斯以其術導二世，二世即行斯之術以殺斯；鼂錯以其術導景帝，景帝即行錯之術以殺錯。刻薄寡恩之效，適以自殞厥軀，吾於是知忠厚之信可尚也。

唐太宗論　石埭少作

唐太宗身經百戰之餘，削平五季之亂，安息天下，懾服外夷，豈惟唐之令主乎，抑亦古今來指不多屈之賢君矣！然自太宗沒後，唐室漸衰，后妃宦豎藩鎮之禍，册不絕書，口難枚舉。終唐之世，歷數賢主，卒不能稍振萬一，綿綿延延，遂以微滅者，何也？則以太宗之大本不正，無以端其始而植其基也。嘗試論之。

武德之初，使高祖不立建成，論功襃德，而以秦王爲太子，則太宗安矣。或建成既立，知太宗英俊，而己昏懦，必不爲所容，因以蹈子臧、季札之節，則太宗又安矣。今既已正位青宮，建爲儲貳，以尊則太祖之太子也，以親則太宗之長兄也。即令忌我威名，姦謀潛蓄，然亦未嘗有累國家，貽害天下。太宗以義守之可也，何爲乎伏甲玄武，推刃同氣，蹀血禁門，吮乳號痛？嗚呼！太宗其欲以殺王充、擒建德之技，施之親兄弟乎？不當用權而用權，徒貽譏耳。二人既殞，又盡殺其子，此其忍心，尤與劉裕、楊堅無異。厥後武曌僭位，幾於盡殺唐宗，天之報施，自不爽也。

若夫宮闈之地，則人君尤所當謹矣。今觀太宗廬江王妃侍側，王珪進諭，即遣出宮；聘士人妻爲充華，魏徵表諫，立停勅使。由此言之，太宗固未嘗不致慎於衽席之間也。獨於齊王吉妃楊氏，則納爲己妃，生子曹王明，瀆人倫，亂本支，唐室之大恥也。乃長孫皇后崩後，至欲立以爲后，賴魏徵辰嬴之喻，帝惕然而止。然徵不諫之未入宮之前，而諫之既立後之際，亦猶之乎遂過矣，退中國而即於夷，不亦羞乎！

太宗初即位，太子承乾生纔八齡耳，而遽立之，輔導無術，遂以致叛。夫承乾暗劣，過失屢見，使太宗執父道以教之，改則立，不則置焉，其誰敢貳？乃戶奴擊張玄素，刺客殺于志寧，皆無所問，反詔太子取庫物，有司勿爲限制，是明縱之也。縱之又寵魏王泰以間之，使之折節下士，潛謀奪嫡。君子謂承乾之反，太宗實有以啓之也。

嗟乎！此三事所係，孰云淺乎？建成之死，兄弟之大倫也；楊妃之寵，夫婦之大防也；承乾之廢，父子之大恩也。太宗皆處失其當，遂以滋後人之失。穎王、陳王、安王之殘殺，蓋踵建成、元吉之事而行之者也。武后以太宗才人爲高宗后，楊妃以壽王妃爲玄宗妃，蓋踵巢剌王妃之事而行之者也。太子忠、太子瑶等相繼以廢死，蓋踵太子承乾之事而行之者也，謂非太宗作之俑乎？故君子爲國樹本。

唐武后論　石埭少作

自古有國有家者，中婦人、宦寺之禍烈矣。顧惑以柔者多，而制以剛者少，若唐之武氏，豈不大可異哉！

考唐史，武氏以太宗才人，爲高宗皇后，其本既不正。而入宮以後，弒王后，殺韓、柳，廢太子忠，寵張易之，麟德之間，人稱二聖。彼固儼然履帝位而行帝事矣，而不廢高宗，何也？蓋高宗，武氏之夫也，以妻廢夫，則其勢不順，高宗之所以出於弒也；中宗，武氏之子也，以母廢子，則其名易加，中宗之所以出於廢也。然此猶易見者也。惟其以韋玄貞而廢中宗，則其心尤隱而難知，何也？獸欲猛者，必藉爪牙；鳥欲鷙者，必資羽翼。彼將滋大武氏之族，以陰遂其窺竊神器之思，即唐室子孫，且將聚而殲之矣，又奚愛於他族！

況玄貞者，韋后之父，與武氏同爲外戚也。今中宗曰："吾以天下與韋玄貞，有何不可？"此雖一時忿激之詞，然其心愛之可知也。假令中宗不廢，則其授玄貞者，侍中不已，必至公卿；公卿不已，必至王侯。玄貞藉其權位，方且效武氏之所爲，以自張大其聲勢，而與武氏相軋，曰："彼先帝之外戚也，吾今上之外戚也，彼不得與我競。"而爲中宗者，又將無言不聽，無計不從，以信玄貞，而韋氏盛矣。韋氏盛，則武氏之焰熸矣，此太后所惴惴焉旦夕防之者也。故自高宗既崩，其謀廢中宗者已久，但以子母之情，難於遽割。迨裴炎一愬，勃然奮怒，而廬陵王之命即日下矣，此所謂以外戚忌外戚也。

或曰：中宗初廢，后不遽稱皇帝，而必立豫王，何也？曰：此正武氏計深而慮遠者也。當廬陵方廢，而遽自稱尊，唐之廷豈遂無忠臣義士乎？内無所附，而外無所援，數日之間，武氏已伏唐家之斧鑕矣。故姑授位豫王，而己握其柄，以徐待其後。乃徐敬業起兵未幾，即敗而死矣；越王貞起兵未幾，又敗而死矣。恐其未已也，又作威以懾之，唐室諸王，殺戮殆盡，索、來酷吏，接踵於朝。太后左顧右盼，見天下已無逆我之人也，於是立號稱周，改朔易服，四海之大，始可以隨我控持，而了無忌憚矣。所以不稱尊於廢中宗之時，而於廢睿宗之時者，蓋以此也。

及後中宗返正，太后避位，易之、昌宗，既死廡下。乃不能取武氏之族，無少長皆斬於市，以謝其亂天下之罪。卒之三思縱淫，唐室再亂。嗚呼！五王雖賢，亦有愧於朱虛侯矣。

【校】題注，《頤齋文稿》初作"十三歲作"，墨筆改爲今注。

寶奎堂集卷七

上海陸錫熊耳山撰

序

山西鄉試錄後序

乾隆三十年乙酉，歲屆賓興，禮臣循次以山西考官上請。皇上特命臣阿肅典試事，而以臣錫熊副焉。

伏念臣江左寒素，才識凡庸，濫登科甲，需次在籍。恭逢壬午年翠華南幸，臣從諸生後，獻賦行在。仰蒙聖恩召試，拔厠薇垣，供職三載，兼充方略館纂修官，夙夜冰兢，毫無報稱。茲復荷格外天恩，畀以衡文重任，內愧菲材，實爲逾分，感悚交切，懼弗克勝。爰即乘傳赴晉，屆期入闈，與臣阿肅，督率同考諸臣，殫心考校，虛衷商榷。既得士如額，謹擇其文之雅馴者，恭呈御覽。臣以職事，當颺言簡末。

竊惟讀書以爲學，應舉以入仕，此士子之所以始進，非可以苟且姑就也。《記》有之："事君先資其言，拜自獻其身，以成其信。"後日之致身，皆取之于其言。而言爲心聲，又可即其言之險易顯晦，以觀其心術之純駁焉。今朝廷用人，出于科舉，科舉取士，委于試官。而司其事者，或執持偏見，不能比度于毫釐分刌之間，以求歸于至是，甚至各享敝帚，不復降心以相從。而追逐時好者，翕然從之，相率爲淺中速化之術，以希徼倖于一旦。其始進已如此，又安望他日當官任事，少有建樹乎？此學術人心之辨，所係非淺鮮也。

敬惟國家文化翔洽，覃敷布濩，百有餘年。我皇上右文稽古，樸械作人，當必世後仁之時，正久道化成之會。海內士子，漸仁摩義，至深至渥，咸油然生感發興起之心。而膺司衡之責者，亦無不仰承聖訓，知所取則。山右爲虞夏故墟，其俗儉而質，其人勁而直，其爲文亦皆有雄渾樸厚之風，而不染于纖仄佻巧之習。故唐魏之詩，序者每多微辭，而季札觀樂，獨以思深許之。良以其意遠旨博，有溢出于語言文字之外者，而非僅可以褊嗇稱也。至于漢文方隆，而龍門衍其派；唐文乍盛，而河汾開其先。其因時鳴盛者，亦若視乎文運爲盛衰焉。

今臣等生文治光昭之日，幸得銜命玆土，操一日之柄，以衡量其短長。竊喜其言之粹然一出于正，而無復破觚刓方，以冀詭遇者。其對偶論策，雖不必一一盡合尺度，而才藻秀發，根柢深博者，亦往往而有焉。足知文章風會之盛，于今爲極，而近天子之光者，其漸被爲尤切也。

抑臣聞之，文以載道，而言乃其末。今多士之以言進者，豈真以其科舉之文，中于程式而已哉！必將有以仰副我皇上德造至意，而不愧于先民有作其可也。多士果能厚自策勵，深思報稱，以蘄爲明體達用之學。河山表裏間，或有如裴度、司馬光其人者，出而對揚盛典。則國家既收得人之效，而臣等以人事君之誠，亦藉以稍酬萬一爾。

浙江鄉試錄後序

乾隆三十三年戊子，賓興屆期，禮臣以浙江考官請，皇上命左庶子臣博卿額往典試事，而以臣錫熊副之。

伏念臣江左寒陋，材質庸下，由進士恭應南巡召試，蒙恩擢授中書，在軍機處行走。奉職六載，未效涓埃，疊荷鴻慈，優渥踰分。乾隆三十年乙酉科，承命充山西副考官，本年京察一等，奉旨加一級，榮幸已極。茲復被格外殊恩，畀以大省司衡，臣何人斯，忝膺鉅任，感激惶懼，莫可名言！爰星馳抵浙，屆期入闈，與正考官臣博卿額，率同考諸臣，祗慎將事。既得士如額，謹詮次其文二十首以獻，臣竊颺言簡末焉。

臣惟言爲心聲，而制舉之文代聖賢立言，其醇駁正詭之故，尤將因文以見端焉。故必導源于經，取材于史，博涉乎訓詁之繁，而精繹乎義理之旨。則其文雖不名一格，而其人之性情心術，無不各有以肖之。非然者，以淺中薄植之徒，鏨帨以爲飾，苗軋以爲工，偽體膚詞，希心弋獲，則失之其文，而其人之實，即無由以見。此因文徵行者，不可不詳辨也。

皇上久道化成，培養深厚，經術明而文體日正，普天人士，靡不懷瑾握瑜，喁喁嚮風。兩浙湖山奇麗，萃東南之勝，屢蒙翠華臨幸，奎章炳煥，雲漢昭回。凡提鉛握槧而來者，敬誦敷言，陶泳涵育，矯首厲角，爭自濯磨。故其發之于文，皆能稟經酌雅，中正春容，以和其聲而鳴盛。在臣譾劣，銜命衡文，惴惴乎實不克以勝任。顧當此校閱之際，熒熒燈火，手披口誦，如或鑑觀。回念鵠立青袍，三條燭跋，簷風寸晷，難昧初心。今得荷高厚鴻恩，三載之間，再司文枋，撫衷清夜，悚惕靡寧。敢不自矢天良，惟公惟慎，以冀酬遭際之寵榮於萬一。

臣錫熊與臣博卿額，殫心竭慮，搜羅二十餘晝夜，制藝以理明詞達爲主，詩律以志和音雅爲宗，論策以詳贍平允爲尚。而支離盲昧，與凡陋浮誇之作，悉擯而不錄。往復商榷，至再至三。自知識見有限，于去取之尺寸，未必悉當，而竭其明之所至，務蘄有合乎清真雅正之體，以庶幾拔十而得五，此實臣所常自勉者。仰惟國家醞化淪浹，蒸爲人材，山川出雲，百靈效職。惟臣等因文以知其人，而多士本言以致于用。異日或有藎臣端士，出乎其中，以仰副聖天子樂育之盛心，而克備朝廷任使之選，是則區區之忱，所藉以拜獻者夫。

廣東鄉試錄序

聖天子文思光被，久道化成，粵上章攝提格之歲，恭遇聖壽六旬。明年，爲聖母皇太后八十萬壽，嘉慶駢臻，朝野禔福。先期發德音，如壬申、辛巳例，特開鄉、會恩科，薄海以內，誦詩書而遊庠序者，鳧趨雀躍，欣喜逾望。乃者閏五月庚申，禮部臣以廣東考官列名上請，有旨令臣陸錫熊，偕戶部主事臣簡昌璘，往司其事。

臣江左下材，由進士恭遇大駕時巡，得預獻賦之列，特授中書舍人，在軍機處行走。載遷今職，兩承簡命，典山西、浙江鄉試，茲復蒙恩，奉使粵東。伏念衡文之職，夙稱儒臣榮選，以臣檮昧，累膺斯任，夙夜屏營，懼弗克勝。既諏日就道，兩閱月而抵會城。時監臨則兵部侍郎，兼都察院右副都御史，巡撫廣東臣德保，肅清綱紀，內外嚴謐。外提調則署布政使臣覺羅阿揚阿，外監試則署按察使臣秦鑛，提調則糧驛道臣吳九齡，監試則分巡肇羅道臣耿壽平，內監試則廉州府同知臣江濤，協恭將事，奉功令惟謹。乃進提督廣東學政臣翁方綱所錄士四千七百有奇，扃闈三試，臣錫熊、臣昌璘，謹率同考官同知臣魯慶等，殫心披閱，詳審研校，得士七十二人，貢成均者十四人。謹擇其言之尤雅者二十篇，恭呈御覽，臣以例颺言簡首。

竊惟古者鄉舉里選之制，三歲大比，察其德行道藝，而賓興之。漢時郡國察孝廉，繼以課試，亦先行而後文。唐宋始用科目取士，糊名易書，法日以密。我國家崇尚儒術，鄉會試義之式，監前代而損益之，崇實黜浮，斟酌盡善。士子幼習父師之訓，長游學校之中，非孔孟之書不讀，非程朱之説不道。以其心得，發爲文詞，司衡者因其文而考其行，自足以拔十得五。然或者輊材薄植，彼此仿傚，不務根柢深厚，而亶求工于聲調字句，以希弋獲，亦不可不防其漸。華實真偽之間，士習之淳漓係焉。

嶺南自張九齡以文章政事，顯于有唐，及韓愈刺潮州，延趙德爲士子師，人益知向學。自宋迄明，衣冠人物之盛，難以更僕數。聖朝文教涵濡，百二十餘年，粵士之秀者，多知讀書嗜古，不染于空疏庸濫之習。欣逢我皇上推恩行慶，壽考作人，海澨山陬，德化洋溢。凡操觚提槧而來者，無不軒鬐鼓舞，爭自濯磨，以和其聲而鳴盛。

在臣庸劣，無能爲役。惟是甄錄之際，虛衷商榷，反覆檢勘，至再至三，修辭以昌博爲尚，立義以正大爲宗。參之論策，以驗其淹通；合之經義韻語，以覘其該洽。務俾束修自好之士，能自振拔，而淺腐軋茁者，不得濫竽其間。庶幾毋鶩速化，毋紐小成，共勉爲有體有用之才，克備任使，以仰醻聖天子菁莪棫樸之盛治于萬一，是臣慺慺之私所竊冀爾。

全閩試牘崇雅篇序

使者歲校九府二州，既畢試，乃差其文及雜賦歌詩之雅馴者，如故事梓行，而敘其簡端曰：

夫閩中之文之盛，蓋自唐而已然。逮本朝而名流輩出，學者於通經學古之要指，習聞久矣，使者將何以進諸生也？雖然，文章之道無窮，而制義又文章之一事，其趣歧而源合。要以文者，氣之所形，自古爲之之工者，其文無不與天地之元氣同流。

至于抉星辰，洞萬物，窮極性命，俾讀者震耳盪目，嗟呷眙愕。而其方員闓闢，淺深離合，波瀾意度之所由然，終莫能以相喻也。夫惟不能以相喻，而蕉萃專一之至，乃得淵然與造化相通。郢人之運斤，而鼻不傷也；紀昌之以蓬幹貫蝨，而懸不絶也；伯牙之援琴，而海水蕩汩，山林窅寞，群鳥悲號也。彼固不知其然而然。至于文章，其甘苦曲折之故，蓋有知之而不能言，言之而不能喻諸人。故曰知美矉而不知矉之所以美。夫誠知矉之所以美，則其文之進于古也不難矣。

今諸生之文，含擩英華，千變萬紾，斐然思有以自見，亦庶幾彬彬大、小《雅》之材。顧或者馳聲希光，亶期乎折楊皇荂之一笑，則毋乃近所謂諓世取寵之爲，而非蘄進于古之文之道乎？《漢書·藝文志》有云："安其所習，毀所不見，終以自蔽。"此學者之大患。

諸生將欲捐棄恒術，凝神定氣，遠追古人于千載之上，甚未可以破碎襞績之辭，封己而自足也。敏勵以翼志，靜默以養實，優而游之，饜而飫之，孳孳爲之而不已。則自唐宋大家，以上溯《六經》，當必有曠然心知其意者在。諸生能自得之而已，又奚藉使者之言，以爲諸生進也哉！

徐麗六朗齋吟稿序

崑山大司寇健菴徐公，在康熙間持海內文柄三十餘年。公既没,而流風餘韻尚存,即一書一册之傳,常爲士大夫所愛慕。况公親子孫,賢而有文如朗齋者,其孰不願與之接音塵,通聲欬,而快然盡讀其著作者乎?又何待余言以張其集也!

然朗齋少年博學,穎秀特出,方日夜鏃厲,以思似其先人。所爲雜歌詩數百篇,颷發泉注莫能喻其才,而無不神明變化于規矩之内。即無司寇公爲之前,吾知朗齋之詩之必見稱于世,而况重之以清門文采之後。其視《憺園集》,若斜川之于東坡,學者誦其一家言,而慨然幸名儒世族遺澤未泯,固不獨其詞之工也。

抑余觀《憺園集》中,類多紀述典禮,雍容賡和之作。而朗齋爲貧諸生,轉客四方,資脡脯以養,往往郵亭候舍,懷人訪古,以自吟遣而已,蓋與司寇公所值爲不侔。然以朗齋之才,即自致館閣非難,又何患無憺園之遇?獨司寇公當日續修《宋元通鑑》,博綜同異,盡袪陳桱、薛應旂固陋之習。輯《一統志》,貫穿精核,遺稿猶在内閣,以余魯鈍,亦嘗遍讀。知其湛深學術,有功後世,而不徒在乎聲律比偶之詞,此余所以惓惓尤欲爲朗齋告也。

蒔花居詩存序

婁縣有高才生曰李君錫勳,好讀書,能爲古文辭,而詩尤工,每一篇出,同輩莫不傾下之。君數試有司不得舉,與君同爲諸生有名者,皆獲解去,獨君困場屋。家貧,傭書以養母,意鬱鬱不自聊,故其詩多幽憂愁歎之音,亡何竟遘疾以殁。君之故人哀君志,而惜其窮于遇也,次其所著《蒔花居詩存》爲若干卷,將刻以傳之。

嘗觀唐宋史志,别集之以名著録者多矣。而其本之得存于今者,唐什一二而已,宋亦什三四而已,其人大抵高官重望,名蓋當世。而布衣韋帶之士，不數見也。意者文字顯晦，亦有勢位之說存乎其間，則如君之槁項没齒者，其果何所恃以能傳也耶？雖然，天旣賦君軼才奇稟，而又迫蹙以夭折之，獨區區身後名，猶靳而不予，則彼李賀、王令之徒，至今傳播不朽，抑又何也？然則君之嗇于遇而昌于詩，其固有理數所宜然者耶？

夫傳不傳，何足深論！藉令君早掇科第，必且奔走仕宦，促數不暇，其于詩爲之未必能工。卽工且傳矣，而世轉以勢位之說疑君，則又何如？一無所恃，而遺朋故友相與齎咨悼歎，收拾于編殘簡蠹之餘，其所以爲君重者，不更多耶？余不識君，而序君之詩，蓋以慰君故人之思，而又重悲君之僅以詩傳也。

竹濤遺集序

國朝當康熙初，文教大興，一二宗工宿老，以風雅倡導于上，于是海內鴻儒碩士，懷瑰抱璧，咸集于京師。時則有若秀水朱竹垞、嘉興李武曾、吳江潘稼堂諸公，以沈博絶麗之才，雄視壇坫，文場酒社，交唱迭和，翰墨流傳，極一時之盛。而我里竹濤蔡先生，以年少走京師，一旦出其詩與諸公角，諸公莫不折節卑下之。

當是時，蔡先生之名藉甚，鉅公長者，爭招致相醻唱。嘗在合肥宗伯席上，聽柳敬亭說隋唐遺事，先生詩先成，最工，座客皆相視閣筆。宗伯大喜，厚贈遺之，其見推重如此。其後，竹垞、稼堂以博學宏詞，徵自布衣，擢入翰林，皆得出其才，以摛雅研頌，黼黻治平，而先生則已不幸短命死矣。

先生歿時，嗣子才六歲，先生之妻趙孺人矢節鞠養，終以有後。獨其遺詩散落不完，存者僅數十篇，又多叢雜無次。先生曾孫枚登，克念厥祖，發其所藏，釐訂殘缺，將刻以行之。

夫以先生之詩之工，固足與之數公者頡頏追逐于一時。而數公者，久以其名篇鉅集流播海内。獨先生竟夭天年，即此數十篇者，亦且沈埋韜伏于塵封蠹蝕之餘，僅而獲見于世，不可謂非先生之不幸也。然先生之詩，以晦而復顯，如鳳毛麟角，尤爲學者所珍異而愛惜，其必能與數公之集並傳無疑。他日傳《文苑》者，讀其詩，論其世，使先生姓名，得與數公者牽連並書，則此數十篇者，亦可以不朽先生矣。區區升沈壽夭之數，又烏足爲先生計哉！

先生名湘，松江上海人。上海後析置南匯縣，故今又爲南匯人。

【校】文題，《湖海文傳》作"竹濤蔡先生遺集序"。"合肥宗伯"作"合肥蔡宗伯"，"鞠養"作"鞠育"，"故今"作"故其後"。

傷寒論正宗序

仲景《傷寒論》一書，自明以來，爲諸家竄改殆盡，惟成無己所注，猶爲近古。當時，韓祗和有《傷寒微旨》，龐安時有《傷寒總病論》，其出在無己之前，皆能推闡詳密，得長沙未盡之意，而世顧罕傳其書。近時盛行者，獨方氏《傷寒論條辨》，其説欲考次論定，以正諸家之失，然未必得張氏本旨。亦如《改本大學》，於理固不爲無因，若以爲孔門舊本如是，則未有依據也。

族孫師尚，精岐、扁之術，於《傷寒論》熟復綱繹者數十年，久之而盡得其脉絡條貫所在。謂前人于篇第分析未明，故每穿鑿齟齬，而失其大旨。乃爲離章別句，提挈綱領，集衆説爲注，而附以己見，勒成一編，名之曰《正宗》，文簡而義賅，言近而指遠。學者由此求之，庶于張氏所謂"見病知源"者，可以窺測萬一，洵仲景之功臣，而無己之諍友矣。往余典校秘書，子部醫家類，最爲完備，自隋唐以來，諸名師著述具在。今著錄文淵閣者，尚百數十種，余皆嘗審正一過，而于《靈蘭》《金匱》之要，未有所得，故茫然莫辨其津涯。安能與師尚共讀之，爲一論其源流得失也？

補陳壽禮志自序　　石埭少作

從來有國有家者，莫尚乎禮。唐虞之時，命伯夷典朕《三禮》，綱雖舉矣，目猶未盡備也。三代相沿，尚忠尚質。至于周公監於夏殷，郁郁乎文，於是《周禮》詳官制焉，《儀禮》詳儀節焉，《曲禮》詳義疏焉，綱舉目張，於斯爲盛。迄乎兩漢，高祖、光武俱以馬上得之，而叔孫通、劉向、曹褒之徒，頗纘葺舊制。獨惜時無明王與知禮君子，不能垂百王之範，置不刊之法，宏宣天意，雕琢人理也。

夫所謂禮者，非特揖讓升降而已，將以節喜怒哀樂之情，防驕淫暴亂之事，列尊卑之序，通幽明之禮，使民漸漬于仁義之中耳。三國時，魏有衛覬等草創朝儀，漢有孟光等立建衆典，吳有丁孚等拾遺漢事，以國制搶攘，非甚有紀，然一代之典，烏可以闕？今安參諸史所散見者，薈萃一編，以補陳氏之闕文，幸鑑古者正其紕繆焉。

石埭縣志糾謬自序　　石埭少作

昔司馬蓋世奇才，猶有好異之患；歐陽宋庭巨擘，尚貽闕略之譏。故凡文人傑士，琦言瑰行之徒，平日文章聲價，不脛而走海內，一旦秉筆爲史書，則指摘叢集矣。即令有才有學有識，而五難、三等、四患之説，又從而阻之，遂有所拘畏而不得逞，況他人乎，況後世乎？

　　夫志與史，並行而不悖者也，史者權輿乎志，志者輔弼乎史。若知不足以通天下之理，道不足以適天下之用，明不足以通難知之隱，文不足以達難顯之情，必至當時目爲穢，後世疑爲僞，不如不作之爲瘉也。方姚侯修《志》時，纘次者皆彬彬文士，故其書質而能文，約而能該，亦一時之良矣。然其間多有與正史牴牾者，余因取而駁正之。夫以下愚至陋之士，而欲跌宕文史，測量前哲，自知過大無所避，然一時稽古之心，或有不能自止者夫。

寶奎堂集卷八

上海陸錫熊耳山撰

跋

李柳溪自紀跋

前梧州守柳溪李先生，爲錫熊從姑之夫。自錫熊總角時，見先生往來我家，朱顏玉頰，意氣踔厲，甚壯也。既先生入爲刑部郎，尋綰郡印以去，蓋又十餘年而後歸。我祖父石埭府君，實主先生家塾，錫熊朝夕省視，得侍先生議論。見先生敦尚氣誼，識度宏遠，非流輩所及，有材而不竟其用，爲可惜也。

其後錫熊官京師者二十餘年，先生諸子既長，皆能世其家，各及其年之盛游宦四方，思以功名奮起于時。而次君硯畬守寶慶，政最，大府奏移之岳州，迎先生夫婦以養。先生欣然乘扁舟，泝大江，涉雲夢，休乎使宅。風日嘉暢，則升岳陽樓以望洞庭，挹其烟波杳渺，風帆雲樹之奇，以陶寫襟臆。洵夫！先生之能任乎天，而得其樂者矣。

今夏，先生年七十，追念平昔，慨然爲文一篇，以自紀述，視世之所爲年譜者而體加約焉。遺書錫熊，命以一言，識其末簡。錫熊發而讀之，詞質事核，言無粉飾，始之蘄用於世，與其既老而所以爲樂者，咸可以考見大略。人所繁稱博擄，以壽先生，又何如先生自言者之親切而不失其實歟？

每念比歲以來，里中耆舊凋落，獨先生與我先大夫同志相得，鄉人亦敬禮無異辭。今錫熊不幸及于大故，歸守敝廬，幸得見先人執友，以慰其典型之思。而先生顧遠在數千里外，不獲撰杖左右。問楚中來者，知先生髮漆齒完，貌加豐，而治事精決，瘉于少壯，則心輒以喜。繹斯文，益以信先生之當康寧而長壽考也。

周禮讀本跋　石埭少作

治天下者以仁仁，亦以仁不仁。惟明乎天下之故，與夫二帝三皇之所以修齊治平之業者，爲能仁以仁，仁以不仁，以盡去其所爲拘拘孑孑、煦煦與與之術，而仁之道以全，而治之經始立。今使治天下者而窮奇不必誅，渾敦不必放，銷司兵之刃而賊亂並存，焚皋陶之書而庶頑在宥。此其仁心，宜比伊尹之若撻，文王之如傷，更有加矣，而天下必大亂而不能治。

且夫最仁愛斯民者，宜莫如天矣。今使無春無夏，無秋無冬，皆能旭日以暄之，和風以噓之，天氣無上升，地氣無下降，萬物宜皆熙熙自得也。而恒暘恒燠之歲，民必疾疫，天道大缺。仁者，體也；所以仁是仁者，用也。仁藏于心，有以仁是仁，而仁始布于天下；仁出于意，有以仁是仁，而仁始顯于實惠。

授天下以規，曰以是爲圓；授天下以矩，曰以是爲方；授天下以準繩，曰以是爲曲直；授天下以尺度，曰以是爲長短。則人必忻然受之。今使毀規矩，裂準繩，裁尺度，而告天下曰："我將授女以方圓、曲直、長短之法。"則天下無不爽然若失，悚然相顧也。何也？以其第知仁之爲仁，而不知所以仁是仁也。

故使伯夷偩揖，周公卉服，則雖有制禮之人，而禮不興；使后夔擊土，師曠口咉，則雖有作樂之人，而樂不興；使官司不置，天下無統，則雖有行仁之心，而仁不行。仁是仁者何？禮法之謂也。冢宰統官職，司徒掌土地，宗伯治神人，司馬司征伐，司寇詰姦慝，司空時地利，法也，非仁也，而仁之周乎家國民人之內者，已臻然而無間，固結而不可解也。

人謂《周官》者，周公立法之書；吾謂《周官》者，周公行仁之書也。程子曰："必有《關雎》《麟趾》之意，然後可行《周官》之法度。"然無《周官》之法度，即《關雎》《麟趾》之意，亦曷以被於人乎？乃二王行之，相繼大壞，借此書以行其不仁，惜哉！

記

佛龕記爲江畹香作

皇帝三十有六年秋，車駕幸避暑山莊。先是，命作普陀宗乘廟于獅子溝之陽，爲皇太后祝釐。會其時落成，伉垣繚閣，延燭霄景，像設咸具，嚴祕有加。而土爾扈特、汗渥巴錫等，以其衆來歸，方朝於行在所，蒙古王公會歲事者，咸在列。皇帝迺丕建法會，詔哲卜尊丹巴國師，來涖其事。廣演唄文，香華霏遝，綵幢法樂，雲合潮湧。自屬國之長，新附之衆，以逮婦女耄稚，駢翕頂仰，合掌膜讚，望塵爭先，唯恐弗及。時武選郎中畹香江君，以其職扈行，入廟瞻禮，思欲迓承國禧，以介其尊大人壽。乃請于國師，得綠衣救度佛母一軀，拜受以歸，將製龕供養，而乞錫熊爲之記。

錫熊竊惟梵夾所載觀自在菩薩，現壽者相，女人身，而爲說法普度衆生，不可思議。今適逢國家哀禧薈慶之際，聖天子懋昭孝治，方將闡慈王法力，覃被寰區，以共躋之于仁壽之寓。而江君尊人可亭先生，實以其年舉六十觴，江君因得從容于屬車豹尾間，快覯盛事，親從國師受佛記，以頌禱其親，不可謂非遭逢之極幸。宜其信受祇禮，不能自已，而思有以侈示于後也。錫熊既次其事如右，復系之以偈，俾刻諸龕陰：

我聞布達喇，莊嚴功德海。利益遍天人，法界虛空界。十方三世佛，各各種福田。法師大慈悲，付此清淨身。云何名救度，中有福因在。一軀千萬軀，廣大具神力。譬如琉璃燈，盞盞共一光。了然識真源，福從心生故。八面沉香龕，合十歸命禮。上祝無量壽，下以衍家慶。仗此神咒力，是福不唐捐。江君聞言已，踊躍作禮退。

啓

三元喜讌徵詩啓

楓宸賜第，適逢觀化之昌期；蕊榜騰輝，迴軑奏名之常式。看聯行于聞喜，俠道摩肩；喚引謝于延英，臨軒動色。洵屬大科之盛，蔚爲多士之光。

蓋自唐重貴人，吏部必經再放；粵至宋行廷對，狀元合試三場。惟鯤鵬變化之各有其時，致鳧鶴短長之難齊其等。考功覆按，方十哲而品第何憑；講武頒題，判諸科而低昂別定。雖張又新著三頭之號，兼數宏辭；況歐陽修升一甲之名，尚由陳請。故連穿楊葉，巍峨競豔夫三元；而偶現曇花，遭遇每稀于千載。在大夫褎然舉首，原知聲價之空群；維一人取焉拔尤，必出簡掄之特鑑。屬光華之旦復，正學校之風行。駢五緯之珠芒，壽寓同游化日；翩三霄之鳳彩，祥占宜告卿雲。果看卓犖之鴻才，來應科名之上瑞。

湘衿修撰，家傳竹素，行比瓊琚。璧水升堂，識山川之最秀；雲和鼓瑟，兆名姓之先知。領桂籍于東堂，一枝先折；冠蘭文于南省，萬口爭傳。遂膺特達之殊恩，獨占久虛之異數。染禮樂三千之字，策對彤墀；聽句臚第一之聲，名宣紫陛。拔自甲乙丙丁之次，朗照天行；垂爲搢紳褒博之榮，懽音雷動。唱同元憲，恰蒼龍躔日之時；武接淳安，復赤奮紀年之候。

本朝鰲首五十輩，青雲之發軔誰同；吳郡璇魁八九人，黃甲之逢辰競羨。迺有金閶之先達，共邀珠履之嘉賓。宴啓鈞璇，迎曲江之歸騎；座聯簪紱，約蓬島之群仙。帽側絲鞭，宮花欲壓；堂開畫幛，彩筆先飛。聆高唱於韓、蘇，不數題詩雁塔；遲繼聲於臺閣，定當傳唱鷺坡。好續定保《摭言》之篇，漫比弇洲《盛典》之述。

錫熊欣陪嘉讌，獲預榮觀，誇獨步于儒林，敢說裴家門館；勖致身於奎藻，尚期王相功名。爰申樂語于瓊筵，用佇賡吟于牙管。肆宜風而宜雅，待流傳齊譜宮商；不以頌而以規，顧平素寧求溫飽！

書

擬劉勰以文心雕龍取定沈約書　石埭少作

月日，勰再拜謹奉尚書沈公閣下。勰僻處東莞，才識譾陋，猥以少孤，未能績學。然性嗜古，饑渴同之，每思古人，聯諸曠世，況今天下有愛才者乎！

閣下孟、荀學術，董、賈文章，屬皇梁之景運，追袁、謝以並驅，勰之聞名而思進見者久矣。爾時閣下官不過秘書，位不過五品，以爲伺候門牆易易耳。歲時奄忽，又及廿載，閣下位益尊，望益隆。勰伏而思之，當代名公鉅卿，豈無一二好文詞，樂引掖後進者？然而勢位殊絕，一介之士，不輕進叩，而受教之門，從此閉矣。所以博見洽聞之士，老死于蓬門白屋中者，卒比比也，豈不痛哉！此勰區區自憐之心，不能不向閽人而請謁者也。

曩者勰少時夢執禮樂器，從孔子南行。勰竊以爲，孔子千萬世文章之宗也，閣下今天下文章之宗也。勰以樸魯無華，至愚至陋之士，而於古得一聖，於今得一賢，以奉爲依歸，其亦可以無恨矣。謹以素所撰《文心雕龍》五十卷，攀轅呈覽，伏惟閣下於聽政之暇，指而告之，幸甚幸甚！勰再拜。

贊

六世從祖小山先生遺像贊

懿文裕之昌學兮，先生挺而受之。嗟遂文韞質之曾不一試兮，終蓄志以自隨。兼葭之堂廢而爲蔓礫兮，尚文芒之陸離。披丹素之默黜兮，神消搖其在茲。緬先民之守樸而履度兮，儼和光於鬚眉。豈江東之故園兮，水石媚于中碕。雜華婭奼而坼露兮，細草丰叢而緣陂。默據梧而偃息兮，心耿耿其有所思。洵翩翩佳公子兮，捐玉佩而弗怡。獨勵志于典墳兮，抗千秋以爲期。夫何後生之怠業兮，若農舍耒而荒嬉。懼先訓之顛墜兮，几折足而莫支。瞻遺像而肅拜兮，願先生之是師。

擬箴

擬屏箴　并序 石埭少作

《傳》稱，裴子野爲諸暨令，作箴於屏以自警，其文不傳，補之云爾。

茫茫斯民，作以司牧。令秩雖微，實擬侯國。令有仁德，民受百禄。令有長才，民綏遐福。民命關焉，敢勿忠告！慎汝輕動，戒汝欲速。欲速下疲，輕動圖覆。静則謀生，綏斯可續。謀僉于同，念謹于獨。德寧有餘，察寧不足。吏賴汝束，民藉汝育。毋輕賞罰，無任鞭朴。給發毋遲，催科毋促。毋矜盜賊，毋留訟獄。賢者宜旌，不肖宜督。政以優優，澤始霂霂。追維古昔，未易更僕。或尚勤劬，戴星興宿。或貴清静，咿唔松竹。或求無愧，焚香暗祝。或多悲慈，判囚夜哭。晉城之程，單父之宓。我儀其儔，古歟今孰？敬書于屏，朝夕自勖。

頌

宮保大學士嘉勇福公平臺述績頌　并序

蓋聞珠鈐朗耀，泰階尊六緯之符；玉帳宣威，華蓋列九斿之部。雙懸斗印，兼將相以提衡；直指鋒旗，肅風雲而振伐。惟有常德以立事，式垂鐘鼎之聲；故秉一心以成功，克著股肱之美。

恭惟宮保、大學士、嘉勇公福公，氣禀星辰，祥鍾川嶽。高楣列戟，承家開苴社之封；太室書常，紀績焕緹油之色。聯輝光于戚里，甲第連雲；崇夾輔於王家，貂蟬奕葉。庭羅金石，升馨之丹篋常陳；戶溢冠纓，界道之沙堤特築。冠麒麟而錫贊，彩徹三霄；頌紞縵以賡歌，班崇四岳。調六幕玄機之運，拱太乙以旋樞；覃八瀛嘉澤之敷，贊中垣而立極。秉信圭之纘就，冠公台而庸建上公；開黃閣之威儀，仰相門而重欣出相。

粵自入承庭誥，出奉乘輿。統三衛于蘭錡，名高宿仗；掌六官于槐序，職重持鈞。雪嶺危碉，蜀徼著犁庭之績；河源飛鳥，隴山傳破陣之歌。挽洱海以流膏，惠澤遍碧雞金馬；勒蓮峰以表德，威稜踰火磧金沙。地迥文昌，朝北之星文獨朗；疆聯井絡，征西之幕府頻開。德化流行，召公之分陝右；威名坐鎮，蕭相之在關中。乃者閩海重瀛，臺灣絕島，門連鹿耳，山號雞籠。會風舶以朝宗，藩籬永固；闢燒畬而井稅，耕鑿常恬。屬失馭于疆臣，乃潛滋夫姦宄。漚麻相競，蟻乍鬨于穴中；漏網俄寬，豚遂逸于圈外。嘯鼠狐而成社，青犢連群；扇風雨以興妖，潢池盜弄。師期屢頓，竟齊斧之猶稽；天討宜加，方壺漿之競迓。

我皇上軫一隅之待澤，望答雲霓；準九伐以行誅，威馳雷電。牙璋命帥，維重德之允諧；玉節趨朝，復廟謨之親稟。於是先庚頒令，登壇而枹鼓生風；捲甲長驅，禡社而旌旗改色。層溟展鏡，蛟龍擁楫而爭先；絕箐霾雲，禽鳥驚弦而自落。破重圍之三匝，族覆鳴梟；搗狡窟之千重，技窮狡兔。會勁兵以合陣，王師真天上而來；踰絕險以張阹，逆豎但井中而坐。既潴宮而洿室，縶頸難逃；遂獻馘而數俘，檻車畢致。計八九旬風驅秋籜，全消伏莽之氛；看南北路喜叶金鐃，同快洗兵之雨。此皆由我公欽承宸略，密運戎韜。宣德意于軍中，感激而情同挾纊；揚先聲于閫外，指麾而勢若摧枯。刃不頓于鋒芒，真比建瓴之捷；策如同乎筭卜，無煩折箠之勞。從此買犢賣刀，樂爾田而爾宅；還看衢歌巷舞，慶我粥而我饘。

惟茲袝席師行，蕆績未踰于晷刻；要本鈐符天授，燭幾不爽于毫釐。是以驛奏遥騰，綸言誕布。常胔異數，冠五等而疏封；繡衮生輝，超百僚而錫服。沛醲膏于賜筐，駢羅内府之珍；永頌德于庚桑，特賁生祠之築。蓋金樞玉律，機宜悉契夫宸衷；故横海樓船，揚厲無前之偉績。懽騰環渤，喜溢蒸黎。

錫熊史館舊僚，家門故吏。紀鴻猷于執簡，莫罄揄揚；聞吉語于乘輻，倍深踊躍。效吉甫清風之誦，述盛事而非諛；刻孟陽《劍閣》之銘，鎮炎荒而永靖。乃作頌曰：

承天八柱，戴斗一星。天球河圖，維嶽儲精。世家篤慶，鼎鼐驛盟。頒器書常，國之大經。勳存帝室，絢采丹青。鍾是邦瑞，揚於王庭。一章。

蓼蕭之澤，以受繁祉。撟于前麻，西平有子。鸑旂珚戈，世載厥美。内乂外拊，惟天子使。克當帝心，方圓張弛。儀型百辟，召公是似。二章。

入領三衛，羽林期門。出總六曹，喉舌是存。帝嘉乃勤，授以戎軒。蜀棧千盤，雪嶺雲根。桓桓我公，氣奪崑崙。遂殪妖巢，玉壘無塵。三章。

往帥于南，金符玉節。謹迎載塗，耄孺扶挈。奉揚仁風，肌淪髓浹。群吏奔走，束身圭臬。劍南西川，更秉旄鉞。皇心載愉，奠寧半壁。四章。

河西隴右，地控瓜沙。孰留花門，生此蘖芽！公摧其撞，廣設罘罝。非種畢鋤，萬里桑麻。遂奄秦疆，大纛高牙。奉國威靈，户闢幽遐。五章。

臺灣黑子，洲嶼破碎。蜃島蒼茫，鯨波潰沸。恩覃生聚，阜通饒利。土沃則淫，謠俗悍鷙。有司循習，以不治治。終致養癰，弛厥銜轡。六章。

苴蒲嘯聚，敢肆姦謀。睢盱跳踉，螳臂當輈。自外生成，厥醜咸劉。我役遷延，暨春徂秋。帝眷南顧，民勞汔休。爰詔重臣，往寧遐陬。七章。

公覲山莊，面承謨略。受命遄行，招搖朱雀。虎賁仡仡，修矛偕作。肅將天威，霆驅雷薄。天風海濤，百神受約。鐃吹中流，陽侯奉若。八章。

大黃白羽，公莅于師。歊薄風雲，央央繡旗。士氣百倍，蓐不及炊。公拊而循，不介以馳。膏砧伏質，繫組纍纍。直搗妖窟，曾不須時。九章。

偷息焉逃，羅山網藪。罪人斯得，若杵投臼。俘獻京師，轆車械杻。移師南路，渠魁折首。全臺底平，復其農畝。詠歌太平，同臻豐阜。十章。

飛章上聞，帝曰汝庸。九命作伯，建於上公。乃錫徽章，升降袞龍。紫縪黃紳，恩禮加隆。爰命起祠，峻宇穹崇。益州畫像，永懍英風。十一章。

以律則臧，在和而克。時惟我公，有嚴有翼。乃敷仁澤，乃布條職。時惟我公，有功有德。輶軒采風，太史是式。敢作歌詩，以播樂石。十二章。

【校】"特賁生祠之築"，底本誤作"特貢生祠之築"；"面承謨略"，底本誤作"面受謨略"，皆據《頤齋文稿》改。

擬制

戲擬封橫行介士郭索爲醉鄉侯制

門下稟金行而毓秀，聿懷介胄之臣；蘊玉質以含精，不改江湖之樂。念有匡于王國，肆大啓于侯封。爰告治朝，用盼天祿。

具官郭索，清白持躬，中黄通理。當應時而挺出，森然芒刺之生；迨率族以偕來，允矣縶維之願。朕嘉其勁節，忠殆絶于它腸；委以戎機，視常同于左手。初何嫌于躁進，果有志于横行。嗟稻種之不遺，僅餘骨鯁；幸酒泉之可到，遑惜身膏！是用錫以黄封，邑諸陶里。雖餔糟啜漓之未肯，尚煩一中聖賢；知赴湯蹈火之不辭，敢靳三加釁沐！是爲上品，庸表席珍。

嗚呼！資調劑于鹽梅，爾惟麴蘖；藉折衝于樽俎，汝作干城。無忘飲至之舊勳，永佐合歡之盛會。可開府儀同三司，酒泉都尉，以彭澤之秋田三百户，封爲"醉鄉侯"，散官如故。主者施行。

寶奎堂集卷九

上海陸錫熊耳山撰

壽序

錢嶼沙師七十壽序

吾師嶼沙錢先生，莅福建行省之八年，天子念久勞於外，有詔以列卿召還。先生上疏謝，且言將過家省視，狀上覽奏，知太夫人春秋高，特旨許留家侍養。先生行至蘇州，聞命而復，中外相傳，皆仰頌聖天子體恤臣私，無微不至。而先生自受寄閩海，勤于其官，所不敢以情入告者，一旦蒙上厚恩，獲遂所欲請，捧制感激，至于流涕。蓋是太夫人壽九十有二，而先生亦年登七十矣。

于是諸弟子之守官京師及吏于畿甸者，方幸先生朝闕廷，相與摳謁邸舍，奉觴鞠脽爲壽。既不果，則又將作爲嘏言，郵寄里第，以當南山臺萊之頌，而共謀所以爲詞。或有進而告曰："先生之受詔歸養也，愉愉然爲斑斕孺子之服，以朝夕娛侍太夫人，蓋合古者‘恒言不稱老’之義。而顧欲以延齡介景之説，效世俗稱慶者所爲，宜非先生意也。"諸弟子曰："此正某等所以壽先生者也。"

夫天下之大倫曰忠曰孝，而天下之大福曰壽，人亦孰不欲竭忠盡孝，以自致于壽！而觀古今所際會，其不克備焉者多矣。《崧高》之詩曰："維嶽降神，生甫及申。維申及甫，維周之翰。"蓋言申伯能蕃宣四國，以佐天子，因推本于篤生有自，而不聞頌及其母也。《魯頌》言"令妻壽母"，則頌及僖公之母矣。僖公年齒，不見《春秋傳》，然以時考之，僖爲閔兄，初立時當十餘歲，在位三十三年，計不過四五十耳，亦未聞躋喬齡，登大耋，以左右成風之側也。若夫《南陔》《白華》，美孝子能潔白以養，其時風俗醇厚，庭闈和順之樂，藹乎可覩焉。然《四牡》《杕杜》之篇，勞懷征夫，又往往于將母不遑，反覆致意。則雖三代盛時，而所以慰臣子奉養之情者，猶未能若斯之曲盡也。

惟先生起家進士，以文章名翰苑，以讜直著臺垣。受今天子特達之知，襃擢顯用，自觀察常、潤，秉臬三吴，以逮旬宣閩疆，所至吏肅民安，年穀豐楙。上以浙閩道近便養，故久任先生。先生績益以熙，而拊循煦嫗，惟恐弗及；衷益以晉，而精決如少壯時。今適當懸車之年，益得荷非常庥命，俾從容湖山魚鳥之間，奉板輿而承歡笑。凡古人所願望不可必者，先生以一身兼之有餘，其于俯仰進退之間，豈不誠快然無所缺哉！

昔宋張齊賢母晉國夫人，年八十餘，太宗親召見存問，上殿賜坐，史以爲榮。先生盛德不亞齊賢，而太夫人及先生之年，實過齊賢母子。明歲天子南巡，先生扶侍迎鑾，謁謝行殿，當必更有便蕃優渥之錫。其爲太夫人光寵者，視齊賢又何如也！

某等榮先生之遇，敢考論古今不易得之數，因以推明先生所以竭忠盡孝，自致于福者，用申區區頌禱之誠，而不復泛舉延齡介景以爲壽，其庶幾先生所心許乎？既以其説語客，爰退而書之于幛，以請益于先生，先生其幸爲酾一觴焉。

王母吴太夫人八十壽序

蓋聞鸞雲啓素，天書垂益壽之符；鳳萼霏黃，神簡錫長生之字。占玄鈐于寶婺，瑞爝丹垣；綿愛景于貞蕙，名刊紫籙。壺仙浥露，銀鶯垂五采之絲；蓬姥襋霞，翠蟻泛十重之醞。依虎坊而列戟，門溢雕輪；闢燕寢以開筵，座盈金紱。屬綴行于珠履，敬宣德于彤毫。

恭惟太夫人建策承徽，晉陵表系。席關中之華胄，美儷姬、姜；誕河上之名區，訓傳鍾、郝。百年門閥，知撞鐘伐鼓之音；三輔圖經，有曳組紾纓之緒。蘭庭落絮，超羯末而嫻詩；椒管承葩，軼左班而善頌。候鳴雞以奉櫛，堂幃諧吉玉之儀；裁舞蝶以交花，織紝稱神針之號。旋乃紅絲初迓，丹轂徐周。嘒雁晨飛，別館築烏衣之里；穠桃春滿，天孫攜碧玉之機。

時則贈公譽滿文園，才高藝囿。抽甲科之秘策，窮經而不輟丹鉛；照丙夜之寒簽，佐讀而時聞刀尺。御同心之琴瑟，每問明星；潔洗手之羹湯，寧辭溉釜！嗣而贈公投牒三銓，牽絲兩浙。從郝隆于西部，乍參蠻府之軍；陪庾亮于南樓，偶録曹司之事。十年棲枳，借屈、宋于銜官；一縣栽花，載龔、黄于别乘。太夫人乃親咨行李，遠涉風濤，出四扇之雄關，度中條之巨壍。瑶環瑜珥，偕隨入越之船；暮韭晨薑，同聽應官之鼓。事登壇之名宿，粥饘則無慚春秋；留抱篋之生徒，弦誦則自成鄒魯。燈前挑背，琅琅翻水之聲；月下教拈，的的粲花之句。

而且書程衡石，深徹戒于官廉；禮備服修，洽誰和于寮誼。

裙褕自浣，鳲鳩均群媵之恩；箠柄無施，犬馬結重儓之感。此則飛華騰茂，共仰賢操，布惠宣慈，咸資内政者也。既而龍移韜劍，鵠別緄絲。桐鄉起朱邑之祠，人傳遺愛；瀧岡待崇公之表，室有佳兒。太夫人鬒髻含辛，荻灰示訓。僅奚五尺，不傳梱内之言；《女誡》六章，自著閨中之範。職兼嚴父，丸熊而常課絶韋；益藉嘉賓，給馬而頻勞剡薦。洵禮宗之無忝，自厚福之宜膺。

于是我少宰公鶴上九皋，駒行千里。噪聖童于鄉校，崢嶸對日之談；隨計吏于天閽，浩蕩搏風之路。及夫彤墀奏策，玉陛宣臚。現五色之祥雲，領霓裳而作賦；標一枝之仙桂，冠蓬閬以簽名。天子臨軒，擢苫公於上第；南宫押榜，紹岐國於中台。觀望實之胥諧，信聲名之增重。門閭喜氣，牀前欲拜龍鸞；里巷歡聲，户外争持羊酒。而太夫人劭心自慰，謙德彌彰。簪瑱無華，不羨市釵之直；綖紞自織，何殊脱粟之風。魚菽明虔，四序協薦蘋之禮；斗升沾潤，五宗資舉火之辰。閫則由是以宣昭，邦人因之而矜式。

洎乎少宰洊歷清華，備隆眷注。摘毫朵殿，秘書盡付淵、雲；給札鑾坡，中禁還留頗、牧。佩麟符而出使，珊瀛之鐵幹都收；擁絳帳以巡行，筼嶼之瑤筠悉拔。掌平反於雲署，豸冠而共凛飛霜；典寅直於容臺，曳履而常依太乙。領七卿以啓事，天官特簡公才；綰兩印以批宣，南省仍資坐鎮。况復蹊成桃李，群趨玉筍之班；臚次壁奎，再主大羅之宴。門生載酒，侑嘉膳之兼珍；弟子傳衣，掖安籃之行樂。

太夫人則春陔頤志，佳日含飴。官燭迎車，屢到碧藤之邸；江花繞榻，頻移渌水之舟。侍八座之起居，騶籠坊曲；撫諸孫之岐嶷，蠟戲庭隅。然且賜綺承懽，一飯不忘帝澤；朝衣問寢，三言倍勖官箴。有諸侯壽母之儀，惟南國夫人之敬。此則丹青絢譽，宜垂劉略之編；松柏延曦，克副箕疇之頌者矣。

今者歲逢豐柹，律在該臧，當八袠之增齡，正千祥之集慶。幸列通家於蘭畹，獲陪盛事於芝觴，爰晉鷰詞，用申祝嘏。喜今日鳳毛丹穴，定卜連牀插笏之風；待他年龍首黃扉，更看上殿肩輿之禮。

孫封翁李太夫人雙壽序

丹蘷叶序，珍符開晉袠之祥；翠籙承辰，瑤筴紀延齡之慶。其有人倫寶範，徵玉孕於璜溪；世澤繁禧，肇珠聯於星渚。定獲延洪之算，杖屨烟霞；式占保定之麻，簪纓雨露。筵蕁斯應，金石宜刊。如我封翁孫先生，松柏含姿，山河毓秀。名高海岱，強齊九合之都；氣壓曹、劉，季漢三分之冑。公侯之後，必復其始；蕭斯之渥，自葉至根。

先生質懋霽清，器承緯化。髫年辨馬，人驚炙輠之談；綺歲雕龍，士重凌雲之譽。張華之千門萬户，《博物》臚編；班固之諸子百家，《藝文》勒典。五車益部，極鉤深致遠之功；三篋河東，有殫見洽聞之號。時則弦繁錦綈，執耳騷壇；玉振金聲，游心文囿。成群羔雁，江湖知黃憲之名；行地騏驎，風雨助袁宏之筆。靈山桂樹，拈蕊紫而揮毫；湘浦秋波，望峰青而奏曲。入對三殿，龍尾先趨；出宰百里，魚鬚自秉。

若乃邑臨吳會，地兼緊望之雄；市算緡刀，途是舟車之湊。江東父老，停蓋相迎；魯國諸生，中都待踐。鳴琴戴月，乍登單父之堂；判牘飛霜，不問中牟之篋。先生乃乘輶演教，擁綍宣慈。拔薤種葱，廣漢所爲而條告；帶牛佩犢，渤海由是以澄清。野靜鳴龍，俗少探丸之警；門閑窆銗，人知投牒之羞。枉矢星爞，訟庭滿夫青草；雙歧穗茁，秀隴遍夫黃雲。聽綿竹之作歌，化行禮讓；覩浚明之刊石，譽最循良。州府狀聞，裵然計吏之首；鄉亭頌德，懿哉耕叟之謠！

既乃分竹海壖，苔白傅哦詩之地；驅車蜀徼，經王陽叱馭之邦。水繞江源，職方明其物土；天開井絡，《禹貢》定其山川。左繩右矩，豪帥無欺；神父慈母，窮荒不擾。天子方咨薛宣於馮翊，召龔遂於水衡；見黃讜之臨官，識尹興之爲政。書屛報績，推第一人；樹碣銘勳，勸二千石。

而先生遂引年求退，知足爲期，翔逸羽於仙皋，縱閑鱗於大壑。曦光戴午，亟回北陸之輪；波影恬宵，永息南溟之浪。某丘某水，遊釣重來；我春我秋，松菊無恙。置鄭公之新驛，賓履交陪；開孔氏之清樽，朋簪僉集。地形向背，青烏研六甲之經；宅相陰陽，玄女授五音之訣。況復斑衣子舍，西笑而躡秦雲；銀燭官齋，南浮而探禹穴。羨膳華之潔白，魚鳥陶情；擁經槐之縱橫，丹鉛投老。

德配李太夫人，珩璜協度，典策揚徽。箴著巾縈，世家競傳其禮法；風高澣濯，女士咸奉其德言。仰南國之夫人，虔申蘋藻；頌上卿之内子，勤效綖紞。慶衍家規，瑞氣溢梁鴻之案；惠宣庭誥，歡聲扶潘令之輿。信上德之無名，而至仁之必壽者矣。

夫以崧高維嶽，生申占夢月之祥；葛庀其根，食子紀流虹之象。我方伯所以聯華金玉，襲粹丹青，鵬翼載軒，騏鳴自遠。登瀛抱槧，初攬秀於蓬山；倉部金曹，遂宣猷於穀府。持瑤林之寶尺，鑑重掄材；綰繡埜之牙幢，威行按部。百城歌誦，古牧伯之風謠；六馬倭遲，東諸侯之領袖。畀左江右湖之勝，帝便養親；趁橙黃橘綠之時，人偕上壽。長庚吐燄，迴列宿於中階；難老流湜，酌神漿於上苑。釀忘憂之仙酒，佩菊凝芬；鍊駐景之神丹，橐英助彩。爰摘詞於彩筆，用介壽於芝顏，梗概聊陳，糠粃是導。期他日西池宴啓，二老同稱百歲之觴；喜今朝北闕恩濃，九重先錫五花之軸。

沈太守砥亭六十壽序

沈太守砥亭先生，解遵義郡印以歸，杜門十有七年。鄉之人謂先生膂力方強壯，當出事天子，以功名奮起，不宜遽自退損，放迹於蕘翁漁叟之間。而先生蒔花植援，翛然自得，不復有軒冕意。既而先生年及六十，齒完髮黑，精神益固以充。鄉之人又謂先生能矜式于里鄽，宜躋堂稱觴，有以爲先生壽，而先生遂固卻不受。鄉之人惡其情之無以自致也，將謀一言爲乘韋之導，而未知所以置辭。

余告之曰：諸君亦知夫先生之意乎？古者四十曰強而仕，五十服官政，七十而後致仕。差其年，以序進之，歷之歲月，以盡其用。其時在位者，類皆五六十以上，耆碩魁艾之士，方以宿齒見庸。故其親愛而樂慕之者，亦因所願望而爲之祝曰"遐不眉壽"，蓋幸其康強弗衰，而得久于位也。今先生早歲從政，涒守劇州，而亟遂初服，當古人強仕之年，即已遺脫紱冕，退閑于家，若"南山臺萊"所頌者，乃在位之耆耇，未可舉以況先生，宜先生之謙抑而不許也。

然吾又嘗聞諸《禮》矣。司徒所屬，有鄉老、鄉大夫、鄉師者，各掌其鄉政治，率其子弟，教之三德六行，而以時上于王府。説者謂官無專職，以士大夫致其政者爲之。蓋三代盛時，老成在朝，而其退居田野者，亦皆極德行事業之選，爲鄉人所尊禮，故優之以賓師之位。歲時行禮鄉校，舉飲射之儀，蒼顏華髮，扶杖東繡，於是爲歌《鹿鳴》，將承筐以致其無已之意。尊賢敬老之義，鄉黨朝廷，無以異也。

先生幼稟至性，事親盡色養之奉，裙襦滌濯，婉恪有加。復好行其德，煮糜以食饑，紿橁以卹喪，梁津渡以便行旅。至于館醫行藥，施繒絮，浚溝洫，斥金動千百計，未嘗少有倦色，蓋自其少時，志量卓越已如此。比沿牒入晉，佐郡平陽，上官識其才，俾督賑馬邑。先生巡阡陌，親閱戶口，而均哺之，所活無算。河南害於水，晉人有泛舟之役，又檄先生總其成，事以辦治。會上西巡，先生職除道，伏謁路旁，拜賜優渥。其擢守遵義也，晉人遮道攀送，至車輒不得行。

遵義古播州地，捷軺黔蜀，苗猺錯居，箐幽谷深，姦宄叢匿。先生以絲鏃約束，不事鋤翦，而部內帖服履定。至到以平爭界之訟，講樹藝以勸民耕地，無媒妁婚媾失時，且有仳離以喪其耦者，先生教以禮律，俗爲一變。府治書院久廢，弦誦曠絶，先生重葺之，延師以進諸生，舉于鄉者接踵。尤矜慎庶獄，讞必蔽情，不以主者喜怒爲枉縱，一時翕然，競稱神明。而邊爲屬吏所絓誤，投劾以去。

先生返卧故廬，闢其中爲芝露園，日與諸名士飛觴聯句，以遣永日。長吏罕見其面，而遇桑梓利弊，未嘗不以身力任也。觀先生出處之際，於德行事業，無不卓然有可稱述，古之所謂鄉老者，庶幾近之。一旦鄉人飲酒，少長齒列，酌大斗以祈黃耇，固非先生莫與屬矣。

抑余更有進者。今天子壽禧覃被，海寓蒙福，將開千叟之宴，徵召龐皓，大賚于庭，以洽歡心而彰國慶。先生年方及格，宜以二千石故吏，奏名闕下，與耆臣碩彥，同受褒錫。視《雅》詩所載朝廷燕饗頌禱之文，蓋益備而加隆焉。又豈獨鄉黨故舊，兕羔酌醴之足爲先生壽哉！鄉之人皆曰然，遂書之以爲序。

【校】"有鄉老、鄉大夫、鄉師者"，底本奪"鄉老"二字，據《寶奎堂餘集》本補。"裙褕滌濯"，底本誤作"裙腧滌濯"，據《寶奎堂餘集》、嘉慶本改。"軒冕意"，《寶奎堂餘集》作"軒冕志"。

李果亭六十壽序

富貴福澤，人之所同欲也。然世之求富貴者相跡，而未聞有求福澤者，以其非智力所得與也。百事如意曰福，覆露子孫曰澤，澤亦福也。福之義，蓋兼位禄名壽而有之，故《洪範》列其數。而世乃析福、禄、壽三者，崇其説，以爲有神司之，而以垂象於天，而曰"三星"者，蓋妄語也。然云有神司之，則已明其不可以人力求，而徵諸其人以實之者，曰萬石君、郭令公、錢尚父。

或曰："文太師，其諸古星家傳説王良之比耶？抑以配三星，如勾龍棄五人帝佐饗之禮耶？"夫天官、文昌，有將、相、司禄、司命之名，而又有老人之星，固不假人爲之，其爲配之明矣。抑此四人者，其生平於三者，蓋兼有之也。不兼不足以爲福，非謂充人之欲，必至於此，而人所求於福之義，則必如是而後無憾也。於戲，不其難歟！而吾所見通都大邑，士大夫顯者，多懷韓宣子之憂。其無憂者，或不能成子姓，其世俗子弟，或罔克壽。蓋富貴可以人力求，而福澤必自天致，則其不能相兼，亦其理宜也。

封奉直大夫果亭李先生，少承家學，讀書砥行，爲文章，有譽於時。乃屢踏省門不得志，退而教授子弟，益相劘厲，以昌大其緒，里黨翕然推爲鉅人長德。以立身敦品，爲鄉祭酒者近數十年。壬子之春，先生六十初度，長嗣廷評君方服官於朝，以余能不爲世俗之辭，來請文以爲親壽。余與先生知好有素，間嘗詳稽生平，則前之所云"不能相兼"者，固皆兼有之焉，其可謂嚮用者歟！

夫福澤自天致，而亦必有所因。五福之數，一曰攸好德，德者福之主，其材即天之所因也。《詩》曰："自求多福。"福澤之來，固非智力所得與，修德者亦非有意於福，而福自隨德而降。適歸其所，而不他之，不啻若有求然者，故曰"自求"也。惟先生孝友溫恭，胸無燥濕，未嘗以喜怒形於色。自贈公捐館舍，弱弟幼妹，儽然滿室，先生教督劬瘁，次第成立，閨門雍穆，有河東柳氏之風。事曹太宜人，怡愉色養，孺慕終身。庀治宗祠，歲時饗薦，必誠必潔。置公產以贍其族，推及六親，藉以舉火者甚衆，提躬燾後，懇悎無斁。故廷評君祗受庭訓，力自奮起，克被天子任使，明允莅官，以佐祥刑之化。諸郎君亦俱矯然頭角，俶儻俊爽，所以繼先生之志事而大之者，正未有艾。

老子曰："既以與人，已愈有。"有德者之效如此。德修而福至，所謂"自求"者也。故當初度之期，門庭清肅，子孫上壽，學校詩禮之氣，馥郁樽罍間。從而羅拜者，瑤環瑜珥，蘭桂成列，賓朋滿座，筐篚充盛。人皆羨先生於諸福兼有之爲足樂，而余謂福皆自求，兼之而宜，爲尤足樂也。秉彝之好，人情固然矣。古語曰："爲善最樂。"余爲此辭，授廷評君寄歸侑觴，先生憑筵聽之，其亦因人情之同樂，而益有以自樂其樂也夫。是爲序。

【校】文題，《頤齋文稿》《寶奎堂餘集》皆作"李果亭先生六十壽序"。

祭文

浙江提督喬東齋祭文

嗚呼！憶歲重光，建巳之月。公朝京師，麟符玉節。時我先子，就養邸室。失喜走迓，話言契闊。宣南置酒，招邀永夕。街鼓䜱如，觴停樂闋。頹然二老，明燈華髮。公顧而言，卅年叨竊。賴國威靈，報恩粗畢。行將上章，奏還印紱。徒步歸來，投老蓬蓽。與子比鄰，連甍接闠。相期歲晚，紙牕風雪。撥棄世事，往來巾韈。牆頭過酒，爐中煨栬。樂哉優游，以遣餘日。此願庶遂，前言不沫。我翁听然，笑齒齾缺。謂公知心，平生暖熱。去埽庭户，待公歸轍。終踐息壤，未衰筋骨。呼樽更醻，言如在舌。天不憖遺，風漚一瞥。我覯閔凶，星奔倉猝。哀哀棘人，麻衣苴絰。苫廬綿頓，公畫手札。垂唁殷勤，開緘雨泣。幸公强飯，感慰交集。遠訃驚傳，肝腸摧裂。公之家世，高閎積閥。弟兄列戟，人門第一。公之才望，溟澄嶽揭。翁歸文武，隨所施設。初乘一障，蒐討軍實。河西士馬，朝厲夕秣。謀於群帥，以付戎鉞。公色不動，總齊紀律。帝咨虎臣，温言造膝。曰汝將家，其剛仡仡。玉門以西，萬里耕垡。汝往留屯，請不汝咈。公拜稽首，惟力是竭。公在安西，邵農練卒。暘雨咸若，倉箱填溢。車師渠犁，枹卧埻謐。公移兩浙，控置島渤。恩威並濟，在斷能割。纖波不興，無有攘奪。帝開嘉宴，徵召耆耋。將以明春，遲公赴闕。矍鑠是叟，班行首列。云胡告疾，一朝奄忽！大星晝隕，三軍嗚咽。丹旐東迴，里門執紼。慟哭過車，感深蘦蛷。辱公知愛，輩行曾折。再見無期，四年一别。痛念先友，典型圭臬。靈光遽傾，孰我導掖！驃騎新營，松楸鬱鬱。公德常留，公名不没。我歌《大招》，雲旗髣髴。

【校】文題，嘉慶本作"祭提督浙江全省水陸等處軍務喬東齋文"，《湖海文傳》作"祭浙江提督喬東齋照文"。底本"牆頭"誤作"將頭"，"听然"誤作"昕然"，皆據嘉慶本、《湖海文傳》改。《湖海文傳》"摧裂"作"摧絕"，"咸若"作"時若"。

張太夫人祭文

喬望我縣，簪紳世承。宅我同坊，接雷聯甍。自昔先人，卓爲耆英。里社往來，申以媾盟。我晚徒悲，不見典型。高山未頹，幸及中丞。旌節來朝，我宦於京。邸舍起居，歡言出迎。魁壘丈夫，既出而驚。稱時偉人，大斗玉衡。談讌累夕，明燈晶熒。我醉起辭，連釂數觥。相見無幾，欲別怦怦。使車徂西，再面何曾！素旐歸來，南望沾膺。先我獲解，鄉歌《鹿鳴》。時岷州君，同擢《蓺經》。我則修敬，謁於門屏。入拜夫人，鞠躬在庭。副笄六珈，鏘如玉聲。舒雁成行，後弟前兄。閨門肅邕，進矩退繩。彈指卅載，逝川無停。岷州赴官，太行之陘。轉刺秦川，萬里孤城。維光禄君，孺慕蒸蒸。溫幬清簟，厥視無形。能養以志，踰於大烹。頤我夫人，強固精明。九裘方開，其顏如嬰。昨我南還，慶觴預稱。富貴壽考，謂世無朋。嗟嗟夫人，何不百齡！奄忽秋風，疾遽弗興。夫人之德，柔順艱貞。在貧不渝，在貴不矜。夫人之福，誥錫鸞綾。生也其榮，沒也其寧。我念遺徽，於後宜徵。譖次事行，書之剡藤。將付鉅筆，幽宮是銘。中丞是從，不朽令名。縗幛在懸，設饋陳牲。敬敘疇昔，以寫哀情。神之鑑之，彷彿雲輧。

【校】"縗幛在懸"，底本誤作"縗緯在懸"，據《頤齋文稿》改。

傳

湯亮孫傳　石埭少作

忠孝不兩全，余不謂然。忠外無孝，孝外無忠，不相離也。蓋君臣父子，均處五倫中，二者皆出於至性，非可異也。使能立朝廷，持國是，絕懲葂，侃然不可回，爲國純臣，顯親揚名，可謂非孝乎？若或居家有小節，立朝無大防，詾詾亡耻，陷身辱官，可謂孝乎？彼夫殉身王事，不能養親，甚至舉家被害，父母爲戮，議者每謂貽之累。不知當搶攘難處之時，將不忠以幸脫父母歟？抑盡忠以不辱父母歟？識者於此得兩全之術矣。若夫前以孝稱，後以忠著，斯尤得潔身之義者。《書》言："惟孝友于兄弟，施于有政。"非歟？余蓋嘉亮孫先生之能爲孝子也，余尤嘉亮孫先生之能以孝子爲忠臣也。

先生姓湯氏，名之京，池郡之球人。八齡母卒，哀毀擗踴，有過成人。及葬，又廬於墓，當事聞之，悉致褒獎。後父卒，亦如之。既長，補博士弟子員。亮孫爲人，弱不能勝衣，恂恂言不出口。然其處大事，建大議，不爲豪達少屈抑，其器識卒不可及也。邑有大事，群就亮孫，亮孫出一言，衆莫能易。人有爭不決，亮孫爲剖析，各驚服退，以此"湯亮孫"之名，籍籍公卿間矣。

韋菴程公，以兵憲駐池，既遷撫鳩茲時，虛席以咨焉。嘗言湯君才品，望而知爲讀書人，兵農錢穀諸務，莫不宜之，而匡君扶化，尤所矚目者。甲申夏，耀寰張公開府皖江，下檄徵才，亮孫條陳時務，縷縷數千言，無不切中。張公深器之，延爲幕客，參謀軍事。已而聞莊烈皇帝之變，亮孫憤悁徵兵，不遑寧處，屢欲自殺。其友持之，且曰："猶有冀，而即死非義也。"乃止。

乙酉八月，于兵自龍巖入球，士兵咸竄。時池守馬君充寰協師，邑人入見，馬君詢亮孫名，欲見之以爲官。亮孫乃投以書曰："恭惟臺下心存救世，志切安民，衆庶瞻依，咸投叩見，一時子女，誰非編氓？但生祖父湯希閔，外祖父陳宣，俱登嘉靖乙丑進士，叨荷明恩，不爲不厚。生雖不肖，亦附庠一十九年。一朝至此，亦何能堪！敢乞虛中之炤，准爲外方之民。生將棄青衿而脫苦海，披玄衲以湛心燈。左圖右史，拂牕外之清風；暮鼓朝鐘，邀庭前之明月。銜結無既，涕泣何從！"馬公方被創，臥起，遽讀書，朗吟再四，曰："各行其志，聽之可也。"

亮孫遂敝屣披緇，遣妻孥入山，浪跡雲水間。攜幼子惕爲徒，戴笠扶杖，偶歸，則憩息空廬，一爐一盞而已。人稱之不欣，笑之亦不慍，自行胸臆，不少怪也。或憐之，謂亮孫："君才有用，何自苦！"亮孫乃舉先父之遺誡，爲不敢忘，每言及之，輒悽然掩泣，哽咽不能竟語。丙戌、丁亥間，行蹤或在蓉城，或在秋浦，或在皖，竟不知其所終云。所著有《孫菴全集》《書顛子集》及諸條議，皆佚亡，惟《史憶》及《偶刊小草》行於世。

外史氏曰：先生之孝著矣，而其忠也蓋晦，殆以其不遁於甲申之時，而遁於乙酉以後也。雖然，此正先生隱念存焉爾。闖賊肆虐，慘毒滔天，天方厚其罪而降之罰，奚足亡明？此先生所以憤惋徵兵，慨然有志者也。迨本朝定鼎，玉步遂移，雨澤所施，天下悅服，而明真亡矣。此先生所以削髮披緇，遁荒不顧者也。嗚呼！先生一措大耳，未嘗通籍於朝，尚求無罪名教。彼虞山諸老，獨何人乎？悲哉！

喬松老人傳

嶺之南有孝義獨行君子，曰喬松老人饒氏，居潮之大埔。自其先皆力田勤生，至老人獨好書，嘗挾策試鎖院矣。既而棄去，從其父以積著治家，家輒起。久之，乃走京師，注名吏部籍，當得簿尉官，復不就職以歸。蓋歸後三十年，慶捷始舉進士，爲翰林檢討，列於詞臣，而老人年亦七十有四。慶捷遂上書乞養，捧告身還家，拜其親堂下，鄉里聚觀太息，言老人有隱德，宜致榮顯也。

老人至性純孝，喪盡哀，祭盡禮，置田以贍其族，未殯者爲窀掩之。先世在明時爲都正，受虛租二十斛，官弗爲除，饒氏歲償粟,至一百六十餘年。其後益貧,不能納,老人白之邑令胡文彥,以新墾税相除,害良已。慶捷初教諭從化學,迎老人之官,憫舊制廢缺,令慶捷新其廟,作樂舞器,躬自料檢,上丁釋菜,八音備舉,聽者胥悦從化。故陋邑至是,始克具禮焉。老人篤于行,重然諾,救災恤患若不及,嘗自號"篤庵子",人以謂能稱其實。名裕,毓材則其字云。

舊史氏曰:老人之葬也,慶捷自爲志,詞質而文。余嘉其不失古義,異乎無善而稱之者,故論次其事,以爲之傳。慶捷儒雅篤實,其三弟曰慶暉、慶翔、慶榮,長子曰芬,皆有才能,世其家。語曰:"不於其身,必於其子孫。"由老人觀之,饒氏之興,蓋未艾矣。

【校】"其三弟曰",底本誤作"其二弟曰",據《寳奎堂餘集》、嘉慶本改。"慶暉慶翔",《寳奎堂餘集》作"慶翔慶暉"。

陶然黄君家傳

黄君名煜,又名熙,字郁文,晚自號曰陶然。上海縣東高行里有篤行君子黄古存者,君之父也。君少即穎悟異常兒,稍長喜讀書,入里塾,以塾中書爲不足觀,則益購古書讀之。久之積書多,乃釐其善本,别撰目録而自序之。暇則學擊劍,從俠少年飲酒,爲小詩以自陶寫。蓋君負異才,意氣踔厲,欲有以自見,而試有司輒不中格。罷則從其父行賈吴中,間從吴老宿論文章源流,升降得失,抵掌徹日夜無倦。或棹小舟出,登靈巖、天平、支硎、鄧尉諸山,下瞰太湖,窮七十二峰之勝,灑然有以自得。君體羸善病,病數瘥,最後恙不已,恐憂其父,不自言,遂劇歸而卒,年二十有九,知君者莫不哀之。

君有賢婦曰曹孺人。其父泰,故里中老儒,諸女皆令讀書,能爲詩，而孺人尤淑慧，既歸君，時時相酬和爲樂。生二息男，而君歿未幾，次息在玉亦殤，獨長息原泉在，孺人乃躬自教督原泉。原泉抱書自塾返，輒挑誦日所課，脫口如流水則喜，或賜以果餌；否則涕泣加夏楚，每見若嚴師。原泉長，感概自力，爲諸生有名。孺人年三十有五以卒。君所著曰《陶然詩集》二卷，《金閶雜詠》一卷，孺人所著曰《視夜樓存稿》三卷，今皆藏于家。

贊曰：原泉狀其父母之辭云爾。君從兄烈好學，通《五經》，於《詩》《春秋》皆有論說。君父古存翁，嘗使烈攜君遊紫陽書院，相切磋最久，蓋將卓然有所成就，而不幸短折死，此君所以不能無遺恨也。余既重哀君志，而望原泉有以慰君地下，故次其語以傳而歸之。

喬母張夫人家傳

夫人姓張氏，内閣中書諱永銓之曾孫女，府學生諱樹信之女，而巡撫湖南、兵部侍郎、都察院右副都御史喬公諱光烈之配也。中書公有學行，以古文辭名於康熙間，故張氏世以儒顯。夫人幼即習聞《毛詩》《列女傳》，通其大義。長而端重婉嫕，祖母丁疾，久不平，夫人周旋牀簀無倦。事繼母陸，先意承志，尤得其懽心。中丞素善文學公，會前夫人徐氏卒，知夫人賢，請爲繼室焉。

喬氏自元鴻臚卿諱彥衡，始居上海，以文武忠孝世其家。中丞公祖考贈振威大夫諱恩，善廢著，雄於貲。傳其考贈通奉大夫諱起鳳，父子皆好行其德，斥金錢亡算，產坐是耗。

中丞公少爲諸生，自負瑰偉，喜從故人飲酒。或跳身出遊，經時始還，闊略不問生產，以故家益貧。夫人躬操作以資給之，其勞瘁多人所難堪，而夫人處之宴如。嘗值歲除，廚炊蕭然，夫人僅一簪，脫以質錢，錢少不能具饌，乃易米作糜，而以其餘市瓻酒。夫人念中丞之未食也，糜成，漉其糁以竢。中丞飲徑醉，酒渴索糜，糜凍，揮之傾夫人衣，淋漓滿襟袖。夫人徐拭之，而易糜以進，終不自言，中丞亦不復省也。比夫人貴，每慨然語諸孫女婦："吾為窮秀才婦，辛劬如此。今於若輩誠厚矣！"故終夫人身，未嘗一日御服炫麗。迨老，猶日率婢媼治木棉，宵分不自休，其恭儉勤禮，蓋天性然也。

中丞公自舉進士釋褐，知寶雞縣，累以材望進擢。為守於同州，為按察副使於河東，夫人皆從之官。常從容告中丞公曰："吾婦人安知外事！顧君蒙恩至吏二千石，官尊祿厚，視當日措大何如！願無忘酸虀糲飯時耳。"中丞公所至，布衣淡食，不名一錢，清聲至今在人口，由夫人能節嗇治內，以助成其廉也。久之，夫人率兒女還家，而中丞公遂持節黔楚，盡瘁以卒。夫人迎喪歸葬，大起墳祠，纖悉咸中禮度。

夫人二子，鍾沂、鍾吳，而側室王生子鍾霍，夫人視之如一，皆教督以至有成。鍾吳第進士，謁選得畿縣令。而鍾沂方以光祿典簿注吏部籍，不赴調，獨留侍夫人。鍾吳勤於官，以最狀應條，擢岷州知州，引對殿廷，大學士阿公顧僚屬曰："此直隸第一廉吏也。"夫人以謂能似中丞公，聞而心善之。然鍾吳久官，歲以祿入為中丞納官銀，用不給，積負多，鍾沂數為稱貸以償，故鍾吳得以行其意。鍾霍為西城兵馬司副指揮，母子相繼沒，夫人命鍾沂厚為葬具，撫寡媳，恩紀有加。夫人幼女適黃氏，殉夫死，有旨旌其節。海上言母教者，必以喬氏為稱首焉。

夫人喜施與，賙乏振絕，常命鍾沂盡其力行之。最後出藏金五百，倡老人社，癃疾者皆有所歸。御臧獲慰姁，未嘗以色，稚僮幼婢，兒女子畜之不啻也。夫人既以中丞貴得封，每念無以為親榮，常戚戚不樂。既而鍾吳為遷安令，恭遇慶典推恩，乃請於夫人，以己階官貤贈外祖父、母。夫人喜慰，且悲涕丸瀾不能止，其仁孝多此類。

夫人素強無疾，已患利浸劇，竟不起。鍾吳先已陳牒乞養，候代未得行。而夫人所愛冢孫冠賢，亦以州同從事南河，方攝宿遷丞，不在側，疾既革，猶拳拳念之不置云。卒之日，爲乾隆五十年八月丁酉，春秋八十有一。

贊曰：中丞公奮自寒素，用儒術汔致於用，歷秉旄節，夫人佐之，有儆戒相成之風。其列爲名臣，聲施後世，有以也。蕭渥之澤，流於子孫。岷州君以循吏發聞，而光禄君之賢，士大夫無識與不識，皆能道之，亦足以知其母教矣。余與岷州君同舉於鄉，而從叔爲夫人壻，内外姻多有連，熟知夫人行事，故論次其語，著之於家傳。

【校】文題，嘉慶本、《頤齋文稿》、《寶奎堂餘集》作"皇清誥封夫人喬母張夫人家傳"。

墓誌銘

榮禄大夫都察院左都御史朱公墓誌銘

乾隆四十有八年四月，吏部疏請考察行省官，皇帝若曰："巡撫廣西兵部侍郎椿，宿齒舊臣，朕憫煩以封疆之事，其以右侍郎還部。"公奉詔裝未行。五月，上復擢公都察院左都御史，趣行。還朝入見乾清宮，天子進勞公，且告以將宴千叟於庭，遲公來以預其列，公頓首稱謝。會九卿入啟事，公夙興得寒疾，不能朝，上傳旨慰問，令安意親醫藥，久之，疾少間，強起朝。明年正月，既而赴良鄉送駕還，疾遂大作。二月戊寅，薨于宣武門私第，春秋七十有五。其年喪歸自京師，又明年十二月某日，葬公南匯縣長人鄉沈莊之南原，於是孤子煐，泣而請文墓隧之石。錫熊室於朱，故少而識公。自比歲朝京師，公數就邸舍與語，意款款不自休，稔知公爲鉅人長德，於其銘，不敢以辭。

按狀，公諱椿，字大年，號性齋。朱氏之先自浙江遷上海，再遷南匯之沈莊。明季，有山西布政司參議諱正色者，以進士起家，有聞於時，是爲公五世祖。高祖太學生諱之驥。曾祖縣學生諱竦。祖鳳翔府知府諱琦，始自沈莊徙郡西郭外，故今著籍爲婁縣人。父貢生諱毓，泓才而蚤世，母陳夫人繼卒，僅遺公一子。鳳翔公致政歸，見公儻然懷抱間，哀其孤露，訓鞠甚備。而公亦能勤身發聞，恭儉自勊，以庇其家，而施之于官。所至不爲赫赫名，比去輒思慕之，至于今不衰。惟天子亦以任公晚，不及究其用，爲可惜也。

公弱冠，以通判效力江南海塘，工成敘勞第一，授湖北荊州府同知。大府檄公入黔采木，部送入京，擢浙江金華府知府。進浙江按察司副使，分巡溫處道，以祖母陳太夫人憂歸。服除，補福建興泉永道，挂吏議鐫級，尋復原官，爲驛鹽道于湖北者七年。以薦當入覲，未至，擢廣西按察使，再遷雲南布政使。甫一歲，復還治廣西。上滋欲嚮用公，乾隆四十六年，遂以兵部侍郎、都察院右副都御史即其省爲巡撫。

公精吏事，性敏而好勤，所爬梳理析，皆中支節。而不肯爲錙銖鍥刻，以矯激取譽，故興除利害甚衆，並長久可施用。待屬吏和易，而遇事可否一以意，未嘗少有假借。至其視百姓，拊摩教誡，若己子弟，則人人莫不以爲可親。在貴州，伐木萬山中，蹈蛇虺虎豹之居，叢箐灌莽，人跡所不至，從吏皆失色避去，公徑往不憚，事卒以集。其在金華、溫處，兩遇天子行幸浙江，公先驅除道，部夫水陸數萬，明約束，戒期會，竟事無譁蹈失次者，上以是知其能。黄州水溢爲菑，公攝其道印，請粟以賑，親巡而戶賦之吏不能侵，民以胥飽。其在粵西最久，務與民休息，鋤其姦莠，而右助其善良者。不事條教繁瑣，諄諄以至誠化誨，自秉臬逮建節，其爲治皆然。數年之間，獄訟稀簡，年穀時熟，粵人頌其功，莫名其用也。

公行內修，幼育於祖母，事之曲盡其歡，既歿，毁至骨立。嘗假歸省祖父墓，攀樹長號，哀動左右。平生寬厚長者，與人交，煦煦然下之，未嘗以貴故稍替。間作制舉義及歌詩，皆可觀。通習國書，旁及鳥占風角之術，亦能得其秘奧。惟公以孤童奮起，卒致通顯，出事天子四十餘年，純衷不欺，終始若一。用克上膺知遇，恩寵稠渥，所以照臨其家，而大芘于其子孫。嗚呼，可謂盛矣！

公娶夫人許氏，繼室夫人陳氏，皆先公卒，今祔以葬。子二人，長即煐，中書科中書；次照，尚幼。女六人，適舉人王憲曾，布政司經歷王翰，婁縣學生趙日熾，吏部筆帖式嵩山，太學生海常、王苐。其銘曰：

有煒烈光，興自鳳翔。厥兌而宗，克顯以融。公德不回，允惠且哲。起二千石，終秉旄節。公敷其政，不競不絿。不棘不徐，輿人之謳。天子命公，鎮撫南服。清静寧一，南人載福。袞衣來歸，鶴立長身。百僚聳觀，黄髪是詢。祝噎在廷，公不少待。帝念國叟，省章感喟。甘棠蔽芾，桂管餘思。民功曰庸，永世有辭。雙桓峨峨，新宮墨食。我銘斯藏，視後不泐。

【校】文題"榮禄大夫"，嘉慶本作"皇清誥授榮禄大夫"。

通議大夫妙正真人龍虎山上清宫四品提點婁公墓誌銘

國家敦厖醇厚之澤，涵濡優游，衍溢乎方外，率乂厥職。而黃老氏之徒，亦咸能守其清淨自然之理，以仰承聖治。時則有若妙正真人朗齋婁君，以道行純篤，事我世宗憲皇帝暨今上皇帝五十餘年，存誠葆真，恪事匪懈，用克膺兩朝非常之恩，昭融顯奕，丕振厥業。當世士大夫識君者，相與慶君遭際之隆，而知所以致此者之良非偶然也。

君諱近垣，號朗齋，"三臣"則上所賜字也，先世居江南松江府婁縣之楓涇鎮。君少讀書，慕道家久視長生之説，入仁濟道院，拜院主楊君純一爲師，警悟異其儕。習《道德》五千言，旁氾濫于經史百家，無不通曉。楊君卒，往游龍虎山，事三華院道士周君大經。周君精修煉術，弟子嘗數百人，以精敏奇君。夜與諸弟子坐，視君頂上獨有光熊熊然，謂有根器，可付受。乃教以五雷正法，及祈禳符篆、丹經玉訣之要，久之盡得其術。會他弟子或惎君，乃跳身放浪江湖間，名大起。俄周君疾革，馳書召君，比返而周君卒，遂嗣其職，爲上清宫提點。故事，上清宫法官，以三歲一番直京師。雍正五年，君當行，從五十五代正一真人張錫麟入朝。錫麟道卒杭州，屬君調護家事，君經紀其喪，哀瘁盡力。

既居京師三年，會世宗憲皇帝聞君名，有詔召君入宫禮斗。君登壇作法，靈應響答，又奏符水輒有效。上嘉君誠愨，授上清宫四品提點，欽安殿住持，命禮部鑄印賜之。又推君源所自出，勅重修龍虎山諸宫觀，以克顯其教。君感上恩遇，更自飭勵，侍上前講論，參叩宗乘，多見超詣，上益咨賞。十一年，詔封妙正真人。

西安門内大光明殿，乃明世宗所建，上命將作葺治，令君居之，爲第一代住持。今上踐祚，覃恩封祖、父皆三品，又兼領道錄司，主東嶽廟，前後賜予優縟，不可殫述。而君亦自以術高，有所禱禳厭劾，往往著奇驗。寧郡王疾，君以一朱書符飲之立愈，王布席禮君爲師。乾隆元年，禱旱立雨。八年，旱暍尤甚，君奉命禱黑龍潭，赤日當午，升壇禹步畢，忽有風從震來，轟雷一聲，挾其壇入半空中，澍雨匝野，都人大悅。其他靈秘多此類。

君雅尚沖靜，大耋而有少壯容。當年七十八十時，上再親書榜以賜，曰"養素延齡"，曰"仙階耆品"。君奉御書堂中，蒔花植援，日與諸弟子論道，翛然有遺世志。乾隆四十一年正月，移居城北之妙緣觀，即辟穀不復食。至四月二日，端坐而化，年八十九。事聞，天子賜白金百兩以治喪。君天性和易，推誠交人，人亦樂暱就之，御僮僕，皆有恩紀。平時所得上賜金，悉以崇像設，鏤經典，未嘗自名一錢。

《龍虎山志》，自元元明善後，久廢不修，舊聞益以放失。君搜考故事，手自訂輯，爲十六卷，明簡有法，可傳于後。間自爲歌詩，瀟灑離俗，得看雲、峴泉之遺。蓋君之清微篤摯，有合于老氏慈儉之旨，故能以其教自致通顯，爲道門第一。世宗憲皇帝下詔褒美，有"效忠闡法"之獎，而今皇帝亦以養素稱君。後世敬誦綸言，因以推君之生平，卓然不負知遇如此。嗚呼！其可紀也已。君既卒之六月，其徒孫掌道録司事陳資炎等，將奉君柩，歸葬于龍虎山之某原，從遺志也。介通政司副使陳君孝泳，來乞銘。予既素識君，不獲辭，乃敘而銘之曰：

天與游，道無名。吸沆瀣，驅風霆。升閶闔，翔紫扃。馭灝氣，凝真形。朝帝所，翊昇平。蛻而化，返玉京。謝泥滓，乘飈靈。洞原高，沂溪清。悶福地，依祖庭。翩其徠，導霞旌。卜幽宅，固且寧。後千年，視斯銘。

【校】文題"通議大夫"，嘉慶本作"皇清誥授通議大夫"。

節孝汪母王孺人墓誌銘

乾隆三十三年秋，余奉命典浙江試，得蕭山汪生輝祖卷，奇其文。榜發，省之賢大夫及有道之士，皆稱輝祖行端謹，且道其母孺人之賢。既來謁，則再拜，奉其繼母王、生母徐兩孺人《欽旌雙節錄》以乞言，述兩孺人齊心植節，所以教輝祖俾成立者甚備。因泫然流涕，傷徐孺人之不及見，而猶幸王孺人之在堂也。厥後公車三上，不得志，並以念母亟歸。今年始成進士，而王孺人訃至，輝祖則又衰絰踵余寓廬，稽顙哀泣，奉孺人行述，請爲銘幽之文。余既稔孺人賢，且愍輝祖欲嚴其親之意，乃按狀而序之曰：

王氏族望會稽。縣學生名雍文者，孺人父也；故河南衛輝府淇縣尉汪君楷者，孺人夫也。孺人幼莊淑，年二十三，歸縣尉君爲繼室。時副室徐孺人生輝祖，才六齡，孺人攜之官署，育視逾腹出。君舅喜歎，嘗以手摩輝祖頂，謂：「不意兒福命，能得是賢母也！」前室方孺人遺二女，俱未笄，及孺人生二女，撫愛無間，比長且嫁，均平若一。孺人年二十八，縣尉君歿，與徐孺人上事老姑，下鞠幼子，歸縣尉君之喪于粵東，爲營窀穸。方是時，索遺逋，構族釁者，環視交訌，兩孺人濟之以和，鎮之以靜，殫力捱拄，卒以無患。輝祖夜篝鐙讀書，稍怠，徐孺人即以夏楚進，孺人執而臨之，輝祖感且泣，孺人泣，徐孺人亦泣而罷，其嚴如此。嗣輝祖以諸生習法令佐幕，孺人則述縣尉君治獄事，誡以人命至重，即一笞一撻不可忽，語甚切至。輝祖奉教惟謹，卒有聞于時。

及輝祖爲兩孺人請旌建坊，時徐孺人已前逝，孺人悲之，且聞族婦有未旌者，感見容色。輝祖於是采三百年來志乘，及所見聞同族未旌節婦二十三人，上其狀于縣府，表其閭，祔主節孝祠，成孺人志也。先是，縣尉君同産弟惑於讒，棄孤姪，離母氏他徙。既而窮蹙來歸，孺人賙卹有加，洎病且死，喪葬如禮。嗚呼，非所謂女而有士君子之行者哉！

孺人享年六十有三，生康熙五十二年十二月二十日，卒乾隆四十年三月二十六日。子一人，即輝祖，孫四人。以是年十一月十二日，祔葬于縣尉君山陰清和里秀山之阡。銘曰：

賢哉二母其志同，貞是妻道箠則從。冰霜風雪松柏桐，表以雙闕昭管彤。子成進士母事終，九京下報時乃功。佳城鬱鬱湘湖東，勒詞玄石垂無窮。

【校】文題"節孝"，嘉慶本、《頤齋文稿》、《寶奎堂餘集》作"旌表節孝"。

文林郎婺源縣儒學教諭王公墓誌銘

郡縣有學始于宋，而學無常官，其爲之者，皆一時人師，有名聲。明始定著以員數，員益多，而選亦益輕。迨其後，吏部以舉人、貢生注闕，久次迺得，率癃老不任事，不稱朝廷所以厲學興材之意。今天子憫其然，詔舉人集禮部者，以時遣大臣差擇，而補其乙等爲教諭、訓導官。士不滯于令格，感概自奮，什九稱職。而能破拘紲俗，毅然獨行其意，若婺縣王公，非尤古所謂立于師道者歟！

公初爲學正于無爲州，年才踰壯，即侃侃爲諸生陳説經義，如耆師宿儒，諸生翕然服從，樸俗以變。改國子典簿去，既而復爲教諭于婺源，其教益嚴而加勤。江先生永以經術教授鄉里，於諸經皆有所考證發明，既歿，而學者爭傳術之。公上記部使者，祀之徽國文公祠，士用勸勵。先聖廟圮剝，斥俸金繕完之。上丁釋菜，案《禮圖》以供其籩豆之實，訖事誠恪，無有違怠。待諸生若家人子，貧而逋者，代之償，同僚死，經紀以歸其輤。在官九年，它郡縣多取爲法。會遭孝聖憲皇后喪，朝夕臨縣庭，得寒疾，弱于行，投牒遽歸，諸生皆涕泣以送，蓋前後爲校官者，未有如公能得士也。

公之考參政公，當雍正間，以文章經濟名天下。公生而育于祖母之兄鳳翔守朱公琦，逮參政公歿，而始還其家。讀書務窮根柢，晝夜研習，至繫礫于髮，以警其倦，久之學成。其于古今事理得失之故，無所不貫弗，其著之于文，汪洋演迤，莫測其津涘。中歲入京師，鉅公長者皆折節下之，然自舉於鄉，試春官輒被放。或勸公貶節以希進，力拒之，故卒以老博士終，不究于用，然小有所試，亦可以睹其效矣。

公事母陸孺人至孝，故育公者朱氏之妾吴，迎歸奉養以終。歲饑且疫，煮糜以賑，施藥以療，存活亡算，此皆人所以稱公者，故亦不得而略也。平生所爲詩文，曰《古巢詩》《知非稿》《林藪吟》若干卷，今藏于家。

公諱某，字方千，出自宋太師魏國文正公後，宋末徙家華亭，爲虹橋王氏。數傳至明萬曆中，有河南按察副使諱明時者，復徙郡西白龍潭，故今爲婁縣人。明時生萬曆己酉副榜諱垣悳者，公高祖也，工部都水司員外郎，明亡殉節京師，乾隆四十年，蒙恩賜謚忠節。諱鍾彦者，公曾祖也，贈中大夫。諱玉泓者，公祖也。考諱葉滋，以進士歷官湖南糧儲道，布政使司參政。公年五十九，以乾隆四十三年八月十五日未時卒于里第。

元配楊孺人，吏科掌印給事中諱爾德女，婉嫕有操行，喜施予，遇臧獲有恩，娣姒間無不稱其賢，先府君二十三年卒。繼配莊孺人。子男子六：翰，分發安徽，候補布政司經歷；史，早卒；璋，候補吏目，俱楊孺人出。晉，婁縣學生；豫、恒，俱莊孺人出。女子子四人，曹希燕、蔣蟾桂、莊心泰、許隆璧，其壻也。孫男四人，孫女四人。翰等卜以乾隆五十年十二月某日，葬公華亭縣仙山鄉八保二區十二圖之新阡，以楊孺人祔，而使來乞銘。銘曰：

乘馬者期于千里，不期于驊騮綠耳；鼓琴者期于鳴廉修營，不期于濫脅號鍾。嗚呼！王公維學之充，維德之龔，維文之通，維教之崇，維命之不融。我銘幽宮，以哀其終。以視後人，令名無窮。

中憲大夫工部營繕司員外郎朱公墓誌銘

嗚呼！是爲孝義篤行，有道君子朱公之墓。公松江上海人，其名之淇，其字泉左，其號以行世曰菉溪。其先蓋自婺源遷以來，其高、曾暨祖若考卒哭，所諱曰應慈，曰煒，曰士坊，曰銘。其以子發聞，受告身於朝，階至中憲大夫，官至工部營繕清吏司員外郎，其所享年甲子五百三十有六。

其卒以乾隆四十八年某月某日，其葬距其卒二十有九月，其地直上海縣二十六保二十六啚器字圩，大黄浦西，張家塘之南。其配戴恭人以祔。其長子曰朝源，仕爲工部郎，而以其官封公者；其次子曰太學生朝坤。其女子子二人，其壻曰姚國翰、胡汝棟。其孫男、曾孫男各二人。其纘事累行，韻之文以昭諸幽者，姻家子陸錫熊也。銘曰：

顯允朱公，仁心爲質。在丱而孤，教以母率。色孺奏毳，惟力所竭。母綏厥勤，頤眉邁耊。克慎於終，視含成塈。同產四人，季在叔沒。伯亦無祿，藐諸傔姪。穀我庭誥，公鞠而挈。安謀以居，壯授以室。猶子我子，會庖同滬。析財則均，無女嬴絀。合食于祖，祔嘗虔揭。營宮先廟，式禮靡越。急病解懸，若痟在骨。我囊既傾，告口未闋。天災洊臻，伯強肆孽。仍歲饑疫，民乃攘竊。公飽以饘，積困大發。握粟來歸，里有黔突。爲椁數千，掩此溝瘠。非公孰生，槀潤羸活。有嚴廟學，修治廢缺。閣曰尊經，亭曰敬一。公鳩其材，斥費千溢。不弛于旁，工鉅用訖。堂有普濟，起癃甦疾。度基思樹，以廣仁術。歲之不易，斯願未畢。儲鏸竢時，後者我述。古也有志，睦媚任卹。俗隤而窊，鷔競涼鍥。疇薰以醇，公表之臬。陰功不尸，退然憸謐。邦侯式廬，玄纁祇謁。飲酒鄉校，扶迎賓轄。升歌《鹿鳴》，吹笙鼓瑟。嗟邦之人，庶稚填咽。視我朱公，毋作回遹。公神不衰，其齡九袠。飾巾示期，里春夜輟。公子登朝，有朱其紱。新宮筮從，壤厚水潔。納石而堋，文以象實。陵谷可移，兹銘不滅。

【校】文題"中憲大夫"，嘉慶本作"皇清誥封中憲大夫"。

贈奉直大夫太學生古存黃公墓誌銘

吳淞江徑上海縣東，自南蹌口北折入於海，江之東岸，有鎮曰高家行，鉅室黃氏者居之。余姑家邊海，少時數往來，識姑之壻黃焜，嘗一再謁其廬。焜父古存翁尚無恙，兄弟出肅客，意歡然甚親也。比余官京師二十餘年歸，則翁歿久且已葬，而其家貲日益高。翁諸孫皆治經，入縣學爲弟子員，彬彬有文矣。余竊歎其子孫之賢，而因以知翁之所以貽其後者爲不可及也。

翁六歲而孤，讀書財記名數，即罷去，勤生以養母。九歲入村收租，爲吠犬所迫，墮冰池，寒凍幾死。稍長，仲兄行賈蘇州，翁佐之廢居，其贏輒過當。而身折節爲儉，惡衣菲食，未嘗自名一錢，然於施予緩急無所悋。嘗爲槥數千，以掩道骼，出囷粟賑饑，陰行善事亡算。母喪，歲祲議殺禮，翁曰："喪貴自盡，豈可以豐凶爲解！"卒厚其禮。傷祖父母不逮養，祭日齋居流涕以爲常。兄弟五人，白首無間言，撫愛其子如己子。遣子煜偕從子烈就學紫陽書院，既廩，脩脯如一。蓋翁性醇謹，善修飭，能爲人所難，而耻以其名自表襮，故雖家人亦莫能盡詳也。然翁識度實過人遠甚，嘗語子弟："治生當以奇勝，貪三廉五，規大要而已。至其曲折纖細，逐時進退，守故者敗。女輩知此意，爲文章，變化不難矣。"翁之言類知道者。獨惜其早廢學，而混跡闤闠以老，然世口習詩書之言，身背去之者衆矣。翁卓卓士君子，行乃如此，則又安得訾翁爲不學哉！

翁諱恒松，字覲冬，太學生。長子炳，官布政司理問，得以所加級，贈翁爲奉直大夫。世居嘉定縣八都，有景暘者徙居界浜，築堤捍海，至今稱其地爲"黃家灣"。高祖思雛，始徙高家行。祖令聞，父雪谷，倜儻多才。翁爲雪谷第四子。初娶曹宜人，賢淑有令譽，早卒；繼娶俞宜人，事姑孝，姑亡，哀毀盡禮。撫教諸子，慈嚴備至，夙夜勞瘁，以興其家，後翁十四年卒。子四人，炳、煜、焜、炘。女四人，適殷汲、曹雲鵬、曹鏡、蔡元城。孫男十三人，孫女七人。翁以乾隆二十六年九月九日，年六十六卒。葬於二十二保十四啚某字圩，實乾隆四十八年十一月某日。兩宜人並祔，而墓石未有銘，炳兄弟以屬余，余不得辭。銘曰：

瞿屯劬兮，丱入窞也。捐墳冊兮，效倪宛也。格蒸乂兮，天授稟也。禮自將兮，屹闌居也。蹈彞經兮，行靡憾也。大瀛東環，封幽坎也。子塗塈茨，孫抱槧也。竢後之昌，理可諗也。吾爲斯銘，義不忝也。

【校】文題"贈奉直大夫"，嘉慶本、《頤齋文稿》、《寶全堂餘集》作"皇清誥贈奉直大夫"。

贈淑人亡室朱淑人墓誌銘

吾妻朱淑人既没之十年，始克遷其柩於上海縣西南鳳皇橋之原，以從先夫人之葬，而爲文掩諸竁曰：

嗚呼，我其忍誌我淑人哉！淑人年二十有四，而吾爲贅壻於朱氏。後四年，而吾以奏賦行在，得官中書舍人，淑人實從吾如京師。又十有三年，以免乳疾作，卒於白紙坊邸舍。卒後三日，而吾遂蒙恩自翰林侍讀，擢爲右春坊右庶子，累荷襃除，列於九卿，淑人乃不及待而邃以死也。

淑人八歲而孤，母陸孺人惟一女，奇愛若男子子，不令習酒漿酏餌之事。自吾官中書，以選直軍機，襆被入宿禁省，或經旬不歸沐。歲時扈蹕行幸，及奉使四方，久者至八九月，近亦二三月，乃復淑人主辦邸中事，顧條理井井甚具。性卞急，家人小過失，即譙責不少貸，余每以是尤淑人，而淑人不爲止。然自淑人歿後，僮奴嬉於庭，食器鏰於室，歲費無所要。會常俸不給，資舉債以食，久之益困不能償，吾始以思淑人之能治吾家也。

嗚呼，淑人已矣！其生也，賴陸孺人鞠育以長，而不克終事其母乎！爲吾家婦十有八年，乃未嘗一日歸余里第，以侍于舅姑之側乎！天既遺以相余，而早奪之年，嶷然四男子，竟不及見其婚娶以成立乎！淑人其烏能無憾於地下也！雖然，世之夭促而泯汶無聞者何限，淑人雖不幸早世以死，而親戚之在京師者，常稱誦其賢。吾母及吾諸妹，至今言其生平，輒悼念不置。亦可知淑人之宜其家，而無違於行矣，其不得至於壽考，命也，而又奚悲焉！

淑人以乾隆四十年二月初十日卒，年四十有一。明年，自京師歸其喪於上海。四十五年，余爲翰林侍讀學士，恭遇天子萬壽，推恩得誥贈淑人。其葬也，以四十九年十二月十九日。淑人有子，男曰慶循，國子監生；曰慶堯，上海學生；曰慶庚，曰慶勳。其幼曰慶均，側室陳出也。女曰慶恩，適吳學沂；曰慶慈，許字徐揚翎，亦陳出。孫男一，成鈺，慶循出。

朱氏世家南匯縣之周浦鎭，順治己亥會試第一人，翰林院庶吉士諱錦者，爲淑人之高祖。考諱大本，徵仕郎，候選州判；母陸孺人，實余之長姑。余上海陸錫熊也。銘曰：

早罹家屯，而終不克享其禄也。能力貧以侊其官，而棄予之速也。何子德之休，而嗇於命。令名在人，子則奚病！羊圩之丘，孔固且安。往從先姑，永無後艱。

【校】文題"贈淑人"，《湖海文傳》無，嘉慶本作"皇清誥贈淑人"。"陸孺人"共三現，《湖海文傳》皆作"陸安人"。"許字徐揚翎"作"許字徐"，"徵仕郎"二句作"儒林郎候選州同"。

寶奎堂集卷十

上海陸錫熊耳山撰

炳爉偶鈔二十九條

《戾太子傳》"宣帝初即位，議置園邑，以湖閿鄉邪里聚爲戾園，長安白亭東爲戾后園"云云。按，時尊史良娣曰戾夫人，置守冢三十家。其後八年，始尊戾夫人曰戾后，置園奉邑三百家，於文但當稱"戾夫人冢"而已。稱"戾后園"者，史蓋據其後之定稱者而書之，非當日有司所奏之原文也。

范書《伏湛傳》"湛封不其侯，傳爵至六世孫質，官至大司農。質卒，子完嗣。女爲孝獻皇后。曹操殺后，誅伏氏，國除"。《伏皇后紀》亦云："父完，襲爵不其侯。"是完爵本世封，與東京一代相終始。而《獻帝本紀》載："建安元年，封伏完等十三人爲列侯。"則又似以功特封者，殊參錯不合。熊方《後漢年表》既於不其侯伏湛下歷敘傳國世次，而又別出列侯伏完一人，蓋亦承此文而致誤也。又按《宋皇后紀》"建寧三年爲貴人，明年立爲皇后，父酆封不其鄉侯"，李賢於《伏湛傳》《宋后紀》同注不其縣屬琅邪郡。計靈帝建寧中，正當完父質現爲侯之時，而復以其鄉封宋、酆兩侯，同地同號，他處未見有此，當再詳考。

《金史》凡涉元初事，皆稱"大兵""大軍"。其錄當時奏疏及敘述君臣問答語，亦多稱元兵爲"大兵"。而《列女·寶符李氏傳》乃云："當赴龍庭，即自縊死。""龍庭"字本指斥之詞，雜采他書，獨未刊削。

《漢書·高后紀》："取後宮美人子，名之以爲太子。"何屺瞻云"名之，名爲皇后所產子也，是少帝非劉氏。乃大臣既誅諸呂，從而爲之辭耳。以其能匡漢祚，立太宗，功既大，故後世不之求備"云云。按，何氏此說未審。據《本紀》，此所謂"後宮美人子，名爲太子"者，乃呂氏先立爲帝，至四年以母死出怨言，被廢幽死。其餘稱孝惠後宮子者，尚有六人。呂后二年，所載立彊爲淮陽王，不疑爲恒山王，弘爲襄城侯，朝爲軹侯，武爲壺關侯者是也。不疑先卒，即以弘爲恒山王，少帝廢後，遂立爲帝，而朝繼爲恒山王。彊亦先卒，而武繼爲淮陽王，嗣又立皇子平昌侯太爲濟川王。當平勃誅諸呂時，所稱孝惠子者，尚有弘、朝、武、太四人。故《本紀》謂大臣相與陰謀，以爲少帝及三弟爲王者，皆非孝惠子，復共誅之。此少帝乃指弘，與呂氏名爲太子，先立爲帝，旋被廢死者非一人。且諸侯王表內，班氏亦已明言，彊、不疑皆高后所詐立孝惠子矣。何氏謂當時大臣從而爲之辭，非也。疑先立之少帝，或實孝惠後宮子，而名爲張皇后子。至其餘諸子，則皆呂氏子，而詐以爲後宮子者耳。

漢官制，郡曰太守，王國則曰内史。然《漢書》列傳所載，王國亦得稱太守。陳萬年子咸《傳》："徵爲諫大夫，復出爲楚内史，北海、東郡太守。"而翟方進《傳》則云陳咸"擢爲部刺史，歷楚國、北海、東郡太守"。此内史與太守可互稱也。又《梁平王襄傳》："睢陽人犴反，與睢陽太守客俱出同車，犴反殺其仇車上，亡去。睢陽太守怒，以讓梁二千石。"按，梁自孝王以來，皆都睢陽，是睢陽太守當即梁國内史。但内史與相、中尉，同爲王國長吏，既云梁二千石，則内史已在其中。且犴反爲睢陽人，太守何不自逐捕，而以讓梁二千石？於情事頗不可解。竊疑當時憲王欽未封，淮陽尚爲漢郡，睢陽太守或當爲淮陽太守，以睢陽人句相近而致誤，亦未可定耳。睢陽，梁國；淮陽，陳國。《後漢志》皆徐州刺史所部。

【校】"客俱出同車"，"客"，底本誤作"容"。

《隋書·食貨志》"開皇中，杞、宋、陳、亳、曹、戴、譙、潁等州水災，天子開倉賑給，前後用穀五百餘石"。案，文當作"五百萬餘石"，疑脱"萬"字。

《後漢書·張酺傳》："酺，汝南細陽人，趙王張敖之後。敖子壽，封細陽之池陽鄉，後廢，因家焉。"按《前漢·張耳傳》及《侯表》，高后八年四月丁酉，封張敖前婦子二人，壽爲樂昌侯，侈爲信都侯，孝文元年廢。《地理志》信都縣屬信都郡，樂昌縣屬東郡，而此云壽封汝南之細陽，與《前書》不合。惟《地理志》細陽下注："莽曰：'樂慶，慶昌，音相近。'"豈細陽本有樂昌之名，故莽襲其舊稱，而復改爲樂慶耶？又，《前書·表》"宣平武侯張敖"下稱，"高后二年侯，偃爲魯王，孝文元年復爲侯，十五年薨，謚共"。據《張耳傳》及《史記·表》，孝文元年，偃以故魯王爲南宮侯，並非仍宣平之封。依班氏《表》例，當於格中大書"南宮"二字，而今本無之，蓋傳刻誤脱也。

陽陵侯傅寬，《史記索隱》曰："陽陵縣屬馮翊，《楚漢春秋》作陰陵。"案，左馮翊之陽陵縣，本名易陽，景帝始更名。《景紀》："五年正月作陽陵邑，募民徙陽陵。"張晏注："景帝作壽陵起邑是也。"是陽陵爲奉陵縣，不應以疏封。且傅寬當高祖時封，亦在景帝前，司馬貞説非是。至《楚漢春秋》作陰陵，則《項羽本紀》有"至陰陵，迷失道"之文。孟康注曰："縣名。"《地理志》，"陰陵屬九江郡"，似爲近之。

《後漢·周景傳》"景爲司空時，宦官任人及子弟，充塞列位。景初視事，與太尉楊秉奏免五十餘人，遂連及中常侍、防東陽侯侯覽，東武陽侯具瑗，皆坐黜"。案《侯覽傳》，覽爲山陽防東人，封高鄉侯，今云"防東陽侯"，不成文。且列傳敘事，亦從無無故而舉其人里籍者，殆傳刻有誤也。又案，《楊秉傳》"秉與司空周景，條奏牧守以下，匈奴中郎將燕瑗，青州刺史羊亮，遼東太守孫誼等五十餘人，或死或免，天下莫不肅然"，爲延熹六年事。時景方爲司空，故云"初視事"。至劾奏覽弟參，及覽免官，瑗削國，皆延熹八年事。據《秉傳》及《侯覽傳》，俱稱秉奏，不及景。且與條奏燕瑗等，非一時事，而云遂連及中常侍，覽、瑗坐黜，殊爽事實。蓋史家欲歸美於景，故并後事言之耳。

《晉書·五行志》"建興四年十二月丙寅，丞相府斬督運令史淳于伯，血逆流，上柱三丈二尺。是時，後將軍褚哀鎮廣陵，丞相揚聲北伐，伯督運稽留，依軍法戮之"云云。案，淳于伯事，又見《郭璞》《劉隗傳》，大略相同，惟《志》所云後將軍褚哀鎮廣陵事必有誤。褚裒爲康獻皇后父，蘇峻搆逆時，始爲郗鑑參軍。其見郭璞筮卦時，年纔總角，何得有建興末鎮廣陵事？考《明帝紀》稱建興初拜東中郎將，鎮廣陵，而不言爲後將軍。惟琅琊孝王裒《傳》，裒以宣城公拜後將軍，《志》或以名同致誤。然《傳》言裒封琅琊，後徵還京師薨，亦無代明帝鎮廣陵明文，未敢臆定也。

【校】"丙寅"，底本誤作"景寅"。

《後漢·范升傳》升奏記王邑曰："人子以人不問於其父母爲孝，臣以下不非其君上爲忠。"近時毛西河作《論語稽求篇》，引此文以攻《集注》，且引劉昭注云"此謂閔子行孝，父母昆弟皆化之，故人無毀言"云云。案，今監本並無此注文，且誤以章懷注爲劉昭注，恐不足信。

又，徐文靖《管城碩記》引《後漢·劉茂傳》注"所輔爲所忠之子"，而以爲字誤。案，今監本《劉茂傳》，章懷注云："所，姓也。"《風俗通》曰"宋大夫華所事之後也，漢有所忠，爲諫議大夫"云云，並無"輔爲所忠之子"語，文靖不知何據。

《南史·何尚之傳》論云："洗閣取譏，皮冠獲誚。"案，皮冠事見本傳。洗黄閣事則本傳無之，而別見《張暢傳》。

《漢書·功臣表》"清河定侯王吸"，《史記》作"清陽"。案《地理志》，清陽縣爲清河郡下第一縣，列侯無以郡封者，則《史記》作"清陽"爲是。然《志》於清陽下，又注"王都"二字，蓋景帝子清河哀王乘所都，乘立十二年薨，無後，國仍爲郡。計哀王受封，正吸曾孫不害爲侯之時，其地既爲王國，何得又爲侯國？豈中經徙封，而史略之耶？按《表》，魯侯奚涓亡子，封母底爲重平侯，當亦以高后元年魯爲王國，故改封也。

《史記·表》"廣嚴侯召歐"。《索隱》曰："《晉書地道記》：'廣縣在東莞。'嚴，謚也，下又云壯，誤。"案，《史記·表》內，凡謚莊者，《漢表》皆改嚴侯，以避明帝諱，"壯"乃"莊"字之誤。其稱"廣嚴"，則又因《漢書》而誤。

"平皋侯劉它"，《索隱》曰："縣名，屬河南。"案《地理志》，河南郡有平陰縣、平縣、成皋縣，並無平皋縣。惟河内郡有平皋縣，"南"字蓋"内"字之訛。

"寧侯魏遬"，《索隱》曰："《漢表》：'寧陽屬濟南郡。'"案《地理志》，濟南郡有般陽、朝陽，無寧陽縣。

《史記·表》"龍侯陳署"，《索隱》曰："廬江有龍舒縣，蓋其地。"案，《漢表》作"龍陽侯"。考楚有龍陽君，吳置龍陽縣，屬武陵郡，當是其地。或《史記·表》脱一"陽"字。

《史記·表》"繁侯張瞻師"，《漢表》作"平侯"，繁縣，《志》闕。疑當從《漢表》，蓋即平縣之屬河南者耳。

《史記·衛霍傳》："右北平太守路博德屬驃騎將軍，從至檮余山。"《索隱》曰："檮余，音桃徒。"顏師古《漢書注》曰："檮音籌，其字從木。"案《匈奴傳》："其奇畜則橐駝、驢蠃、駃騠、騊駼、驒騱。"《索隱》曰："按郭璞注《爾雅》云：'騊駼，馬青色，音淘塗。'"師古《漢書·匈奴傳》注亦音桃塗。竊謂檮余即騊駼，譯音無定字故也，蓋山多此獸，故以爲名耳。師古於《衛霍傳》注作籌音者非。

"櫜侯陳錯",《索隱》曰:"《漢志》:'櫜縣屬山陽。'"師古曰:"櫜,音公老反。"案《地志》"山陽郡櫜縣",臣瓚音拓,則當爲囊櫜之櫜,並非从高从木。陳錯所封,《史記》《漢書》皆作櫜字,則從師古音爲是,蓋即真定國之櫜城縣。《後漢書·郭后紀》稱真定櫜人,則櫜城亦可單稱櫜耳。

《後漢·張步傳》載更始琅邪太守王閎討步不勝,及步敗,閎亦詣劇降光武事。傳末又附《閎傳》,載其哀帝時爲中常侍,奪董賢玉璽。及爲王莽東郡太守,歸降更始事。獨不及閎之所終。案,閎事又見《前書·佞幸·董賢傳》,并及光武下詔,以閎子補吏事,閎之始末,已具大略。蔚宗特補班氏所未及,故《前書》已詳者不更複見也。

"祝兹夷侯徐厲",《史記》作"松兹"。案《地理志》,松兹侯國屬廬江,而祝兹未見。徐厲以吕后四年四月封,十一年薨。而《表》又有祝兹侯吕榮,以吕后八年四月封,二侯同時,不應並封一地。且班氏於《表》末總數内,已明言祝兹在恩澤外戚,則《功臣表》之徐厲,自當從《史記》作"松兹"爲是,恐傳寫有誤耳。《王子侯表》又有膠東康王子祝兹侯延年,云在琅邪,當是吕榮所封之國。又有六安共王子松兹戴侯霸,當是徐厲所封之國。

王氏《十七史商榷》"漢書地理雜辨證"一條云:"式,《郡國志》作'成',云'本國'。案《左傳》:'衛師入郕。'杜預曰:'東平剛父縣西南有郕鄉。'作'式'誤也。"案《前書·地理志》,泰山郡二十四縣,有式縣,而無成縣。後漢分泰山,置濟北國,《郡國志》泰山郡十二縣,無式縣,濟北國五縣,有成縣,蓋東都省式而置成也。《王子侯表》"城陽荒王子式節侯憲"下注"泰山郡"。《劉盆子傳》:"盆子者,泰山式人,祖父憲,封爲式侯。"章懷注:"式,縣名。中興,縣廢。"是泰山之有式縣,史文甚明。豈得據東都濟北之成縣,而遂以西都泰山之式縣爲誤耶!

"閼氏節侯馮解散","閼"字,《史》《漢》皆無音。惟司馬貞云:"縣名,屬安定。"案《地理志》安定郡有烏氏縣。《郡國志》作烏枝縣。蓋"閼"可讀"烏","氏"可讀"枝",音相近也。《史記·趙世家》:"秦韓相攻,而圍閼與。"《正義》引《括地志》:"今名烏蘇城。"可證"烏"即"閼"音之轉。

《晉書·朱序傳》"義陽人",不著縣名。序,孫修之《宋書》有傳,監本作"義興平氏人"。按《志》,平氏縣屬義陽郡,"興"字乃校者妄改。

《宋書·臧質傳》"冗從僕射胡崇之領質府司馬,澄之副太子積弩將軍毛熙祚亦受統於質"云云。澄之不著姓,殊未明白。按《臧燾傳》,澄之乃燾孫,官太子左積弩將軍,《傳》即不書臧姓,亦宜有"質從子"三字,蓋傳刻有脱落。至積弩將軍,爲澄之官,於文宜在姓名上,而反在下,亦不可解。豈澄之別領質輔國府司馬,故不著其將軍之官,而下文所謂積弩將軍者,乃毛熙祚之官歟?

《張敞傳》"敞上封事,言蕭相國薦淮陰,累歲乃得通"。案《高祖紀》,漢元年四月,罷戲下就國,韓信道亡,蕭何追還,薦於漢王，聽其策，部署諸將，五月，即從故道出襲雍，安得有累歲不通之事！敞蓋甚其辭，以見進言之難耳。

漢代列侯皆有食邑，或以縣，或以鄉聚，户數多寡，往往雜見於《表》《傳》。而其所食之地，《傳》不具載。其中因事而及，如《溝洫志》稱武安侯田蚡爲丞相，其奉邑食鄃；《公孫弘傳》稱以高成之平津鄉户六百五十，封丞相爲平津侯；《匡衡傳》稱衡封僮之樂安鄉，提封三千一百頃之類，間亦有之，而其他不能備著。故《侯表》於末格内，多有書郡國及縣名，以記其食邑所在。《王子侯表》師古注稱："侯所食邑，皆書其郡縣於下。"《史記索隱》稱"《漢表》在某地"者是也。蓋亦本於有司故籍，而班氏因據而書之。

然考《表》所列，王子侯四百二十七人，功臣侯二百十人，外戚恩澤侯一百四十三人。而末格内、有郡國名者、僅三百二十一人，不過三分之一。其間爲縣名，載在《地理志》，而《表》失書其郡者甚多。即最有名，如鄭、絳、平陽、曲逆之類，亦俱未之及。師古謂"其有不書者，史失之"，亦未必盡然。且《地理志》注明侯國者，河東、陳留、江夏、廬江、東萊、豫章各一，潁川、清河、齊郡、桂陽、零陵、廣平各二，九江、千乘、濟南、泰山各三，魏郡四，常山、信都各五，平原、臨淮各七，鉅鹿、勃海各八，汝南、南陽各九，山陽十一，沛郡十二，涿郡十三，北海十七，東海十八，琅邪三十一，共一百九十四國。而《表》所書在某郡，與《志》合者，止六十二國。詳見後。他如琅邪之餅稻、魏其、參封、石山、伊鄉，南陽之安衆、博望，涿之樊輿，清河之東陽，北海之瓡，魏郡之平恩，齊郡之北鄉，沛郡之廣戚，此隨舉一二，不能備列。《志》明書侯國，且於《表》内或再見三見。如廣戚有節侯將，元朔元年封；又有煬侯勳，河平三年封。

缾侯有孫單，孝文十四年封；又有敬侯成，元鼎元年封。魏其有嚴侯周，天漢六年封；又有竇嬰，孝景三年封；又有煬侯昌，元封元年封。而俱不著其郡名。若謂當時侯封已除，故不復加標識，則其中至王莽篡位，絶者甚多，而他國久除者，或反有之，義例頗不可曉。疑其間多有傳寫脫落，已非盡班氏之舊觀。

《史記索隱》引《漢表》爲證者，檢勘皆與今本相符。而中所云曲成侯在涿郡，建陵侯在東海，甯侯、營侯在濟南，陽信侯在新野，隨桃侯在南陽，沈猷侯在高苑，富民侯在蘄，商陵侯在臨淮，亞谷侯在河内，蓋侯在勃海者，則今《表》俱無其文。又，外石侯，《索隱》云《表》在濟南，而今《表》作濟陽。杜侯，云《表》在東平，而今《表》作重平。東淮侯、拘侯，俱云《表》在東海，而今《表》一作北海，一作千乘。即此可見脫漏及舛異處，已不少也。

今即見在《表》内末格所書，與《漢志》參考之，如長羅之書陳留，成安之書潁川，陽城、成陽《表》作承陽。之書汝南，紅陽、新都、復陽之書南陽，當塗、曲陽之書九江，成都之書山陽，建成、平阿、高柴之書沛郡，邯鄲《志》作溝。之書魏郡，安定、樂信、歷鄉、武陶之書鉅鹿，平臺、樂陽之書常山，成、臨鄉、西鄉、陽鄉、益昌之書涿郡，修市、景成之書勃海，合陽、富平、安陽《志》作安，疑脫一字。之書平原，朝陽之書濟南，樂望、成、《志》作成鄉。羊石、石鄉、新城、《表》作成。上鄉之書北海，䭾望、高陵、高鄉、兹鄉、箕、高廣、即來、昆山、折泉、博石之書琅邪，平曲、山鄉、建陵、東安、建陽、都平、于鄉之書東海，開陵、高平之書臨淮，陽山之書桂陽，昌成之書信都，此皆《志》内明注侯國，而《表》所書郡國與《志》合者也。

至侯封，於《志》爲縣名，而《表》所書郡國與《志》合者，則河東之瓡讘，汝南之定陵，南陽之冠軍，江夏之軟，九江之東城，濟陰之秺，沛郡之東鄉、溧陽、鄲，魏郡之陰安、武始，鉅鹿之南䜌，常山之鄡，涿郡之范陽，勃海之重合，平原之濕陰、扐，千乘之高昌，泰山之式，齊郡之廣，琅邪之昌，臨淮之西平，會稽之無錫，丹陽之湖熟，豫章之海昏，西河之藺，廣平之城鄉是也。

其《表》內書在某郡國，而《志》於郡國下無此縣及侯國名者，則河東之幾，河內之臨蔡、邘，東郡之陽平、樂平，汝南之安平、終弋、南利，南陽之特轅、安道、下酈、涉都、氾鄉、冠陽、廣陽、路陵、攸輿。南郡之尉文，濟陰之宜城、邛成、黃，沛郡之殷、紹嘉、浮丘、陵鄉、釐鄉，魏郡之卑梁、旁光、蓋胥、漳北、安檀、曲梁、平利，鉅鹿之昆、題、甘井、襄隄、西梁、桃、安平，常山之邔鄉、利鄉，清河之轑陽、修故，涿郡之將梁、薪館、陸城、薪處、曲成、安郭、陽興，勃海之荻苴、廣、山原、沈陽，平原之牧丘、宜城、陪、高平、重、《志》有重丘縣，未必是。鉅合、平纂；千乘之隨城、桑樂，濟南之河綦、常樂、營平、長平、博陽、高樂、爰戚，泰山之五據、胡母、昌慮，齊郡之按道、瀞清、新畤、平、徐鄉，東萊之承父、又作丞父。西陽，琅邪之騶茲、蒲、龍丘、海常、麥、原洛、挾術、庸、祝茲、棗原、膠鄉、要安、房山，東海之雷、辟土、有利、東平、運平、文成、翟、彭、涓、參鶈、沂陵、平邑、承鄉、籍陽、就鄉，臨淮之扶平、皋琅、南陵，會稽之句容，豫章之安城，桂陽之荼陵，中山之柏暢，信都之東襄、襄嚵、邯平、成陵、祚陽，長沙之鄦成是也。

又有《表》內不書郡國名，而直書某縣及侯國名者。如岸頭侯書皮氏，騏侯書北屈，下摩侯書猗氏，爲河東屬縣。成侯書襄垣，爲上黨屬縣。安陽侯書蕩陰，爲河內屬縣。從平侯書樂昌，榮關侯書茌平，爲東郡屬縣。外石、陽城二侯，俱書濟陽，爲陳留屬縣。親陽、昌武、瞭亦作潦。三侯俱書舞陽，成安侯書郟襄，成、散二侯俱書陽城，《表》作成。周子南君書長社，爲潁川屬縣。安遠侯書慎，信成侯書細陽，博陽侯書南頓，成陽侯書新息，爲汝南屬縣。若陽、樂成、義陽三侯俱書平氏，煇渠侯書魯陽，新成侯書穰，平陵侯書武當，平周侯書湖陽，高樂、陽新、新甫三侯俱書新野，高武、宜陵二侯俱書杜衍，爲南陽屬縣。便侯書編，爲南郡屬縣。爰氏侯書單父，楊鄉侯書湖陵，褒成侯書瑕丘，爲山陽屬縣。孔鄉侯書夏丘，方陽侯書龍亢，爲沛郡屬縣。翁侯書內黃，爲魏郡屬縣。新市侯書堂陽，爲鉅鹿屬縣。杜侯書重平，合騎、平津二侯俱書高城，爲勃海屬縣。昌水侯書於陵，爲濟南屬縣。平州侯書梁父，平丘侯書肥成，爲泰山屬縣。軹侯書西安，爲齊郡屬縣。弓高侯書營陵，陸侯書壽光，爲北海屬縣。安樂、宜冠二侯書昌，衆利侯書姑幕，邛離、臧馬二侯書朱虛，高陽侯書東莞，扶德侯書贛榆，爲琅邪屬縣。臨衆侯書臨原，爲琅邪郡下侯國。術陽侯書下邳，武陽侯書郯，鱣侯書襄賁，爲東海屬縣。商利侯書徐，博成侯書淮陰，樂安侯書僮，爲臨淮屬縣。樂通侯書高平，爲臨淮郡下侯國。丹楊侯書蕪湖，爲丹陽屬縣。高平侯書柘，爲淮陽屬縣是也。

又有一侯而可兼食數地者，如博陸侯下書北海、河間、東郡是也。此內《志》有縣名侯國名者，其即爲所食之地，固顯然可據。若《表》但書郡國，而《志》無此縣及侯國者。案，兒寬千乘人，師古謂千乘郡、千乘縣，蓋郡、縣同名者，每易相混。上所舉，如沛郡、魏郡、鉅鹿、涿郡、平原、千乘、琅邪、桂陽諸郡，皆有縣同名。《表》所書，未審是郡是縣，今姑以郡概之。

司馬貞謂，凡《漢志》闕者，或鄉名，或尋廢，故《志》不載，然此但言其大略，亦不能盡有證據。且以《志》參互求之，其牴牾不合處甚多，今爲略舉一二。如《志》原有此縣及侯國名，而《表》所書乃轉在他郡國者。如南宮侯書北海，而南宮縣《志》在信都國。襄城侯、平鄉侯俱書魏郡，而襄城縣《志》在潁川郡，平鄉縣《志》在廣平國。軹侯書西安，齊郡縣。而軹縣《志》在河內郡。涅陽侯書齊郡，而涅陽縣《志》在南陽郡。柳泉侯書南陽，而柳泉侯國《志》在北海郡。爰戚、葍鄉、曲鄉三侯俱書濟南，而爰戚侯國、葍鄉侯國、曲鄉侯國《志》俱在山陽郡。平隄、樂鄉、廣鄉三侯俱書鉅鹿，而平隄縣、樂鄉縣《志》在信都國，廣鄉縣《志》在廣平國。蒲領、揤裴、都鄉三侯俱書東海，而蒲領侯國《志》在勃海郡，揤裴侯國《志》在魏郡，都鄉侯國《志》在常山郡。千章侯書平原，而千章縣《志》在西河郡。樂昌侯書汝南，而樂昌縣《志》在東郡。張侯書常山，而張縣《志》亦在廣平國。此皆與《志》不相應者。

又如，《王子侯表》既有鄐侯舟，而易安侯平下又書鄐；既有瑕丘節侯政，而褒成侯孔均下又書瑕丘。既以縣疏封，乃他侯又同食其地。又如，汝南郡下有陽城侯國，蓋劉德所封，而陽城侯田延年《表》又在濟陽。臨淮郡下有高平侯國，而《王子侯表》中山靖王子高平侯喜下，《表》又書平原；《恩澤侯表》高平侯魏相下，《表》又書柘。膫侯亦作潦。王援、訾次公二人，《表》同書舞陽；潁川屬縣。而膫侯畢取，《表》又書在南陽。湘成侯敞居洛，《表》在陽城；而湘成侯監居翁，《表》又書在堵陽。同一侯號，而所食之地各異，凡此皆紛紜錯互，難以詳究。蓋《地理志》所據，乃元始二年之制，其餘割隸析并，史文已不能詳。而當時侯封之制，其所定號名與所賦食邑，原亦不盡相準。疑或有以他縣邑遙封之，而食采又在別地者。觀武安縣屬魏郡，而武安侯田蚡奉邑食鄃，潁川屬縣。可證。又有初封他郡，并食別邑，後以減損徙封，而侯號如故者。觀富平侯張延壽，國在陳留，別邑在魏郡，後上書讓減封邑，乃徙封平原并一國，可證。今《恩澤侯表》，富平侯下書平原，與傳合。又或有所封之地，中經移改，而仍蒙故號者。觀長沙定王子舂陵侯買，本封零陵泠道之舂陵鄉，至戴侯仁徙封蔡陽白水鄉，而仍稱舂陵侯；何武封氾鄉侯，氾鄉在琅邪不其，哀帝襃賞大臣，更以南陽犨之博望鄉爲氾鄉侯國，可證。又或所食之鄉聚，其名與他縣邑同，或封號別取嘉名，而其名亦有與他縣邑相亂者。觀《夏侯勝傳》，魯共王分西寧鄉，以封子節侯，別屬大河，大河後更名東平；而《王子侯表》，魯共王子惟有寧陽節侯恬，是所食在西寧鄉，以寧陽爲封號；而《志》有寧陽侯國，則屬泰山郡，又不在東平。此亦兩封可以同名之一證。

又，《志》于南陽郡有樂成侯國，而樂成侯許延壽下，《表》又書平氏。即南陽屬縣。汝南郡有博陽侯國，而博陽侯丙吉下，《表》又書南頓。即汝南屬縣。考樂成節侯丁禮，博陽節侯周聚，其絕封俱在元鼎以前，當必國除後，地入於平氏、南頓二縣，後復析以封延壽、吉二人，故《表》書此二縣名，而不書其郡。又，博山侯孔光下書順陽，而《志》南陽郡下，並無順陽縣，惟有博山侯國。班氏自注云："哀帝置故順陽，此則縣已改廢，而仍繫以故名者。"又，《志》潁川郡下，有周承休國，而《表》於周承休公下，又書"觀"字。案，東郡畔觀縣下，應劭注云："世祖更名衛國，以封周後。"《續漢志》東郡下，有衛公國，本觀，光武更名，是周承休原封潁川，光武始改觀爲衛，而徙封之。此則東都時制，而班氏即據以書之者。大約班氏紀載，皆本諸故府之牘，其異同參互之處，當時定制，原亦有故。特史文未經明著其義，又重以後人之脫誤，故遂不盡可考見耳。

又，汝昌侯下，書陽穀。案，今陽穀即漢順昌縣，隋代始置，《漢志》惟沛郡有穀陽縣。又，襃魯侯下，書南陽平。案，《地理志》無南陽平，惟山陽郡有南平陽縣。此二條，疑皆傳刻誤倒其文。又，菑川懿王子臨朐夷侯，下書東海。案，《地理志》有兩臨朐縣，一屬東萊，一屬齊郡，而屬東海者乃朐縣，無臨朐，疑亦傳寫誤增。又，中山靖王子陸地侯義，下書辛處。《志》無此縣，《表》有薪處侯，在涿，當即其地。又，菑川懿王子壽梁侯守，下書壽樂；高安侯董賢，下書朱扶。遍檢無此地名，當再考。

又，富平侯張安世六世侯純，下書"命恩"二字。案，西京列侯，中興後得紹封者，周承休以二王後，海昏侯以昌邑王賀後，安衆侯以近宗，且曾起兵誅莽。故惟張純並無他功，有司嘗奏其非宗室，不宜復國。而光武以純宿衛十餘年勿廢，更封武始侯，食富平之半。是純之續封，出自光武特詔，故云"命恩"，以見非常例也。

【校】"天漢六年封"，底本誤作"止漢六年封"。"下酈"，底本誤作"下酈"。"辟土"，底本誤作"壁"。"襄嚵"，底本誤作"廣嚵"。"成安侯書郟襄"，底本誤作"成安侯書郟湘"。

洪氏《容齋隨筆》第二卷云"戾太子死，武帝追悔，爲族江充家，蘇文助充譖太子，至焚殺之。李壽加兵刃於太子，亦以他事族。然其孤孫囚繫於郡邸，獨不能釋之，至於掖庭令養視而不問也。豈非漢法至嚴，既坐太子以反逆之罪，雖心知其冤，而有所不赦乎"云云。按《衛太子傳》："太子自經，山陽男子張富昌爲卒，足蹋開户，新安令史李壽趨抱解太子。上既傷太子，乃下詔封李壽爲邗侯，張富昌爲題侯。"《功臣表》："邗侯李壽以得衛太子侯，三年，坐爲衛尉居守擅出長安界，送海西侯至高橋，又使吏謀殺方士，不道，誅。"至泉鳩里加兵刃於太子者，別是一人，初爲北地太守，後族史不著其姓名。洪氏蓋與李壽誤合爲一。

又考《宣帝紀》《丙吉》《外戚傳》，皇曾孫初繫郡邸獄，賴吉得全，積五歲，乃遭赦。吉謂皇孫不當在官，使守丞誰如移書送京兆尹，不受。吉憐曾孫無所歸，載以付史恭，後有詔掖庭養視，上屬籍宗正，時會朝請。文穎注：「以屬第尚親，故歲時隨宗室朝會。」是曾孫先遇赦出郡邸獄，其後復屬籍收養掖庭，亦出詔旨，特以衛太子得罪，故未加以封爵耳，何得云不釋不問乎？但《宣紀》止言有詔養視，而丙吉奏記霍光，則云遺詔所養。武帝曾孫病已在掖庭外家者，是出自武帝末命，或亦當時顧命大臣爲之，非真武帝意也。

寶奎堂集卷十一

上海陸錫熊耳山撰

代作

平定兩金川大功告成頌　謹序 代袁清慤公作

乾隆四十有二年二月丙午，定西將軍阿桂等，克噶喇依賊巢，俘其酋索諾木及其逆黨，檻獻闕下，兩金川平，露布驛聞。越八日甲寅，達行在桃花寺，皇帝曰："俞！蠢茲醜夷，本我臣隸。乃包藏連結，背誕爲逆，不得已，興師底罪。賴天之庥，將士之力，蕩氛剷岨，以次克殄。方諏吉朝陵，還詣闕里，告成報謝，而捷書如期來上。維祖宗默佑，俾予一人丕受嘉緒，寶忻寶悚。"其詔將軍阿桂暨在事諸臣等班師，且勅所司，勞還行慶，備舉懋典如制。

於是群工百執事，稽首咸晉曰："皇帝威德景爍，外禦內覃，翦除巨憝，拔其根株，綏靖蜀徼，神謨顯伐，不可覼述。允宜作爲歌頌，鋪張鴻烈，昭示無極。臣才學陋僿，未能研思騁辭，以從諸臣之後。而蒙恩侍直禁近，又數銜命使蜀，案行軍營。凡我皇上安邊伐罪，弗獲已之盛心，與夫選將勵兵，動協制勝先幾之遠略，幸得窺見本末。區區芹曝下悃，不敢以不文自解。謹撰頌十六章，章二十四句，庸以抒寫欽忭之私，竊附美盛德之形容之義。其辭曰：

皇帝馭宇，填撫方域。曰暘曰雨，萬物豐殖。遂荒大濛，以斥西極。拓疆二萬，受吏率職。望風執贄，簫勺群慝。咸遊大當，順帝之則。金川彈丸，蜀徼㲎迩。唐淪吐蕃，西山八國。族種茫昧，翾動蠕息。界諸土司，扞圉奉檄。旅我臣僕，踐毛食德。永懷好音，毋爾僭忒。其一。

郎卡肇釁，如虺穴藏。侵駭鄰土，叫呶以狂。昔歲己巳，天誅是張。摧落爪距，礪斧其吭。糜爽敚精，無幾滅亡。丐厥死命，天心好生。叶。宣詔赦罪，蒲伏稽顙。叶。六事奉契，十周歲陽。磨牙血人，復爲封狼。假我符印，左披右攘。仍世兇德，不戁不寧。叶。曾罔革悛，以干大刑。叶。其二。

攢拉彈丸，厥力差弱。蟲以澤旺，獸面人息。叶。促浸甚之，又臂受縛。脅驅以歸，不敢拒格。叶。王師載拯，疆以戎索。收召汝魄，出諸鼎鑊。恩無侼晢，滲膚刻骼。宜思捍圉，黃龍守約。詎僧格桑，反吻以食！叶。昔參與商，令媒與妁。亶利之趨，朝嚄暮搏。匪宼而媾，駏蛩是托。其三。

醜類僄忽，呦嗜如麻。孰摧其樟，孰闕其芽？逆蹟漸露，張頤呷呀。出擾土司，陵憪厥家。維帝時念，蠢茲么麼。睢盱昏罝，未湔裸湾。一鬩之爭，穴螳坎蛙。其黨相擊，不煩梳爬。寧我究武，勤師於遐。申敕畺臣，要約無譁。相其機鉗，轡銜是加。毋是苞櫱，尋於斧柯。叶。其四。

豕蹢於牢，虎喹於穿。蓄其狡謀，趦趄陰逌。始革什咱，姦

161

諜內應。匕首宵揕，厥酋踣命。遂劫章牒，鈔掠旁境。盍拉伺隙，亦作不靖。鄂什交惡，悉醜訴競。夷其聚落，計圖吞并。幕府告諭，曾莫我聽。維州之橋，播以謠詠。敢貳爾心，磨牙肆橫。自棄生成，而作梟獍。其五。

封牘屢告，皇心繹思。曰是醜類，獉獉狉狉。哀衷鞫頑，公爲謾欺。將盜於邊，震驚朕師。汝土我土，我黔我黎。乃偩國恩，跳踉以嬉。土職環懇，如螫在肌。蔓弗急翦，復俾種遺。鑑此蜀呬，曷永帖綏。兵不得已，聖人用之。寧再羈縻，以不治治！操刃必割，動維其時。其六。

辛卯之冬，既禡既軷。龔行天罰，員旜獵獵。雪山崔嵬，高下庤豁。攻巴朗拉，首闓其闑。達圍資哩，衝颷一瞥。獻木蘭壩，賊氣乃奪。南路迅搗，朝介夕刷。蒙茸窈樛，所向空闊。批僧克宗，解不容節。悉芟枝枒，如距斯脫。巉巖明郭，亦取如掇。遂克美諾，旬有五日。其七。

師傅乃壁，逆雛枝窮。隻身先逃，失步顛僵。叶。往依舊巢，布郎郭宗。我騎追躡，回惶失憑。叶。美卧一綫，羊腸懂通。不即王斧，其娴是從。計匿弗獻，藪逋翼凶。天討有罪，移師會攻。往功于疆，顉顉臨衝。谿箐阻深，日星晦雺。爲盲爲妖，蜂蠆潛缸。緩死須臾，稽我奏功。其八。

彼昏卒迷，皇赫斯怒。咨汝阿桂，元戎啓路。錫之虎印，戎服跗鞋。弓矢斧鉞，如蔡之度。簹以明亮，于南並赴。簡閱勁旅，嘽嘽徒御。健銳雲梯，趫武敢鬪。叶。索倫買勇，甲穿七屬。叶。忠誠合力，一以百數。綠營觀感，亦克奮擄。叶。美諾再震，斷厥腰胯。復安反側，置我守戍。其九。

谷噶既脯，馬尼既鉏。一月三捷，匪棘匪紓。額庚馬邦，待劗厥墟。西路罙入，迎機剔梳。羅博瓦嶺，攙空崎嶇。騰躍萬仞，扶尸接雎。叶。喇穆喇穆，捷如踰溝。叶。遂斫默格，肩髀

寶奎堂集卷十一

失據。叶。案圖授畫，洞燭無餘。鞾康薩爾，三日畢屠。木思工噶，一昔掃除。乃薊後路，露捲蚩尤。叶。遞克爾宗，虎燼厥嶼。其十。

火炎崑岡，蹴崑色爾。拉枯是搖，薾則並掎。南軍改道，日旁披靡。遂張罝羅，阞五十里。聲援並壯，營幕夾水。勒圍宮寨，駢碉削壘。轉經樓蠹，冷角互倚。我謀則臧，密柵環峙。穿梁耆摧，囊沙填委。雷轟地迸，三版則圮。一窟先空，中秋夜子。塞垣馳捷，群藩賀喜。其十一。

鷙鳥振翮，擊于層霄。狐走距穴，聲喑不驕。西里拏搯，三峰嶕嶢。一鼓而登，扇其怒熛。索隆格隆，勁決票姚。如臨高瓴，長戟以捎。布魯朗阿，刃無停留。叶。群兇喪精，滅影遠跳。或挈老稚，遮塗籲號。進據噶占，刲脂抉膋。孰爲獷頭，以齒我刀？播揚天威，悉薙悉薅。其十二。

賊恃厥險，彳亍夔魑。雍中舍齊，掇若指掌。遁棲噶依，死守厥壤。我兵築圍，密不漏影。叶。若母姑姊，暨其族黨。來敂旗門，臆張頭搶。厥兄踵至，亦縶以鞅。礮車交舞，衆山答響。欲投河渚，不見篙槳。甲雜獨松，窮搜伏莽。魚潰肉爛，不煩決盪。偷息四旬，終將焉往！其十三。

逆酋窮迫，檻羊牢豚。鋒在其頸，易如手翻。先亦有云，急則自燔。俗忌生牲，默褫其魂。遂率醜屬，偕其弟昆。手捧印牒，開壘詣前。叶。渥首匍匐，二千餘人。盡生而俘，無一喙奔。汝首跳梁，拒命忘恩。詎比面縛，乞憐生存。轞車載囚，繫組以徇。執獻廟社，受之午門。其十四。

五載蕆役，恭承鈴斷。先幾運籌，密勿操券。軍書旁午，勤勞宵旰。燭照萬里，若在几案。進退虛實，授以尺寸。賞罰既明，將士用勸。逮彼羌髳，悉就羈絆。堙鏟巖阻，化爲夷衍。成功一心，奮力百戰。維師武臣，咸稟宸算。爾公爾侯，策勳衆建。凌煙顏色，丹青永絢。其十五。

宣捷奏凱，上陵佖虔。告成泮林，有踐豆籩。鑾輿自東，六師勞還。萬馬騰驤，箛吹喧闐。朱鷺譜曲，鏗鏘睿篇。敬上冊寶，琅函崒瑞。寅奉慈愉，僥算綿綿。還御前殿，恩言載宣。嘉與寓縣，熙和萬年。猶仰沖懷，夕惕朝乾。金版玉牒，豐功懋鐫。小臣作頌，永光史編。其十六。

恭慶皇上七旬萬壽詩　謹序 代阿文成公作

皇帝膺大寶命，乾隆四十有五載，歲在上章日，月會於壽星，其辰己未，恭屆七袠萬壽聖節，寰瀛凱豫，協氣薰蒸。越若初恩言肇宣，洒詔開甲乙科，洒咨于司農，令天下毋納粟，銍總秸一歲。洒月正元日，天子誕敷文命，普錫福于四方，秩于上下神祇咸遍。洒大饗于廷，侏儸率舞，九賓陪位，惟祥霙應。厥時，太史告百穀之瑞兆于田，功汔大有年。粵十有二日辛卯，柴燎泰壇，嘉況絣答。

皇帝曰："維天丕介顯慶，豈予一人！祗迓篤祜，其往勤施東南，以哀厥徯志。"洒巡于江浙，禮名山大川，陳詩問俗，百工黎耇大和。會皇帝昭德洽惠，覃浹函煦，無有遠邇，罔弗迪於鴻禧。其自時咸樹，顉翹趾思。得揚讚貝，輸琛賮以旅厎；厥悃聖情，沖挹抑而未許。

洒諏五月吉旦，鑾輅幸避暑山莊，群藩鱗集，以會時事，胥抃呀懽躍，獻壽行闕。而西天慈氏之侶，重跰遠道，景化來賓，承鼇跂光，周涉彌歲。若宿之拱極，若水之朝宗，庸虔祝聖天子無疆，麻曰至于萬億年，惟無斁皇哉煒哉，亙古一會。越在內服，王公卿尹，庶士百執事；越在外服，岳牧群有司，越里居耇成人，拜手稽首，僉爾而晉曰："聖人久於其道，而天下化成，皇帝膺圖繼志，以守兼創，撫有九有之師。惟時其永綏之丕，欽若于昊天，格于烈祖。惟帝祗遹，董正治官，以爲民極；惟帝保乂，觀乎人文，有册有典。惟帝敏厥修，四征不庭，式辟土數萬里；惟帝毖厥功，克知小人之依，胥保惠，胥教誨，無一夫不獲其所；惟帝其迪吉康，粵若稽古，泰皇鉅霳，厥紀齡彌億，侈陳貞符，罔燭于理。疇若兹功德巍巍，合天之行，允自今寶算洪延，純純常常永永，其亦如天無極，奄邁乎方策。"臣恭聆臚頌，以忭以懌，謹由繹之曰：

都哉！皇帝荷天之寵，照臨函夏，昧爽不顯，旋樞斡運，四十有五年。惟强固精明之體，行健不息，躬親聽覽，罔一日弗敉于勤。臣若時使于師，厥授之筴，賴宵衣是劬；臣若時行于河，厥鳩之工，慶棐忱是右。臣若時奉對樞府，厥批閱章牘，疇咨仄席，罔間于大暑祁寒。

寅惟無逸作所之心，日有孜孜，純亦不已。則越若今天庥滋至，其周于元會，運世如環，斯循者亦恒久而不已。臣聞天保九如之詩，群臣受賜者，所以頌禱其上。臣近帝之光，蒙恩最深，敬援古義，推本聖人集福所自明必得之驗，作爲雅詩九章，拜手稽首，上皇帝千萬歲壽。其辭曰：

皇帝建極，受福單厚。九曜聯芒，八音諧奏。乾符坤珍，悉介眉壽。攝提紀序，蒼龍炳宿。祥啓庚庚，三微祚首。萌蘖衍齡，美振合宙。五位相得，緯環岳湊。茀禄永康，伊德之茂。右一章。

充庭元會，閶闔晨開。丹鳳銜書，雞竿崔巍。帝有恩言，與春偕來。豐兆時玉，邕穌九垓。正衙愷宴，露芹雲罍。鞨鞻兜離，樂隊胥陪。群臣鞠朕，獻萬年杯。盈十遞舉，長頌臺萊。右二章。

聖與天通，至誠昭格。苾芬肸蠁，圜丘方澤。爰逮群祀，陳牲薦璧。神聽和平，登歌祝册。祼鬯必親，崇壇羽帟。盛夏隆冬，閱久無斁。天錫皇帝，泰壹神策。申佑百福，如幾如式。右三章。

敬宗尊祖，純孝蒸蒸。紹聞衣德，丕顯丕承。灌秬對越，禴祀嘗烝。邠岐福宇，六御時乘。寅思謨烈，夙夜服膺。播諸《風》詩，經法具徵。萬年有道，大猷允升。繩武燕詒，以莫不增。右四章。

皇帝仁愛，長養循拊。式播九穀，允治六府。蠲賦停符，截漕減庚。釀膏應時，沛若膏雨。省方紆輦，歲勤補助。翕河觀海，比蹤神禹。南服懽迎，巡典紀五。敬晉鴻禧，衢歌巷舞。右五章。

聖武耆定，萬邦會歸。玉鈐握斷，金鉞籌幾。蒲瀛雪嶺，皆我闉闍。康逵玉帛，絕域耕機。秋田苴獮，霜塞行圍。內平外成，天保采薇。纏頭鐐耳，懷德畏威。瑶觴敬舉，駢戴恩暉。右六章。

瑞啓奎躔，聖文炳燿。天開册府，芸籤羅校。石渠異同，臨決稱詔。或命匯全，或咨挈要。皮以文淵，茹英噉妙。文源文津，沿流竝導。藜光下觀，太乙來告。緝熙純嘏，億齡永劭。右七章。

八荒同室，湛湛春祺。籌添海屋，慶錫嘉師。粟艘罷輸，惠洽京坻。蕊榜增題，教迪冠綦。自上下下，浹髓淪肌。亦有閭彥，鶴髮期頤。壤叟連襼，銀牌陸離。戴天效祝，益戀蕃釐。右八章。

彌文詔卻，申命重巽。旅拜抒忱，嵩呼遠近。大慈膜讚，拈花敬獻。迓無量算，愜衆生願。惟天悠久，式昭行健。聖德同之，神謨廣運。貞元嘉應，操若左券。稽首颺言，永壽千萬。右九章。

聖駕五巡江浙序　代阿文成公作

洪惟皇帝御寓四十有五載，泰元增笶，戀介蕃釐。而江浙臣民方樹頤延脰，徯跂清蹕，督撫、河漕諸大吏，先期聯牘以聞。皇帝曰："咨！予省於東南，十有五年，久不與父老相見，繋民莫之是亟，將往圖厥寧，其俞所請。"迺以元辰愷宴廷臣，宣綸行慶。

越十有二日，上躬燎泰壇祈穀，禮成，遂駕蒼龍，五巡南服。郵籤所誌，自廣陽首頓，進次青、兗之郊。爰濟榮河，涉大江，臨錢塘，經廣陵、常、潤、蘇、秀、杭諸郡。旋蹕登攝山，道自金陵，御安艫，以北達德水而遵陸焉。上儀臻洽，視前巡有加，誦訓不能以件臚，衢封莫殫其縷述，懿哉煌乎，洵媲邁乎檢牒已！

粵稽經典，言巡狩者，《詩》譜樊般，《書》詳虞岳，而《易》獨見其義於乾之象辭。曰："時乘六龍以御天。"蓋言秉剛健之德，周流六位，王者所象，以觀民而設教也。皇帝法祖省方，疇咨暘雨，曾不憚目營手畫之爲勞，實有契於乾德之自強不息。故自初巡以來，勤勤懇懇之思，數十年如一日。其繼自今，日御時臨，所以答貞符而慰翹悃者，亦千萬億年如一日，湛恩茂典，固未易一二更端罄也。

孟子曰："春省耕而補不足。"皇帝仁愛拊育，三蠲壤賦，再賜漕粟，家餼戶鶿，尚奚待於睭賑！而翠華纔莅，首豁江寧、安徽、浙江未完銀米有差，三會城給復一年，仍免乘輿所過租稅之三，而直隸、山東，并貸其宿負。又念熬波之勤瘁，於長蘆紓新課，於兩淮滌前逋。它如截庚粒，優丁餼，授顧值，龎鴻匝洽，無一物不獲其所。恤民依者，如此其渥也。

《書》曰："敷奏以言，明試以功，車服以庸。"皇帝董正治官，既隨時匡飭披勵之。而入疆以前，先勅守土臣待於境，毋負弩遠迎。比行殿宣召，則面陳所職，以覘殿最，下及監司郡守，亦次第許奉燕對。而庶僚當引奏者，即付行在所司，如例銓注。其預汛掃役者，分別敘錄之，且視其材之辦否，或陟以劇司，或換以散秩，或抽調以繁簡，皆若衡懸鑑朗之各稱其實。課吏績者，如此其明也。

至於黃耆耇粻，帛期頤優以文綺，而儒冠華皓自閭來者，賜出身旌異之，則禮高年之義也。試江浙獻頌諸生，遴其尤，授之官，西江旅至者，亦得奏名免解，則省風謠之義也。赦令已準正月庚辰朔恩詔，而江浙復弛戍以下刑，則肆眚原繁之義也。所過有事於山川，眕於鬼神，以逮於舊臣，而官未應格者，亦或迴鴻霈，昭睠懷焉，則柴望祭告之義也。蓋大禮修而大恩浹，其覃且博者又如此。然猶訓儉履沖，繹思淳化，以吳風輕靡，諄勤誡勵。而山東、浙江之飾治館宇者，尤下詔申儆再三，屢斥帑金，用償工直。臣工士庶，咸曉然於聖主崇實黜華，能抑其末而急其本也。

夫《禹貢》所紀，曰："淮海惟揚州。"故浙地東盡于海，而大河合淮趨壑，常爲徐楚間利病，其係民生者最鉅。皇帝纘禹之績，往來諏度，不嗇山樏泥楯，爲元元計萬全。在鹽官之塘，其城以外，纍石既葺，陂陀以固其衝。仍於鹽倉並海，察土性可椿者，令柴石間築，以鞏其基，而毋撤宿薪，以厚其衛。在清口之工，既賴神謨指授，釃陶莊新河，就數十年未竟之緒，而倒漾之患除。復討論利弊，拓而廣之，約其流益北，而善後之規立。蓋皇帝開物成務，思患預防，皆蘄於一勞永逸。是以寅承宸對，穹覥默符，若鼓桴之協應。

昨者豫河之役，臣阿桂實銜命董治，得稟受成畫，以底於績。仰惟車駕渡河之辰，以二月己未，躬禱神祠，越翌日庚申，河流遂復故道，靈飈助順，一昔隄成，不淹晷景。在工官吏民徒，皆額手虞忭，頌皇誠昭格之速。迨臣以蕆事還報，復奉勅馳視陶莊及雲梯關外海口形勢，膝席諮陳，親聆睿略，備見惠安億兆，惟日不足之盛心。《詩》曰："懷柔百神，及河喬嶽。"《中孚傳》曰："陽感天，不旋日。"趨夫宵旰之焦勞，與天人之響答交贊，而轃嘉會，平成作乂，更如此其煒爍無極也。

皇帝七旬衍算，體乾行之健，聽覽彌勤，閣匭郵封，批閱動紆行漏。而黃童白叟，積十餘禩戀慕之願，闐咽仗下，遮道迎鑾，跪仰之次，僉謂寶袠日益晉，而天顏日益豐，無弗欣喜，告語驩嘷，效祝惟顯。望再迃屬車，長得覃被壽禧，共抒瞻就。臣雖未獲忝列扈從，而以使事，兩覲臨安、建康行在，所爲都會駐蹕地。且取道所經，皆出蹕塗，竊見鼚鼓軒舞之情，億口一聲，無間遠邇，如肖翹鳴躍，感於訢闓，和樂而動，有不知其所以然者，詎非依古未有之盛際哉！

嘗聞序者，所以敘述功德，著其本末。故《典謨》《雅》《頌》各有序，以鋪衍厥事。臣蒙恩叨領詞垣，職當第翰林諸臣所撰賦頌詩歌，樂府連珠之屬，以上册府。而自惟弇陋，不敢以侈張藻繪競工。謹就睹記所悉，緣序之義，綴文一篇，質言紀實，庶以導詞臣乘韋之先，而對揚聖天子隆軌於萬一，昌陳黼座。臣無任抃躍慚悚之至！謹序。

【校】"令柴石間築"，底本誤作"今柴石間築"，據嘉慶本改。

御製全韻詩跋 代于文襄公作

臣聞立均爲韻，四聲肇吟咏之原；發言成詩，百代資興衰之鑑。自風雲月露，但知一字分拈；而《雅》《頌》《典謨》，孰是群言共酌？通乎聲音之道，知作者有待于聖人；斷自唐虞以來，乃因之勒成爲一史。綜其全體，合一百六部而脣齒咸調；緯以精心，彙四千餘年而丹青若揭。洋洋灑儷，亘古今而無此大觀；本本原原，掃正變而別開創例。

蓋惟我皇上折衷六藝，苞括三蒼。曠然而覽始終，謂此格未經人道；炳焉以陳勸戒，念歷代其爲説長。爰貫串於鴻篇，示發揮於定論。惟本朝之大經大法，久軼美而無倫；故列聖之是訓是行，首斷章而有述。百靈翊運，生成彰朱果之祥；三姓凝基，成邑肇白山之頌。戴曼殊以出世，圖倫城義問先昭；握太乙以徂征，薩爾滸神威無敵。拓潘遼之疆宇，艱難而旄鉞親麾；奠松杏之山河，指顧而風雲是合。式衣冠，習騎射，聖謨爰昭示盈篇；馭蒙古，納朝鮮，國號實永貽奕葉。人皆歸於至德，萬年締構常欽；天全付以有家，一統規模倍遠。奄殷墟而定鼎，恩首浹於遺忠；勤周典以懸書，鑑尤嚴於内豎。

洪惟翦平三蘗，邊隅之氛祲全銷；乃至賜復全租，環海之盈寧胥慶。矜北陲以收撫，籌安則親統六師；定西藏以底綏，闡教遂永羅八部。觀風於一遊一豫，導川而長軫恬瀾；肆武於日獮日蒐，稽古而兼勤典學。越若輯批章之彝訓，仰金科玉律以咸昭；偉哉定詔食之常經，合大法小廉而並飭。簡策繪乾坤之量，悉攄實以備書；德功合先後之符，每因文以比事。蓋賢者識其大千，億禩條貫同歸；在後人推而行三，千首丁寧可覩。至乃網羅群籍，進退百王。本堯舜之舊章，略於荒遠；考《春秋》之成憲，準以權衡。代不數君，治可法即亂可戒；詞無二義，微而顯亦婉而章。抉惟危之人心，得間而纖毫畢現；迪難諶之天命，執中而輕重胥平。莫不與時偕行，于帝其訓。

矧復部居州次，貫珠編甲乙之題；句别章分，聯璧備方員之式。畫町畦以立界，四言則崑渚探源；認標識以明宗，首字則驪淵摘領。網在綱而不紊，鏘然律呂之均諧；鑑於水而可觀，蔚乎方册之具載。百廿卷御評選要，入治而彌覺精深；五十篇樂府增吟，到海而真迷涯涘。至矣盡矣蔑加矣，詎百家能出乎範圍；大書特書不一書，將千古長懸諸日月。

臣幸供筆札，叨侍禁廷。排辰之翠墨頻宣，奉燕閒於日課；落紙之丹毫快覩，驚結構於天成。但欣遭際之隆，莫罄名言之妙。非第形之胚沫，殫畢生之書誦忘疲；因思壽諸棗梨，俾寰寓之聽瞻愜願。臣曷勝踴躍歡忭之至！

乾隆三十六年會試策問一首　劉文正公命作

問：史以記事，褒貶所具，法戒昭然。自後代史臣囿於才識，各就其天資學力所及，以衡量古人，或不免於偏阿曲徇，此定論之所以莫衷於一是也。惟聖天子執中建極，稽古綏猷，監前代而紹君師之統，經經史緯，覺世牖民。《御批通鑑輯覽》，於列史事跡，欽承宸斷，無不推大公至正之意，以闡幽微顯，而未嘗稍涉成心。是以至虛至平，物皆獻狀，天下萬世，莫越範圍。凡精義微言之著於《評鑑闡要》者，貫一條分，至詳且備。多士游心方策，將欲知古知今，其不可不紬繹參稽，以冀窺見高深之萬一歟？

涑水、紫陽爲史家法式，論者謂始終離合之間，皆有深意。顧如漢惠帝致四皓，唐莊宗還三矢諸事，《通鑑》皆不載，且并屈原而軼之，是何說也？歲首而冠以最後之改元，僭國而紀其封拜之瑣事，其義例又果悉協歟？年經月緯，綱目之體，而《唐紀》中何以直脫二年之事？且其他書官書名，書代書寇之例，復不無前後牴牾，豈門人編綴者之失歟，抑各有微旨歟？

史贊而外，如鍾繇論三不欺，夏侯泰初論樂毅之類，著錄甚夥，能臚舉而辨其優劣歟？胡寅《讀史管見》意感時事，范祖禹《唐鑑》不爲苟同，其皆未免於偏激者安在？尹起莘、劉友益、周禮、張時泰之徒，議論滋繁，舛漏益甚，將何如而始有當於筆削之本意歟？夫評鑑者，是非之公；考核者，異同之準。折衷至教，宜覘指歸，盍詳言之，毋臆毋泛。

乾隆三十七年會試策問五首　劉文定公命作

問：經者聖人之四府，帝王勅幾圖治，必以敦學爲先資。我皇上亶聰首出，統備君師，復以時親莅經筵，就儒臣進講經書，推闡精微，發爲御論，揭天人之奧窔，袪傳注之拘墟。凡臣僚跽聆天語，如啓聾振瞶，莫贊一辭。墨守章句者，何能以膚見謏聞，窺尋萬一歟？夫十六字心傳，肇始唐虞。嗣是遜敏之告，緝熙之詞，皆以言學，而所爲後先一貫之指安在？西山真氏謂爲學之要有四，其綱目次序，可詳言歟？心法者，治法所從出者也。羅從彥云："讀經師其意，讀史師其迹。"意若歧而二之，何歟？豈求精者棄粗，循末者遺本，經世之大法，有不同條共貫者歟？講幄之設，厥制奚昉？唐集賢殿、麗正書院，當其選者何人？宋代經筵，地則崇政、邇英，期則春秋隻日，官則侍講說書，成法可臚述歟？程子、朱子皆嘗典是職，其啓沃之緒言，又可約舉歟？多士幸逢聖學昌明之盛會，潛心經訓，盍條具於篇。

問：從來載籍之傳，用資治理，而古今存佚顯晦，各有其時。鄭樵所云"求書之道有八"，果何義歟？寫書之官，藏書之地，訪書之使，獻書之令，代有遺規，其詳何若？漢之《七略》，魏之《四部》，劉宋之《七志》，梁之《七錄》，隋之《三品》，唐之《四庫》，流別秩然，孰幷孰析，孰多孰寡，能一一指數歟？諸史《藝文》《經籍志》，孰通及前代，孰斷自一朝？所分品目，孰同孰異？或爲史志所不載，而至今尚有其書者，能詳辨其真贗歟？王氏《崇文總目》，晁氏《讀書記》，陳氏《書錄解題》，著錄者有幾？能略敘其大凡歟？《易》寫本而爲鏤板，昉於何人，盛於何代？石林葉氏以爲訛謬日甚，其信然歟？聖天子典學右文，懋臻郅治，既勅館臣纂輯經史諸書，親加裁定，頒布學宮，嘉惠士子。兹復命直省大吏采購遺編，俾各疏其篇目，參核秘書，登諸册府，用儲乙覽，同文盛事，千載一時。多士博習有年，其率意遠思，毋有所隱。

問：《虞書》載采周制賓興，至漢時舉選，大較不出賢良方正、孝廉二科，晁、董、公孫對策具在，其克副所求者誰也？唐世科目甚繁，進士特諸科之一。宋又有明經、學究等科，而當時皆以進士爲貴，其得人果云獨盛歟？又，唐宋諸色貢士，並稱舉人，不合格則再舉三舉，其定爲一途者，起於何時？制科六論，所爲四通五通者，又何若？至授官之法，唐時釋褐，或爲丞尉，或爲幕僚，宋亦崇庳無定，明則專用甲第爲等差，宜以何者爲適其中也？夫專委銓總，而分曹唱注，易啓營求，改用年格。而循資挈籤，亦滋壅積，任法任人，道有外於隨宜變通者歟？皇上闢門籲俊，士氣奮興，凡舉人之計偕會試者，特詔王大臣，再舉大挑之典，以疏選法。惟扣除乙酉以下四科，使者畯得效及鋒，新進亦不虞躐等，揭曉後，復有中書、學正、學錄之選。多士蒙被渥恩，當何如厚自砥礪，仰酬高厚歟？願悉言以對。

問：三代以上，言溝洫不言水利，遂人、匠人所掌，文各不同，其意果相合歟？厥後阡陌既開，勢必因川澤之利，如召信臣之於南陽，王景之於廬江，馬臻之於會稽，成績若何？農田水利，宋有專官，果足收實效否？淤田圍田，占水病民，廢之宜也。而王安石修復陂塘，人又苦之，其爲咎何在？元虞集欲興水利於近畿，徐貞明又申其說，亦有可采者歟？三輔倚山控海，地若建瓴，以滹沱、桑乾、灤、白、易、衛諸水爲經，流以二淀二泊，大小直沽爲匯宿，如何承矩？郭守敬輩，其所措置，猶可參考歟？說者謂南方水平，宜用疏消；北方水湍，宜用隄障，豈通論歟？皇上念切民依，以圻甸頻年積水梢多，鑾輿所臨，指示方略，營建捷地、興濟二閘，瀛津水利，瀦洩咸宜。近者特簡重臣，詳勘永定、運河，發帑四十餘萬，隨宜濬治，所以籌一勞永逸之計者，曷以加兹！多士學古入官，講求有素，其縷析陳之。

問：自古籌邊計者，不越屯田、營田二端，而馬端臨以爲先異而後同，何也？二者之制，或留兵，或募民，或弛刑徒，或將賓客，因時之道，可更僕數歟？至若遐陬之井疆日闢，内地之生齒日繁，則因曠土以贍邊民，尤爲轉移之善策。我國家平定西陲，拓地二萬餘里，築城建堡，屯政日興。乃者皇上德威遐暨，土爾扈特全部，自額濟勒先後歸誠，度地於齋爾等處，令率屬居住，舊氓新附，無不樂利蒙庥。又以新疆保聚滋豐，如巴里坤、烏魯木齊一帶，並爲移駐營兵，用資彈壓。近復議准督臣條奏，弛嘉峪關盤詰之禁，辰開酉閉，聽民前往，力作懋遷。爲司牧者，於勞徠安集之方，宜如何經理盡善歟？唐營田專務僱民，宋屯田未免抑配。今民舍兵房，衡宇相望，並聽挈眷以行。加之泉渠日開，耕穫饒裕，自供給禄粺而外，歲有贏餘。營屯之法，前古疇能彷彿歟？尚循誦所聞，以資采擇。

【校】文題"五首"，《頤齋文稿》作"一首"，正文亦僅"自古籌邊計者"一問。

寶奎堂集卷十二

上海陸錫熊耳山撰

代作

光禄大夫贈太保武英殿大學士文襄舒公墓誌銘 代于文襄公作

乾隆四十二年四月，泰東陵復土有期，上躬奉孝聖憲皇后梓宫，發自京師，大學士舒公實從。甲寅，次良各莊，公暴得疾，不能興，上遣御醫胗治，且召公弟侍衛舒臨，自京師乘遽來侍疾，未至。丙辰，公薨，天子以公顯勞積伐，克副委任，爲國家耆舊重臣，所以下詔褒悼之者甚至。追贈公太保，與享賢良祠，賜佗羅被以斂。命工部尚書、一等忠勇公、和碩額駙福公隆安，率侍衛十人，奠茶酒於殯所。比還京，復親臨其喪，御製五言詩一章，以志哀悃。既禮官議上，予祭葬如例，有司考行，定諡曰文襄公。公長子今倉場侍郎舒常，馳驛自蜀奔喪，卜以某月日，葬公東直門外望京村之先塋，而以狀乞隧道之銘。

按狀，公諱舒赫德，姓舒穆嚕氏，字伯容，號明亭。其先世居渾春之杜麻湖，國初以衆來歸，隸正白旗滿洲。曾祖諱席爾泰，理藩院員外郎。祖諱徐元夢，康熙癸丑進士，由庶吉士，歷官太子太保、户部尚書，贈太傅，謚文定。考諱席格，康熙丁酉副榜，以文定公蔭，官工部員外郎。三世皆以公貴，贈光禄大夫、武英殿大學士，兼刑部尚書；妣皆贈一品夫人。

公童卯不凡，文定公授以經訓，輒了大義。年十九，以試補筆帖式，旅見於庭，世宗憲皇帝獨器公，换授内閣中書舍人，以選入南書房，預機密。轉内閣侍讀，從大學士鄂文端公如甘肅，經理軍務。還，會今上皇帝即位，早識公，知其才，即擢監察御史，兩遷至都察院左副都御史。旋授兵部侍郎，協辦步軍統領事。

公爲人嚴重，能任大事，朝廷有所規措，上輒以命公，公亦感激發舒，無所不盡意。盛京多游民射種，議者以爲不便，公以他事往，至則奏嚴透渡禁，而籍其舊者入户版。又以民人墾荒十歲而賦，旗人三歲而賦，失輕重，宜并，上言更其例。改户部侍郎，領正藍旗漢軍都統，進尚書，歷兵部、户部，入爲軍機大臣。大學士傅文忠公經略金川，公參贊其軍事，不數月而郎卡納款。師還，論功加太子太保，御書"均式宣猷"四字，以額其堂。復奉命自蜀入雲南，視金沙江，道湖南北，閱其兵。再往浙江，視海寧塘，所至輒得當以報。

歲癸酉，河决張家馬路口，潰走入洪澤，河絶流數百里，詔公偕大學士劉文正公，原果毅公策公往治之。水勢漫澶，埽下，輒不見蹤跡，公躬自暴露，晝夜督作，四十日而堤成。上聞大喜，遣侍衛，賫御用冠服以賜公。未還朝，復受命經畫準噶爾事，公入見，一宿而行。

初，達瓦齊殺喇嘛達爾札而自立，湛酒虐下，國人不順，都爾伯特、台吉策凌等，以衆來歸。而輝特台、阿睦爾撒納，素凶狡，惎達瓦齊之將亡也，思藉中朝力，攘其位，亦遣使内附請師。天子念準噶爾强時數盜邊，歲煩戍守，縻縣官穀亡算；今其國内亂，自攜貳號嘷豀救，宜因而撫之，毋留遺患於我喀爾喀。且時不可失，密詔公，偵阿睦爾撒納至，即議出師。而公牽於故常，顧上章言阿睦爾撒納所請未可從，宜令身入朝，而移其部衆，就食歸化城，大失上指，坐是奪職效力。

其明年，王師遂平伊犁，俘達瓦齊，而阿睦爾撒納將入朝，中道叛去，伊犁復反應賊。公在烏里雅蘇臺，急收其妻子送京師，而撫定其部人，皆安堵如故。喀爾喀叛人焚掠臺站，軍問梗不通。會察哈爾牧卒數百人至，公以便宜留，令戍邏章，檄始得往來。又冒大雪，驅馬羊萬餘，踔阿爾泰山，至額爾齊斯河迎將軍，軍賴以濟。上知公勤勞，驛召入朝，授鑲黃旗漢軍都統參贊。喀爾喀親王成袞扎布，軍出珠爾土斯，進討回部。而降人沙拉斯、瑪胡斯叛，害我都統滿福等，公復坐是奪職爲兵，從將軍兆文襄公自效。尋被旨，居阿克蘇，護回人屯種。

當是時，大軍已薄葉爾羌，而賊瞰我軍寡無復繼，悉衆以出。我軍築堡黑水自固，賊遂爲長圍守之，阿克蘇、烏什皆新附，聞之一日數驚。哈密回公玉素富在軍，公廉知忠款可倚信，屬馳入烏什安撫，而身留阿克蘇鎮之，人心始定。會上先有詔，發滿洲、蒙古兵四千人，將代戍伊犁。公遣人持檄遮道，邀赴阿克蘇，帥以進。援兵行沙磧中，天方沍寒，道里嶮遠，馬多損，公身徒而先，將士請騎，不許。未至大軍百里，賊盡銳逆拒，公拊勵士卒，鏖戰五晝夜。賊敗退，而參贊阿文襄公驅後隊馬至，中夜合擣賊營，將軍軍亦呼譟破壁出，夾擊賊軍。賊驚潰走，保葉爾羌，圍乃解，其年回部遂平。上始得公赴援，奏授公副都統，及捷聞，遂盡還公尚書、都統舊職，再予雲騎尉世襲，圖形紫光閣，功次第十三。上親製贊詞，有云："白衣白水，聞黑水信。安衆進援，爵秩重晉。"蓋紀其實也。

將軍等既振旅還，詔公留駐回疆，定官職、土田、賦稅之制。公簡省文法，回民便安，所條上輒聽許，至今守之。更三年，召公還京，遷刑部尚書，加太子少保。戶、工二部，步軍統領闕長官，輒以公兼領。上春秋巡幸，則公留守以爲常。又再被使於閩於秦，悉舉其事。會王師南征緬夷，公復以參贊大臣往。始至雲南，有所論奏，天子以其言不稱使指，下吏議，盡奪公職，以副都統銜，總理回疆事務，治烏什城者三年。

土爾扈特者，故準噶爾族也，自其先竄入俄羅斯，居額濟勒河久之。而俄羅斯數虐使其衆，人不堪命，其汗渥巴錫，遂率所部十餘萬人來歸，邊邊以聞，衆論洶洶不一。上馳以問公，公剖晰，言其可信，狀契上旨。遂以公爲伊犁將軍，往受之。渥巴錫等迴遠萬餘里，八閱月始至，飢疫道死，不可勝數。公宣布天子恩德，資以糗糧繒絮甚具，又請貸他部落駝馬牛羊數萬，授之孳息。擇旁近可種地居之，發屯田卒，教之耕，而遣其汗及其台吉等朝行在所，天子所以燕賚之甚厚。既歸，無不人人自以爲更生也。

已而俄羅斯邊吏使使問故，公召見，面折之，使者搏顙慴伏去。上製《土爾扈特歸順記》一篇，備晰公經理始末，鐫成，首揭以賜公。旋授戶部尚書，領侍衛內大臣。召入朝，道拜武英殿大學士兼刑部尚書，入閣贊理機務，總吏部、戶部三庫，掌翰林院事，領國史館、四庫全書館、清字經館，皆爲正總裁。

壽張妖人王倫，煽衆戕殺官吏，據臨清舊城作亂，命公率京軍討之。至臨清六日，而墮其城，王倫自燒死，盡捕誅其黨，而慰撫其百姓之被害者，有旨褒敘，還公世職，授御前大臣。又明年，金川平，上案西師故事，將圖寫功臣於紫光閣。以公安集土爾扈特，討平臨清功皆最，而公子侍郎君參贊行間，勞勤久，命列公功次第四，侍郎君功次第十。公至是再繪像閣中，又父子同時第功臣，數爲前代所未有。上建文淵閣，仿宋制創置官屬，復首命公領閣事，以重其職，天下莫不榮之。

公天性果決，知無不爲，群謀異同，公徐一言輒定。自任事於時，數居兵間，多涉嶮棘，人所氣敓，公不自難，奮身殫慮，紆回籌圖，汔底於績乃已。其領閣部，綜核庶務，鉅纖必親，務令百司咸舉其職，而不稍有所叢脞放佚。蓋公承先正遺烈，克秉忠孝，勞於國家，爲天子所登用，終能昭融顯聞，出入將相，以大究其設施。比其歿，而愍綸稠渥，所以照臨其家，恩厚寵榮，出古遠甚。天下士大夫，仰頌聖主倚毗眷禮之至意，而因以推公終始匪懈之節，知所以光前人而大庇於其後昆，嗚呼！其可謂盛已！

公生康熙四十九年十二月初二日，薨年六十有八。先娶富察夫人，繼娶宗室夫人。子三，長即侍郎君，次舒寧，以事在伊犁；次舒安，先卒。孫三，某，某，某。公自仕宦，不暇以治私，宗室夫人實相其內政。公薨，夫人迎喪於道，哀慟得疾，以五月乙酉卒。兩夫人皆合葬於墓。

余始官翰林時即識公，及備卿於朝，參預軍機，而公方自新疆召還，在直廬，益得朝夕共言論。迨公再出復入，遂任大政，而余亦已蒙恩入閣，蓋後先從公者數年，辱公交契甚厚。公又嘗以《文定公集》屬余編次，得其世次官封功行最詳。今承侍郎君之請，不敢以辭，故論次其事，獨載其繫於軍國之大者以銘公，亦公之志也。銘曰：

於鑠相門，濬開祥源。奕葉潛光，以施子孫。克大其榮，興自文定。殿於家邦，再世而盛。公早繼顯，單誠匪躬。帝鑑純壹，汔奮於庸。回翔六卿，出入萬里。其勤王官，日惟所使。大器不器，方矩員規。歷試鉅艱，用罔弗宜。鼇圭秬鬯，以告禰祖。撐於前休，將相文武。天子詔公，衮衣來歸。職在左右，亮采論思。眷我勞臣，有終有始。蹇蹇陳力，歿而後已。御碑在原，登歌在祠。勷百有位，非公是私。我銘幽宮，貞石用刻。告後之人，永世不泐。

【校】嘉慶本文題作"皇清誥授光祿大夫太子太保武英殿大學士兼刑部尚書晉贈太保入祀賢良祠謚文襄舒公墓誌銘代于文襄公作"。

光祿大夫贈太子太傅文淵閣大學士文定劉公墓誌銘　代于文襄公作

上之乾隆元年，將選魁艾閎碩之儒，登用於庭。乃親試博學宏詞士於保和殿，得第一人，曰武進劉公，諱綸，字繩菴。其先自大同徙鳳陽，明初，有從信國公湯和下常州者，留為西營劉氏。八世至屯田郎中諱某，從王師定福建，有活氓功，閩人歲祠至今。又一傳為保定知府諱某，保定生福寧知州諱某，代能其官，吏行循最。福寧生康熙癸酉舉人諱某者，公祖考也；郡學生諱某者，公考也。三世皆贈光祿大夫。公自諸生釋褐，授編修，以文章學術，應期發聞，受上知遇，汔奮於庸，未三十年，而參預閣務，又八年而真拜。又二年，年六十三以薨，詔贈太子太傅，與享賢良祠，謚曰文定公。

公少雋異，六歲綴文，驚其里師。稍長，則學為古文詞，不恹世非，覃精銳思，卓然早成。十九補諸生，食高等餼。既而入翰林，益踔厲自力，擢侍講，進太常少卿。由左右通政、太僕卿，三遷至大理卿，歷試克釐，不懈於位。拜內閣學士兼禮部侍郎，從幸木蘭，即獵所奏《秋郊大獵賦》二篇，上嘉其才，由是滋欲嚮用。公以署兵部侍郎入直南書房，再遷禮、工二部侍郎，直軍機處，出入帷帳，列於近臣。流民越塞，耕土默特，言者欲盡毆民，而空其地以還，命公馳視。公議迤其期，俾民輸作受傭，不奪不爭，旗民輯和。丁光祿府君憂，服除，補戶部右侍郎兼順天府尹。故事，順天府公牘，治中、通判不署名，皆冗放自廢。公請以錢穀屬治中，以獄訟屬通判，先署案，而呈尹以可否之事，有司存，人用感勵。

王師西征將發，役車供侍，壹切辦治，事竟，無一人譁於道者。充經筵講官，即其部爲左侍郎，拜都察院左都御史，賜第京城、海淀各一區。使讞獄於秦，比還，遷兵部尚書，旋以戶部尚書協辦大學士，加太子太保。丁金太夫人憂，甫除喪，詔以吏部尚書起公，仍贊閣務。公爬梳抉剔，法令畫一，選人不敢踏門謁，吏不能爲姦欺，銓政大平。當是時，天下皆望公爲鉅人長德，天子亦習知公忠信可倚用。三十六年二月，遂拜公文淵閣大學士，兼工部尚書，仍管工部事。公秉節簡諒，不爲聲章，治於眷毘，觀聽翕服。

三十八年春，公得疾，自齦腫達於左頰，猶强起視事。上命公少休，遣太醫院判武世倬，就第視疾，使者存問載道。久之不瘳，則益賜人葠，和劑以進，而公病遂革。六月二十三日，薨於阜城門之賜第。上方行幸熱河，聞問痌傷，詔皇十二子臨其喪，賻以千金。朝野上下皆頌天子能知公，以恩禮始終，而益弔公遭會聖明，不克延其年，以究厥施者之爲大可悲也。

公性至孝，親喪，三年不御酒肉，號而行，日踔數十里，營高燥以葬。既得卜，則手樹檜表之，自書隧碑，甓斲唯謹。自工部侍郎歸，買玉帶橋宅，僅數楹，迨公薨，二十年未嘗益一椽寸甓。衣履極垢敝，不改作，而盛服以朝。曰：「朝廷有章，吾不敢簡也。"食於廚者數百指，室無儲餘，人皆弗堪，公一不易。前後典順天鄉試二，會試二，武會試一，其它考校以十數，所等第士皆有名，發舒於時者甚衆。爲文章，浸淫六朝，而根極漢魏，千變萬紾，涵於一源。於詩獨喜高青丘，謂能入唐人門閾。未薨前一年，自編類爲《內集》若干卷，《外集》若干卷，今皆刊行，有法度可傳於後。

公娶一品夫人許氏，縣學生某女。子四人，長戊子舉人圖南；次署日講起居注官，翰林院編修加一級躍雲；次國學生召揚；次驥稱，早卒。女六人，長適戊子舉人陳賓，餘俱先卒。孫男七人，孫女二人。公薨之明年，圖南等奉柩歸常州，將以其年十月，葬公於澤巷之賜塋，而先期來謁銘。

始余爲翰林，居宣南坊，距公舍不數武，暇輒走就公語。比在軍機處，更得日夕從公後。公又嘗以女孫許字余孫爲姻婭，周旋久且習。每歲時，蒙恩燕賚，賜予兩人者蓋無不同。而至於有所撰述，文詞敏贍，唯余惡然，自以爲不如公遠甚。公器量凝重，同直十餘歲，不見有喜愠色。出入殿門，進止有恒度，閽人廬兒，皆能伺其處。上前所聞，語益久，無所遺忘，亦未嘗一出諸口也。余海淀所賜園，與公楹宇接比，常時退朝，寂不聞人聲，徐覘之，則公方飯脫粟，已手冊兀坐，器用牺略，蕭然如布衣諸生時。嗚呼！公行卓卓大者在人口，而以余在直廬所見，言語動作之微，他人或不及盡知，然益可以見公之德矣。今其葬也，不敢以不文辭。謹考次公事狀大略，以誌其墓，而繫之以銘曰：

翼翼劉宗，西營基慶。循名弗彰，積世以盛。劬躬鬻後，公克受之。蓄嗣蘊崇，蔚爲人師。在帝初元，哀然舉首。騫其羽儀，訥不出口。入綰章綬，出捧薖英。年除歲遷，陟於九卿。維瀛有瀾，學也伊識。維杓有樞，政也伊德。遂參近密，左右屏毘。迴翔六官，秉一自持。內朝從容，發揮翰札。紀頌功德，《典謨》奧質。尚冠紅綖，禁騎軒軒。錫我殊寵，昕夕便蕃。載綜台衡，百僚是式。載分魁柄，司空是職。淵淵其衷，坦坦其施。匪闕匪流，用罔不時。玉鉉大斗，皇心簡倚。壽福康寧，宜多受祉。胡斯奄忽，乘化則遷。豐德與言，而嗇之年。有崇者封，將作所治。煌煌御碑，以風在位。宜爾子孫，既固既安。刻銘在幽，奕世不刊。

【校】嘉慶本文題作"皇清誥授光祿大夫太子太保文淵閣大學士兼工部尚書晉贈太子太傅入祀賢良祠諡文定劉公墓誌銘代于文襄公作"。

光祿大夫贈太子太保戶部尚書文莊王公墓誌銘　代于文襄公作

今皇帝興儒典學，延咨詞臣，擇閎碩有望實者，召入南書房，以待顧問。蓋自初元以來，居職者僅十數人，而余幸蒙恩獲備其列。其群公之後先爲僚者，或存沒聚散非一，獨戶部尚書錢塘王公，與余對直最久，其交契亦最篤，自非春秋扈蹕以行，未嘗一日不相見也。

比余以尚書入閣，而公亦晉領司徒，又同被命爲《四庫全書》及《薈要》總裁官。天子方慨然博徵遺文，修明典籍，以嘉惠來世。所集文學士百數十人，部帙填委數萬計，而余參預軍機，且夕有所宣召，不克專意館事。自發凡起例，以逮丹鉛甲乙之式，一切多決於公。公亦覃精殫思，曉夜研勘，斬得鼇然勒成善本，以稱塞上意。天子雅知公勤勩，數引對便殿，垂問以事目，同館士大夫，莫不樂公相與以有成，而公則不幸捐館舍矣。時車駕行幸山東，留守大臣以聞，上爲震悼，且下詔稱公書局勞瘁狀，以褒顯之。迄于今，《全書》進御者什才三四，《薈要》亦方待徹編，公之遺志未泯，而窀穸遂已有期，余乃復泫然執筆，而爲之銘。嗚呼，其何能無感也！

公少而敏慧，有成人度。其考國子學錄文山先生爲時通儒，家貧，常教授以自給。公年十二喪母，即挈之入京師，刻勵就學，於書無所不治，久之遂通其大旨。自分章別句，及經世治事之要，無不究盡，其見於文辭，閎肆雋偉，常出衆上。始成進士，策試即以一甲第三人唱名於廷，爲編修。再應御試，復以一等第三人冠其曹，擢授侍讀學士，由是爲天子所知。三遷至工部右侍郎，轉刑、兵、户三部，攝事吏部，皆歷其左、右侍郎。進尚書，自禮部遷户部，蓋列於九卿二十有二年，六官之司，周踐汔遍。又以其間進講經筵，教習庶吉士，充武英殿總裁，皆世稱儒臣華職，天子所以倚任之良厚。公感淬奮厲，不爲表襮，持體要，謹繩墨。曹郎白事，反覆諏度，而後畫可。意所否者，應時改定，無秋毫顧計心。武科舊令，以合式爲最，下等試輒落，其人無所覬幸，多因緣爲姦，公奏除其試籍，弊遂絶。庶常館歲久渝圮，公請而新之，乞御書以額其堂，人皆奮起於學。其知無不爲率此類。

天子念公陳力滋久，當考績輒予優敘，加太子少傅旌其勞，輟史文靖公舊第以賜，且命紫禁城騎馬，時年未應格，天下傳爲寵榮。而公顧欿然，日以謹力，夙興入朝，街鼓方嚴，恒惴惴懼不及事。時奉敕作書，必正衣冠，端几坐，冬寒皸瘃，不少休，曰："吾以敬吾事也。"

天性純孝，幼失母，夫人殯在堂。而同巷火，即號鄰以出其柩。爲翰林使，視肇高學政，而文山先生殁京邸，公晝夜馳，水漿不入口，毀瘠見骨，弔者爲之改容。喪歸卜兆，冒風雨行求萬山中，得疾幾殆。弟際豐，才而早卒，其婦朱氏守節，公待之盡禮，遇族人皆有恩紀。從妹未字者，厚資裝嫁之。創廣誼園於城南，以蕪鄉人客死而無所歸者，其規制一定自公。前後典鄉試者三，禮部試者一，所得士，多爲名公卿，其他發聞於時者甚衆。在内廷，所輯撰皆稱旨，其承詔編次《宫史》《禮器圖》，尤詳贍有法度。最後領《四庫全書》，公亦遂勤事以歿。

夫以聖天子知人善任使，而公之温恪純壹，自結主知。倘少假之年，當必更有所設施，詎可紀乃止於此！然即以余所聞見，其卓卓大者，亦固已無愧於古人。此海内士君子所以盡傷，而知厚如余，尤爲之惓念生平，喟然而永歎者也。公體素强無疾，其薨也，以晨興暴厥，遂弗及治。天子遣散秩大臣，率侍衛十人，奠茶酒，贈太子太保，賜謚文莊，祭葬皆如制。

王氏系出太原，宋建炎間南渡，居餘姚，自諱綱者徙錢塘，逮公七世矣。曾祖諱修玉，祖諱文斌，考諱雲廷，以道德文章世其家。皆以公貴，贈榮禄大夫、禮部尚書，妣皆一品夫人。公諱際華，字秋瑞，號白齋。生於康熙五十六年七月二十五日，薨於乾隆四十一年三月十六日，年六十。初娶夫人陳氏，賢而知書，能庀内政；繼娶夫人彭氏，有慈孝聲，皆先公卒。子四人，長朝梧，貢生；次朝颺，禮部司務；次朝葵，出爲公弟際豐後；次朝蘭。女四人，孫男二人，孫女三人。朝梧等將以乾隆某年某月某日，葬公之賜塋，以兩夫人袝，而請文刻諸幽。余不得辭，乃銘曰：

伉伉高門，肇自文節。奕世其昌，積厚乃發。起家大科，有學有文。學以經國，文爲近臣。尚書六曹，公則爰歷。惟帝所使，勿紓勿棘。抑抑威儀，謹謐自將。三命滋恭，禔身允臧。帝思舊勞，憨綸是悼。書而納棺，祝史具告。有崇者原，御碣嶙峋。公安斯藏，以利後人。

【校】嘉慶本文題作"皇清誥授光禄大夫贈太子少傅户部尚書晉贈太子太保謚文莊王公墓誌銘代于文襄公作"。

榮禄大夫吏部右侍郎加尚書銜恭定吴公墓誌銘　代于文襄公作

今皇帝興官耆事，董正六典，慎詰邦禁，圖惟其人。時則有若海豐吴公，以持法明允，受上知遇，由諸生奮庸，氾位常伯，折民輸孚，壹切倚辦。而公亦衹力不懈，以迪播彝教。天子嘉其宜，毘任夐渥，前後居是職者莫與比。公既上章乞身歸，會天子東巡，謁見行在所，詔特以尚書寵公。比告薨於家，訃聞，上益悼愴，祭葬如制，下有司議諡，諡曰"恭定"。越明年，其孤垣、壇等，將奉公柩，葬於邑東之賜塋，而先期來謁銘。

初，公之在朝廷，予數相見，間就與語，樂其人溫溫然，而垣、壇又先後出予門，因稔公事履甚悉。迨其歿也，會以職事視外制草，得推明天子所以寵嘉公之意，以褒顯其世。今辱垣、壇之請，不可以辭，乃按公所自撰次《年譜》，删掇而銘之曰：

公諱紹詩，字二南，其先自遷安徙海豐。有以進士起家，官山西布政司河東道參議諱自肅者，公祖考也；贈刑部侍郎諱象默者，公考也。代有令聞，紹開厥緒。公始補博士弟子，號高才生。會世宗憲皇帝詔中外舉所知各一人，公世父黄梅知縣象寬上公名，班見於廷，公奏對稱上旨，得試吏刑部，授七品小京官。改督捕主事，再遷江蘇司郎中，除知甘肅鞏昌府。四歲餘，擢西安督糧道，爲總督劾免家居。

久之，上南巡，公迎道旁，有詔問公罷官狀，公對以實。天子察其誣，起貴州糧驛道，再命按察雲南，移甘肅，即其省進布政使，以内憂歸。既免喪入覲，留爲刑部右侍郎，匝月，復拜兵部侍郎，巡撫江西。召入爲尚書，自刑部遷禮部，未上，以歲祲奏緩漕事失期，掛吏議奪職，居京師數月。上終欲嚮用公，乃還公刑部，一歲中，以郎中復爲侍郎。而公子壇官江蘇布政使，方用才略顯進，上乃特擢壇刑部右侍郎，而遷公吏部，父子相代佐司寇，搢紳以爲榮。慈寧萬壽，以齒偕廷臣爲九老，賜杖遊香山，圖形禁中。公年七十餘，精決如少壯，觀者咸歎羨不可及。而公尋以老疾引年，優詔報許，且以公諸子官京師，去來聽自便，蓋異數也。

公行内修，其於親事生嚴，喪死哀，篤愛兄弟無間。爲人寬厚長者，平常妥言徐視，而居官崭絶有守，嶷嶷然必得其當。出事天子四十有六年，綰職以十數，所至輒有聲績。在鞏昌，爲興書院，數親臨之，以進諸生，樸俗以化。歲旱乏種，發俸鐹，買牛予民耕，秋則大熟。在西安，修富平渠，紲豪右專利者，沃溉數百頃。其在雲南、甘肅，求利害，廢置所宜除建甚衆，不赫然爲名，而滲人肌膚至深，比去乃益思頌之。以至持節江西，宣上德意，數賑被水百姓，劑其贏乏。屯租浮額，白弛其征，視所安便，不苟同異。其他設施功利，大率類此。蓋公於小者無所不盡意，而決疑平法，以慎於獄，則尤其生平卓卓大者，惟天下亦以此稱之。

先是，公祖少參即由刑部郎顯，公早從黃梅君習吏事，析律傾服老輩。黃梅君知其才，以是内舉公。及歷刑部久，益精練絶人，考定新舊法式，具爲規條，梳櫛細密，可長用。起曹屬，迄卿貳，謹敏終始如一，而諸子更迭爲刑官，亦皆受公教，能其職。昔周公告蘇公以式敬由獄，其後世爲周司寇，聲施至今，嗚呼，如公者，其庶幾近之矣！

公享年七十八，薨於乾隆四十一年十月十七日。配夫人王氏，婦道純備，先公一年卒。子二，長垣，壬申舉人，掌浙江道監察御史，兼吏部文選司事。次壇，辛巳進士，前刑部右侍郎，今官江蘇司郎中，出爲公從父中書瑛後。孫二，之承，庚寅舉人，中書職銜，垣出；之勸，國子監生，壇出。孫女六，垣出者一，壇出者五。曾孫五，承出者四，勸出者一。婚嫁聘字皆名族。銘曰：

粹然吳公，慶詒前武。德孚行聞，以御帝所。舉不失親，自其躬興。練達章式，莫之與朋。翱翔曹郎，逯建旌節。内外隨施，挹而不竭。蹶也孰起，天子毗之。往也孰諧，邦刑司之。哲獄哀鰥，其澤世究。拜命於廷，父前子後。帝眷耆碩，恩禮始終。謂將百齡，何命不融！有煒褒綸，納書告第。豐碑螭首，以風具位。佳城墨食，原高水清。我作銘詩，用昭厥聲。

【校】文題，嘉慶本作"皇清誥授榮祿大夫吏部右侍郎加尚書銜賜諡恭定海豐吳公墓誌銘代于文襄公作"，《湖海文傳》作"榮祿大夫吏部侍郎恭定吳公墓誌銘代于文襄"。《湖海文傳》"上益悼愴"作"上益愴悼"，"歲旱乏種"三句作"歲旱，發俸鏹，買牛、種予民耕"。

重建慈度菴碑記　代常州太守金蒔庭作

古者大司農以睦婣任卹，教於鄉州閭黨。既設之條目甚具，而又厚爲終制立墓，大夫、冢人以掌之，俾民咸克遂其養生送死之志，而無所餘憾。故其時風俗樸茂，藹然恩誼相接，而不至以道路視其鄉人。後世族葬之法廢，俗尚媮薄，民之以衣食走它州者，死而無人胖薶，則委其骨於榛莽。而爲之鄉里者，曾不知死亡急難之義，或且掉臂以去之。凡民有喪，匍匐捄之，況於同閈共井之人乎！此仁人君子所爲憫歎也。

常州郭西之懷南廂，有菴曰慈度，乃徽之人行賈及僑寓是州者所建，以貯客死者之櫬，資其返葬，而瘞其不能歸者。其事蓋獨爲近古，自明季吳君德曉，始創爲之。入國朝，屢拓其址，寓櫬有屋，掩骼有塔，宅魄有冢，廩僧有田，規制浸以恢大。乾隆壬寅，主者守視弗謹，菴爇於火，徽人以有舉不可廢也，將葺而新之。會予自臺中出守常州，聞有斯役，因斥俸金爲諸鄉人倡，輸者相屬，財給用充，庀材度工，趉日興作。中構佛廬，嚴潔靚深，而闢其左爲紫陽書院，以祀徽國文公，前堂後寢，翬如邃如，秀民來遊，可以弦誦。右故有閣，奉文昌關帝，像設崇煥。他若僧居客次，庖湢井圃，畢有其所。復增築攢舍若干楹，別男女，以厝其柩，條緯周悉，視舊有加。衆樂其工之鉅而敏於成，礱石以記請。

夫人當朝夕相保，孰無吉凶同患之情！講之不篤，而行之不力，終則益怠以漓，遂至於無所底畔。獨新安之俗，姓聚而族處，勤生而好禮。歲時臈臘，則有事於祖，以合其宗人，千年之隧，松楸不薊，蓋其素也，尚無佻鍥涼薄之習，以搖於其中。故其散而之四方，猶能各以賙卹爲隱，有如茲菴之敦善樂義，閱久而滋勤者。

余既嘉鄉之人不失夫先民淳厚之遺，而益願繼自今，善守其法，無有弛墜。故於其丐文也，爲次敘古義以貽之，令來者有所徼勸而興起。蓋非獨私我鄉人，亦庸以告常之父老子弟，蘄共勉於古之道焉。是役也，經始於乾隆某年某月，訖工於某年某月，共縻白金若干兩。董事諸君，協力經紀，王君某率先倡舉，爲功尤多，例得備書。

【校】"恩誼"，《頤齋文稿》《寶奎堂餘集》作"恩德"。

篁村集

篁村集卷一

上海陸錫熊耳山撰

古今體詩五十一首

十一月初十日梅放

那嫌冷署少繁華，先遣春光到我家。南枝北枝色璀璨，園丁驚報開梅花。吾愛梅開惜梅老，摩挲不問暮與早。蒼顔勁骨對東風，縱令無花亦自好。

登陵陽山晚謁仙壇宮

石磴岹岈衆壑晴，萬峰遥對一坡平。高秋絶頂鳥雀少，白日下方雷雨生。空院虛無鸞鶴影，荒壇摇落古今情。聞鐘忽憶嚴城閉，十里松林月自明。

躍龍池縱步限韻

山郭晴光逼九秋，客情鄉思兩悠悠。鳥隨林葉歸寒渚，風捲泉聲落翠樓。白起巖前雲百尺，黃知霜後橘千頭。清溪咫尺琉璃界，更覓桃花渡口舟。

獨瀧篇

獨瀧獨瀧，淖泥陷軸。雖則陷軸，畏我車覆。當門有柳，蟬鳴嘒嘒。蘭生於下，旋即鉏棄。入江知海，登丘知山。賢人勿交，有覥其顔。蒙茸之敝，猶稱狐裘。我雖廢棄，可以自修。朱門雙戟，焉知虛室！逢人夜行，焉辨良賊！爰爰者兔，來將九子。雖營三窟，終斃一矢。仙人者誰，姓王名喬。萬年可期，與爾逍遙。

短歌行

富勞不如貧逸，貴遊不如賤歸。富貴豈不佳，貧賤人所非。挾瑟羅清尊，舊廬信可依。仲子居於陵，蒙叟灌園畦。豈不欲富貴，所取知先幾。北邙塚纍纍，祖帳都門稀。請看玉山粟，何似首陽薇！

出自薊北門行

猛虎不歸山，鷙鳥不戢翼。丈夫萬里心，焉能顧家室！漁陽震鞞鼓，長安傳羽檄。匈奴入雁門，天子怒徹食。聞道霍嫖姚，臨軒親受敕。十萬羽林軍，練甲內庭織。風勁蕩寒沙，對面不相識。冰衣冷於鐵，霜結筘口塞。駿馬慘不行，旌旗淡無色。暮宿陰山邊，天高月輪白。

捉搦歌

一夫兩心，拔刺不深。一馬兩足，無岡折軸。一女兩夫，罥其無徒。無徒將奈何，君堂有高筵，君身有綺羅。停君春夜舞，聽我《捉搦歌》。

企喻歌

將軍姓慕容，白馬身下騎。前軍并後隊，都是幽州兒。

猛虎行

猛虎死山中，空谷猶生風。猛虎死林間，皮毛猶斑斑。寧爲一死虎，毋爲百夫懦。懦夫最弱，貧士最苦。貧苦財少，富苦財多。狐欲渡河，其奈尾何！貧士雖賢，不離草蔬。

行路難

珊瑚產於大海南，海水漫漫蛟龍蟠。明珠產於太行北，羊腸之阪高九曲。山可碎膚海可沉，君何顧利不顧身！行路難！黃河如帶，孟門如關。彭彭者車，如上青天。行路難！今日在故鄉，惡人亦同堂。明日在天涯，善人亦虎狼。仰天悲歌，泣下霑裳。

次韻送卞憲斯歸鑾江

花間酒盞竹間棋，難忘悲歌拓戟時。胥浦春潮舟下穩，舒溪秋雨雁來遲。一窗貯月長相望，雙鯉憑風寄所知。君到平山堂畔路，醉翁行處草離離。

漫　興

好鳥時一聲，遙岑銜寸碧。終日掩柴門，春風自偷入。

舒溪歌別卞大與升

舒溪之水去悠悠，我促行裝君滯留。舒溪之山烟漠漠，離酒一樽出山郭。龍鱗皴水清風來，搖檣鼓柂凌晨開。回頭重望金城路，遠樹蒼蒼隔烟霧。安得舒溪西北流，載我離愁向君處！

寄別卞二憲斯

孟春握別到河橋，今日分流山水遙。君住獨愁瓜步月，吾歸頻夢海門潮。鷓鴣啼雨悲疏闊，鴻雁鳴秋訴寂寥。後會懸知桂花發，清溪十里弄輕橈。

別陳凌九

宿鳥戀本枝，羈人懷故鄉。悠悠遠行邁，逝將去陵陽。陵陽學士知幾人，平生與君最相親。高才磊落不易得，揚眉奮肘談經綸。一雁橫沙失儔侶，客思離愁渺何許！野艇微風鷗鷺飛，寒塘落日鵁鶄語。國風懿雅劣西京，尾掉鱗張挾雨騰。菲才難附冥鴻翅，愧爾翻飛九溟鵬。

寄別王松巖

憶自前年送君別，黃沙漫漫天雨雪。絲繩相酌酒不溫，凍帆欲轉河流結。此後相思兩渺綿，扁舟吾又向吳天。暮潮不到揚州郭，雙鯉唧書那得傳！

橫塞灘

嗟哉橫塞灘，茲險何由奠！山青削兩崖，天白露一線。眾壑競奔流，斜曳萬丈練。劙土濯山根，亂石纍纍見。水洲列四五，沙卵成高堰。上生芷與蕑，其色頗蔥蒨。清流歧數支，觸石珠交濺。縈迴轉似輪，激駛直如箭。崩波恐一決，百丈從後牽。木篙拄兩肩，跳躍左右踐。迂久始過灘，回顧猶驚顫。坦率情所趨，行險理非便。因之悟至道，長嘯得所遣。

【校】"木篙"二句，《朋舊遺詩合鈔》本無。

桃花潭

眾流匯爲淵，其水清且沘。巖石鬱成坡，森列如壁壘。南爲范家村，北爲翟家里。土人皆聚族，墻宇參差起。凌晨發湖濱，薄暮艤水涘。雲屯蠣冐白，烟薄山露紫。團團啄菰鷗，躍躍撥波鯉。旅人洗征顏，極目因倚徙。忽憶謫仙人，當年曾至止。揮毫氣凌霄，把酒臨江釃。文采雖尚存，風流今已矣。祇餘弔古情，深比桃花水。

涇　縣

古涇稱大縣，其地平且寬。翠嶺左右列，若擁兩黛鬟。高城遭洪波，百堵半摧殘。短垣存幾尺，特立如孤巒。北闉屹尚在，外內通闤闠。芷蘭映水馥，松柏參天寒。沿洄爭石罅，舟子號艱難。翩翩沙頭鷺，飛飛意安閑。扣舷恣游目，使我舒心顏。

青弋江

前行阻一溪，溪水何渙渙！云是青弋江，極目因眺矙。戁慸雲擁樹，崩奔水侵岸。危枝棲野鵲，頹壁叫沙鸛。妝明女獨浣，風定漁相喚。棟宇似雁行，舸艦如魚貫。烟迷近巘平，霧捲高峰亂。嵐光挾水氣，欲浸遙天爛。攬景因澄懷，九垓期汗漫。既秉上皇心，復契丹砂散。願隨王子喬，接引上霄漢。

芮家嘴

迢遙芮嘴關，寂寞關王廟。舟行疲困劇，挈侶因臨眺。銀光一望連，赤日相照耀。近壑既參錯，遠谷亦窅窱。村深午市喧，樹遠輕烟罩。荷鋤群叟歸，披簑一翁釣。俯察修鱗游，仰聽哀禽叫。物尚得安閑，人何苦奔峭！慚無繕性術，願學攝生要。寄謝往來人，悠悠孰同調！

高淳河　是日立夏

芳菲尚未歇，節候屆朱明。揚舲高淳河，游目暢我情。廣長三十里，波濤浩縱橫。遠近渾不辨，一片光晶晶。已覺後路遠，不見前途迎。四顧失涯岸，惟見蒼烟平。臨流不敢唾，恐使蛟龍驚。遠帆滅浩蕩，如蟻緣牆行。旁多施蟹籪，曲折同連城。葭葰莽莽積，蘊藻綿綿生。入湖方昧旦，出湖日西傾。吾行三百灘，水淺苦不盈。茲湖深莫測，又使心怦怦。至平莫若水，尚爾無真衡。念無同懷子，茲理冀誰評！

結交行贈張子奕蘭

暮春三月風景明，古幹森列垂新英，交交上有倉庚鳴。百禽雜逞刷羽翼，相顧纏綿如有情。靜觀物理徒太息，人生歡會豈有極！素絲入染白黑分，要令結交如辨色。吾家舊對五老峰，朅來羈跡陵陽中。陵陽風景差可悅，苦少良友能趨風。晨登山閣更延佇，形影相弔嗟誰同！有壺當軒忍自酌，有句在卷疇能攻。溪杏山桃幾開落，八載沈沈經寂寞。苦戀南枝感越禽，蒲帆十幅飛難泊。薰風習習毘陵道，芳樹離離姑蘇郭。姑蘇城外草芊芊，此去風光倍可憐。故鄉翻多新雨樂，握手一笑齊歡然。橫渠夫子皋比前，陳生神交已四年。雁行忝列王與葉，徐顧亦辱相周旋。就中諸子誰最賢，清河公子尤翩翩。忽如麒麟行繡陌，虬枝上蔭臨清泉。駿騖翳鳳杳莫測，倍令俗眼光鮮妍。孝廉文章久沉湮，顧爾落拓還海濱。我來膝坐談累夕，相與浩蕩觀人文。前唐後宋各有選，戛金敲玉何繽紛！手持巨筆扶大雅，天地炯炯迴陽春。嗟余抱拙獨自守，欲渡不得勞心神。六龍今歲飛淮甸，結馴連纓聚英彥。獻策群登金馬門，九重移榻頻呼見。張郎汝是一世豪，縱橫氣與秋天高。胸中一尺和氏璧，提攜來獻超群曹。青雲會見足下起，瓊林作歌吾其叨。

【校】"各有選"，嘉慶本作"各有人"。

方廣庵訪道源不值

岑寂禪關深閉門，問師何處渡清樽？半庭黃葉西風裏，休没遊人屐齒痕。

想是隨方到碧峰，衲衣空掛五株松。題詩粉壁休相訝，客至非緣飯後鐘。

壬申立春日試筆

裁幡蕞勝記陵陽，歸後俄驚草又芳。一歲候偏占兩歲，故鄉春自勝他鄉。柳堤烟暖青舒眼，梅沼冰消綠映妝。卻憶辛盤官閣裏，也應杯酒酹韶光。

余有埭行舟抵金閶矣僕忽痁疾水道復涸買舟仍返漫成此章

行裝只向閶閭臺，征客翻將歸棹催。心逐暮雲飛共遠，身如潮信到仍迴。亂山極目庭幃杳，落照連村戍角哀。惆悵姑蘇城畔雨，曉風吹去又吹來。

舟中曉發

片帆帶月宿寒烟，半夜潮生旅夢邊。斗柄壓秋低插地，雲根抱雨遠遮天。纔分曙色催蘭槳，又雜雞聲聽馬鞭。同是悠悠湖海客，短蓬孤枕尚高眠。

秋日雜興三首

入秋每事感飄蓬，那更愁心結萬重！賦拙自難通漢殿，瑟工何苦挾齊宮！鳳鸞歷歷歸雲外，蕭艾紛紛到眼中。從此一編須努力，下帷三徑任苔蒙。

庭幃半載別音容，凝睇雲山隔萬重。官舍秋雲凋薜荔，故園夜雨濕芙蓉。加餐須信金風厲，遣興還憑玉液濃。珍重家書無別意，早歸五老一扶筇。

欲訴難言恨滿腔，暫來欹枕伴銀缸。臥聽蟋蟀更三鼓，起對梧桐月半窗。捲幔那堪人又靜，憑闌無限意難降。不知交甫寒江上，可有明珠乞一雙？

雜　　興

北極遙分太液波，閩疆草木越山河。火雲六月燒禾稼，滄海三冬轉舳艫。戶擁老贏頻拜賜，市昂珠桂未全蘇。和風膏雨都天意，深望祈詞變賽歌。

山　　城

山城蕭索似天涯，半載羈棲苦憶家。故國已憐空有雁，異鄉何況并無花！夕陽樓外疏疏雨，古樹村邊點點鴉。此際登臨慢回首，恐教愁思入清笳。

憶遠曲

鯉魚風起江濤惡，昨夜郎船何處泊？武昌遙望天上頭，客夢況隔巴江秋。杜鵑不解催歸去，處處征帆送津樹。日落黃陵古廟烟，秋風那顧客衣穿！霜天手冷鷗弦歇，苦雁聲中墮寒月。紅顏寂寞寧自嗟，只念遊子羈天涯。破屋孤燈枕如水，也應似妾空閨裏。

焙茶詞

山溪夜半天迴春，幽叢亂綠如荊榛。老枝乍迸龍角細，嫩蕊漸展槍旗新。空中甘露白於乳，點點灑入蒼蛇鱗。雲深苦釀清味出，蜨識香氣飛來頻。清明新晴穀雨到，山杏未落猶初旬。銀釵女兒唱歌去，澗邊結隊疑樵薪。攬衣恐牽低榦折，纖手摘向筐籃勻。柴門歸來日亭午，拂拭竹几鋪青茵。紛紜似掃落後葉，先拾細嫩清埃塵。地爐滿熾槲樹炭，姊妹環坐兒旁蹲。員筐傾綠炙雷筴，軟蒲候火宜調均。柔黃細碾碧雲煖，葉葉捲翠如新筠。甆甌貯香春滿盌，異品先饋東西鄰。山中無田可耕種，靈芽自苗非艱辛。遠商販買足衣食，空手不畏家人嗔。伊余時病茂陵渴，筆牀茶竈常相親。有錢便欲買山住，年年春雨無憂貧。

寄張子奕蘭

舊歡寂寞鬪茶時，鄉夢頻煩夜月知。江上有花應獨看，客中對酒每相思。數行宿鳥千山瘦，一棹春風五兩遲。欲訂歸期恐誤卻，只將離恨寫烏絲。

折　楊　柳

妾心似柳絲，郎心似柳絮。柳絲牽更長，柳絮飛何處？日暮大堤南，相思淚如注。

春江花月夜

結綺西闌日初落，花雜春風逗羅幕。晚妝遙對玉鏡明，宮奴擎燭樓頭行。御溝水皺魚鱗綠，脂粉流來膩如粥。後庭狎客呈新詞，麗華醉濃聲囀遲。君王夜夜眠清豔，不用樓船鎖天塹。景陽井荒歇晚鐘，清溪妖血流初紅。春江自東月自去，不見宮中看花處。

瓶中梅影

軍持手汲暮江寒，移近書槃瘦影攢。不是竹籬無月到，幽人紙帳愛相看。

相　逢　行

寶劍黃金玦，紅纓白玉錢。相逢不相揖，徑醉酒壚邊。

放　歌　行

曈曨旭日天門開，漢家宮闕凌蓬萊。三千劍履空碌碌，草莽亦有諸侯才。身長七尺貝編齒，不脫荷衣謁天子。未央前殿夜陳詞，侍臣太息天顔喜。片言立取萬户侯，奇遇不數車千秋。甘泉昨夜羽書急，請劍欲斬樓蘭頭。龍堆踏雪霜蹄怒，風斂雙旌日將暮。一聲霹靂角弓鳴，萬里長天捲塵霧。鐃歌唱入長安城，麒麟閣上新題名。俠客華堂擊燕筑，妖姬畫檻鳴秦箏。肘後空懸印如斗，祁連象塚黄腸朽。昔日英名蓋地垂，回首西風竟何有！試看落魄高陽徒，他年得喪誰最多？新豐美酒正堪買，今汝不飲何爲乎？

團扇郎

素紈掩秋月，不爲見時羞。妾貌因郎瘦，翻憂郎見愁。

曉入後圃見落花

半隨逝水半飛塵，還逐東風過別鄰。不是花枝易零落，開時慚愧未曾尋。

雨中作

春烟漠漠水初生，隔院遙傳百舌聲。最是客愁消未得，杏花寒雨過清明。

長歌行

今吾不樂，氣結填膺。雖有錢刀，不如友朋。一解。狐裘蒙戎，雨雪滿野。男兒徒步，泣涕車下。二解。相彼崇丘，蓬生孔多。宛宛幽蘭，當階則鋤。三解。豈無周行，載輸爾載。中流一壺，覆曰不敗。四解。蟬則有蛻，豹則有皮。没世不稱，吾生何爲！五解。井渫之棄，使吾心惻。百爾君子，好是正直。六解。

雪　　潭

理楫泝空明，十步溪九曲。溪石飲渴虎，狰獰睊其目。衆流爭一川，路轉兩崖束。噴雷殷地動，盤渦鬭車轂。渟泓三百畝，萬派此歸宿。冥冥四山合，倒影見雲木。破碎無定姿，夕照漾輕縠。微茫起鷗群，水氣益静肅。釵頭最上品，汲水燃嶺竹。倚篷候蟹眼，七椀涼到腹。吾家遺經在，佳名記應續。土人牽船住，于陸居無屋。南風日夜吹，生計在水族。修鱗薦春網，美並熊蹯熟。何須五湖長，乞此願已足。便剪茅三間，開門俯寒緑。

【校】"佳名"，底本誤作"桂名"，據《朋舊遺詩合鈔》改。"飲渴虎"，《朋舊遺詩合鈔》作"蹲渴虎"。

魚　龍　洞

習坎意彌坦，盱豫興仍發。秉炬燭幽詭，鳴榔溯超忽。嵯峨南其戶，虧蔽東之月。吹萬墮巾幘，盈尺鑑毛髮。捫崖仄容武，掬水寒到骨。奧區窮珠淵，怪境敞石闕。亭亭紫芝榮，宛宛翠葆揭。聲和無射叩，象擬有瞽謁。昂藏側盾噲，傴僂奉觵厥。鱗張作之而，首奮辨齫齫。秘藏自今匪，開鑿稽古粤。難諶造化理，信美仙靈窟。忘疲睇頻縱，愜賞力未竭。歸歟謝塵纓，行矣結布襪。

癸酉夏日將自埭上旋軫敝廬與同學諸君子別爰賦二律以贈

自慚落拓本書生，文社欣聯鄭衛盟。四海弟兄同聚首，一時才俊盡知名。馬衝橋滑看花去，寺掩春濃載酒行。莫道天涯暫相會，玉堂期汝共酬賡。

半年草草寄萍蹤，倦鳥還依舊嶺松。綺歲多才應讓爾，苦吟成癖轉憐儂。鄉情欲共交情切，別酒爭如別意濃！斜日古城重握手，馬蹄何處定相逢？

培心堂夜集即席賦呈古心吳丈兼送入都謁選

縣譜已看滿皂囊，風流還接次公狂。紅牙拍酒秦箏急，墨浪堆雲楚畹香。先生能自度曲，又工畫蘭。烟水九江名士座，琴樽三泖散人裝。去年嘗主江州講席。玉溪蕭洞通家舊，慚愧冬郎與袞郎。

銅龍門外聽《簫韶》，射策身曾到九霄。只爲漢廷憐吏虎，卻教公輔緩卿貂。瓊文擲地知名久，錦綬朝天去路遙。闕下定知鳧化後，道旁人共識王喬。

篁村集卷二

上海陸錫熊耳山撰

古今體詩六十二首

雜　　詩

嶧山有孤桐，托根青雲寒。上枝承墜露，下枝覆奔湍。良工柱回盼，斤鑿紛修刊。裁爲綠綺琴，纖手試一彈。迅商激天雲，操入雙飛鸞。時流無古聽，喧雜情所歡。疇聆幽籟響，佇足爲盤桓。匪獨鮮知音，傾聽良亦難。傷哉伯牙調，引領空長歎。

冥鴻負奇翰，困翮逢颷怒。鷦鷯宿叢榛，拾粒足自哺。至道尚沖寂，庸襟寡明悟。紆朱遵洛渚，握篆徂益部。四牡清且閑，輝光照衢路。得意復幾時，良非泰山固。霜摧嶺顛葛，風隕高塍瓠。空以百年身，而受槿華誤。田園未荒蕪，去去從我素。

惻惻輕寒散，曈曈旭光透。幽人眠乍起，展卷閑相就。微風開我窗，忽見花如繡。芳香託柔枝，春華日馳驟。黃鸝向屋鳴，勸我嘗新酎。今日不盡歡，明日又成舊。啣杯樂逍遙，聊以償永晝。

夜雨簡奕蘭

讀罷殘《騷》意惘然，更堪暝色下江天。小牀怯雨留燈坐，薄絮欺寒壓夢眠。浮世因緣雙屐外，少年心事一杯前。張郎亦是秋風客，擬向鱸莊問釣船。

【校】"殘騷"，《湖海詩傳》《朋舊遺詩合鈔》皆作"離騷"。

中秋夜碧梧草堂玩月歌

前年作客向宣州，青楓灘上逢中秋。一灘一尺三百丈，仰望池陽天上頭。龍門路轉舟如鳥，斷崖漏入青天小。萬木陰森壓頂寒，羿妃遲上烏歸早。江鄉迢遙望不極，離思獨與波聲繞。空山無人況酒店，乾卧蓬窗到天曉。去年中秋玉宇清，塵衣初脱還家程。舉頭不喜舊明月，只喜舊月鄉園明。千錢斗酒買不惜，饋果錯落鄰人擎。竹光搖杯酒易醉，飲户不與豪腸并。兒童爇鼎呼出拜，聒耳喧笑聽無聲。此時不識醉中我，豈覺天上瓊樓傾。今年此夕又此月，渡江十日江干歇。黑風夜夜吹南極，長堤苦受黿鼉齧。梟鵞喜漲入門叫，客子荒村獨愁絶。良宵特放弄晴色，斗柄垂芒箕吐舌。黄雲逐月海上來，慘淡爲帶妖蟆血。蟾魂不死兔藥靈，萬里回光散冰雪。是夜月食。張郎顧子晚相過，促坐狂呼酒杯熱。三更攜燭照赬顔，壯志愁心兩凄切。舊事依稀吾還記，去歲前年風景别。今年離舍縱咫尺，池館嗟非去年埒。年年月盡易地看，百歲天涯應遍閲。雪泥鴻爪本無蹤，變幻陰晴詎堪説！但逢有月更有酒，痛飲休問東西轍。燈闌攜袖出門去，耿耿銀河半明滅。玉露涼侵白紵衣，桂花如雨蛩聲咽。

【校】"去年垾",底本誤作"去年抒",據嘉慶本改。

有憶次徐玉崖韻

花裏搖鞭度石梁,夾城西弄馬蹄香。府中小史憐韓壽,洛下分司憶會昌。帶笑隔屏拈荳蔻,低眸轉袖數鴛鴦。畫樓十二金梯迥,容易窺簾問窈孃。

墻頭見説柳絲垂,撲蝶尋常出户遲。紺碧染衣看舊唾,硬黄研露寫新詩。鳳靴偷印門前劇,象管留香夢裹吹。花事不知心事懶,一番風雨墮辛夷。

好將方勝疊泥金,漫把閑愁託素琴。乍坼綠蕉同妾意,半燒紅紙見郎心。眼狂未省防人覺,語細如聞妒月陰。最是玉驄歸去路,橫塘十里翠烟深。

知君吟到杜秋詩,宿誓三生費夢思。鳳翦合歡裁被日,蝶裙小坐背燈時。女兒南浦銀環冷,夫壻東方玉勒遲。莫怪胡麻洞中客,外間想像總難持。

神　弦　曲

精靈踏霧前村去,畏月楓根暗相語。移燈隔竹起眠尨,避入蘆垣不知處。鼉鳴巫舞邀神君,靈飆撞甲天中聞。凝睛無言劍花落,赤鸑表襮真檀焚。腥盤吹瘦霜煤冷,神來不來河耿耿。紙馬紅飄一院光,曉楣空閃雞符影。

鳳　雛　曲

丹山萬里桐花涼,鳳雛引吭清聲長。奇毛浴經弱水碧,仙骨瘦比蓬壺蒼。金莖有露不願飲，呼吸日月通精光。啁啾俯視同腐鼠，逸志獨與雲翱翔。漢家天子建柏梁，阿閣窈窕通芝房。琅玕萬顆大于斗，金實纍纍垂青黃。鳳雛有願何所將，願上君王白玉堂。羽儀須爲聖世出，際會不讓周虞唐。玉魚辭鑰啓未央，踏星肅肅羅鵷行。珊瑚高懸雉尾動，鳳雛鼓翼朝天閶。九苞之采爛霄漢，瓊樓十二皆文章。此時拜舞銅墀旁，天笑吹落爐風香。《卷阿》復賡《大雅》什，內監跪進千年觴。史官握簡紀上瑞，盛事永永傳無疆。

【校】"天笑"，疑當作"大笑"。

主 客 行

主人長歌客長嘯，烏巾折角羅年少。曲房窈窕九微紅，侵晨不覺冰輪照。楚舞秦謳互抑揚，燕姬趙女呈娟妙。鸚鵡杯深玉手擎，鵁鶄裘煖銀燈耀。身世恩讐兩不知，悠悠翻受吳鈎笑。長安城北雁門東，連錢白馬驕春風。手探赤丸三輔裏，腰橫白刃五陵中。輦轂不驚司隸棒，姓名常厭徹侯通。高宴三更曲未終，停杯索劍氣如龍。長矛血貫仇頭返，笑擲雕盤瑪瑙紅。微軀欲報袁吳相，意氣空憐陳孟公。古人結交長已矣，今人結交竟誰是！公子荒墳春草青，老翁俠骨秋苔紫。世事升沉如激電，人心宛轉隨流水。黃沙廢壘井陘邊，趙王端委成安死。刎頸剖心何足多，覆雨翻雲竟如此！君不見黃金臺傾國士老，白雲飛上田橫島。

送劉介亭先生按察福建

柏臺新命肅霜鞱，手把銀章下九霄。八郡只今思雨露，十年何地不歌謠！魚龍避節滄波伏，花鳥當驄碧樹遙。萬里勳名終報國，便將法律問皋陶。

早年珥筆趨青瑣，久奉龍顏曉殿深。三尺大夫真鐵面，九遷天子鑑冰心。鯨波夜落蕃王表，鳥島春輸太府金。豸斧威風看坐鎮，只今荒徼總懷音。

秋夜懷張大奕蘭因呈東皋諸子

碧天萬里火雲收，夜夜闌干望斗牛。一樹涼颸絡緯夢，半池疏雨芰荷秋。幾時鐙影窺新著，何處砧聲急暮愁！同學諸君愧相訊，葛衫潦倒舊磯頭。

鼎實堂歌呈學使李晉寧先生

崇堂壓日驅神鼇，蟛蜓下飲天光搖。芝栭玉碼戴斗杓，當年結構基扃牢。我公握節下九霄，皋比坐擁芙蓉袍。紅紗障子當風飄，後堂那用羅笙簫！鎖廳晝永茶沸濤，簾鉤不動花棚高。扶梁巨膀丈二饒，文取《易》卦工鎪雕。二陰四陽義曲包，以木巽火方亨炮。董公健者筆力超，醉墨灑落生鮫綃。赤紋鈐印冰銜條，顏筋柳骨意匠勞，仰面只訝盤空鵰。使車六月辭雲旓，攬轡直下蘆溝橋，繡旗獵獵催畫橈。渡江雙眼明金焦，天廐賜馬青鞦鞘，堵牆夾道看旌旄。戟門日落鼉鼓敲，萬夫暗寂無矜驕。官奴爇燭沉水燒，束筍戢戢開繩縚。研朱點禿蜩蛉毛，掃除軋茁親《風》《騷》。摳衣弟子東西曹，詩歌《鹿鳴》舞鷺翿，堂上堂下聲嗷嗷。六籍辨難窮纖毫，洪鐘叩擊群聾昭。八州弦誦盈庠膠，鳴琴只向堂中遨。維鼎象叶剛柔交，兩耳三足供煎熬。我仇有疾食雉膏，正位自足光天庖。金鉉玉鉉非竊叨，磨錢不用占羲爻。庭松百尺風雨號，亦有小草生堂坳。魚須在手玉在腰，看公歸趁含元朝。

題問雲詞十二首

少小關心碧玉樓，十年一夢斷揚州。可憐舊曲《安公子》，還倚琵琶和白頭。

侍兒新錄記初呈，話到前身憶姓名。控鶴芝田舊相識，蔚藍天上董雙成。

後堂侵曉故淹留，親瀹茶鎗送碧甌。小婢隔簾呼捧鏡，幾迴欲入又停眸。

草草臨風語未終，雲鬟親擘玉玲瓏。碧桃樹下三更月，珍重人間許侍中。

東風深院葳蕤鑰，小立花陰特地聽。管是玉羅窗格下，自裁黃紙寫《心經》。

雙鉤樣窄線痕香，幾疊紅羅手自藏。恨殺玉郎頻索看，累儂顛倒縷金箱。

舞腰飄泊向江津，憔悴桓公淚濕巾。十載手攀楊柳葉，只今青眼向誰人！

谷陽門外送青驄，一去紅顏逐斷蓬。身是錦溪橋下水，出山長共濁流東。

妝閣沉沉掩夕曛，苔痕零落䂻羅裙。巫山曉夢風吹散，小字空教喚阿雲。

艓子春潮燕尾催，錦屏還爲故人開。早知重見翻惆悵，只合羞郎不出來。

微步凌波羅襪寒，蘅皋回望水漫漫。《感甄》不賦陳王懶，刻意傷春是五官。

杜曲章臺恨有餘，傷心重寫衍波書。《懊儂》一曲淒涼調，《子夜》《歡聞》總不如。

春草次徐玉崖韻

萋萋滿眼茁群芳，淑氣熏人似醉鄉。長信夢回和淚碧，樂遊風暖趁蹴香。鷓鴣廢苑哦寒雨，狐兔荒宮伴夕陽。烟縷不關寒食禁，故牽愁緒柳絲長。

燒痕隱約入新年，藥徑花闌盡放妍。色誤翠裙迷蛺蝶，香粘羅襪上秋千。賭釵鬭徹紅樓雨，中酒眠殘紫陌烟。莫向隋堤問螢火，目前憑眺已淒然。

江北江南景易空，王孫何意負芳叢！一番遊子征袍上，無限羈人淚眼中。屈戍舞樓紅雨夢，靡蕪野店綠波風。《楊枝》唱罷芳郊暮，十里斜陽逐玉驄。

苔碑休説漢陵荒，愁緒江干正渺茫。大地幾時銷宿恨，昔人曾此踏春陽。六萌車輭花迷渚，十幅裙埋絮滿塘。誰似柴門張仲蔚，一庭深閉杜蘅香！

讀 史 漫 興

百川齊注海東頭，使者河堤借箸籌。豈有宣房沉白馬，但聞蜀水鬭蒼牛。地通黿窟千尋浪，天入龍門萬里流。滿眼蘀蒿淮泗上，至今遺恨武安侯。

黑河殺氣暗天長，荷戟新徵六郡良。萬馬夜窺邊月白，七星寒擁陣雲黃。尚書都護安西府，屬國分符日逐王。今古只看秦塞險，賀蘭千嶂接蒼茫。

戲鴻堂石刻歌　乙亥李學使科試作

昭陵玉匣不可見，定武《蘭亭》亦堪哂。人間何處繭紙存，棗木空將辨畦畛。宋家閣帖已晚出，歷盡劫火燒鐘簴。裂痕銀錠知是非，坐使蛟螭雜螻蚓。隨人作計無不可，與世爭能豈其準！有明書家誰第一，尚書太僕無矛楯。雲間墨妙世尤重，鳳閣鸞臺盛推引。生平畫學米氏法，驅染烟雲潑殘瀋。那如書法更軼倫，銀鈎鐵畫誇難盡。玉堂奉詔每有作，內使促召飛雙鞘。酒酣掃筆隨所施，尺幅價抵雙文錦。新羅百濟海外州，寶購爭傳似薪捆。滄江歲晚歸臥穩，白首揮毫到神品。百家臨倣不停腕，次第胸中了能審。澄清太清格絕佳，生態孤離謝枯窘。紛紛耳食說《淳化》，屈步尋條論非允。奇哉尚書下筆親，略貌通神轉遒緊。會稽以後張一軍，北海平原峙邢尹。尚書直起抗顏行，肯學龐涓怯孫臏。邇來書學太放紛，賤麻搨本多叢筍。濃纖肥瘠漸失真，巨眼方能別梏筍。尚書檢勘意良苦，貞石照耀今難泯。一自江東厭鼓鼙，橐駝交跡車連軫。鴨頭鹿脯化作塵，玉躞金題總堪憫。煥然神明留妙蹟，墨光猶射霜天隼。定知鬼力深護持，陸避靈夔海潛蜃。千秋配食趙承旨，後生望古情難忍。鷗波亭子戲鴻堂，絕代風流兩文敏。

【校】"內使"，《朋舊遺詩合鈔》作"內史"。

舟宿白蓮涇得吳大沖之見懷作即用韻卻寄

停橈向空江，暝烟散叢薄。三更下風露，天宇轉寥廓。故人枉書札，三復停雲作。歡娛罷琴酌，良會久寂寞。伏枕更攬衣，太息感今昨。緘意託修鱗，寒潮正東落。

【校】詩題"沖之",《湖海詩傳》作"充之"。

旅舍對酒

樂酒當今夕,悲歌感昨非。爲儒生計薄,遠道故人稀。少壯行殊昔,田園胡不歸?誰能信漂泊,終負越山薇。

袁崧墓

多難隆安日,孤忠長合侯。黃雲滄海陣,白骨戰場秋。壁壘餘荒蔓,經過弔廢丘。孫盧前事在,立馬重遲留。

永定寺

精舍留初地,苔碑失記年。寒潮清梵裏,獨樹劫灰前。五字青丘子,千秋白足禪。不勝今古意,落日下蒼烟。

【校】"苔碑"句,《朋舊遺詩合鈔》作"殘碑不記年"。

巽龍菴看秋色

五色斑斕傍梵宮,恰如桃李鬪殷紅。卻憑幾夜西風至,儘得春光滿眼中。

禪院談深鳥散烟,樵蹤細繞綠波前。巽龍橋上重回首,十里紅霞欲暮天。

【校】《篁村餘集》詩末評:"氣度雍容,頗同嘉祐。"

送歸昇旭歸常熟

落落相逢罷，匆匆別袂分。北風吹五兩，南浦送夫君。京洛塵猶在，家山興不群。遥知故園樹，紅雪正紛紛。

一棹吳淞口，茫茫緑葦汀。隔江《楊柳》調，落日短長亭。春色迎陽雁，潮聲滿洞庭。柂樓回望好，七十二峰青。

一別長安邸，臨風念起居。卻歸尚湖曲，憶過鯉庭餘。碧嶂環先隴，烏衣入舊廬。十年釣遊地，鴻爪意何如！

見説虞山路，烟花照眼明。柳塘春繫馬，燈舫夜聞笙。草没言公井，鶯啼越女城。君歸擅高唱，臨眺若爲情！

寄施硯齋甘肅

蕭條匹馬古涼州，城畔交河向北流。萬里音書青玉案，十年關塞黑貂裘。明燈漏下看磨鼻，橫槊篇成賦《遠遊》。不道書生無燕頷，漢家新拜岸頭侯。

飲芭蕉露和點雲夫子

廿載抽心傍畫檐，仙葩含露貯冰匳。曾無玉楮花還巧，可是金漿味亦甜。日壓一枝和影墮，雲封千片帶香黏。吟成怪底涼如許，爲有靈丹潤筆尖。

瓊漿吹下碧雲端，滴滴匀調玉屑餐。漢女弄珠浮太液，銅仙擎掌憶長安。非秋垂荳供僧筆，不夜光疑映月丸。凡骨也叨餘瀝賜，一杯常自沁脾寒。

哭顧甥六吉

一棺風雨掩青春，兩地蒼黃慘不禁。七十年中新舊淚，三千里外信疑人。夢中誰省童烏事，地下寧抛老鳳心！關路可憐渾未識，幾時飛到鯉庭陰？

清明後三日同人集青蓮禪院文讌即席賦句

流鶯喚客棠梨大，草長鳩飛雨初過。晨鐘未歇粥鼓鳴，共向招提伴高座。墨花慘淡鸜鵒睛，文成擲地皆金聲。回頭卻笑習池客，騎馬但逐兒童行。

百雉迢遙控蘭若，柳港迴通敞孤閣。仙人鶯尾高矗雲，桃花初紅杏初落。麥苗剡剡翠欲齊，黃鸝拂檻飛還低。風光如此不痛飲，酒鎗空負銀留犁。

露香池上開名莊，紅闌略彴通魚梁。豪華事往二百載，至今雲水空蒼茫。烟際斜陽一歸鳥，阜春山館俱荒草。吳歌《水調》唱未成，令我指顧傷懷抱。

南州居士老更顛，傳《詩》復有毛公賢。張衡沈約皆賦手，逸氣爭羨人中仙。諸公磊落富才調，便合金門待明詔。鄙人嬾散百不如，聞説長安但西笑。

題友人探梅小影

寒玉滿生綃，銅坑路未遙。遊心隨急雪，飛過虎山橋。
身佩蒼精含景，行攜阿段獠童。不用扶藤著屐，踏遍崦西崦東。

撲帽飛花折柳綿，瑤枝拗得當吟鞭。高情合配孤山叟，莫認襄陽孟浩然。

丹鳳樓秋集

睥睨低雲石磴涼，筇枝幾隊踏秋光。簷前日月懸天地，檻外波濤捲宋唐。塵事只應供白眼，菊花何意笑清狂！醉中遙指蓬萊近，碧海三山入渺茫。

荷　珠

鈿扇參差倚碧湍，輕雷初過影團團。蓋搖漢女攜難定，裳濺鮫人拭未乾。斗帳浴餘瓊作佩，冰簾舞罷翠爲盤。吳波滴露凝紅粉，交映愁妝十二闌。

灑向芙蓉紫柄攢，阿誰咳唾落雲端？掃來只換吳姬曲，穿去難分洛女紈。風墮半留搖影細，葉敲齊碎散光寒。本來色相原無著，欲覓菩提碧水漫。

雜興二首

暝色來天地，茫茫下急流。歲窮風雪裏，心折稻粱謀。郡國思持節，關河有泛舟。寒雲低野哭，獨立迥含愁。

瀚海闌干曲，愁雲慘淡中。右軍亡趙信，前隊起田戎。都護師仍老，行人節未通。何時事春作，旌旆玉門空！

贈陳雲村時讀書申江書院

陳君國士姿，慧業本天界。摘文寶瑰奇，一出盡驚拜。高標月澄朗，雄辨泉澎湃。握管掃千軍，勢若橫行噲。垂髫忝知交，不作流俗態。文章相磋磨，得失互勉戒。自慚雜嘉禾，毋乃誚蓁稗。城隅起書塾，連衡似公廨。小山桂連蜷，回廊竹陰藹。重簷切雲飛，不受白日曬。晨昏發弦誦，往往答天籟。君移讀書帷，一室自掃灑。牀將白板支，冊以素几載。巾柳與衣篋，一一無缺壞。活火曉初然，茶鐺自吹鞴。阿咸我家駒，卒業髪初鬌。一從笈盍簪，驅策愁不逮。結契在形影，不啻衣與帶。聯牀倡新吟，把臂叩昔誡。是時建午月，綠蔭滿牆外。枝搖墮黃梅，葉捲露青柰。披襟受南風，不數大王快。芭蕉壓簷齊，滴滴流沆瀣。星闌唱鄰雞，驚起整巾帉。盥手上簾鈎，焚香撤爐蓋。攤書運元精，矻矻不敢懈。沉潛《六經》旨，寧以觀大概。《書》參古今文，《詩》別齊魯派。程朱義能咀，馬鄭說不汰。卮言盡鑱除，何異搔癬疥！發篋探史書，歷歷羅百代。龍蛇幾紛爭，指掌識興敗。義和倏西馳，篝火不辭憊。三更月慘淡，雜誦如梵唄。膏殘畏蛾撲，心靜忘蚊嘬。新文走筆就，速若催急債。旋機奔江潮，豎義高泰岱。定知牛斗間，夜夜起光怪。遊思在宏業，天地納一芥。胸中吞八九，豈獨雲夢隘！儒生經濟才，所學誠遠大。菰蘆此棲息，廣廈終自賴。幸逢聖明時，乾坤正清泰。《國風》何沖融，上與三五邁。猗那奏清廟，銘石標絕塞。天門鬱嵯峨，群英競奔會。臨軒賜顏色，論議多切剴。君能培羽翼，一舉寧復鎩。早晚陟金墀，不用爇靈蔡。平生良友情，努力幸自愛。不負窮廬心，為人起痾瘵。

篁村集卷三

上海陸錫熊耳山撰

古今體詩六十二首

題談秋帆師飛仙圖

海波瑟瑟風刁刁，宮闕虧蔽蓬萊遙。身騎黃麟揖子喬，夢耶覺耶同遊遨。先生韠巾青纈袍，凌攝梵炁行空寥。虛無指點踏巨鼇，倏忽身落三山椒。崑崙主者降碧霄，群真雜遝羅幢旄。隱元朱明各見要，坐考《雲笈》鳴瑯璈。璚筵罷會彩霧消，太乙玉女相招邀。鸞文之裳錦作絛，英英顏色如陵苕。白光迴旋牛斗搖，玉鑞拂拭塗鵝膏。千年老鹿禿不毛，作使左右同兒曹。芝田雨過耕藥苗，一聲叱起山雲高。飛龍蹀跙白鳳驕，翠旗獵獵回奔颷。雲濤激撞聲怒號，髣髴東渡秦人橋。碧城十二相周遭，來往那得朱顏凋！神山無梯不可超，一笑塵世風中飽。吾生如芥浮堂坳，苦受水火相鐫雕。十年慕道夢想勞，望而不見心忉忉。相從徑欲負兩瓢，坐看講罷瓊花飄。

【校】"兩瓢"，底本誤作"雨瓢"，據《朋舊遺詩合鈔》改。《朋舊遺詩合鈔》詩題作"飛仙圖歌爲談秋帆先生賦"，"激撞"作"擊撞"，"神山"作"神仙"，"吾生"作"我生"，"夢想"作"夢相"。

題葉二藥岑觀穫讀書圖

茅堂卜築山之阿，印文百曲琉璃波。長橋窈窕更幽絶，萬株楊柳東風多。藥岑閉户愛著述，獨擅古調彈雲和。綾籤撐架一千卷，字字刊核無差譌。江南八月涼雨過，黃雲萬頃堆嘉禾。雄雞爭場稻牀出，橫腰霍霍鎌新磨。清晨課罷躡屐卧，枕底忽落吳儂歌。柴門自啓日影正，東西負手隨逶迤。悠然羲皇以上世，不受俗客相譏訶。紅塵擾擾道路子，車馬但見肩相摩。五更攜鞭出門去，風冷襏袴霜凝韉。何如幽居在原野，朝饘暮粥時行哦。故莊我亦久棲託，十年雲水空蹉跎。買田不負陽羨約，卜鄰與子期婆娑。深秋況復稻正熟，霜螯滿簏橙新搓。捲圖一笑息壤在，蒲帆便逐樵風過。

友仙亭

獨鶴一朝去，仙人殊未還。白雲吹不散，流影滿空山。風雨雙崖斷，鶯花萬壑間。蓬萊何處是，亭下水潺潺。

東菴

弭棹援青嶂，尋鐘上白雲。濕嵐晴自落，凍澗夏常聞。果熟猿能供，齋殘鶴許分。佛香午梵罷，襟袖坐氤氳。

題東佘蔣氏別業

溪行不覺遠，迤邐到山家。舊竹間新竹，開花接落花。予情在丘壑，此地有烟霞。徑逐白鷗去，沿流弄釣查。

寄沅江吴古心明府

澤蘭岸芷滿湘流，才子長沙是壯遊。八月吟詩雲夢野，一官高枕洞庭秋。樓臺夜雜鮫人市，魚蟹晴懸估客舟。好向西風候回雁，亂山南岸近衡州。

【校】《朋舊遺詩合鈔》"岸芷"作"芳杜"，"好向"作"欲向"，"近衡州"作"指衡州"。

哭族父西崖先生六首

跋扈飛揚氣，消沉奈若何！乾坤自寥廓，身世竟風波。路黑楓林晚，魂來夕霧多。萬年清處士，流恨向山阿。

到此思時命，茫茫未可論。風流一朝盡，生死寸心存。不爲儒冠誤，安知獄吏尊！秣陵秋暮雨，惨淡哭羈魂。

驃騎航頭話，真成死別離。何時聞唳鶴，無處逐斑騅。意氣空疇昔，文章付阿誰？猶疑舊顏色，明月動書帷。

萬古鍾山下，滔滔逝水聲。風雲見幽憤，肝膽累才名。世已疑公幹，書寧上建平。九原如再作，只合事躬耕。

縛屋西佘隱，前盟事寂寥。未須論白黑，終是負漁樵。吾道今仍賤，誰人意獨驕？可憐故山桂，回首颯風飇。

白眼阮從事，平生有阿咸。大名君不朽，貞石我應鐫。昔夢思題燭，前期誤落帆。采蕈亭下過，涕泗濕青衫。

讀史雜感

地陷天崩樂未窮，石家父子自英雄。凌霄觀外漫山火，忘卻妖星下鄴宮。

良家都統少年名，高笑江東草木兵。不得昌明爲僕射，可憐枉自殺陽平！

玉柱歌殘阿得脂，尾長翼短意誰知！君王不信魚羊讖，五將飄零愧此時。

領軍虎視跨江東，鼓吹聲沉建業宮。輔國不愁無十萬，殿前拍手笑匆匆。

孫甯千秋例本同，玉輿下殿苦匆匆。河流東去人西上，一慟長安落日中！

萬安陵草鬱葱葱，麥飯孤兒恨未窮。若問與夷竟何處，九原應愧宋宣公。陳文帝即位，詔云："若問與夷，無愧陵寢。"

建康宮殿莽榛蕪，白土岡前戰骨多。江左衣冠道應盡，不須苦怨任蠻奴。

阿麼奪嫡太心長，辛苦當年絕色荒。若遣麗華留禍水，不教搉榻誤文皇！

雨中入中峰寺坐水明樓成二絕句即次念亭上人韻

香閣岹嶢物外情，芒鞋衝雨踏梯行。拓窗愛看遙山好，坐到深廊佛火明。

虬枝屈鐵老莓苔，猶有疏花帶雨開。爭似虎山橋畔路，一溪風雪跨驢來。

蔣大芝巢蔣二琴山招陪沈歸愚宗伯彭芝庭司馬及諸同學集繡谷送春歌

荼蘼風起晴鳩啼，曲巷過雨生春泥。紅橋四百芳草暮，落絮飛遍昌亭西。樓頭花枝樓下雪，流光匆匆坐成別。名園上日羅衆賓，共惜江南好時節。江南春漲青接天，十日正泛沙棠船。白蕉之衫高齒屐，乘興來醉櫻桃筵。竹梧交陰敞瑤席，黃金叵羅持勸客。良辰勝事本難期，復見風流照泉石。簾光泛綠池水平，碧蘿裊裊含烟清。石牀洗盞更盤礡，欲落不落斜陽明。東風無情鬢成素，多謝流鶯喚人住。倒載狂歌《歸去來》，明朝酒醒春何處？

【校】詩題，《湖海詩傳》《朋舊遺詩合鈔》皆作"蔣丈奕蘭招陪沈歸愚宗伯彭芝庭司馬及諸同學集繡谷送春"，"明朝"皆作"來朝"。

春郊射獵圖爲蔣蟠猗賦

紅杏花明玉勒驕，平蕪草暵麥烟消。綠波微雨江村路，柳外垂鞭渡板橋。

少日論兵絕嶂頭，滄浪歸弄釣魚舟。白登春草調鷹地，重向江南憶舊遊。

松花硯古墨雲香，清晝疏簾寫硬黃。卻向郊原鬥身手，柘弓親臂射生麞。

青瑶池館夜集分賦得石字

涼月松際生，流光滿溪白。開軒引蘭酌，幽襟契泉石。禽翻竹風疏，人語桐露滴。不有池上吟，誰爲永今夕？

遂初園歌賦呈拙菴吳丈

先生家本天都峰，丹梯鐵鎖攀芙蓉。白雲如海蕩胸臆，手弄明月驂茅龍。十年夢落滄江曲，卻向巖東縛茅屋。自有前期侶向禽，何妨混迹同樵牧！桃花滿溪溪水香，柴門晝掩山蒼蒼。園林結搆足佳趣，枳籬百曲沿滄浪。葛巾方袍自來往，芳徑無人碧苔長。急雨微生竹院涼，暗泉細落松根響。紅橋窈窕碧玉流，興酣散髮乘扁舟。仙源路轉豁明鏡，倒影忽浸花間樓。先生平生此休息，林下清風滿泉石。短鍤常攜劚藥童，方牀頻約圍棋客。西園昨日花亂開，置酒邀我臨高臺。華林魚鳥趣方永，下若尊罍晚更催。相看綠鬢顔如昨，不用巾箱圖五岳。結習難忘蠟屐心，息機真羨披裘樂。別有江湖憔悴人，年年席帽苦風塵。攜家欲就橫塘曲，射鴨撈蝦作比鄰。

【校】詩題，《湖海詩傳》《朋舊遺詩合鈔》無"賦"字，"蠟屐心"皆作"蠟屐情"，"江湖"皆作"江湘"。

和少華竹嶼病起相晤曇華閣之作

釵頭瀹茗綠槍沉，料理寧煩砭與鍼。說劍書成風瑟瑟，剪燈話永雨愔愔。泛秋十指諳琴德，結夏三時識磬心。賸有新篇同漢上，薔薇浣露一開襟。

六月高齋暑氣無，藥罏經卷未嫌孤。漢碑鐵畫摸文讀，宋軸牙籤換錦糊。問卜昔曾煩季主，著書今喜共《潛夫》。扁舟相約乘涼去，晚飯銀鱗下箸腴。

中歲心情嬾似嵇，下簾花霧晝常迷。鳧翁凤夜分行宿，鳩婦陰晴各樣唬。衣綻七條參梵夾，訣傳九轉問刀圭。風塵席帽趨時客，手板憐渠到處齋。

婆娑楊柳悵洪喬，跋扈飛揚興轉饒。棄物我應同苦李，彈文君已恕甘蕉。仰天卻笑程生馬，拍案頻呼雉作梟。袞袞錢刀緣底事，幾人華髮未曾凋！

寄內絕句

皋橋橋畔謝家樓，曲院蕭條鎮似秋。十日闌干吹細雨，故園楊柳不勝愁。

憶聽晨雞送別鞍，相思遙隔海雲端。紅燈寂寞天涯醉，無那烏啼落月寒！

門前日日送輕潮，南浦歸舟別夢遙。想到落梅風信急，小樓殘燭雨瀟瀟。

深巷家家乳燕飛，吳綿昨日換征衣。夕陽芳草江南渡，落盡蘋花客未歸。

伏雨闌風下五湖，平原極望長蘼蕪。知君日夕思千里，曾對東南孔雀無？

江上愁心鬢欲斑，明朝樂府唱刀環。孤舟爲憶楓林泊，落日千山更萬山。

過德雲菴贈蕙園上人

隔溪仙梵遠微微，開士祇園獨掩扉。幡影日高馴鴿散，鉢烟春暖毒龍歸。佛幢古殿晴雲落，法鼓空林暮雨飛。一問楞伽坐惆悵，十年塵海素心違。

七夕和韻

半捲蝦鬚控紫銀，瓊盤璧斝夜初陳。雲輧寂寞星河冷，畢竟良宵屬世人！

半夜輕寒散碧颷，片雲飛過影垂垂。鑿天誰到牽牛處，流入黃河無盡時。

玉露金風年復年，前期惆悵合歡筵。七襄空說天孫巧，不及媧皇會補天。

皓齒明眸恨若何，驪山劍閣兩嵯峨。便教蜀道同歸去，爭似仙家歲月多！

登橫雲山放歌　丁丑李學使歲試作

吾生不能赤手坐跨琴高鯉，又不能鳴鏑橫穿玉門壘。如梳翎鶴負殼蝸，側足風塵困泥滓。此生當著幾兩屐，蹴蹬騎驢吾衰矣。青童玉女笑向人，那不餐霞飲石髓。橫雲之遊吾游始，昔訝圖經偶遺此。古人不以名廢山，長借頭銜陸內史。乃知洞天福地往往留仙蹤，不然亦是抑塞磊落奇男子。阿童復阿童，浮江奪天璽。平原兩瓊枝，能令武皇喜。東吳丞相婁侯孫，可憐但貴洛陽紙。南風傾城八王死，與人家國區區耳。華亭鶴唳那復聞，日落空山嘯山鬼。野夫弔古興未已，蹋泥卻上層霄裏。丹梯十步九曲折，數峰秀出芒鞋底。鵝毛一點團泖潮，中湧地肺朱陵似。墨痕杳渺漁舍浮，彷彿柴門亂葭葦。仁王塔頂三百六十風鈴懸，黑頭浪翻一一遙見沙禽起。白雲逢逢漲巖嶠，倏忽千林漫紅紫。夕陽墮地青天空，但有井車參旗昴鈇東西指。境幽神愴難久住，腰腳蹣跚更倚徙。金箱五岳空爾思，如此江山豈非美！吾笑歲星精，殿前執戟長安米。吾愛謝安西，東城別墅東山妓。蹉跎難鑄六州錯，婚嫁那無十口累！明年人海掉頭去，息壤吾知應在彼。有田不磽屋不圮，去山一里水二里。田栽三畦兩畦菘，屋繞十株五株李。手擎竹如意，坐隱烏皮几。梅花白酒醱百缸，臘甕青魚沍千尾。更須餘貲買斷吳江鴨嘴三板船，日弄烟竿泖湖水。

聞木樨香有作　同前歲試作

閑居味禪悅，心與木石比。頗思道場樹，香覆功德水。涼秋桂敷榮，馥郁滿窗几。鼻觀本無香，觸著亦可喜。如聞旃檀林，下有杪櫋子。山河悉自説，我不喧口耳。悟處非風旛，誰能契無始？黄龍老龐眉，無隱義則爾。何由侍巾缾，微笑樹一指。瓣香拜涪翁，風流亦渺矣。跏趺憺忘言，偶會妙明旨。回瞻小山叢，如霰落未已。

北城對月懷藥岑因寄

吾兄古狂狷，淵抱衆莫識。著書東海上，門鮮車馬跡。一鼓昭氏琴，拂拭三歎息。浮雲西南馳，日夕坐相憶。相憶夫何爲，良會異昔時。君家南湖濱，彷彿夢見之。大江有波濤，歸禽上高枝。日暮期不來，杳杳寒鐘遲。寒鐘下嚴城，明月照我屋。芳華忽晼晚，春草萋以緑。道路非阻修，無由展悰曲。何當攜襆被，相就高齋宿。高齋渺天末，煩思託柔翰。遺我尺素書，報我蜀錦段。紞如鼓未已，涼雲渡銀漢。朗咏《微波詞》，茫茫夜方半。時藥岑以所作《微波》新詞寄示，讀尚未竟，故道及之。

寄施上舍光祖廣西

玉鑪筵下惜分攜，度嶺浮湘去不迷。八口飢寒故城北，一身涕淚大荒西。桄榔驛暗宵防虎，斑竹祠深午報雞。遥憶逢春初卸馱，滿天風雨郭公嗁。

【校】《朋舊遺詩合鈔》詩題作"寄施上舍粤西"，"八口"作"十口"。

過古香園夜飲有懷

掛席空江正落潮，故人家在素雲橋。春當別後方堪惜，路可頻來未算遥。積雨乍收山悄悄，歸禽欲下竹蕭蕭。話闌忽憶沙塵劫，五夜吞聲賦《大招》。

飛鴻堂印譜歌

洛陽已沉卞和玉，秦章千載侈空譚。附城椎璽事亦往，欲訪漢字今誰諳？歐陽《集古》恨晚出，虎彝龍鼎窮幽探。羲娥已遺拾星宿，醉翁地下應懷慚。後來好事能倣古，此道不絕留鐫鏨。離奇婉秀各殊式，並驅廣陌交驂驔。群聾莫昭世多怪，遺譜零落巢書蟫。飛鴻主人嗜奇最，金石刻畫情尤耽。巾箱羅列萬球貝，古印一一烟雲含。藍田琢成形肅穆，青穴削出姿窊窞。流霞結紋蘊靈氣，盤螭抱紐飛寒嵐。誰誇鐵筆好身手，三寸橫掃神清酣。殊材絕技盡呈巧，獵取不讓貪夫貪。箕張昴萃列天象，瑣細屈曲攅春蠶。文摹趙懸悉詳訂，義本史許咸精參。方珪圓璧隨所製，一日常與摩挲三。部分甲乙列首尾，綠綈重襲加瑯函。辰州丹砂雪色紙，開卷刮眼清光涵。搜羅用意亦良苦，生活冷淡心仍甘。

卻嗤華堂鬭竹肉，樂事毋乃譏沈湛。鄙夫稽古愧不力，六書未解空愚憨。欲尋波磔辨斯籀，正似食肉參瞿曇。抱持此卷忘晝夜，如箝在口嗟何堪！何當叩閽問奇字，芒鞋徑踏天都南？

春日雜感三首

不知造物我何親，蚊睫蝸巢付此身。只以韶華供涕淚，難將世界論沙塵。十年心事愁中雨，三月鶯花夢裏春。識得妙明清淨理，須彌蘆頂是前因。

買山泛宅兩蹉跎，滿眼韶光喚奈何！傀儡排場聊復爾，漁樵爭席總由他。心情懶似秋風客，見解輸渠春夢婆。我欲起爲鸜鵒舞，夜闌拂劍一悲歌。

可憐花信太匆匆，溪杏山桃撩眼紅。蠟屐會消幾兩好，觥船難遣百分空。荒唐世局程生馬，憔悴年華絮逐風。手把釣竿吾計穩，接天新漲五湖東。

遊橫雲山同陳雲村孫筠亭分賦得五古

火旻澄夕霧，桂岸沿輕橈。雅尚契清曠，惠好期逍遙。崖虛積蘚堺，徑顯叢蘭凋。漫漫渫雲屯，瑟瑟槁葉飄。攀陘仰延脰，趨峴俯折腰。鳴篁戛媧弦，屬澗摐虞《韶》。向背見林壑，寒暄變昏朝。落日動大澤，浮光麗單椒。層巒抗紺宇，曲棧掛虹橋。名流絶髣髴，廢館闃牧蕘。物往悼遷斥，蹤存委蕭條。繕性得游衍，殊觀滌煩囂。本慚丘中賞，言慕谷口樵。于焉遲嘉客，薜荔若見招。結廬庶前諾，散髪申長謡。

題晉陽申五兆定山樓聽雪圖即送其省覲杭州

冥冥寒色低壓檐，千巖萬壑開銀匳。天公昨夜勞玉戲，樵徑絕跡山埋尖。孤茅天外誰所縳，玉虛樓閣清光添。幽人高枕聽蕭瑟，明窗透影疑冰蟾。橫空曉起發奇賞，四面盡拓蘆花簾。朔風亂吹柳絮落，冬序瞥見繁花粘。乍如春蠶臥竹箔，食葉上下飢難厭。又如鐵騎驟風雨，銜枚將令森兵鈐。簷條墮折碎珠響，凍澗撲入遊魚噞。長松振鬣遠撐突，氄摯亂戛驪龍髯。空山無人萬籟寂，聞根不斷神彌恬。卻思踏雪控金勒，霹靂應手弓初拈。豪情爭如逸致好，登眺不畏寒威嚴。斷橋殘雪景尤絕，山水勝事君能兼。《驪歌》唱罷送征棹，短衣空愧塵容黔。

【校】"簷條"二句，《湖海詩傳》作"危簷溜折棲烏起，凍澗飄入遊魚噞"。

題陳研齋竹磵清吟圖

披烟適幽蹤，撫篁愜心賞。層阿睇非遙，曲渚遵未枉。密籜媚雨翻，叢筠切霄上。晞陽難留光，含飈易成響。急沫激潺湲，停瀾散瀁泙。吟和壑音清，咏答天籟爽。一鼓風中琴，彌結物外想。鑑止入化機，得性任怡養。幽期以蹉跎，夙尚懼獨往。高辭蘇門蹤，興發剡溪訪。跂予懷歲寒，何時脫塵鞅？

雪　　蕉

不向朱闌映碧茵，盆山高裏露如銀。班姬心展瑤釵夜，盧女花明翠障春。銜領冰霜真耐久，色嫌脂粉倍清新。最憐一卷蠻箋樣，綠雨陰中寫洛神。

賦得絲蓴　戊寅李學使科試作

秋序平分候，蓴絲縷漸增。帶長匙欲滑，條細箸堪升。冷割龍髯墮，柔依釣竹登。乭應三日織，簾捲一池冰。菱角香難擬，鱸魚事共徵。隨波青暗裹，入釜碧交乘。洛下欺羊酪，秋風引季鷹。何當理烟艇，薄采趁波澄？

過飲朱棻山齋頭即席賦謝

綠酒紅燈漏未央，相逢同醉少年場。樓臺星動千門夕，鴻雁天低十月霜。拓戟勝遊連下杜，啣杯上客盡高陽。明朝風雪瓜洲渡，刻燭前期興不忘。時將有渡江之役。

題王石泉小影

松根不受照，照在百尺枝。千林競延首，到處見一規。雷霆轉空山，水石兩不知。中含一月光，散作千瑠璨。流形信無住，喧籟誰所為？醍醐與香酪，大味本一卮。夫君妙明心，豈復橫氣機！嗒然坐風露，世界觀須彌。無言亦無想，便叩文殊師。

春日感懷口占示內子二律

淡淡輕烟漠漠塵，危闌獨倚黯傷神。顛狂未省緣何事，愁病誰堪并此身！花徑冥迷三日雨，酒缸岑寂一杯春。浮家知汝非無意，便斫長竿縛釣綸。

　　門楣仰託愧家風，一代文章太史公。道韞有才如羯末，黔婁無術但喑聾。懶求負郭生涯薄，苦愛吟詩習業窮。媵欲累君收散稿，他年端不悔雕蟲！

篁村集卷四

上海陸錫熊耳山撰

古今體詩一百十一首

鄉試月印萬川　得川字

月皎冰壺淨，含輝印萬川。清光隨處見，妙悟此中傳。人對虛明境，形窺色相前。應知千里共，都是十分圓。有本皆如是，同歸豈不然？但能呈法象，何必辨天淵！聖學超神表，皇情運物先。仰觀兼俯察，微契證魚鳶。

【校】"得川字"，嘉慶本作"得一川"。

爲閭邱秀凡壽

謝家羯末總能文，髯也江東最軼群。乍可二毛同騎省，依然三耳說參軍。行吟才客青門曲，坐掃高齋白練裙。户外麟車諸弟子，幾人寂寞慰揚雲！

茅堂高俯麵塵波，門巷深秋步屧過。明鏡江湖華髮在，儒冠身世酒杯多。閑階夜警仙人鶴，曲墅晴籠道士鵝。知有薦才楊得意，丈夫四十豈蹉跎！

皇姑寺

畏吾村路接平蕪，寺外清波滿浴鳬。亂塚梧楸暗疑雨，荒園蛺蝶繡成圖。提壺試問春深淺，叩馬空傳事有無。漸覺吟身入屏幛，西山翠色撲眉鬚。

石景山

地偪河流轉，山標塔影停。千村夕陽紫，萬里太行青。勝蹟傳瑤璵，遺名記石經。還思郭都水，疏鑿遍郊坰。

潭柘岫雲寺四首

兩崖互引胝，仄徑劣容武。人家隱松杉，茅屋炊正午。明粧女行汲，負擔樵歸塢。溪流自東趨，一壑激萬弩。尋源稍登陟，宛轉呀重戶。刹竿隱深林，遥辨法堂鼓。寶坊龍象嚴，石塔莓苔古。小憩足清涼，諸天正花雨。

泉喧衆音寂，盈縮無夏冬。浮觴曲澗集，引筧香廚供。薊丘植汶篁，蕭蕭千竿風。槎枒見枯柏，孑立熒青銅。拏牙誰寄生，小草含春容。東軒夜無夢，冷逼嵐光濃。同龕有彌勒，宿火玻瓈紅。

東上洗心亭，凌虛躡飛磴。搴衣劃長嘯，歷歷響誰應？深潭俯黝黑，濕翠倒圓鏡。龍歸雲頭鋪，龍去雨腳橫。夕陽澹欲無，半嶺倏已暝。禪關清梵起，烟外一聲磬。

妙嚴何代磚，遺蹟閻浮仰。六時勤唄誦，五體作供養。天人涕交頤，苦行留實相。金經秘靈籥，龍虎衛珍藏。當年出宮闈，襲錦內家樣。我離文字禪，了徹十方障。庭虛泉自流，鳥散花欲放。雙眼見佛無，出山更回望。

姚少師影堂

青史虛誇佐命功，精廬遺像尚紗籠。南都推刃真難道，北郭披緇竟不終。永日山風飄屋瓦，至今瓜蔓痛沙蟲。女嬃猶解申申詈，出處藏春一例同。

渡 渾 河

桑乾新漲乍盈篙，小艇中流拍怒濤。山擘玉龍穿峽遠，隄收竹箭建瓴高。千家避水痕猶在，六月防河策最勞。卻指蘆溝臥波影，黿鼉架後自堅牢。

戒壇千佛閣

山藏精舍雨，樹亞陰崖風。杖藜潑叢翠，金碧高巃嵷。莊嚴旃檀林，丈室須彌同。喬柯松栝蔭，斷碣遼金礱。崇闌一憑眺，影氣青無窮。桑乾線流繞，塞堞高低峰。五雲麗宮闕，碣石迴朝宗。列藩國廣陽，使額軍盧龍。千秋劇爭戰，遺跡迷蒿蓬。覽古意方戚，聞經慮俄空。斜暉下諸嶺，西翼沈烟蹤。

寄內子札意猶未盡續得二十八字

七月長安雪欲飛，寒燈孤館悵何依！閨中刀尺知相憶，遊子天涯未授衣。

贈王曉園戶部

枌社同鄉縣，葭莩有數年。天涯仍合并，世路各騰騫。晚達雲霄迥，華班省署聯。國章崇少府，月算重緡錢。聚米軍儲壯，飛芻計簿填。度支謀不忝，會計道能全。夕拜供綾被，晨趨步玉磚。群公爭幹濟，之子信才賢。甲乙非虛耳，升沉益邈然。放歌陳夙昔，高會想周旋。新特崔盧並，交期群紀堅。行觴呼揖客，撰杖許隨肩。零雨參差別，晨風意緒牽。家聲慚入洛，遠道獨遊燕。適館情稠疊，挑燈語接連。尋坊依杜曲，卜宅近城壖。榻下通花幔，朝回闢玳筵。裁紅詩綴錦，浮白醴成泉。西嶺晴雲爽，春郊逸興偏。籃輿穿峃寡，筇竹信泂沿。石壓盧師頂，山低臥佛前。愛閒頻請沐，得趣已超禪。捉麈陪清坐，攜朋雜醉眠。旅懷長自失，樂事更誰先？鹵莽謀生計，艱虞拙世緣。稻粱判白露，琴劍逐青氈。投跡風塵內，因人雨雪邊。梁園朝授簡，岐館夜聞弦。寒月迷珂里，重闈隔曉烟。時時回寶騎，往往降瑤箋。聚散泥留爪，年華絮擘綿。橫雕盤朔氣，急雁下南天。旅館愁方劇，倉曹席屢延。瀹魚銀入饌，潞酒碧流涎。柏葉春朝近，脂花令節遷。圍爐嫌漏短，擁鼻喜吟傳。落拓空懷刺，飛騰看著鞭。緇衣且道路，華髮儼神仙。松菊家山遠，庭闈夢寐懸。客心爭暮景，相對話歸田。

會試賢不家食　得同字

國典旁求切，賢關際會同。席珍家並獻，鼎養食彌豐。釋褐寧圖飽，承筐念匪躬。懸瓠情舊永，鳴鹿禮新隆。鄉饌拋匙白，官筵列餅紅。昔聞餐不素，今見道能充。德洽菰蘆遠，恩沾鵷鷺通。泰交欽聖世，六宇慶昭融。

御試五月鳴蜩　得清字

五月薰風至，鳴蜩始發聲。榴邊新霽暮，柳外斷霞平。涼意先秋動，吟懷入夏清。院深傳更急，林密聽難明。斷續流音遠，依微想翼輕。喧時山逾寂，歇處雨初晴。自合調如緝，從知潔有名。御園添景色，物候軫皇情。

爲朱錫田壽

辛巳六月，錫田五十初度，余方留京師，不獲與稱觥。會歸里，許一詩爲壽，牽率未果。歲既單矣，扁舟遠涉，斷冰塞路，雪意垂垂，不勝停雲之思。輒成長歌一首，中間皆推本自述之意，而間之以兩人聚散契闊之情，終之以《風詩》善頌之義。流漸及春，歸薦椒酒，當爲我醼一觴，庶幾不忘息壤，且以知其詞雖拙，而情則摯也。

我初相識髮及肩，荷衣揖客誇翩翩。君時三十正年少，顏色白皙雙瞳圓。葭莩托倚蠻附駔，日月跳盪風吹緜。淳于一自作齊贅，參佐曲廨迴吟鞭。當年兒童已抱子，看君絲鬢何由玄？我從上書北走燕，君亦躬稼南溪田。風塵依人腳拳跼，羨君超絶忘家襌。攬揆百歲過強半，外慕漸少由天全。還家乍快脫韁鎖，握手只訝增華顛。君言僂指數閱歷，四十九載知尤愆。鮮民風樹感莪蓼，手澤金石淪梧棬。衰宗門户百憂患，水火摧剥蠶絲纏。尺椽詎足支大廈，隻手直欲堙潰泉。何人顛倒鬧蛙黽，一物慈愛蒙皇天？頭顱只今成老大，世事回首隨風烟。譬如不飲觀醉客，側帽屢舞形蹣跚。旁人但可供絶倒，得喪於我浮雲然。生涯安分膝自抱，心地離垢肱堪眠。矛頭淅米世途險，作達似子寧非賢！高齋楊柳花滿川，流鶯忽語花枝偏。踏泥不辭衝雨屐，載酒或命看山船。自將文度置膝上，一篝經比韋家傳。孫雛釋氏親抱送，脣朱眼漆何嫣娟！丹砂石髓亦妄耳，平地不少家居仙。好排歡場過三萬，會有椿齡紀八千。我詩實録戒誇誕，爲話宿昔思流年。篷窗歲宴風雪裏，炙硯細寫瑶華牋。叚詞緩奏豈無意，留侑春酒椒花筵。

玉峰阻風四首

凛凛歲云暮，我行猶未休。雲穿寒日漏，風挾斷冰流。顛倒攤陳帙，蒙茸戀敝裘。荒村今夜酒，心折大刀頭。

小別逢殘臘，流光惜逝川。浮名催我老，捷路讓人先。薄暝空江渡，微寒欲雪天。遥思小兒女，款款話歸船。

已覺波濤慣，終憐道路非。天寒還獨往，風起送誰歸？坐閲千帆過，真成六鷁飛。片雲南下急，獨立思依依。

少壯行非昔，馳驅復在今。高堂穿望眼，令節感羇心。估客東西路，離鴻下上音。芙蓉江畔水，愁繞暮濤深。

除日吴門舟次用東坡臘日遊孤山訪惠勤詩韻賦呈龍華大兄

歲方晏，雪滿湖，朔風掃路行人無。冰山嶞峍高一丈，招招舟子誰能呼？我獨何爲辭妻孥，臘日不得相嬉娛。千搖萬兀來姑蘇，十步九折愁縈紆。昌亭相遇懷故廬，可憐道路同羈孤。爲斟濁酒勸僮僕，如坐丈室餐伊蒲。吴中華屋羅千夫，鐘鳴鼎食晨連晡。南山鑿石鋼金穴，苦愛富貴寧良圖。語次適感舊事。我生那復求嬴餘，覺悟早似知非蘧。何時掉尾同魚逋，此境未遂心先摹。

舟中咏冰次東坡聚星堂雪韻即用其體

枯林短檝舟如葉，寒冰夜凍千江雪。風吹淅淅度微響，日射晶晶看奇絶。圓渦密作肌粟生，細稜去聲。曲趁波紋折。飛泝恨無新製好，謂北地冰牀。走鷺直暎遥天滅。晨開鑿空去聲。千槌動，晚打砯訇萬篙掣。白痕糾結轉凝片，緑暈模糊漸融纈。時逢爨媪瞰深孔，尚有樵童擲餘屑。客途十日苦留滯，天女五花正飄瞥。沍寒朔野將無同，風景南園不堪説。雙拳呵罷硯生冰，一笑吟成筆如鐵。

澄江晤金韻言即送其從劉學使之淮上

殊鄉攜手感年華，相送寧知道更賒。湖上春愁雙崦樹，淮南秋色小山花。幕中飲興朱齡石，屐底吟情謝永嘉。多少《長楊》能賦客，翩翩誰似筆凌霞？時將獻賦。

湁墅除夕絶句三首

曲院氍毹鬭管弦，柏觴曾醉夜深筵。秋風自別岐王宅，短夢輕塵又一年。

去年餞歲向天涯，頻卜鄉書對燭花。不道歸來轉飄泊，夜篷翻夢到京華。

一江西去鎖嚴關，獨夜孤舟宿岸灣。強起推篷破蕭瑟，半林殘雪望陽山。

贈張默存同年

剥啄柴門僻，相逢倒接羅。東方懷寠藪，北郭借枯枝。鵾蟀經三換，冰霜又一時。流澌未須下，留踐故人期。

桃李爭春豔，青松獨後雕。閑身厭城郭，生計雜漁樵。曳履容臺貴，謂同年汪禮部獻之。看雲子舍遥。謂同年戴進士元夒。誰憐老同譜，雙鬢日蕭蕭。

蓉江道中懷人絶句二十六首

光祿文章壓輩流，琅琊宗派鳳麟洲。朝回日日餐峩綠，鬢影書聲共一樓。王光祿鳴盛。

錢郎瘦比東陽沈，地近蓬萊會列仙。曾到和林訪遺事，斷碑零落兔兒年。錢侍讀大昕。

越水吴山足勝娛，六年夢到鯉庭趨。郎君只厭承明直，愛向龍湫宴坐無。李編修翊。

場屋真推折臂醫，由來謦欬未堪奇。千金敝帚何人享，慙愧親逢一字師。君嘗訂余鄉試制藝，示諸生爲舉業者。趙御史佑。

簫鼓樓船百道開，龍荒驚見謫仙才。酒酣爲作琉球舞，曾駕長風破浪來。王編修文治。

定香居士老詩禪，卜宅仍鄰古寺前。君居憫忠寺之左。常説夜遊同謝監，柏陰如藻石幢邊。時謝編修墉居頗近。王舍人昶。

翰林感逝乍傷懷，襆被孤燈雨滴階。官職可憐今入手，俸錢辛苦但營齋。曹庶常仁虎。

道山亭畔相逢日，屈指星霜四五年。閒卻文章好身手，封椿衮衮算緡錢。王戶部曾翼。

韋家詩體昔曾聞，筆勢尤工五朵雲。啄粒官倉似鴻雁，江南春到倍思君。韋舍人謙恒。

碧盌雨前供粟粒，銀絲春晚薦琴高。故人雞黍山中約，何日扁舟涉暮濤？袁孝廉穀芳。

鄭郎昨上蓮華頂，濯髮親經玉女盆。手摘天星望鄉國，黃河如線走中原。鄭禮部鴻撰。

蕭瑟遺經感白頭，近聞匹馬向滄洲。薩摩陂外千楊柳，應為春醪十日留。盛孝廉百二。

落日空廳早放衙，腳靴手板事堪嗟。知君尚有流亡愧，雁戶春來賸幾家？黃明府大齡。

歐門衣鉢在髯蘇，愧我空成山澤臞。欲乞《漁村》舊詩卷，何時問訊到江湖？余與君同出竹均朱先生之門，別時許以詩集見寄。《漁村》，集名也。蔣庶常雍植。

衆仙同日詠《霓裳》，誰似翩翩白晳郎？聯騎曲江歸去晚，少年不數李東陽。秦庶常承恩。

一別天南望鯉魚，長安還憶對門居。夜深春樹三條巷，隔院紅燈照讀書。項吏部淳。

吹竽鼓瑟事難論，感遇常懷國士恩。流落平津布衣客，只今騎馬傍誰門？蘇舍人去疾。

孫侯勸作《長楊賦》，臨別牽留愧未能。歲晚滄江欲通問，關河愁望朔雲凝。孫宗人夢逵。

絕塞秋開五石弓，董生才氣萬夫雄。二殽風雨還西去，立馬高歡避暑宮。董上舍椿。

天涯適館勸加餐，早晚牽絲作宰官。知有故人聯夜榻，謂徐君長發。舊山為報竹平安。徐孝廉作梅。

十載仍依供奉班，四門博士老朱顏。硬黃手拓陳倉鼓，滿院茶聲白日閑。陳助教孝泳。

難弟難兄玉不如，鞭絲輕裊落花初。昨從宣北坊頭過，夾道爭看擲果車。劉庶常校之、編修權之。

便便腰腹識倉曹，時方督京食。食指關心問老饕。只喜吳郎能醉客，謂進士泰來。六街燈火對持螯。吳舍人烺。

山中舊宅依黃海，白石青江抱竹扉。可惜天涯相送老，故人珍重寄當歸。朱孝廉芫星。

曾共梁王雪夜樽，騎驢日日款朱門。白頭更作天南吏，碧水丹山一斷魂。歐陽明府飛。

陳生麗句玉壺懸，孝廉桂森。爭比張郎萬斛泉？同著麻衣入京洛，浮名潦倒愧盧先。君以《禮記》舉鄉試第四，余以《詩》舉第三，故云。張刑部敦均。

【校】其六自注，《湖海詩傳》作"王舍人昶。時昶寓在寄園，而謝編修墉所居聽鐘山房，皆在憫忠寺之北。兩君月夜常偕勝侶，往坐松下，至二三更而歸"。"天星"，《湖海詩傳》作"明星"。

召試江漢朝宗 得宗字

二水標南紀，歸墟得所宗。地形分兩戒，天險豁千重。漢廣滄浪曲，江源井絡封。懷卑謙秉禮，潤下德昭恭。九派馳車馬，雙流匯璧琮。會同春漲合，奔走夏濤衝。向若東西面，環瀛大小共。聖朝清宴日，薄海頌時雍。

恭和聖製自金山放船至焦山用東坡韻

江流東赴何耽耽，勢注溟渤浮東南。南徐簇擁髻惟兩，海門拱挦峰聯三。金山樓觀壓山起，如窠綴蜂箔上蠶。焦山斗拔景尤絕，道元挂漏心應慚。朝陽半入柏梧徑，夜浪自湧蛟龍潭。江妃擊鼓迓翠輦，進楫風日饒清酣。《鶴銘》抉剔辨跟肘，強別世代誠迂談。黃雲覆鼎閟香閣，白足鑿石留苔龕。銀甄試汲深澗冷，玉版那數山廚甘。當年髯蘇妙歌詠，攬勝不異貪夫貪。鴻章逸興聖音出，退避三舍知難堪。玉艫明發指北固，更訪海嶽仙人菴。

恭和聖製初登金山元韻

隔岸旋螺到眼青，卻從登眺會全形。雙流欲合江聲壯，一柱全扶地脈靈。影轉盤陀常湧現，機乘艮止自回停。宸遊川上情彌浹，指點三山入森冥。

恭和聖製題釣魚臺元韻

淮陰遺跡想英雄，澤畔漁竿策未窮。壇築秦中方拜將，功成沛里亦歌風。解衣畢竟先餘子，蹋足何曾誤乃翁！一自睿篇光覽古，雲臺持較有初終。

恭和聖製維揚懷古元韻

淮曲烟光隔幾郵，竹西鼓吹引龍舟。虹橋入畫高低影，桂楫迎潮下上浮。官閣梅香曾寄范，蜀岡松老倍思歐。天開勝地紆宸賞，歸路華燈映水流。

贈凌雷州竹軒丈

雁聲墮地天雨霜，江風獵獵吹飛檣。雷州太守歸故鄉，瘴沙七月辭炎荒。珊瑚象貝紛都梁，結束不用千金裝。蕭然琴鶴同一航，歸思徑逐南雲翔。到家鞠脆登高堂，渥顏兒齒身康強。兼珍潔膳浮三漿，喜動鄰里椎牛羊。鳳雛驥子羅兩行，樂事未已今方將。青幢乍脫會稽綬，《白華》自譜《南陔》章。是時重陽剛一月，扁舟橫浦先期發。初度方宜泛菊樽，遄歸正拄看山筇。逍遙風月青翰轉，浩蕩烟波白鷗沒。已離峽口拔虎髭，更揖匡君望雲窟。不辭風水久相逆，笑指江南青一髮。十年客夢懷三吳，萬口春謠留百粵。服官五十古有志，投牒翻然謝朝謁。如公進退洵無負，治行清風兩超越。憶昨一麾辭帝京，手持符竹趨王程。使君五馬五騏驥，叱馭快作東南征。鷁帆颶母備靈怪，八州連絡環東瀛。行春露冕夾白鹿，花鬘赤腳紛來迎。燒畬煮壤沃甘雨，春澤如飲繃中嬰。傳梆事少但吟嘯，吏曹奉職無笞榜。餔糜喜聞熟釜滿，酌水但見廉泉清。廣南分地控甌脫，征蠻別部雄千兵。峒丁蜑戶競糾結，蟻巢蝸角紛纏爭。六條具有漢法在，潢池竊弄匪王氓。紅旗小隊間道出，地中鼓角鳴金鉦。衣冠別樣遣諜刺，草木不動聞軍聲。鐃歌夜半列千炬，導以畫戟飄雙旌。車門洞開撾大鼓，牙籌次第傳鼃更。執渠縛醜獻幕府，穴中鼠子徒縱橫。丹青明示生活信，歡呼雷沸周山棚。槃瓠遺種革心面，弓衣寶布恒輸誠。蠻人慴服廣人愛，彈壓更藉居專城。海恬山妥坐無事，樊桐遠躡鯨波平。榕陰到地蔭青蓋，佛桑照眼飄紅鞓。熊幡臨憩一以眺，往往棖觸鄉園情。官齋況復清似水，琴韻香繁令公喜。聲名波井比汲華，日月驍壺同激矢。北闕方嘉黃守賢，南人競述吳公美。只道攀轅來未暮，寧知負米情何已！二千石俸滿上考，掉頭竟賦歸來矣。抽簪未老近所無，華髮娛親古誰擬！色養榮堪耀井閭，移忠教本通書史。伊余夙昔陪履綦，丈人行輩徵交期。幾年夢寐隔嶺海，望而不見心倭遲。只今獲侍纔旦暮，又欲薄宦遊京師。公歸我出何草草，捧檄應受通人嗤。陳郎我弟公宅相，振筆示我瓊琚詞。繼聲因藉表仰止，陳情述德言非支。此詩此事足千古，他年請視韋丹碑。

【校】"賓布"，底本誤作"賔布"，據嘉慶本改。

題陳研左荷香小影

我昔曾騎瘦馬長安遊，亦嘗身到太液瓊華洲。金鼇玉蝀勝絕烟水趣，五龍亭子倒影中央浮。垂虹宛轉雜植萬楊柳，扶疏千柄翠蓋連雲稠。不知蓬壺飛到經幾載，紅牆銀漢湧現天中樓。鳳城鐘動月照九門鑰，掩關獨卧夢覺成羈愁。今年歸來城市忽不樂，掉頭興發更鼓錢塘舟。衆香國裏蓮蒲浩如海，芒鞋筇杖十日容勾留。六橋橫絕三萬六千丈，內湖外湖潑眼光如油。回溪短汊開遍玉色蕊，紅衣搖曳好女晨梳頭。高枝合翠渺渺望不極，下有拳足之鷺眠沙鷗。缺瓜船小落日唱歌去，滿身風露但覺涼颼飀。同游老伴況有趙生在，連翩韻語鬭險無時休。爾時壺中隔斷車馬客，徑思於此卜築營林丘。鞭鞘袴褶轉眼落韁鎖，萬人海內漂泊同浮漚。陳郎好古瀟灑出塵表，披圖彷彿膠漆情相投。薰風來時四面拓窗扇，筆牀藥臼掩映珊瑚鉤。美人清揚宛在水一曲，微吟憺對月面開銀甌。將於此中得有少佳趣，科頭箕踞無乃羲皇儔。我今思去太倉竊微粟，猿嘲鶴怨應被移文羞。故人相招歸去苦未得，觸藩進退拙甚營巢鳩。從君便乞此本入行橐，故園風景庶藉銷煩憂。

題朱紹庭江樓春曉圖

千門曈曨啼曙鴉，銀牀露重明桃花。誰家高樓對芳樹，璃鈎珠箔天之涯。博山細篆烟如水，乳燕鳴鳩掠波起。玉蝀欄拖亞字紅，畫屏簟蹴波文紫。踠地垂楊裊碧絲，春江花發正逢時。公子豪游金腰褭，佳人妙舞白銅鞮。玉蛾貼罷籠長袖，獨摻垂條惜芳晝。雅步應憐藕覆香，清歌暗覺金釵溜。一徑花源不可尋，游絲百尺漾春心。木蘭棹轉蘋風急，青翰舟移碧漲深。長安憶昔狂遊久，走馬每向章臺口。趙女招邀按素箏，秦娥作使行春酒。寶玦珊瑚大道邊，新詩落紙萬人傳。金魚池北天壇下，占斷春光年復年。只今落拓歸湖海，此生念念浮雲改。老屋江村病欲蘇，鬢絲禪榻心仍在。忽忽停杯不自聊，丹青過眼欲魂消。可憐翠被春寒夜，重夢揚州廿四橋。

爲家觀察兄屺亭壽

吾宗富文獻，赤網匯海若。雲問與嶀江，一派散千絡。風烟百里近，戶版兩圻錯。李榮根蟠會，瓜蔓瓞綿各。槎溪我賢伯，間世出騰躍。神仙足官府，大雅繼絕作。側聞先人交，密契夙所託。情同鄂不聯，意矢簪盍確。後生感風流，古義未淪落。代興屬吾兄，世競識干莫。傅天飛鷺鷟，拔水出蛟鱷。名方朝籍掛，跡近丘園卜。千篇手親刪，十畞閑自築。端居謝群紛，善飯足行樂。神完中有恃，玉貌轉矍鑠。方傾麻姑醖，詎假桐君藥。曰余羈世鞿，束帶將入洛。儀型敢兄事，過謁禮必恪。陳情譜聲詩，善頌義不怍。明當敞賓筵，庶用侑三爵。

爲都運葉東壺先生壽

早緣經術領儒宗，得路清名達九重。千騎風生左馮翊，六曹班壓大司農。門前棨戟排行馬，天上觚稜夢曉鐘。粗了官身便辭印，尊鱸秋興五湖濃。

練圻一碧俯清泠，卜築新開戴笠亭。朝議即煩騰薦剡，州人仍藉識儀型。耆英姓氏推前席，車馬門牆半受經。卻拜履綦重感慨，年來先友劇晨星。

兩年持節鬢毛蒼，歸騎仍馱使越裝。鹽鐵國門留計畫，鶯花江館待平章。早閑爲卜先生壽，投謁應稀大父行。百里未嫌窺閫晚，占星今到穎川鄉。

答薛茂才

美人南國秀，良辰展嘉晤。瑤章託鴻翼，蘭盼幸回顧。層樓何崔巍，希光滿行路。情悰倘相許，金石敢渝固。願因青玉軫，一寄平生慕。

題　　畫

昨夜西風打破窗，梅灣春夢落吳艭。對圖忽憶茅蓬底，跂脚孤眠看練江。

滿衣紅雪上輕蓬，釣得槎頭曉鏡中。莫便人呼五湖長，鬢絲須信未成翁。

贈朱三棻山

長身揖客聳雙肩，曾記登堂綴蠟年。彈指滄桑經廿載，膡看玉貌勝從前。

小築茅齋占一丘，東阡知已卜菟裘。弄孫抱子堪行樂，脫屣人間萬戶侯。

高論懸河世已驚，風流仍藉酒逃名。揚州藥玉新鐫就，好試蓬蓬入腦聲。

中年親友似摶沙，聚散紛紛閱歲華。憐我長安騎馬去，卜鄰何日傍君家？

題沈砥亭太守勸農圖

城門搖鼓聲微舊，城頭楊柳飄綏葵。牙旗小隊侵曉出，風靜尾尾行雙驂。僧衣紋斷田圻翠，鴨卵色破天開藍。連村雨歇淨塵壒，雪鷺亂點青瑤函。縛雞已罷趁亥市，叱犢初起驅丁男。長身耒把泥滑滑，短髮笠側烟鬖鬖。水車響斷紡車續，采桑門巷春陰盦。朱衣傳呼且勿遽，陌上緩緩方提籃。秧歌唱近使君馬，蓋影或拂牙兒擔。掾曹脚靴互唯諾，長吏腰笏紛祇參。頭花婀娜釵綴十，勞酒巡匜杯行三。茅檐喜氣動春色，惠政到處恩能覃。勸農使者今郡伯，家近東海波洄涵。門前手種十頃稻，氾經蔡錄心常諳。監州出綰借紫綬，述職近戴朝天簪。一麾出守萬里外，得郡遠落天西南。播州自古遷客地，風景略記邊人談。濛濛密箐埋苦霧，閃閃毒蠱飛金蠶。妖徒赤脚話嗶囉，老玀黑面形䯻鬖。地靈砂汞遍流泚，天漏春夏常陰雷。自從王威曹絕徼，盡化耕鑿銷戈錟。獷弓無復夜路虎，賣劍欲佩春畬鐩。君今五馬建旟隼，專城四十才真堪。苗人亦人土王土，一物失所前賢慚。清風先去酷吏酷，止水爲鑑貪泉貪。蠻花犵鳥露冕到，要使謠俗同和甘。雙岐兩穗倘有應，吾筆尚足留銘鑒。

嘉平下浣讀趙璞函同年送弟禮叔南歸之作牴觸羈愁茫茫交集援毫率和情見乎詞既以贈別并寄示故鄉諸子

往事依稀劍契船，單車同赴國門前。悠悠浪別漁樵隊，負負虛增犬馬年。清鏡雪霜真瞥爾，寒廚杞菊尚蕭然。觸藩我自難爲計，君去休忘種秫田。

羈心暮節感無涯，冷雨梢簷夜似麻。四壁呻吟愁伏枕，一官漂泊笑浮家。年勞班簿薪初積，日涉荒廬券待賒。只道長安有生計，思量空愧故園花。

鴻稀鯉斷那無因，誰慰天南白髮身？淺土淒涼銜紙鳥，薄田辛苦運租人。吏呼未了春秋稅，兒長先依俎豆鄰。略與我翁報安穩，最關心處淚盈巾。

病中送客意難勝，別袂衝霜暗起稜。萬事且傾薊門酒，一年重看廣陵燈。眠餐獨夜身宜愛，肥瘦他鄉話共徵。到及東風聽鳴雁，渡江知未泮春冰。

送范大申如之官廣東

忘卻京華下第身，一官遙赴嶺南春。到家小住猶旬日，送客連朝有幾人？仕路文章難得力，少年簿領會相親。紛紛翠羽明珠地，滿酌廉泉莫厭貧。

趨庭曾話峽江艖，舊事關心閱歲華。家學例成炎海集，宦情新到木棉花。爲求佳婦時須早，竟作粗官計不差。猶有音書須數寄，春明門外未天涯。

題施秋水紅葉西村夢影

　　化人閱世忘春秋，大千起滅同浮漚。山河湧現一彈指，變化不測匪人謀。我身非身想非想，不藉物象窮雕鎪。豈知四大無住著，飄然一葉凌虛浮。須彌飛塵大海水，夢耶覺耶誰其優？先生夜卧蹋齋壁，汗漫忽作逍遥遊。流觀須臾遍山海，有似乘蹻凌三洲。蒼然一徑墮林壑，泉石到眼堪勾留。千紅萬紫看不足，此境一失難重收。醒來對景坐惆悵，殘鐘殷牀月滿樓。吾聞至人攝梵炁，精氣爲柁神爲舟。神仙官府等遊戲，揮斥八極隘九州。斯遊偶爾亦奇絶，景色點綴江村幽。人間此境恐非幻，延眺儘豁雙吟眸。霓旌絳節事恍惚，寄意豈必皆莊周！圖成風物落吾手，卻指歸路雲烟稠。哦詩不用訊占夢，破窗寒雨風脩脩。

　　【校】"此境"，《篁村餘集》作"清境"。

題慧公上人照

　　人間喧寂兩無窮，雷轉溪鳴山更空。會得西來祖師意，清涼巖畔聽松風。

　　展單坐處白雲多，不遣枯藤點緑莎。三業淨來餘一事，要將詩筆問伽陀。

　　作使烟雲入指遲，溪山自染墨淋漓。小三昧向何人乞，説法身應現畫師。

　　城南古寺花如海，偶掛雲山舊衲衣。爭似圖中好泉石，布帆歸去息塵機！近寓城南憫忠寺。

題趙甌北同年耘菘圖即送出守鎮安

君家舊住三間廁，一角堧田繞溪外。年年手種周家菘，欲把香葅敵薑芥。綠毛茸茸乍勤作，培土東西運畚蕢。疏芽簇棱帶雨栽，密葉分椏和露曬。生憎細草荑易出，苦耐游蝸暗相嚙。雙丫小兒解使令，不用千斤買良犢。閑鷗似人識人意，等是無心絕機械。槐陰箕坐受遠風，滿腋涼輕癢爬疥。齩根頗覺滋味長，學圃早厭胸襟隘。明知羊酪那足道，西向長安笑生欸。前言戲耳沙上禽，齾齾安能常伍噲！承明一從通仕籍，便較鉏犁束冠帶。朝哦藥樹移清陰，夕飲金莖挹仙瀣。十年館閣迴翔久，索米甚矣先生憊。朝天瘦馬晚獨歸，愛對妻孥問鄉話。畦南新甲抽幾許，憶到田園動深喟。頗聞七菜亦燕產，挑罷連車上街賣。餐錢月支足賤直，持抵江村聊一快。日高無事搜吟腸，奇語時時發光怪。將軍何曾負此腹，不遣酸齏了殘債。昨朝黃色上眉際，得郡南荒命新拜。虎頭食肉擁傳行，看遍江山到蕃界。天公非但昌子詩，寒儉更洗儒生派。君今上冢還過家，折柳都亭告遄邁。孤城迢迢在天末，火耨刀耕雜蠻砦。班春露冕通睢盱，植韭分葱煩告戒。使君江南種田叟，能向燒畬課禾稗。雖言非種在必鋤，長養要當問疴瘵。園中魯相待折葵，戶下龐公休拔薤。穧君不可忘此味，毋以絲麻棄菅蒯。他時《杞菊賦》倘成，醉守籃輿定添畫。

賦得桂林一枝 　得丹字 浙闈主試擬作

仙桂山中樹，繁枝本屈蟠。秋風生處早，月窟折來單。地許高攀到，材尤獨秀難。微拈香裏袖，斜壓影欹冠。葉覆深流翠，花濃細染丹。足珍希更貴，無隱靜能觀。尚想孤根直，真同片羽看。願持鷲峰種，移植五雲端。

扈蹕發京師馬上有作

橐筆事行邁，俶裝及凌晨。征袍綻故線，重拂塞上塵。習慣性所便，安驅出城闉。離離原樹失，稍稍墟烟陳。青帝壓茅舍，土銼招行人。咄嗟點餳粥，感此節物新。長虹枕浮梁，南北交通津。流澌昨解凍，波影生微鱗。餘寒勒枯荑，未放長條春。忽憶故溪梅，封橋正如銀。盈盈此衣帶，一葦嗟何因！
坡陀指潞亭，馳道直於髮。街司宿掃除，摩擊斷來轍。輕蹄踏明鏡，過塽眼一瞥。土囊忽怒張，驚沙起蓬勃。蕭蕭散青絲，風色在馬鬣。刮耳萬弩強，顛倒吹袴褶。匹如鷓退飛，十步九回折。停鞭欲相呼，對面噤不發。迴身就笨車，沙路沿臬兀。重闈密周防，趺坐儼丈室。閉置新婦如，莫笑吳兒怯。我久化素衣，黃塵畏緇涅。

木蘭扈從二十首

哨門千嶂似肩排，片石凌空鏡面揩。天遣奇峰表靈囿，赤文綠字首磨崖。哨門，地名。石片子青壁峭立，御製詩勒其上。

萬馬蕭蕭寂不鳴，巡籌傳警月三更。軍中號令風雲肅，不用清宵鼓角聲。御營舊例，以鼓角警夜，上特命罷之。

滿山輜重似雲屯，路近移營趁曉暾。齊候九霄張御幄，一時卓帳繞和門。每日置頓，俟御營安設行幄，扈從者方得支帳。

幔城周戟護金鈴，蓮漏丁丁響未停。騎馬黃昏望行帳，萬燈如雨亂春星。

數聲篳栗五更秋，雲際遙看纛影浮。催動一千三百騎，雁行妮隊下山頭。

分翼雙旗會看城，長圍合處月同盈。御驄安吉驪閑吉，飛上千峰赭蓋明。

宣問郵書日幾回，丹毫乙夜手親裁。黃門一騎衝圍入，丞相軍前驛奏來。

雕弧親縠笴如銀，獵罷爭傳中的頻。又早閣章催進御，楯郎承詔喚樞臣。

蒼莽平川曉霧開，欻飛踊躍氣如雷。寒光一片鎗頭白，已報前山殺虎回。

圍場七十互周遮，盡傍山坳與水涯。誰似巴顏最蕃殖，毛羊角鹿總連車。巴顏圍場，獸所聚處。"巴顏"者，漢語"富盛"之意也。

突圍奔鹿未容逃，驚雉翻飛出野蒿。手接爛斑馬頭墮，地爐分肉笑兒曹。凡圍中麏鹿逸出，得之者皆獻於公。若得雉、兔等物，則不獻也。

廣場什榜繡氍毹，鞠腞年年奉睿娛。馬上少年齊結束，繞山飛鞚捉生駒。

柳陰深處飲明駝，宛轉羊腸一線河。記得上番留寬眼，又移氊帳下平坡。

草枯沙淨馬蹄輕，認取枯椿渡口橫。急騁休誇好身手，一橋掌大萬人爭。

谷底濛濛散曉嵐，群峰如黛競抽簪。雲頭忽打穿林雹，知有前山海喇堪。山之有神靈者，謂之"海喇堪"，爲人馬所驚，每致冰雹。

地面看來紙面柔，淖泥還帶伏泉流。後蹄莫踏前蹄穴，陷馬須防塔子頭。

當年耕鑿朕溝塍，遺跡難尋大小興。獨向西風閱人代，亂山孤塔尚層層。西哨門內，有地名"半截塔"，相傳元時所建。

疊嶂岭岈望月紆，如絲鳥道入雲孤。樺皮梁上紅千樹，渲染秋光入畫圖。

萬里清光月掛盆，十分寒色雪埋轅。塞山好作中秋節，故遣飛霙入酒尊。

僧機圖嶺湧青蓮，別是仇池小有天。不及捫多高萬仞，白雲常鎖翠微巔。"僧機圖"者，漢語"玲瓏"之稱，其山洞穴交通，最爲奇秀。"捫多"亦嶺名，險峻尤甚。

木蘭行帳有惠酒蟹者賦此謝之

籠頭分染麴車香，夜火爬沙想戴匡。堆甲翠還凝玉蟻，擘臍清似薦霜糖。中黃寫液堪流盞，外骨含膏不藉腸。略爲秋光煩左手，醉鄉風味領何妨！

篁村集卷五

上海陸錫熊耳山撰

古今體詩五十一首

涿州與祝芷塘編修別時編修使蜀

折柳都亭雨乍乾，使車衝暑發長安。修途已判三秋別，歧轍重淹一夕歡。閣道山川通錦里，炎方風俗問珠官。琉璃河畔今宵月，流影天涯各自看。

毛萇故里

名儒環堵此遺蹤，想像弦歌老禿翁。訓詁早開孔鄭學，源流先廢魯齊風。馬肝畏食時方棄，驢券頻書說太訌。一樣傳經俱寂寞，草痕青遍日華宮。

河間不得見劉二桐引賦此卻寄

薊門明月滿，一夕別愁增。復作瀛洲客，真同行腳僧。川塗吾乍去，書記爾偏能。孤館停杯處，相思噎定曾。

發富莊驛大風雨作歌

交河縣東日色昏，雨腳亂掛劉橋村。雷車喚醒睡龍睡，起撒粗點如翻盆。高低濛濛一片白，倒路枯楊不論尺。東衢西衢斷行人，但見歸鴉塌雙翼。崎嶇一里十里長，蹄涔步滑愁顛僵。僕夫頳肩赤兩腳，卻問官今有底忙！燎衣曛黑投逆旅，洗盞高歌勞辛苦。路穩泥乾會有時，人間何地無風雨！

自德州至恩縣作

南天又見礎雲生，雨意垂垂未放晴。誰把行人故相惱，亂蟬纔了亂蛙鳴。

積水陂塘靜不流，兩行官柳濕烟稠。滿衣狼藉河間雨，一路衝泥到貝州。

桐城驛望東阿諸山

城西惜別好眉顏，千里平蕪莽蒼去聲。間。忽露孤雲青一角，眼明喜見穀城山。

【校】《朋舊遺詩合鈔》本"桐城"作"銅城"，"莽蒼"作"蒼莽"。

東阿舊縣雨宿

急雨連山暗，宵分道路邊。何時乾后土，真恐漏高天。錦障馬能惜，油衣瓦亦穿。我行尚東郡，太息此迴邅。

東平道中即目

隄抱如弓曲曲形，東平古驛眼重經。虹邊雲破者般碧，柳外風來大段青。腰腹賢王空廢塚，風流刺史尚孤亭。一痕鼍尾新鬈好，畫出烟波小洞庭。

次汶上作

薄酒不成醉，蕭條夕館虛。疏星偶撥霧，新月已盈除。田熟爭喧蛤，湖平大上魚。阿蒙吳下去，消息近何如？同年彭四紹升，向留令兄汶邑官舍，近聞其還吳中侍養，故云。

兗郡寄家人並懷後園草木四首

掩閣遙憐雪簟清，夜涼深院坐流螢。那知風雨嶧陽郭，聽盡瀟瀟滴枕聲。

庭前新種芭蕉樹，雨過抽莖幾許長。試拓小書篷一望，定延濃綠上西墻。

編栀初藩老圃家，豆苗藤蔓日周遮。五更風露無人管，閑卻牽牛一架花。

十年樹木計成迂，爲賞疏陰洗碧梧。明日銀牀應落葉，夜窗催動翦刀無。時十七日立秋。

庚辰上春官偕同年王丈延之宿中山店題詩逆旅壁間今重過其地而王丈下世已五年矣愴然續題即用前韻

十載看題壁，恒河感昔塵！偶爲乘驛使，原是賃驢人。歲月陶輪疾，風霜宰樹新。重尋《耆舊傳》，存歿一沾巾！
【校】"驛使"，《朋舊遺詩合鈔》本作"傳使"。

韓庄閘口望微山湖

眉痕淡掃夕陽邊，獨倚危橋望楚天。引起江湖十年夢，亂帆如葉水如烟。

徐 州 渡 河

開船打鼓日初曛，千里中原極目分。山勢尚圍西楚國，河聲常走武寧軍。重城烟樹浮晴刹，戰地沙蟲没亂雲。稍覺吳歌近鄉國，客心迢遞不堪聞。

彭城詠懷古蹟三首

千古雌雄閱項劉，荒臺落日迥含愁。寄奴自有天人表，亞父空爲豎子謀。幕府關中亦豪傑，參軍江左太風流。南岡睹跳須臾事，回首陰陵貉一丘。

北中郎將此停鑣，建業藩籬列戍遥。河上一時曾守鑰，淮西再擲浪成驍。布沙愛子身先叛，築堰降人骨已銷。太息壽陽來白馬，畫江真號小南朝。

黃樓樓下夕流黃，城角平臨僕射場。九日壺觴共王倅，一篇騷雅妙秦郎。山人野鶴招難待，父老花枝裏更傷。曾見兩翁清似鵠，逍遥堂後木千章。

門人孫孝廉岳灝送我於河堤詩以示之

客中相見意淒淒，踠地垂楊送馬蹄。盡汝沙頭一杯酒，河流無際夕陽西。

去年別我上吳船，意外浮漚一餉緣。且聽秋風喫河鯉，此身何處不超然！

傷徐超亭教授

昨接彭門札，封題偪臘前。猶慚遲作答，誰道已纏綿！舊屋三間冷，歸舟八口懸。窮官頭不白，淒斷廣文氊。

臨 淮 廢 縣

清波來照鬢絲痕，百尺垂虹影半吞。淮泗東趨尊百瀆，荆塗中斷矗雙門。蛟龍不撼巫支鎖，烏鵲猶朝禹會村。欲訪老氏帶箭地，八公山外夕陽昏。

濠梁雜詩三首

牧豎曾燒將相墳，辟邪天禄總斜曛。楊王遺碣人争誦，只愛金華絕妙文。

鳴雞村巷問居人，烟火東西少比鄰。枉徙豪民實關內，劫灰回首怨黃巾。

菼花荻葉晚蕭騷，漁父乘流集小舠。也比惠施來偶坐，遙天出網看銀刀。

定遠靖國公祠

定遠故有靖南侯黃公祠，王文簡曾爲賦五字詩。按，侯以板子磯之捷，福王進封爲靖國公。今《御定通鑑輯覽》於乙酉五月，大書"靖國公黃得功死之"，具爵示襃，千秋論定。因爲改題"靖國公祠"，而係之以詩。

景陽宮井已荒基，破廟猶傳颯爽姿。原識鹿亡難援手，可憐豹死但留皮。蜀岡鼓竭同時殉，荻港舟沉異代悲。華袞衹今瞻特筆，好題靖國勒新碑。

合肥龔端毅公故宅

祖帳都門顧竟違，故山松桂儼林扉。身前出處煩青史，海内聲名感布衣。杜老詩篇終古在，醉翁賓客到今稀。蛾眉寂寞俱黃土，空愛叢蘭墨瀋飛。

北峽關見錢香樹司寇山行題壁詩即次其韻同玉亭農部作

遙峰初目成，邢尹喜雙覯。垂雲擘東西，濺瀑界左右。茸茸頂午髻，蔌蔌面深皺。清光出頮沐，昨雨今還復。連岡奔鹿挺，互嶺外蛇鬥。何年起眠龍，勢欲挾飛鷲。蒼松翕盈谷，根抱石骨瘦。密如孔分毫，一一中理腠。伯時真吏隱，卜築熙豐後。璇源失舊館，空指雙隻堠。此邦富纓冕，盛事胡不又。誰當割烟霞，規作小臺囿。門停千山陰，樹拱百年壽。待我躡藤鞚，凌風采三秀。

翌日發桐城復倒押前韻邀玉亭農部和

傾城無毛施，東家競妍秀。商山白鬢眉，那較彭聃壽！持論索目睫，近取識已囿。龍眠一丘壑，夸語我敢又。平生託山緣，匹馬閱亭堠。搴霞赤城頂，踏雪興安後。烟雲比癥結，垣隔洞膏腠。君家祝融峰，翼抗朱鳥瘦。胸中芥蔕夢，袖底出靈鷲。齊秦大非耦，寧共莒邾鬬！云何戀兹景，側首屢回復。東華十年土，壓斷雙眉皺。割腴偶解饞，終在羔羶右。淺深見當泯，涉脚隨所覯。

潛山道中愛其風景清絕漫成一律

詰曲山行愛軟轝，連村竹色稱幽居。風披碧稻不藏鷺，雨破白蘋時跳魚。一水爭橋寒碓急，數峰當戶晚帘疏。他年若乞祠官去，灊岳安茅讀道書。

小池驛書壁二首

卸馱纔看日下舂，暝雲如墨壓頭濃。雷聲卻傍西南去，雨在灊山第幾峰？

破驛無憀被酒眠，繩牀紙帳乍涼天。萬山月黑荒蟲急，喚起秋聲又一年。

自潛山至太湖山行雜書所見四首

大宮小爲霍,連綿不知里。蒼然水石精,松栝孕清美。駢枝既交蠖,密幹亦相倚。籠岡復被谷,離立競尺咫。風來四山動,高下絲霏靡。如收天水碧,染入鴉青紙。一片活光明,攬之不容指。童山半河北,色與死灰似。蒙頭謝鉛粉,袒背失衣履。奈此面目何,取憎固其理。南來飽巖綠,籠葱盡可喜。峨冠雋不疑,氣折暴公子。苟無欙具劍,孰表男兒偉!

連岡斷如玦,複嶂來抱之。一曲復一重,尻脽互撐持。中淳呀成窪,十畞涵清漪。嫣然白芙蕖,韶顏發春姿。抽莖或瑣細,偃葉交離披。可憐委叢莽,盡日無人窺。亭亭裊東風,獨立欲待誰!何當乘曉月,來看新妝時?

山田繡層畦,瀄瀄水注谷。村童挽雙角,涉水晨放犢。時聞《五經》師,叩誦聲出屋。紅妝點明鏡,浣女下空渌。人家在清暉,日對小橫幅。住山非知山,意趣自不俗。何須訪真隱,傭販亦冰玉!

千山收暝烟,曳作匹練橫。風吹不肯散,要待升長庚。寥寥三家村,畏虎關柴荊。但見深竹底,閃睒燈初明。群鴉暮歸巢,得食還喧爭。鷺鷥獨容與,徐步沿溪清。水清亦無魚,飲啄不自營。嗟哉此標致,媿我塵中纓!

將至楓香驛道旁有古松一株奇矯特甚爲贈一絕

攫地盤霄翠幾重,虬身偃蹇閱春冬。何人爲築松風閣,不向天都看臥龍。

黃梅即事

虛館追涼跡偶淹，如繩急溜忽排簷。焚枯細爇松毛賤，飲濕頻斟蜜汁甜。彭蠡雁回初熟稻，武昌魚好會傳縑。適朱大千觀察自武昌遣人，以書來迓。黃梅大意君知否，破額山頭吐缺蟾。

初抵江口

荒傖僑郡地，隔水問柴桑。楚尾風烟合，江心波浪長。蕭蕭聞伐荻，獵獵數回檣。出沒千峰外，雲頭是建康。

渡潯陽江

斜風細雨馬當船，看盡東南半壁天。獨鶴唳開樊口月，神鴉飛破小孤烟。千家樓堞銷兵後，六代江山謫宦前。桑落洲頭望湓口，寒濤空捲義熙年。

登琵琶亭作

茫茫九派接空流，亭角扶闌信遠眸。江上客心悲落日，天涯詩意入清秋。斷雲影坼黃梅岸，哀雁聲沉苦竹洲。重與騷人寫幽怨，夜船吹起笛中愁。

潯陽夜雨

五老忽頭白，逢逢雨乍生。散絲穿密幌，送響問荒更。素練深閨夢，黃花故國情。誰知今夜雨，獨卧九江城！

出九江南門上廬山麓

出郭不數里，東林聞曉鐘。江流碧安極，山色翠還重。日上香爐頂，烟消錦繡峰。杖藜彭澤宰，乞食定相逢。

東林寺用陽明山人壁間石刻詩韻

名藍鬭勝如鬭草，按緑妝紅各言好。東林卻比大士鬚，坐閲繁華不枯老。松風洗盡歷劫哀，溪聲山色皆如來。遠師多事管晴雨，影堂供養千幡開。山農迎遠公祈雨有驗，競製幡懸室中。中丞詩碣留峴首，橫槊臨江憶釃酒。朝端白黑紛蒼蠅，誰似山中石難朽？我亦安心謁祖庭，啞羊勞汝候前汀。問來除目何須答，且看匡山萬疊青。

三　笑　堂

開門見南山，松花墮涼雪。言尋虎溪路，一徑趨逶折。深堂寂無人，緩帶滌煩熱。幽襟契蓮社，吾愛陶靖節。意行無町畦，曠致縛禪悅。當年三客蹤，草長綦音絶。丹青尚遺姿，巾服儼孤潔。描摹亦駢拇，色障非大徹。法師具天眼，萬象不生滅。虚空本無橛，那事強分別！一笑撒手迴，妙諦不可説。請聽橋下水，猶似廣長舌。

【校】"幽襟"二句，《朋舊遺詩合鈔》本無。"無橛"原誤作"無橋"，"撒手"原誤作"撇手"，據《朋舊遺詩合鈔》《湖海詩傳》改。

西 林 寺

散策西林去，堂頭午鉢殘。翠禽還拂座，白牸偶衝壇。塔影停圓繳，田區界破襴。不須參慧永，一口吸江乾。

南唐後主祠 在圓通寺

零落叢花賸麝囊，更無人與酹椒漿。已攜睡地朝真主，終仗齋緣配法王。鍾阜隱居仍浩劫，皖公山色又斜陽。靈祠卻聽潺潺雨，重省江南夢一場。

望天池不得登有作

烟中現幡影，了了數門闠。緣崖望忽迷，闖見兩峰合。稍逢越澗樵，蟻徑碧蘿罥。天池在其巔，繡磴少人踏。迢遙三十里，直上怖飛鴿。清音留水石，終古自硉磕。平生抱微尚，頗戒靈運雜。遙思碧眼僧，宴坐正磨衲。逝將修淨土，受具穿木楊。棲棲尚簪縷，內訟心自答。何處白雲來，蒼茫失孤塔。

廬山謠九江道中作

我聞廬山高高橫絕攬青冥，南斗墮地流星精。瑤光破碎不復上天去，化作九疊春江屏。重跗複萼互包裹，四面轉側無常形。晴天雲霧不解駁，深護窟穴藏真靈。其間佛刹開幽扃，棟宇彷彿齊梁營。平田如罫敞深谷，把茅亦有耕夫耕。瓜牛之廬一區耳，乃令千巖萬壑皆得蒙其名。洞天福地莽寥廓，翠壁丹梯望如削。

黃昏日月會高頂，白晝雷霆走懸瀑。書生只解鑽故紙，誰似飛猱插雙腳？不知遊人足跡多少不到處，山草山花自開落。徐凝惡詩洗難盡，周續遺文世誰作？中主書臺付礧礫，顛仙御碣空陊剥。可憐此山千載飽廢興，只有太白東坡尚如昨。我來浩蕩乘白雲，南遊興發尋匡君。夢中手執綠菡萏，半天鸞鶴徑接扶搖群。昨宵問渡潯陽口，人事蹉跎一回首。既無門生扶侍舁籃輿，又無候吏逢迎送樽酒。腰間黃綬足下靴，翻笑形骸太粗醜。此時潯陽太守臥掩關，合眼不看城頭山。螟蛉蜾蠃兩何物，那識窈窕青螺鬟！江州已無醉司馬，清泉白石抑鬱爲摧顏。玉淵潭水挽秋雨，遣洗塵俗山寧慳。吁嗟乎！遠公社中舊相識，曾約歸來未頭白。放歌因續《廬山謠》，記我他年不生客。

篁村集卷六

上海陸錫熊耳山撰

古今體詩五十七首

題德安縣清泉亭

崖根石液瀉雲肝，綆轉銅瓶百尺闌。動髮半規聊鑑影，澆腸一掬亦愁寒。未曾內熱空勞飲，不混常流便耐看。何限人間方齒冷，甃邊莫更起微瀾。

安義山中紫薇花最盛田家以編籬落爛漫彌目戲題一絕

紅紅白白儘夭斜，屋角蒸開萬朵霞。我是中書老郎舍，一茶來看紫薇花。

奉新夜宿題徐氏樓壁　七月初三日

叢桂吹涼葉，蘭池暑氣澄。南州下懸榻，西閣就明燈。纖月初三夜，高樓最上層。無眠愁擁被，已覺怯吳綾。

抵　高　安

百里筠州道，崎嶇爲雨長。橋危騎劍脊，坂曲繞羊腸。邨色昏牛市，江聲動女牆。東軒無長老，投宿定何方？蘇子由謫筠州，築東軒，人稱爲"東軒長老"。

誰　家

脆管嬌絲傍夕催，誰家燈火下樓臺。不妨樽酒陪陶穀，豈分囊鞭送李回！益野二星原戲耳，東方千騎亦豪哉！十年未厭承明直，投筆翻思乞郡來。

贈臨江李匯川太守

我來江上聽歌聲，飯豆連村買犢耕。綠樹罨城秋色迥，紅箋圍座長官清。艱難借寇三年意，牽挽留髡一宿情。原是梅花廳裏客，還朝合作水雲卿。

臨江吸川亭舊傳王荊公生處感題二絕

抱送當年事不輕，元豐相業有公評。生兒誰遣知行劫，垂老重蒙大畜名。

洛蜀波流到靖康，初心那復料貛郎！便須翻卻圍城案，不問舒王問肅王。

新淦江上二首

屈摺緣江路，閑鷗喜漸親。亂檣森似竹，斷塔矮如人。指動思紅鱟，心清愛白蘋。何時把歸舵，烟水下通津？

三十三峰好，雲生何處谿？<small>新淦玉笥山有三十三峰。</small>重泉遙掛樹，急漲忽侵蹊。帽側槐花糝，衣沾豆葉泥。無情水楊柳，猶放鵓鴣啼。

周公瑾墓下作　在新淦

無復周郎顧，樵歌上隴行。小喬還配食，諸葛奈同生！水繞巴丘戍，山連白下城。如聞孫討逆，吳郡亦荒塋。

峽江七夕

睥睨窺江黑，連峰峽口陰。蟾痕秋約鬢，螢思晚生襟。樹捲明河影，樓傷獨客心。京華五千里，何處聽寒砧？

過吉水丞張君官舍題贈二首　張同里人

廿載憐微宦，棲棲戀斗升。鬢緣衰後鑷，壺向食前蒸。兒女能諳客，江山不負丞。故鄉耆舊盡，訊問一沾膺！

侵晨開北戶，邀我上虛廳。幔借栟櫚綠，牆攔筤竹青。放衙呼鴨伴，判案問魚經。吏隱堪投老，無爲歎滯冥！

吉安喚渡二首

七尺烏篷剪急流，青原山翠上眉頭。長風研出銀光紙，白鳥蒼烟望吉州。

墨渚螺川水抹坤，筆牀茶竈要重溫。預愁十月歸舟晚，減卻紅蕉兩岸痕。

廬陵文信公祠

宋家已失獨松關，丞相遺祠傍故闤。朱鳥何時聞慟哭，黄冠有客望生還。榜頭小録人爭弄，獄底遺書史不删。我向南溟雪餘涕，浪花捲屋弔崖山。

吉州雜題四首

景龍司户扇遺風，丞相平園蔓草中。惟有祖山青石版，瓣香斜日拜涪翁。

排岸司前十字文，南唐鐵蘚繡寒雲。凌波渡口帆千葉，不是銀標水上軍。

溶溶香水皸臙脂，彔曲闌干玉女池。羅韈不來裙草緑，螺山新月想蛾眉。

四大飄然朕隻鞵，月光水觀鏡同揩。當時絶倒東坡老，踏破禪關米市街。

苦熱十六韻　七月十一日泰和道中作

昨歲徧槍嶺，三更夜打包。去年扈蹕秋獮，以是日出古北口。今朝撼口道，百里午鳴鞘。大地風輪寂，炎官火繖交。穉商萌乍坼，耄暑氣安撓！衆蟄昏埋腹，千林靜擁梢。喘牛疲歷坂，息鳥倦依巢。澗渴愁猿掛，泉寒憶虎跑。可憐蟲化倮，頗訝室炊庖。沁齒冰思嚼，撐胸飯怕抄。黔來知炙面，漬處看流骹。方麴揮應厭，單衾睡欲拋。就陰難擇木，借冷試搴茭。未羨清涼散，終慚褦襶嘲。溪山違白苧，瘴癘逼黃茅。快閣雲中幔，澄江水上匏。空期碧筒飲，萬柄雨聲敲。贛江至泰和名澄江，黃山谷快閣在其上。

御巷　在泰和，宋隆祐太后避金兵過此

鳳輦何時到，宵烽此暫休。飄零散紅帔，跋扈起黃頭。福薄言終驗，時屯涕不收。金花潭上水，嗚咽尚爭流。

萬　安　縣

縣牆圍薜荔，陰色上眉初。山翠衝檐落，江濤射枕虛。梟藏林月黑，螢定竹風疏。不見桐鄉葬，中宵拭袂餘。姊壻凌君應蘭嘗宰是邑，卒官已數年矣。

一　滴　菴　小　坐

澀徑衣苔繡短幢，禪房初呀起鳴厖。鈎鞵路占三分石，瀹鼎

茶翻一滴江。屈竹編援含密眼，睡槐剒瘦膡空腔。烟中定有推篷客，見我懸崖坐小窗。

發烏兜驛行三十里天始明

睡起林烏報，晨征怯遠郵。嵐蒸衣濕雨，蟲抱葉鳴秋。出谷呼明媼，尋泉識暗流。東南數峰曙，披豁望虔州。

贛州道中二首

嶺北萬重雲，炎方氣候分。弄簫吟木客，擊鼓賽魑君。素柰秋樊繞，紅蘭午箭薰。縠婆聲更苦，斷續雨中聞。章水上有石人出水，名曰"魑君"，土人皆祀之。縠公、縠婆，贛地鳥名。

犖确崎嶇路，荒荒野壔殘。烟生分水嶺，風急對魚灘。攬鏡新霜改，登天遠道難。萬山孤柝外，鼓枕夢長安。

同年衛松崖明府惠儲茶一器賦贈

儲峰好鴉髻，潭水碧羅染。佳人比佳茗，翠濕行雲渰。大圜擅風格，名豈窣源掩！年年踏春歌，采摘競凌險。玉纖焙銀芽，爲製竹爐弇。頭船八餅綱，包貢遠無忝。令君謫仙人，行春擷苔厂。一囊試歸煎，方經自繙檢。真清如官聲，不受世塵玷。伊余住人海，鄉夢繞台剡。雨前江帆開，凝望歲空奄。南征又徂暑，燥吻畏西崦。腸中踏蔬羊，雷動惡寒儉。每思渴羌豪，持謝熱客砭。逢君啓高齋，招我剥冰芡。臨行苦被肘，欲去意翻嗛。都籃幸分致，筹裹韡紋閃。重緘未開封，鼻觀香已漸。酒醒飯正軟，對此豁雙貶。月瓢初翻泉，風鼎欲生餤。何須屑霏鹽，徑學柯山點。見曾幾詩，幾自注云：「俗所謂'衢點'也。」

登八境臺

雉影分涵鏡裏屏，天風攜我瞰疏櫺。日銜鴉背千山赤，城匝鰲身萬瓦青。乘蹻獨來干氣象，排闖誰與叫英靈？梅花遠信秋難寄，極目南荒涕泗零！

城角交流章貢水，簷頭平對鬱姑臺。蒼涼萬里身初到，突兀三層眼忽開。雪捲灘聲驅石走，雲扶塔影截江來。戰場指點傷遺劫，漠漠秋原塌井苔。

下金雞嶺渡芙蓉江抵南康縣城作

初曦薄秋蓋，露草猶泫隰。行衝石頭滑，書擔壓藤笈。盤盤陟崇阿，力怯步屢澀。崩橋俯旋復，縛板亦粗茸。清暉信多娛，頗禁馬蹄急。浮圖望稍長，十里行未及。芙蓉渺江水，活汞不可汲。芳華緬空洲，奈此青滕濕。稍生隔岸烟，城小覆圓笠。孤亭問前渡，下有數艇集。沙頭誰相要，一鷺作人揖。

過大庾嶺

峻嶺誰教問斧柯，卻分涼熱界山河。磴攀井孔千盤上，關劃星痕一綫過。驛使路長梅信晚，炎州天遠瘴雲多。滔滔不盡樓船水，祇送南流奈爾何！

曲江舟次柬廣州趙雲松太守

五載音塵萬里塗，此行喜得故人俱。預愁促席辭難盡，已覺扁舟夢不孤。閉置最嫌新婦似，逢迎還當惡賓無。裁詩急喚滇江鯉，先報風流趙大夫。

定圃中丞監臨試事闈中次法陶菴先生壁間石刻詩韻見示依次奉呈

桃李陰成滿日傍，又從嶺海挈文綱。登龍近接三台座，立鵠齊瞻萬仞堂。玉律頒條霜並肅，銀毫染翰桂同香。卻慚獎借多逾分，過眼空迷古戰場。

奉和定圃中丞中秋即事用陶菴先生元韻

良宵清漏滴痕移，棘院森沉點筆時。寒士歡顏秋月霽，明窗佳句燭花知。蜂房影矗東西舍，魚鑰風清內外司。咫尺扶胥接奇景，聽潮虛擬和蘇詩。

八月十六日試院夜集賦呈分校諸君二首

鎖院秋風澹鬢痕，角聲如水動黃昏。三年慣別西清月，前年典試浙中，去歲扈從木蘭，今復奉使來粵，不得于京邸度中秋者，已三載矣。十日新開北海樽。鎖院來已十日，因恐妨務，未嘗宴集。隔舍歌呼容脫略，分曹甲乙互評論。相看暗數心期在，莫忘麻衣踏省門。

紛紛束筍漸成堆，眼底丹鉛次第催。偶借煎茶徵雅會，好憑浮白賞英才。斗邊龍劍衝星躍，海上鰲山跋浪開。休待更闌剪銀燭，案頭應有夜珠來。

填榜口號

中丞押字鎮當頭，看領霓裳月殿遊。嚴鼓報更千戶徹，繁星臨榜五花浮。數峰湘浦神來助，片玉崑山美並收。采罷芙蓉獨惆悵，有誰零落尚悲秋！

鹿鳴宴畢疊次前韻賦呈定圃中丞二首

斗南佳氣映弧傍，珠海親逢鐵作綱。此日驊騮初得路，何人絲竹許升堂？源知飲水韓蘇貴，貢比充庭橘柚香。願共諸生奉明教，敢緣喫著試三場。

明光憶聽履聲移，萬里星槎奉謁時。讀榜士多門下出，各省典試，多先生門下士。登臺春向座中知。日南草木威先動，海內文章命有司。歸去都人問君實，清風爲誦兩篇詩。

翁覃溪學使招登鎮海樓遊六榕光孝二寺用諸城相國師舊作韻賦詩見示奉次二首

遠隨飛蓋陟危欄，俯視蒼茫欲辨難。蜃氣湧城千樹黑，罡風吹瓦一樓寒。檐垂雲葉卹金鐸，礎臥苔衣繡鐵丸。極望炎荒感蓬跡，去年踏雪遍烏桓。去歲是月，方扈從木蘭，故云。

乘槎喜得訪君平，導我來尋舍衛城。門榜礔金迎面見，六榕寺額，猶東坡手書。壇枝攢翠壓眉橫。菩提樹一株，在光孝，梁時智藥三藏自天竺攜來所植。塔尋無縫何勞鑄，二鐵塔，皆南漢時所鑄。幡動非風了不驚。風旛堂，爲六祖論風旛處。擬共穎師論指法，琴牀空倚夕陽明。圓通上人善琴，時訪之不值。

海 珠 寺

睥睨中流踏浪空，驚波直打海門東。沉鰲戴石千層出，翔鷁交帆四面通。蜑女緩歌愁暮景，蠻僧停唄起秋風。更攀烽火天南樹，想像燒雲二月紅。

翁覃溪學使從侯官林上舍見其祖吉人舍人所藏漢甘泉宮瓦因倣製爲硯幷拓其文裝成行看子屬題其後爲賦長句一篇

阿房脉斷咸陽賈，軹道來迎卯金主。誰營宮闕文終侯，釭壁中天覆雲雨。未央複道通甘泉，湧現蓬萊化人宇。銀溝珠甋互層疊，工二搏埴刮摩五。吉文篆出龍鸞形，兩巳瓜邪中句矩。長生爲祈世曼壽，常奉千齡閱今古。纖兒撞破好家居，一炬堪憐化焦土。孤雲墮地埋秋蓬，風陶雨鞴南山空。侯官舍人昔好事，亂礌手掇驚神工。中央迴讀周四角，叩之非石還非銅。漢宮烟月磨不盡，卻入林家硯匣中。八方翠墨競摹致，銀鉤粉本光玲瓏。朱多王好兩老翁，題縑句炙抄謄同。重綈什襲秘葳鑰，子孫永寶貽無窮。覃溪先生抱奇嗜，一見摩挲不能置。嶧山焚後多俗姿，漢畫秦波此深契。臥觀三日指俱化，急琢雲肝訝神似。頭銜別領萬石君，銘背幷識甘泉字。烏絲闌界百砷磭，骨力森張破餘地。先生媕雅苞三蒼，古意挽筆千鈞強。羲娥摭拾笑潘薛，蟲鳥掛漏卑歐陽。紛紛洪趙那比數，手抉金薤羅琳瑯。七年使節駐炎海，搜岩剔谷無餘藏。遺文摹勒陷深壁，釵痕蠆尾圍長廊。西齋晝靜聞響拓，梧風撼紙霏清香。即看此硯文精良，墨情石德交光芒。延津龍劍倐雙躍，世眼分別誰低昂？何須更索林生本，便是人間真乘黃！

拱北樓遠眺作

直北星辰望帝京，雙門突兀倚秋晴。鱟帆駕海浮層塔，雁翅排雲護夾城。珠舶百夷開互市，銀戈十國卂紛爭。扶桑晞髮真奇絕，徑踏黿鼉背上行。

趙廣州雲松招同簡農部曹瓊州舒韶州泛舟珠江集海幢寺即席賦贈二首

偶隨鷗鳥共忘機，瓜艇乘潮拍浪飛。篙眼點門江漲闊，城根擘岸市聲稀。布單禮塔仍三匝，穿幔看榕盡十圍。千指撞鐘迎太守，雲山顛倒壞緇衣。

佛桑零雨濕偏提，藥盞茶鐺次第齎。密葉翠蔦荷檻冷，亂峰青闠笐牆低。天涯酒社憐萍會，物外香廬愛蟄棲。不枉芒鞋踏南海，貝多樹底一留題。

珠江竹枝詞四首

艔慢篙輕不怕風，鴉頭嬌小粉光融。阿奴愛住檳榔艇，染就唇邊別樣紅。

賽罷金花娘子祠，寒篷燈閃露華滋。海心磨出團圞鏡，來照三更卸鬐時。

珠江江水接波羅，江上玲瓏一串歌。欲把相思問紅豆，蚌珠爭較淚珠多！

湘裙不見覆雙鈎，素藕凌波步步秋。斜插玉簪花一簇，盤鴉低擁學蘇州。

雨中舟次中宿峽夜入飛來寺題山暉堂壁示雪菴上人二首

苔侵峽寺鎖岩隈，曛黑攀泥著屐來。大樹霧屯秋槭暗，連江雨洗暮靄開。拖帆濕欲沉山翠，迸澗喧爭裂地雷。倚徙虛堂轉蕭瑟，阮俞吹竹夜生哀。

南禺雲接北禺雲，細指盤陀夕徑分。橋跨流香晴亦滑，亭含飛雪夏常聞。歸禽翅斂藤蘿色，擊板聲穿虎豹群。重與阿師燒燭坐，雨絲灑榻正紛紛。

韶州九成臺晚眺

盤阿鳥道怯登臨，清檻疏簾接暮陰。衣袂乍寒五嶺色，江山長感九秋心。沉犀影落雙梁直，韶州城外，新置浮橋二所。巢鸛枝高亂葉侵。莫向瀧頭問瀧吏，笛聲猶怨武溪深。臺前臨武溪水，即古樂昌瀧，臺上有宋蔣之奇《武溪行》石刻。

南雄郡樓別張蒙川太守

落葉輕催度嶺裝，感君牽挽復登堂。歸心緩泥三杯酒，別鬢寒禁十月霜。風雨隔年魚信遠，關河幾驛雁程長。城頭一線中原路，卻望京華似故鄉。

滕王閣

南浦初停萬里艖,扶桄獨上感年華。江湖雨急寒征雁,城郭烟虛動落鴉。絶域人歸留眼界,閑愁天遣付詩家。畫闌欲別頻延佇,容易飛騰白日斜。

篁村集卷七

上海陸錫熊耳山撰

古今體詩二十七首

陪瑤華主人遊盤山千相寺分韻得亭字二十韻

疊磴趨中谷，連山拱翠屏。客來扶棧度，騎轉隔橋停。石壓蹲蛟勢，松盤舞鶴形。繁花遲潑雨，絶澗想奔霆。蟻道方緣垤，獅林忽建瓴。雙竿承寶刹，兩扇豁金釘。雲氣晴浮瓦，泉音晝入鈴。香臺禽欲下，講座虎曾聽。海色連平楚，天光動落星。契真洞名開窈窱，洗鉢池名貯清泠。田俯僧衣碧，峰交佛髻青。何人崇象設，多事鑿巖扃。相好闕俱足，名言理亦冥。唐燈懸古厂，遼碣剔殘銘。興發還紆策，幽尋更得亭。拈毫逢邂逅，隱几接芳馨。遊許陪飛蓋，才真謝叩筵。流連傳茗椀，指點拓窗櫺。歸路頻迴顧，長吟到薄暝。題詩崔顥在，勝地媿初經。

扈蹕自烟郊至白澗馬上大雪作

萬帳風聲夜沉寥，五更寒動馬蹄驕。行人衣上三河雪，吹過沟西尚未消。

遊盤山古中盤作

紅闌略彴鎖迴溪，徑轉峰腰路忽迷。多謝山靈看生客，松風扶我上丹梯。

下盤直上接中盤，夾路雲濤和響湍。更向青龍橋畔望，銀宮珠闕半天看。

如玦雙崖一面圍，紅牆古院款松扉。上方已到雲深處，化作濛濛雨濕衣。

翻身百尺俯崔嵬，一笑投鞭躡碧苔。我本江南老行脚，幾曾走馬看花來！

題蔣心餘前輩歸舟安穩圖

俶裝春仲已秋仲，卜宅洪州定蔣州。七品便酬官事了，半年重爲故人留。文章館閣雙簪筆，婦子江湖一釣舟。漫向昔賢論出處，有誰白髮勸歸休！

送費芸浦太守之官江南

野色開曾郭，離悰托短筵。崢嶸逢夏序，簫瑟望吳天。客緒歌《驪》外，王程候雁先。攬環重繾綣，改席爲流連。沼約匯光動，亭規縴影懸。扶桃攀樹出，疊檻倚風便。怕折婆娑柳，欣依的皪蓮。鐺翻茶沸眼，車載麪流涎。漉藕堆盤潔，浮瓜沁齒鮮。坐深花側帽，起舞月垂弦。河朔歡仍戀，江南夢忽牽。握蘭辭楯立，剖竹趁符傳。嘶騎斜陽下，征衫古驛前。合并期落寞，夙昔話纏綿。自咋同朝喜，難忘之子賢。巾幅詡入雒，冠蓋接游燕。叔則行相照，文昌走欲顛。雲司例名士，棘院有新篇。斷獄《公羊》妙，譚經五鹿專。郎潛棲藥省，地近應珠躔。一挈青綾被，長趨白玉磚。崇朝催牘削，隻日聽麻宣。跡未承明厭，文因上考填。鳳池如暫奪，鶯谷已高遷。出牧依江介，雄藩跨海壖。青山供隱軾，黃鳥勸行田。邸吏驚朱綬，邦人想翠旃。二千太守俸，三十使君年。壤況膏腴最，疆惟緊望偏。秋苗愁犢賣，夜杼祝龐眠。偃草思除薙，懷冰勵酌泉。才知展騏驥，術詎化鷹鸇！努力方行矣，銷魂倍黯然。番休同沐舍，從獵並吟轐。放易搏沙散，留非印雪堅。千秋叨末契，三宿感深緣。香火情終在，萍蓬會莫愆。何時共成佛，此去儼登仙。明發杯空把，今宵燭尚圓。思君似流水，相送潞河船。

題錢方壺先生照

先生學道人，潛德契玄想。眷茲歲暮心，陶勝亦獨往。幽蕤謝凋姿，寒柅發新賞。情同孤雲停，抱見明月朗。閑居富珍旨，坦步豁塵鞅。履安托筇枝，葆素懷鶴氅。時成白雪謠，興在青霞上。應龍已鶱霄，老鳳不嬰網。哲謨清斯傳，皓節貫無兩。言偕鹿門隱，自署五湖長。天全適於物，性繕得所養。瞻圖企芳蓀，風流式吾黨。

題阮裴園先生勺湖草堂圖三十六韻

禮樂文翁室，烟波范蠡船。典型前輩在，圖畫後人傳。學舍留初築，儒林企大賢。談經聞折鹿，主席兆銜鱣。絲竹東山舊，簪裾北闕聯。常時依玉署，幾歲步花磚。自擁湘江節，來鳴魯國弦。坐風親絳帳，立雪慰青氈。奉使名無敵，思公涕尚漣。《詩》因訒將母，錄已就《歸田》。別墅重開拓，行窩竟接延。湖吞三面闊，城枕一隅偏。路轉遮堤柳，橋平貼渚蓮。雲扉容鶴守，月幔狎鷗眠。屋稱東西住，籖羅甲乙全。證《書》排漆簡，點《易》啓韋編。社恰招吟侶，星宜會德躔。援琴酬杜晦，剪燭對彭宣。言必衷諸聖，人真望若仙。斯文寄壇坫，此地足林泉。喜逮登龍客，悲深集鵬年。壞垣秋雨後，宿草夕陽邊。共識亭林宅，何慚有道阡！門徒肅瞻禮，父老劇流連。記昨河魚上，曾逢岸蟻穿。狂沙痕界壁，飄瓦漏當筵。蹟以懷人著，工仍計匠便。爭看勤粉堊，不待率金錢。太守停騑駱，諸生抱槧鉛。花明霞乍起，松老織交圓。釋菜春秋盛，傳芭伏臘虔。瓣香同有託，樂石待深鑴。想像鬚眉色，清華水木緣。亭臺原偶借，陵谷那愁遷！大雅常憑此，靈光獨巋然。藏山問遺集，還付草堂箋。

題阮吾山秋雨停樽圖

圓缸一穗影初銷，聽徹寒更煞麗譙。入夜鰥魚心耿耿，經秋別鶴路迢迢。大官縹碧空今日，中婦流黃尚此宵。不覺傷情對搖落，淚痕和雨灑芭蕉。

清樽雙影寫蛾眉，愁說秦嘉上計時。瑤醆滿浮親勸別，金罍獨酌寄相思。拔釵迢遞虛前事，破盌分明失後期。一臥長安念疇昔，楚天如墨遠迷離。

虛堂向夕掩重陰，入手芳卮罷獨斟。孔雀東南千里夢，牛衣風雨十年心。閃燈窗眼來吳語，落葉簷牙助越吟。贏得維摩太消瘦，擁衾初覺二毛侵。

滿紙西風挾雨聲，董郎下筆勢縱橫。寫來不學於菟派，對此彌增伉儷情。金屋炷檀熏小像，石函縑貝懺多生。纖縑一樣人如玉，還向樽前憶魏城。

分賦得有竹莊送紀心齋先生南歸

石田老布衣，名著《高士錄》。當年甄遇占，卻薦適初服。結廬相城里，人境闢巖谷。募疏手寫成，乞種萬竿竹。生綃揭烟霞，賓履填户軸。至今想修髯，飄飄映餘綠。如何塵外蹤，乃受畫壁辱！無名掛官府，彌見獨行躅。先生早通籍，廿載寄朝祿。出處跡雖歧，風流趣堪續。昨宵西塞夢，飛落橫塘曲。上書乞身歸，投老此卜築。遥知琅玕林，中買數間屋。閉門聽秋風，蕭森戛寒玉。通泉遠分筧，劚筍晚當肉。逍遥定長年，先後儷清福。應嗤都南濠，但點讀書燭。

【校】"儷清福"，《湖海詩傳》作"纒清福"。

題查恂叔所藏宋謝疊山橋亭卜卦硯

團湖坪前初潰師，興亡一代由小兒。年終三百豈待卜，謝公抱硯將奚爲！草間流離意良苦，躧屨麻衣問何所？橋下流水橋上亭，猶賸趙家乾淨土。鸐之鴒之活眼開，滴淚暗動孤臣哀。區區可語只片石，江南早信無人材。乙科射策經幾載，國破家亡硯仍在。可憐留草卻聘書，義取天山遯無悔。建昌賢子本宋臣，厚顏銘字悲遺民。不祥名姓竟誰是，硯乎毋乃遭緇磷。沉霾既久水不齧，重洗泥沙刻年月。流傳圭角尚宛然，想見平生忠義骨。周生得之向客誇，查侯一見爲咨嗟。石交相期共終始，報以瓊玖情無差。荒原車過思腹痛，瘴雨蠻烟遠包送。采薇不食在此言，一硯彌令世爭重。嗚呼！疊山大節匪石堅，月東佳話今同傳。查侯什襲慎守旃，此人此硯皆千年！

聽泉圖爲劍亭舅氏題

聞思了不礙禪心，一道琤琮萬壑深。耳畔似調絲竹肉，舌端能轉去來今。忘機喝處嫌多事，離相聾時見寂音。試爲先生參活語，水原無響更誰尋！

賦得匠成翹秀　得多字　壬辰會試同考擬作

獨秀覘嘉榦，豐翹受氣和。門高迴匠顧，器利識工多。合豈煩繩削，良真受琢磨。材堪五鳳造，載許萬牛過。布畫心懸矩，呈圍手應柯。連雲看大廈，蔽日想中阿。就範逢般慶，乘時謝薛蘿。勉旃欽睿訓，殖學副經科。

題李耘圃滇南遠行圖

一官注闕向蒙施，如葉琴書壓擔隨。雪裏驢鈴乘傳後，梅邊鳧舄過家時。廿年湖海吟身健，萬里江山別路遲。天遣先生開眼界，碧雞金馬要新詩。

題周東谷聽泉圖即送之官中州

秋林雨歇天如洗，萬籟蕭森碧鸞尾。嗒然磐石坐忘形，惟有斜陽對隱几。棕履蕉衫動晚涼，梧桐一葉下銀牀。琴材到眼意自足，況伴綠綺攜荷囊。知君松月無邊想，臥理真看契幽賞。好向蘇門聽百泉，操弦一鼓群山響。

題牛師竹舍人小影

松風謖謖吹香徑，幾曲沙籠碧痕淨。石牀無客蘚花寒，啄木空山自相應。舍人曉綴蛾眉斑，下直歸來獨掩關。小橋流水淡秋色，人與鷺鷥相伴閒。膝前文度方韶齒，瑤珥瑜環美無比。傳家知有經滿籯，武庫《春秋》曲臺《禮》。城南讀書何足奇，驥子汗血真男兒。他年雛鳳清聲遠，早向圖中識衮師。

賦得苦菜秀

薄言歌菜苦，秀發滿原田。滋味酸醎外，冰霜閱歷先。論心偏集蓼，剖苅不輸蓮。炎上生因火，芬成告自天。挑來茶鼓後，薅向稻畦邊。藥待良言報，菂寧下體捐。回甘飴可比，補雅蕡須箋。臄臄沾恩溥，榮滋萬彙鮮。

乙未新正三日蒙恩召入重華宮茶宴恭紀四律

蕊宮春宴啓芳朝，宣喚親承到九霄。坐接夔龍行比鷺，自大

學士舒赫德以下入宴者二十人，臣得與焉。吟賡枚馬續同貂。閣中列
庋瞻周籍，時敕儒臣編次《天禄琳瑯》，因以命題聯句。天上重來聽舜
《韶》。臣自去年至今，已兩度蒙恩與宴。不分蓬萊初得路，主恩稠疊
冠詞僚。

拂曉霓旌轉趯臺，左廂重侍柏梁杯。是日，上幸瀛臺，宴賜外
藩王公。回宮即命宣入，賜座重華宮東廂。毫宣玉案天顏近，牋遞花
磚日影催。上首唱二律，宣示群臣屬和。樂奏三終呈法曲，詩成七
步費清才。自慚窘迫同臣朔，也捧君王賜硯回。蒙賜蕉葉石硯
一方。

籤題黃紙姓名香，寵賚頻頒出尚方。清瀉玉壺盈沆瀣，甘分
寶榼綴餦餭。錦縹萃古開珍秘，上閱《石渠寶笈》，因分賜入宴群臣。
芝朵迎年現吉祥。各賜如意一枝。還許越窰攜翠色，浴堂歸路滿輝
光。時飲三清茶，命即以茶盞頒賜。

先春苑柳弄輕妍，柏子熏爐裊瑞烟。令節乍過元會後，奏篇
今到聖人前。叨榮敢說緣稽古，領職真思愧集賢。從此酬知更何
地，汗青努力檢瑤編。

平定兩金川大功告成恭紀　七言古詩一百六十韻

維天眷德聖受命，明堂執極臨樞璇。寅承謨烈守兼創，率履
王道游平平。大濛即敘越經宿，蒲瀛葱巇羅璆蠙。濮鉛祝栗訖聲
教，矧有蠢類如獷狿。金川阻絶當兩川，谿幽箐密紛鈎連。西山
八國押蕃砦，黑子影落天之邊。冉駹白狗或餘種，夜郎浮竹灰重
然。姜維城頭舊守捉，十三部遠依峨巑。桑門職貢紀演化，百衆
狎恰隨幢幨。土官底簿闕族系，埿黷茫昧同飛鶱。突施黃黑辨婆
葛，靡當大小分罕开。嗟哉人面畜以獸，幬覆久沐恩膏偏。三宣
六慰犟牙錯，王官受治無譙訶。笮都耕鑿盡版籍，蘗芽誰遣生蟊

蠔？郎卡促浸昔首鬘，恃險蘊毒潛吹扇。豺聲鴟目跡始露，榿林棘路遭刊剟。斯時澤旺聽穿鼻，幽縶阿惡何孤孱！敃關呼籲達天闕，赫斯一怒剛辰躅。孤豚出穿復汝土，恩逾肉骨蘇枯癟。黃鉞一下無處所，褫歁悖魄行赳趬。遮塗扶服稽厥角，戴頭乞命祈哀憐。好生聖德並天地，祝網蕩滌除污愆。詔書尺一下幕府，旗門頓顙張降旃。皇仁寬大貰汝死，期汝奉信綏疆埏。豈知祝頂刻骼誓，兩面反覆甘欺謾。虺心未化倚窟窖，鷹眼欲掣離縿縬。十年違順犯脣齒，革布什咱驚爬揎。綽斯甲布三雜谷，血口呀呷流腥涎。碁分諸部各肝膽，雞肋不敵方張拳。郎卡自斃膪遺育，索諾木性彌梟鶽。屯粻繕壁計持久，萬蟻一穴爭趨羶。時聞竊出盜種落，水火日夜相熬煎。聖心并包擴天度，謂是何足勞叉鋋！勤師遠涉非本願，蠻觸之鬨奚誅焉。未妨玉斧畫大渡，漫事湟陬遮先零。爰咨疆吏申約束，祇令帖息歸牢圈。籌邊閫外幸無事，一掌不塞流涓涓。公然白畫跳踉舞，磨牙詆舌心無悛。彼僧格桑乃怨耦，匪寇婚媾旋交欢。西封規并鄂克什，闌達色拉圍其闉。埋牲誦咒托修郄，經歲屯結驅兇儇。九頭夜嘯虎生翼，百足曉聚夔憐蚿。獼兒狂逞思反噬，竟奮螳臂當輪輇。聖人曰嘻汝逆豎，敢負卵育忘生全。豨蛇肆食意無饜，坐格符檄如遺捐。維州橋邊飲戎馬，誰造此曲聲流傳？及今不剗坐滋蔓，何以輯衆安閭編？用兵事有不得已，魑魅可使民逢旃。六師奉辭伐有罪，堂堂建纛朱斿纏。天戈所指撥蒙翳，巴朗拉曲先摧骞。達圍資哩以次定，披胸抉脅知膚瘢。達烏鳥徑正庣谺，鼕鼓遥應聲薵薵。由僧格宗破美諾，半月直搗笴離弦。狡童十步九顛蹶，喙走跕跕追飛鳶。舊巢復掃布朗郭，伏莽薙盡無葷蘁。羊腸詰曲穿羙卧，游魂假息還蝸跧。促浸黨惡作逋藪，閉匿不聽長繩縗。移師壓境翦角距，雪山萬疊摩穹顛。噓空一昔起妖霧，前茅失迺功迴邅。揚波畵竹罪難馨，憤懣氣結均靈顓。定西將軍印如斗，有詔阿桂釐中權。師仍

289

西路更南路，副以明亮分雙甄。鷙騰健銳嫻步伐，索倫精甲思張弮。大旗獵獵車闐闐，其一敵萬徒七千。將能將兵帝將將，敵愾壹意金同堅。佽飛騎士會秦隴，射生衙校徵黔滇。賜支子弟亦制挺，宿飽踴躍攜庀銷。重收趙拉靖反側，握機鑑秉珠囊懸。形殊主客佇猜阻，拾栫果不煩捼搔。谷噶風雷齊助陣，緣溝一綫青矜矜。五更軍聲鬧鵝鴨，踏雪直進花吹綿。嵖岈馬尼亦斗絕，盾孔倏忽搖金蓮。卡卡角嶺斷行跡，捫參歷井飛空仙。賊鎗暗熸暗不發，蠶叢闢道睛刓駽。峰尖蔽虧羅博瓦，白羽没箬開神彇。紛紜困獸短兵接，躡徑肉薄靈姑寏。先聲欲愶草木動，砰訇競走豐隆鞭。連山零雨濕輶軫，濯甲早挽銀河湔。青泥盤盤暫休卒，礙雲斷處晴光穿。睢盱醜類尚死拒，危碉如織排岢峴。師徒拗怒志吞賊，願肉爲食皮爲韉。將軍驛奏稟宸算，絕徼坐照猶堂筵。山川曲折運神筆，咫尺不爽呈幾先。喇穆喇穆勢綿亙，西峰削肋難梯纆。鬼神無聲天宇黑，半空突擊來題肩。陟周日則擘了口，當喉一瞥金戈挺。專車朽骼遂輋送，糢糊暗辨貏牙齾。劍鋒旁指默格爾，榮噶敗籜隨風旋。蹠康薩爾塌重塹，纔三晦朔衝殹鍵。木思工噶唾掌得，跂跂脉脉窵獬獌。射沙躨跜防伺影，遜克後路清藪淵。攓身飛騰捷超距，昆色頃刻成焦燀。拉枯真比科上槁，落星如雨鉛丸圓。先時南軍北改斾，宜喜奪隘乘機便。日旁左右並堙鏟，折箠甲索扔畦阡。黃雲捲盡茹寨麥，平坡一角開原田。貔貅萬竈夾水陣，篳鬐隱隱河西壖。勒烏圍迤賊右臂，邛籠高下通闐鄽。意將堅壁支旦夕，牆築羊馬濠蚰蜒。抵瑕擊實用奇計，樹柵百道臨河沿。轉經樓接冷角寺，透渡無復划皮船。黿鼉暗踏橋柱坼，卧波忽斷長虹眠。曳柴相排壓層礅，布囊重疊量沙填。霹靂裂地出擊賊，賊腦化作吹空烟。月輪高高夜正午，太白吐角垂秋躔。危窠瞬息付熅燼，灌蘖立散棲枝鸇。我師乘勝更深入，建瓴直走如奔泉。三峰插霄亘西里，雲根百丈都盧緣。索隆科布布魯木，一一震慴踣而俱。朗阿古則朗噶克，噶占首尾紛糾聯。縱橫跆藉無頓刃，看取妖血銜刀鮮。雍中舍齊搜伏觳，尻睢失據收衿咽。青天白日不照汝，䩾羝枉自祠神袄。噶依圍暈合三匝，常山蛇勢環軥卷。河魚腹爛中自潰，襭負屬道交蹢躚。母姑已作猿在檻，姎徒丐息芒生箔。人熏鼠穴馬嚙尾，嗜汝殘喘安能延！羅置高張飛走絕，投奇不斷通宵爇。獨松馬邦趁節解，幕危鼎沸誰援撣？徇軍瞎干方觳觫，填隍智盛虛誕鏟。孤雛本是砧俎物，詎比肉袒還羊牽！開門浦伏就司敗，兄弟扶曳偕拏遷。擒生纍纍致戲下，組以係頸索以攣。將軍磨盾草捷奏，署日丙午書之牋。上言一鼓下逆壘，洿瀦厥室夷爲畽。仰遵朝指布威信，悉撫誘脅收鯨鱣。下言執訊獲戎首，盡族無一逃籉筌。軍資器械別簿上，謹奉露布飛韅韉。牙旗票姚紅一點，馳送八日來何遄！遙通喜氣一萬里，桃花寺裏桃關前。劃區別壤設鎮戍，統帥管鑰持麾專。角聲和平吹落日，營門擊柝連疆甸。巴歌渝舞大和會，蘭干細布輸寶錢。蠻童高臥放牛馬，燒畬到處催耕佃。風雲戰地一回首，但見疊巘青攙天。恭惟五載紆廟畫，宵旰纖悉勞茵氈。指揮貔虎一心力，攀危涉岨忘胝胼。軍儲轉運出太府，不破一秉民禾秊。塗歌負戴樂和顧，慈膏稠渥安糜餐。德音念我士勤苦，月請時復加糇餚。三軍雷動如挾纊，髣濮感澤詞護譾。春臺和氣滿春棧，靈苗沃野春仟仟。雷霆雨露備溫肅，坐決長策符堯尊。武成震疊萬萬禩，赫耀召爽咸昭宣。酬庸申命史祝冊，五等疏爵光貂蟬。凌烟畫贊錫奎翰，如作彝鼎銘南䜌。珠丘祇謁告宗祖，仗引御蓋擎鮮扁。鷺旂在泮聖見聖，萬舞有繹陳嘉籩。迎鑾岱頂奉安輦，天門日觀祥霙駢。凱歸夾路聽桐鼓，正及照眼榴花妍。黃新莊南張御幄，枺杜親勞王師還。午門立仗受俘馘，以獻廟社儀文虔。徽稱臚慶崇璽牒，朔曦會午輝芝梴。禮成頒制坐前殿，恩浹海寓覃蝘蜎。辟廱豐碑屹丈五，虬蟠鳳翥毫如椽。磨崖製作照荒裔，永鎮聾俗丹青鐫。群臣晉頌上功德，敬奉聖壽彌億年。持盈保泰仰沖旨，猶凜夕惕朝乾乾。小臣橐管職記注，戴高遊聖詞難詮。萬分究一揆典實，不數《常武》周詩篇。

篁村集卷八

上海陸錫熊耳山撰

古今體詩五十八首

題韋約軒前輩秋林講易圖

秋光敞孤亭，朝旭乍吞吐。明湖倒影來，浮動鵲山樹。清虛妙無言，中有畫前趣。先生擁韋編，扃奧抉沉痼。如同辟呭詔，捧席升自阼。鶴鳴和在陰，絕學坐相付。定看鐵擿折，何假金針度！江河納群流，披豁捲雲霧。自從王學行，清淡久馳騖。九家盡湮埋，百氏競喧嘑。浸淫及圖書，往往失牴牾。星盤並弈譜，黑白體糾互。嗟哉漢經師，遺文委蟬蠹。我昨校中書，蘭臺發縑素。巋然中孚經，一一辨章句。寒溫候風雨，消息驗燠冱。六日又七分，卦氣理可悟。源流識焦京，古義寧強附！四正逮雜卦，流轉四時具。即以秋而論，一氣一爻布。候占立秋恒，歸妹及寒露。公卿與大夫，直事視此數。儒林珍寸璧，賴有康成注。其詞或怪迂，其出非晚暮。摩挲古敦彝，當復勝康瓠。徵君白髮翁，謂惠定宇先生。掇拾蒐武庫。恓成《漢學》書，惜此目未遇。惟公徹天人，萬象劇奔赴。濫觴溯西京，醇駁洞深故。願言從諸郎，執卷請正誤。更續紅豆編，研朱爲公賦。

集翁覃溪前輩小蓬萊閣賦宋蘇文忠公雪浪石盆銘拓本即次東坡雪浪石詩原韻

當年萬礟中山屯，書生偶握軍符尊。天吳劈浪露奇質，郡圃自剔苔花昏。故鄉山水聊寓意，豈知身墮桄榔村。離堆何處去無路，空望璧月思端門。流傳五十六驪顆，筆力欲返南遷魂。小蓬萊閣懸舊拓，厥狀圝轉尋無根。主人嗜古出新意，裝背不留補綴痕。居家大本定州刻，遺字同異嗟誰論！銘中"畫水之變蜀兩孫"句，集本"蜀"作"獨"；"與不傳者歸九原"句，集本"與不"作"當世"。然此銘既東坡手書，自當無誤，不知集本何以互異也。仇池蛾綠不復見，劫火零落高麗盆。曲陽白石爾何幸，獨賴銘文今尚存！

題馮笴山蒓湖秋泛圖

微茫塔影辨中流，折葦飄蕆無限秋。愛看瑠璃三百頃，不知風露滿船頭。

縠紋不動鏡新揩，銀漢無聲欲瀉懷。寄語綠蓑張處士，雨湖爭比月湖佳！

故園杞菊倚長鑱，我亦曾題釣叟銜。他日吳淞買烟艇，爲君先挂泖西帆。

薛素素自寫小影爲陳伯恭編修題

倭墮新妝十樣眉，洞簫嘹唳發聲遲。碧天無際東風軟，不似金丸脫手時。

鏡中鴻影略徘徊，露髻風鬟亦可哀。卻悵圖成欠些子，慧光寫不到靈臺。

曲裏曾喧第五名，由來才子悅傾城。如何敝帚軒中客，不伴靈芸過一生！

楚雲如夢玉如顏，腸斷鴛鴦水一灣。知是多生能懺悔，焚香還貌落伽山。素素嘗畫水墨觀音，甚工。

【校】"觀音"，《朋舊遺詩合鈔》作"大士"。"還貌"，底本誤作"遷貌"，據《朋舊遺詩合鈔》改。

張梅溪牧牛遺照其子西潭觀察屬題

喬柯八九株，淺草三兩叢。低坡接深畎，宛轉藏牛宮。爾牛戴彎環，非觢非觭犝。馴性不待羈，搖頭脫繮籠。飲趨綠潺湲，臥藉青蒙茸。曠野任所適，無拘萬緣空。誰歟跂雙脚，犖犖霜髯翁。蕭然塵外心，愛此生機充。原非扣角叟，不學跨背童。相看憺忘歸，日夕烟濛濛。翁傳黃石書，鼓角轅門雄。曾浮下瀨船，早挂天山弓。生逢太平時，白首嬉田農。寓意寫此圖，天游妙何窮！軍中椎亦豪，隴上叱自工。平生不留物，一笑將無同。嗒焉存吾真，拂絹懷清風。

【校】《朋舊遺詩合鈔》"深畎"作"深畉"，"戴彎環"作"載彎環"，"馴性"作"馴往"。"軍中"二句，作"軍中椎自豪，隴上叱亦工"。

買桐風雨卷爲張西潭觀察賦

碧桐如蓋搖濃陰，蕭蕭槭槭含秋心。數株離立傍巖屋，買時曾費千黃金。黃金散盡還易得，難覓琅玕高百尺。五柳休誇陶令家，三槐卻認王公宅。寒濤打窗雨復風，吟猱襆被能相從。將軍一去賸此樹，卅年寂寞江之東。近聞第五橋邊路，無羔繁枝撼烟霧。影密全遮洗硯池，條低欲亞藏書庫。湘南使君本鳳雛，平生風木懷先廬。甘棠手植遍南服，篋裏但鎖梧桐圖。圖中葉葉流蒼翠，如見羲皇上人意。名蹟方同北固庵，舊聞待續《南徐記》。

韋約軒前輩招遊怡園登四松亭賦贈二首

昔傍平津閣，今開履道齋。庭餘喬木在，山對夕陽佳。坐卧宜芸帙，高低稱筍鞵。何妨短牆外，車馬六條街？

閱世蒼髯叟，交柯蔭此亭。闌干四圍碧，衣袂十分青。互作盤虬勢，攢成偃蓋形。閑坊依白紙，嘉植記圖經。

兒子慶循將讀書永樂禪院因書韓文公符讀書城南詩示之并次韻爲賦一篇以勖

爲學求放心，吾聞諸子輿。引錐自刺股，亦見長短書。牛毛與麟角，古諺言非虛。一簣基成功，要在慎厥初。世間多英才，徒步起里閭。但憂不如人，莫問人不如。得比順風隼，失若沈沙魚。丈夫志科名，爲識原已疏。況此復不力，昂藏委溝渠。徒充噉芻牛，何異餔糟豬！鈍才可登仙，變化看靈蜍。一爲宴安懷，木腐生之蛆。蹉跎在壯年，歲月忽不居。人生過駒隙，能弗猛省欸？念汝幼失學，腹笥罕所儲。世傳一籯經，熟復尚有餘。勉思魯得之，勿效狂也且。家無負郭田，想絕親耕鋤。況乃行服賈，風雪驅車驢。爲汝餬口謀，詩書即良畬。汝祖課汝勤，白髮臨堂除。遣汝遠遊學，依依戀牽裾。汝母留望眼，望汝有令譽。可憐見無期，五年掩荒壚。汝宜念此意，晨昏自發舒。磨礲出巨璞，求價方沽諸。努力愛春華，毋爲更躊躇！

鄭雲門編修屬題其祖中允君所藏御賜新民硯

綠英一片松花水，洮渚端溪妙難比。佳璞千春蘊彩霞，良材萬里隨包匭。巧匠當時初製成，雲腴擲地發金聲。盤紋欲掉蒼龍尾，密縷如含翠鴝睛。玉案前頭記親試，中央琢出新民字。五夜常欽被濯功，萬方共識陶成意。筆格牙籤雲母屏，鳳池波影漾金星。已看除授聯三友，還被沾濡寫《六經》。滎陽先生舊鰲直，白髮朝天荷顏色。賜出欣叨內府珍，攜歸雅稱儒臣職。三復遺文《大學》篇，畲畬古訓藉良田。雲臺授學爭聽講，高密承家愛手箋。六十餘年誇盛事，孫謀接武來中秘。門內雕輪萬石榮，庭前喬木三槐芘。祖德朝恩奕葉光，染毫重喜豇搖閶。從知世業絲綸美，長戴天家雨露香。

【校】"滎陽"，底本誤作"榮陽"。

褚筠心學士席上同約軒中丞習庵中允作

虎山橋畔春如海，寥落長安見一枝。分付雲屏好防護，東風已到欲開時。

疏影橫斜耐薄寒，曲房重翦夜燈看。人間誰是楊无咎，爲寫生綃配楚蘭。

數朵天然稱意花，越窑供養絶鉛華。中丞白髮能憐惜，莫戀西湖處士家。

江路迢遥夢隔年，小窗一餉結清緣。如何銅井花開夜，還見亭亭玉井蓮？

三月十五日雨

天際烏雲送暝歸，捲簾喜對雨霏微。離離漸濕花枝重，漠漠全欺柳絮飛。溜急中宵人易醒，泥深隔巷客應稀。故園緑漲魚苗水，望斷南湖舊釣磯。

題朱凝臺桐陰小影

心跡翛然境倍閑，石牀細掃碧苔斑。汪汪合對波千頃，不寫蒹葭水一灣。

阿翁畫苑老名師，珍重趨庭拂絹時。漫向韓家認桐樹，丹山應是鳳雛枝。

題張涵齋侍講得樹軒五首

無榭歌筵想寄園，破窗風雨賸茅軒。三間恰稱詩人住，穩著吟牀老樹根。

白板雙扃院落閑，濃陰如織鳥間關。檐頭但坐添新緑，遮斷城西一桁山。

翛然筆格與琴囊，篋裏新抄種樹方。午睡乍醒來客少，滿林蜂蝶棗花香。

綠雲深處樹層層，屋宇無多不用增。一事差堪高僦直，炎天省卻縛松棚。

蒲褐山房冗寄廬，當年步屧過從餘。泥中我亦留鴻爪，又讓吳郎隔巷居。得樹軒，即王蘭泉廷尉之蒲褐山房。冗寄廬，予之舊宅，今吳稷堂吉士所居是也。

立夏日齋中作

微痾阻歡游，淹暑息塵鞅。聊暢物外襟，偶契丘中想。韶景軌無停，炎曦響將枉。紛葩謝高枝，密葉映疏幌。怡顏追風戀，流盼浹新賞。俯聆園禽音，坐悵隙駒往。懷鉛忝虛名，縻爵紆夐獎。感此節序侵，撫惊愧疇曩。願言跂前修，令德敦所仰。

哭宋小巖同年二首

愁紅滿地日斜曛，纔送春歸又哭君。半世功名過都鵲，十年心事出山雲。結交尚憶麻同直，薄宦空憐蕙自焚。想到丹鉛嘔肝地，玉樓應悔去修文。

郡章解後意蹉跎，彈指青春一剎那。重覓巢痕貲倍淺，長緣藥裏債仍多。望中弱息悲環珥，夢裏家山負薜蘿。太息齊年半零落，不須面皺說觀河。劉侍講亨地、章運使棠及君，皆與余同生甲寅年，今先後辭世。

三月二十七日同曹習庵中允吳稷堂吉士出游右安門外歷普濟宮至豐臺王氏舊園而還二首

如掌芳原接綺闉，游鞍輕穩不生塵。千林抱郭青初合，一水穿橋綠正勻。蛤吠空塘猶喚雨，蝶翻歸路欲留人。賞心坐惜聯裾晚，已過東風祓禊辰。

運浦西縈普濟宮，刹竿雙映夕霞紅。車聲更繞流泉外，帘影遙分密葉中。勝地樓臺數株柳，官闌鵝鴨一溪風。王氏園，本元時鵝鴨所故址也。何時捲盡菰蒲影，沿月重來放釣蓬？園今歸多松亭學士，改名清泛園，而水道尚缺疏濬，故及之。

四月朔日偕褚筠心學士張涵齋侍講吳白華庶子曹習庵中允小集韋約軒前輩有椒書屋分體得五言古詩一首

春風別經旬，庭柯改深綠。開樽命朋侶，共訪讀書屋。窗楹忽披豁，簾影閟籤軸。了知位置殊，爲藉往來熟。離離出椒叢，千條壓牆曲。乘時故張王，問種辨吳蜀。芬香愜憑襟，蕃衍遲盈匊。名齋非譽樹，托興偶草木。長安盛游讌，漿藿餘酒肉。欣此陶嘉辰，蘭言謝喧俗。檢畫借玉叉，評碁斂牙局。明燈自升降，吹竹徐斷續。徘徊淹夕晷，欲去賞未足。歸來搜枯腸，嚙兔笑筆禿。如題寄傲軒，願附李端叔。宋李之儀《姑溪居士集》，有《題韋深道寄傲軒》詩，約軒遠祖也。

四月初七日行常雩禮上躬祀圜丘侍班恭紀

齋宮鐘動炳蕭明，馳道宵扶玉輦行。黃幄風高三仗肅，紫壇天近六符平。中垣瑞霱占龍見，下管清韶叶鳳鳴。親仰執圭朝上帝，聖人感格爲蒼生。

清秘堂齋宿作

玉堂本清迥，矧此新雨餘。好風振庭柯，爽氣入綺疏。齋居鮮案牘，時復繙我書。萬籟寂無聲，湛然契玄虛。方塘活水來，瀲瀲鳴階除。闌干俯明鏡，宛見游空魚。夕陽在高柳，詩意忽起予。夜涼還就枕，有夢真華胥。

送約軒前輩典試雲南二首

星使遙占向益州，國門西去動驊騮。廿年黃甲新衣鉢，萬里清風舊節樓。烟外鳴笳逐鹿曉，月中搖管碧雞秋。行人幾輩承臨遣，領袖先煩第一流。

隔巷招尋許共遨，《驪駒》忽賦悵吾曹。搏沙聚散蹤何定，量尺文章價自高。蒙段生徒看押榜，洱蒼山水待揮毫。更餘部曲黔南路，千騎歡迎擁陌刀。

蒙恩賜蘭亭八柱帖恭紀二首

繭紙新從玉柱刊，墨香拜捧出金鑾。唐摹倍覺鋒稜現，宋搨應輸骨格完。妙抵闔行分甲乙，訛同損本補林湍。龍騰鳳翥瞻神筆，好處方知恰到難。

寶墨鐫華溯戲鴻，誠懸能變晉人風。手臨宜壓家奩重，睫論徒誇祖石工。貞觀名珍虞合瑞，雲間遺蹟楚還弓。姜評桑考多皮相，喜荷天題爲折衷。

西苑退直遇雨

風定樹頭直，烟沈雨脚低。流鶯歡坐葉，舞蝶倦沾泥。吟趣生簪筆，豐徵入叱犁。回看萬楊柳，濕遍苑墻西。

攜二子遊廬山圖爲蔣心餘前輩題

十年前唤潯陽渡，一塔西林指烟霧。脚韡手板苦匆匆，翠壁丹梯去無路。歸來夢寐思匡君，今吾欲往嗟離群。豈知先生懷袖裏，滿貯九疊屏風雲。雲開忽瀉明河水，濕透濛濛行看子。風帆沙鳥極望遥，蓮宇霞城半空起。籃輿直上窺清泠，二子拊節來同聽。玉龍昂首走深澗，欻入筆底争雷霆。江頭瀟瀟打篷雨，酒醒嚴城歇街鼓。山靈定愛瓊琚詞，故弄陰晴博奇語。蘭亭會上無獻之，酌泉空挈眉山兒。寥寥千載數風雅，倡和誰得家庭師？昨朝捲圖邀我賦，一月沉吟不成句。山中息壤久負慚，畫裏浮嵐但相妒。桑喬舊乘失討搜，白牛翁作靈光留。宋陳舜俞《廬山記》久失傳，近得之《永樂大典》中。泚毫待續《名山注》，請爲先生紀此遊。

題沈心齋太守出山圖即送之官泰安

揮手江頭餞別筵，數峰如黛夕陽邊。風流五馬朝天去，不趁東吳萬里船。

父老當年截鐙留，東方重喜領諸侯。文翁石室知無恙，更向丹青認益州。

吳門匹練望中分，按部新摩蘚碣文。好待崇朝遍霖雨，使君真是出山雲。

題舒謹齋郎中課兒圖

海幢寺裏隨飛蓋，彈指流光已十年。重對朱顏似疇昔，春風愧我欲華顛。

官舍蕭然絕點氛，書聲翻水晝常聞。當年父老褰帷看，曾識郎君似使君。

甘棠手種滿天涯，松菊歸來感歲華。知有世傳喬木在，好憑桐樹認韓家。

湛如秋水剪雙瞳，孿鳳今能慰乃翁。漫憶丹山畫中意，膝前仍有顧非熊。

將遣兒子南還而行期未定中宵感坐觸緒成咏情見乎辭

俶裝幾度未成行，去住俱關父子情。出贅知余貧可念，潛修期汝學粗成。八州督豈存賒願，五嶽遊終負夙盟。何日得酬婚宦了，故園歸臥穩柴荊？

朔風如剪透書帷，五夜迴腸只自知。不是有金揮易盡，劇憐無米巧難炊。鋪眉下眼生誰慣，問舍求田悔我遲。慚讀《笙詩》第二首，敢將十口怨輖饑！

庚子元旦太和殿早朝侍班恭紀

元朔衣冠拜紫宸，乾隆四十五年春。筴增萬歲天開子，占協三登日次辰。索扇乍迴臨法仗，鳴鞘徐動引仙鈞。樓頭丹鳳銜書下，始布陽和遍海垠。是日頒萬壽恩詔。

吳香亭同年招集引藤書屋屬題古藤詩思圖用李西涯學士柏詩韻

錦幕翠帷亭四匝，濃陰白日含涼颺。古蔓詩翁尚護持，新芽俗客誰譏狎？此翁此藤將百年，藤今漸老禿至肩。人間斧斤傳舍厄，天上雨露春風權。梢月籠烟還競爽，吳公曾作藤花長。蝶翅尋香抱蕊回，虬鬚放影干霄上。明窗筆格晝喜拈，曲巷高軒日爭柱。仰面驚看繡纈垂，攀條空憶瓊琚響。吳公風雅如王公，移根近到橫街東。編援縛架兩經夏，封殖又見蟠蛟龍。卻從陳跡出新話，如別父老攜兒童。長安花信萬瓔珞，嗟此兩本名無窮。海波書屋堪鼎足，圖經爲汝傳清風。

約軒前輩聽雨樓新居次施耦堂侍御韻二首

蓬廬是處足比鄰，莫憚移居轉磨頻。燕子乍歸連巷雨，海棠如待滿闌春。琴牀靜狎支離叟，茶臼清宜澹蕩人。獨媿官園窮菜戶，欲書宅券尚無因。余所僦官菜園屋，近苦頹敝，欲移居而未能也。

鋤花貼石遲幽攀，買斷名區偶得閑。沒骨數蘂開院本，礬頭幾點當家山。攤書合訂千秋業，聽鼓仍趨隻日班。更出雄篇驚坐客，使旌新拂碧雞還。

武昌閔上舍貞自追摹其二親像爲薦食圖同人各爲題句余亦賦五言一首

閔子親早逝，餘哀抱纏綿。欒欒踏風雪，感激麻衣篇。音容墮渺茫，有夢不到泉。身隨日月邁，恨托丹青宣。沈思動鬼神，上訴冥漠天。黎丘匪貌幻，虎賁竟神全。閉門急追摹，恍憶孩提前。遂起九原魂，倏現三毫顛。圖成儼白髮，並坐臨堂筵。斑斕子婦服，騈立童孫肩。晨昏喚翁姥，上食羅嘉籩。願將無盡慕，誓畢兒生年。請看墨模糊，中有血淚漣。昨來發遊興，偶別東皋阡。琉璃五寸匣，臥起肯暫捐。客中感寒食，銜紙飛烏鳶。棠梨落空山，歸夢忽已牽。捧圖邀我題，欲語先潸然。我詩如里歈，好付風人傳。因君書孝史，爲我參畫禪。

題歸航圖送吾山侍御假歸淮陰

驄馬嘶風惜別筵，水郵迢遞指淮壖。行人莫作端公看，只似當年入洛船。

舩稜曉夢落烟嵐，藥樹初辭隻日參。穩臥孤篷聽春雨，杏花時節到江南。

抽帆新水滿柴門，鄰里壺觴競過存。最喜君家老同叔，白頭相對話田園。

恭和御製經筵畢文淵閣賜茶元韻

慶霄璇牓望嵯峨，目較《崇文》倍幾何！當宸奎章懸日麗，《御製文淵閣記》，勒於閣中寶宸之上。署函雲朵燦星羅。書函皆標列書名，按架環貯。托根幸比書庭草，挹潤同叩學海波。典校十年欽聖訓，掃塵彌覺媿承訛。

篁村集卷九

上海陸錫熊耳山撰

古今體詩四十八首

辛丑正月四日齋宿光祿署作

茶醼香濃睡未成，東華嚴柝報初更。春遲尚緩尋梅約，夜靜惟喧爆竹聲。三百旬齋逢首度，二千石俸愧諸卿。泰壇綠酎勤蠲潔，受福同民識睿情。上躬祀祈穀壇，光祿例供福酒。

正月五日太廟省牲恭紀

列柏青葱擁廟門，漸看鴉背上朝暾。閟宮有事春當孟，祝策無文禮溯原。墻屋馨升陽欲達，罘罳風動氣初溫。麗牲省鑊司存在，喜奉明禋效駿奔。

正月七日聖駕宿齋宮先謁皇乾殿侍班恭紀

雞籌絡繹聽傳宣，雙鳳扶輿下日邊。詄蕩門開九條陌，籠蔥樹擁萬家烟。鐘聲曉度芝房肅，雪色晴浮綵仗鮮。仰見至尊親望拜，祠官鵠立侍皇乾。

正月八日上辛陪祀祈穀壇禮成恭紀

青陽玉葉祈穀壇覆以翡翠瓦，其名曰"青陽玉葉"。麗層霄，帝座中壇陟降遙。兆應金穰符穀日，時乘木德啓春朝。繁星向曉光臨幄，雅籥迎和韻叶《韶》。定識屢豐邀聖感，歡聲長送入鈞謠。

正月九日蒙恩召入重華宮茶宴以快雪堂帖命題聯句即席恭和御製元韻二首

祈穀剛欣穀日符，吟賡寶墨逮朝儒。亭如喜雨徵時泰，前歲命建快雪堂於瀛臺，爲廊以甃帖石，甫落成，而元旦瑞雪告慶。去冬又疊降時玉，兆協屢豐，恭讀御製記文，仰見聖主省歲勤民至意。館比停雲擷話腴。摹本稀來增市估，充庭陳處荷天俞。帖爲原任閩督楊景素所購進。殊珍畢竟歸東觀，呵護流傳有以夫！

告稔祥開太乙宮，鑴華長豇液池東。六花簾額光猶滿，片玉廊腰樣許同。名信實賓徵厥應，材逢時顯有其終。拈題不獨臨池賞，薄海耕犂感聖衷。

同年公讌於邵香渚給諫宅即席口號一首

爐香攜乍九霄回，是日蒙恩與重華宮曲宴。仙咏《霓裳》又共陪。中歲交游感絲竹，先春勝賞會樽罍。驚鴻南國歡仍戀，時奏吳伶雜劇。策馬西州恨莫裁。謂辛巳三座主。卻喜故人多有子，瓊枝照座謝家才。蔣秦樹、沈朗峰諸郎君，時俱在坐。

十一日復集香渚給諫宅偕孫補山中丞用前韻柬曹習庵宮允

作戲逢場又一回，笙歌隊裏許攀陪。攜燈未遣停金縷，改席重教洗玉罍。今夕花枝人共賞，誰家綵勝手親裁？是日立春。如何風月平章地，閉閣空閒吐鳳才。

十三日和補山醉歸惘然有感賦柬習庵之作三疊前韻

探花曾向曲江回，習庵於戊戌冬，由秦中至京師。高詠何人捉扇陪？要遣詩情消玉麈，憑將春色泥金罍。接䍦狂任山公倒，窄袖輕宜定子裁。博得游仙新句好，曹唐本自擅清才。習庵近有《游仙詩》極工。

習庵以詩招同人小飲四疊前韻奉答

折簡傳箋日幾回，歡場是處盡追陪。那知東閣梅盈盎，又稱南船酒拍罍。潋灩春歸寒尚勒，團圞月好樣誰裁？他時不速還應到，占象寧勞問蜀才。

十四日汪雲壑修撰譔席補山遇雨未赴作詩以柬習庵余亦繼和五疊前韻

兩地徵歌未擬回，東鄰我亦座間陪。習庵先赴雲壑之約，復偕予同飲吳澹人銀臺宅。熊魚合妒兼嘗鼎，燈月難忘獨酌罍。見慣司空腸慢斷，吟成小吏牘頻裁。空花一笑參真諦，莫倚當筵刻燭才。

和補山促習庵和章之作六疊前韻

言詩賜敢望顏回，牛耳騷壇總後陪。作氣肯容堅壁壘，取材原不棄瓶罍。兩公屢疊予所倡原韻。草同盾鼻誇神速，字對春坊費巧裁。十吏傳鈔但驚愧，筆花我已盡江才。

十七日補山招同人集百一山房七疊前韻

一番風信落燈回，隔巷相呼步屧陪。近局仍開聯舊雨，在座皆去冬消寒會中客。歡場頻醉怕深罍。花評杜曲情聊遣，習庵、吾山出示咏花新什。石譜仇池句好裁。補山蓄奇石甚富，邀同人作詩。襆被更懷馮奉世，明光起草仗通才。時馮星實鴻臚以園直未至。

張涵虛侍講久不作詩一夕和罍字韻詩成七章詞旨兼美走筆奉答八疊前韻

驀見詞瀾大海回，興酣定有鬼神陪。巧緣難發方穿札，勇比連浮必盡罍。七首塗鴉慚率意，余亦先成疊韻七首。三家倚馬競清裁。補山、習庵俱以工速擅長，君詩一出，足鼎立爲三矣。我盈彼竭原良策，解用奇兵卻霸才。

十九日家硜士少詹招同人飲陳伯恭編修宅余以事未赴九疊前韻

繫住斑騅未放回，畫闌燈火費招陪。應官慣聽蘭臺鼓，卜夜空閒綺席罍。明月三分盡情照，雲箋幾幅稱心裁。自知鏤管拋來久，老不中書本棄才。

二十日褚筠心學士宅讌集十疊前韻

寶山誰肯手空回，舞罷楊枝密席陪。夜到三更頻跋燭，酒行百罰互飛罍。長筵只當紅裙飲，輕服應催白氎裁。車子一時誇薛放，風流終讓鄴中才。時習庵即席先成詩。

禊墨齋群花盛放習庵有詩次韻奉和

雲舒霞卷泥熏爐，禊墨春齋即嶠壺。莫爲麻姑想仙爪，蔡經今不住東吳。

銀燭燒殘夜到明，桃源一水隔盈盈。當筵未得餐蛾綠，常媿頭銜是飽卿。

妝成半面影婷婷，瘦損春枝倚畫屏。猶有玄都觀中樹，落紅寂寞付花丁。

簾額重重曙色侵，年時促席後堂深。珊瑚網底無消息，愁絕連成海上岑。

恭和御製春仲經筵元韻

地接東華開講幄，班齊北面引朝裾。傳心大義欽垂訓，崇政虛文陋説書。一矩道均符立極，萬方利溥慶安居。時進講《大學》"此之謂絜矩之道"，《周易》"乾始能以美利利天下，不言所利，大矣哉"。皋惟虁拜參知唯，進讀勤猶念起予。

恭和御製經筵畢文淵閣賜茶作元韻

御爐香裏書初展，延閣春生輦乍移。楣列高低環座密，文淵閣上下，俱環列書架。茵敷左右押班遲。鴻臚官引侍講諸臣，分東西兩班入，賜茶。少蓬預直慚稽古，宋秘書監有"大蓬""少蓬"之稱。臣蒙恩充直閣事，即係仿宋制所設新銜，殊爲榮幸。中簿勤編勵省私。臣等奉命纂輯《四庫全書總目》，現在編次成帙。敢説文章能報國，勉思蕆業答昌期。

題馮星實同年潞河督運圖

大司農丞職輓輸，治粟使者分秦符。行河都水川澤虞，督運典午無差殊。唐家水陸經川塗，陝州迢遞三門孤。眞揚楚泗何曲紆，草草宋計非良謨。秘書太史郭大夫，昔導水脈京東隅。新河通惠接直沽，雲帆粳稻來東吳，連廠邸閣交撑扶。倉場署建宣德初，度支長貳頭銜俱。坐糧昭代慎國需，望郎夛史持其樞。天津北上銜尾艫，排綱催遞諸州租，壩分土石齊合繻。輸場閲納紛揚揄，斗斛龠合無失逋。正兑絡繹供神都，沿洄四牐鏡面鋪。大通雇載聯轆轤，其它改兑祿廩須。受之通潞州南郭，柳枝插水防塡淤。划船如飛獨木刳,枲麻緝囊疊項趺。轉般群聚沙中鳧,來牟額送兼黍稌。亦有戎菽支薪芻,六千九百數不逾。稽臣護漕恭成模,大馮君乘使者車。明光暫輟含香趨,目營手畫妙櫛梳。井井朗若田分區,並施威愛調密疏。粟無積塲丁無劬,兩年歸報帝所俞,前政未有馮君如。大光樓前眺平蕪,畫簾曲几時嬉娛。京江江萱寫此圖,細入毫末窮錙銖。綠楊捎空一萬株,柁樓高下攢檣烏。中流官舫紅氍毹,唱籌彷彿聞傳呼,波光渺渺拍太虛。中有惠澤濃於酥,詩情滿紙不可摹,麗譙回望烟模糊。使君家世本大儒,桐花丹山出鳳雛。當年司寇司漕儲,鼇蠹剔蠧民來蘇。東南父老感入膚,施及孫子登天衢。君今行省臨匡廬,金倉判案煩墨朱。三司領使古有諸,佇召計相光遷除,公侯復始語豈誣。志載《食貨》書《河渠》,裴休杜佑君其徒。

兒子慶堯將從其婦翁星實方伯於江西藩署以詩送之

十八年來寸步隨,臨行牽袂涕交頤。姓名略識仍荒廢,乳保纔辭便別離。子壯家貧難作計,感存懷沒倍增悲。婦翁最有冰清譽,好去周旋得汝師。

平生拙宦未言寒,婚嫁中年欲了難。腰腹看渠俄長大,鬖鬖顧我但辛酸。乍經鞍馬心教細,莫負江山眼放寬。頭白重闈苦垂望,勉旃進學勸加餐。

汝兄歸計已蹉跎,其奈重添別緒何!誰信兒曹催我老,獨慚身世累人多。白華甘旨供還缺,黃浦風濤夢易訛。轉側中宵不成寐,步檐還起看星河。

猶有童心未發蒙,深愁折几負家風。文章要解揣摩力,氣質全憑變化功。請業少儀循象勺,出門壯志勵桑蓬。爲山覆簣須勤省，嬾散休教似乃翁。

恭和御製經筵畢文淵閣賜宴以四庫全書第一部告成庋閣內用幸翰林院例得近體四律首章即疊去歲詩韻元韻

册府觀成雲並爛，瓊筵洽惠仗初移。近光久仰持衡正，臣等編纂《全書》，折衷考訂，皆蒙隨時訓示，仰稟睿裁，得以恪共將事。荷獎彌慚掃葉遲。鄴架插分層上下，經史子集，於閣上下列架，次第分貯。蜀牋寫匯本官私。凡官版官修各書，及直省督、撫所采，藏書家所獻者，各依《四庫》門類分編，悉著於錄。花磚瑞草縈書帶，日麗奎躔恰應期。《月令》：「仲春之月，日在奎。」

璇題雲搆信佳哉，曾勅句吳寫樣來。文淵閣鼎建，特令浙江圖進寧波范氏天一閣之式，因依其制。袞鉞天施形畢照，諸書進御，多蒙御題詩文，區別醇疵，永昭定論。今並恭錄，冠於卷首。淄澠派別目咸該。《四庫》各分門目，以類相從。駁文特訂崇真鑑，諸書中持論駁謬，如葉隆禮《契丹國志》之有乖大義者，特命重加訂正。斷簡重蒐惜棄材。《永樂大典》內不經見之書，爲原本分韻所割裂，今俱裒輯散片，綴合成編，悉如其舊。覺世聖心期見道，可容側豔濫觴陪。集部中纖仄詩詞，及青詞樂語之屬，俱奉聖訓刪除，以崇正軌。

祥開糺縵喜來歌，縹軸牙籤列宿羅。借許一瓻還有副，《四庫》各書，俱藏其副於翰林院，承學之士，有願就讀及借抄者聽。積餘群玉況其他。真嗤曾鞏徒勞爾，宋曾鞏校史館書，僅成《目錄序》十一篇。臣等承命撰次《總目提要》，荷蒙指示體例，編成二百卷，遭際之隆，實遠勝於鞏。欲傚黃香得見麼？漢黃香詔入東觀，讀未見書，侈爲盛事。今臣等叨與編摩，得盡窺秘冊，卷帙精博，斷非東漢所能企及萬一也。快對藜光燭霄漢，蓬山淑景倍融和。

恩沾瀛沼分天酒，香裹芸廚候曉籌。海內圖書觀止矣，人間
裒博到能不？贏三萬冊尋源貫，《全書》凡三萬六千冊。括四千年紀
代悠。自唐虞以至國朝，各書皆按撰人時代，以次臚列。還向集賢增典
故，署名榮忝簡端留。臣等奉命撰擬諸書卷首提要，皆許列銜名，實深
榮幸之至！

【校】"近光久仰"，底本誤作"近光人仰"，據嘉慶本改。

恭和御製仲春經筵有述元韻

文華講幄啓韶春，論闡精微懋典循。孔性高深符樂壽，皋謨
哲惠迪臣民。《六經》傳注言衷聖，萬世君師統備身。天道與聞
欽至教，拜廣竊幸見知真。

癸卯新正蒙恩召入重華宮茶宴以職官表
命題聯句即席恭和御製元韻二首

駕班鷺序慶師師，六典參稽古是資。體仿旁行宜作譜，制超
歷代倍勤諮。開元格令編沿革，長水官儀慎職司。自奉折中欽聖
訓，千秋金鑑凜深思。

謨誥昭垂迪厥官，成書勒定永無刊。治尊威柄前疇匹，義貫
睢麟昔所難。嘉宴左廂欣授簡，頻年東觀愧分餐。編摩幸得窺天
藻，蕆業勤思敢自寬。

恭和御製降旨全免甘肅歷年緩
征積欠詩以誌事元韻

蠲符載恩言，萬里遍雨露。絲毫皆正供，普免及正賦。因緣

充吏橐，嚴創理則固。瘠磽輓民力，積負矧有故。比閭忍追呼，惻怛意咸諭。聖人照無私，威愛因物付。於下苟有益，損上寧所慮。培根在沃膏，不但去其蠹。勖哉守土臣，覆轍免前誤！

恭和御製彙萬總春之廟成因題句元韻

春光閬苑問誰司，像設規摩偶肖之。秩視山川同受職，名標紅紫各知時。歡迎仗鼓開逾密，香浥宮幡護莫遲。催得萬花齊候駕，不嫌風信過辛夷。

恭和御製戒得堂東望元韻

夕照穿林石磴斜，虛牕拓處少攔遮。城依帝座星辰近，地闢仙居水木華。清梵欲流魚送響，纖塵不到馬停撾。好山似識宸襟樂，故向寥天散綺霞。

恭和御製題佩文詩注元韻

字排珠顆貫離離，小本巾箱慣手披。民物關心聊寄耳，雲山經用只如茲。七音入律脣喉齒，萬派同源賦頌詩。別有鑪錘參造化，箇中消息聖人知。

恭和御製幸避暑山莊即事得句元韻

諏辰早協鳴鑾吉，就日情殷屈指輪。詔已三霄敷渥澤，逾仍七頓奉安巡。天臨華蓋行彌健，雨灑桑田景倍真。不獨近光歡赤縣，遙知徯望滿邠人。

恭和御製密雲道中作元韻

良苗被隴翠初披，沃野群欣物土宜。水健于龍喧夕漲，山圍如玦吐朝曦。庥徵雨若還暘若，德教匡之更直之。名郡恰符安樂義，密雲在隋爲安樂郡地。千村烟火慶清時。

恭和御製出古北口詠事元韻

迥戍鳴笳彼一時，八荒戶闥仰今兹。林中細繞千盤坂，雲際平開九達逵。此地置郵通塞甸，何人過嶺動鄉思？宋王曾封事謂古北口東出盤道數層，俗名思鄉嶺。蓋當時視爲極邊之地，行者憚於登陟，故有此名。今則中外一家，往來久成孔道。每歲駐蹕熱河，閣圉驛章及朝覲者，皆從此前達，蕩平同軌，實非唐宋所能企及萬一也。最嗤《飲馬長城窟》，睫論流傳《樂府詩》。

恭和御製至避暑山莊即事得句元韻

砥平馳道接天門，咫尺蓬壺上曉暾。弦誦諸生同魯國，熱河新建黌序，入學歲有定額。每逢聖駕臨幸，學臣率諸生道左恭迎，彬雅可觀，人文蔚起。輿圖《九域》愧王存。前經命儒臣輯成《熱河志》，考據精詳，皆王存《九域志》所未及也。吉祥光擁如來佛，繼述功垂有道孫。長頌那居拜王會，年年玉帛奉堅昆。

恭和御製永佑寺瞻禮元韻

顯承謨烈兩朝同，繼序心傳凜在躬。原廟衣冠懷禹蹟，康衢耕鑿戴堯風。瀠洄武水源長抱，葱鬱高山氣自通。計日豐京莅清蹕，神霄陟降感皇衷。

寄孫春臺方伯

結交曾記聖湖旁，廿載鬚眉盡老蒼。塞北行圍共刀筆，黔南按部各風霜。襟期投漆心千古，聚散摶沙天一方。莫怪年來少書札，故人知我懶稽康。

傳聞知己鬢添星，萬里巖疆重翰屏。劉相轉輸優國計，曹侯清靜載民寧。犵獞競喜迎麾節，頗牧真煩輟禁庭。南顧定應資坐鎮，朝天車馬暫教停。

寄費芸浦方伯

南行節使動驊騮，天末相思又暮秋。萬里傳書勞問訊，幾時過關盼勾留。春隨按部三層蓋，月滿籌邊百尺樓。賴有交期素心在，益州那復異并州！

巖疆半壁倚毘隆，媲隊轅門鼓角雄。地控交黔民氣古，職兼鹽鐵使銜同。樞庭筆札推先輩，幕府功名付鉅公。尚憶盤山看花騎，前塵回首太怱怱。

篁村集卷十

上海陸錫熊耳山撰

古今體詩七十一首

喬鷗村刺史甫莅岷州而石峰堡搆變奉檄守城賦詩紀事從郵中見示因和二章卻寄

橫槊城樓發浩歌，令嚴鼓角夜如何！秦中地合詩人住，隴上風還壯士多。羌落萬家團白馬，蜀山百道走黃河。滇池偷息嗟群盜，草檄知堪盾鼻磨。

接天隴坂萬重雲，斗大孤城掃賊氛。涕泣共懷元刺史，笑談真仗李將軍。上功幕府勞應最，急難鴒原信早聞。太息中丞棠樹在，重將遺愛付郎君。

訪舊毘陵金蒔庭太守留榻郡齋旬日歸舟以二詩寄謝

殿院樞庭最有名，江湖暫把一麾行。西川籌筆才先著，南國甘棠種已成。地許鄴州借河潤，人來官閣愛風清。外臺早晚還持憲，何限蒼生望使旌！

杞菊齋廚愧惡賓，柏堂風雨話連晨。營巢我倍憐生計，庇廈公能念故人。津鼓夜喧催別早，江楓秋冷載愁新。明年手插松楸了，徑合移家作部民。

題李筍香烹茶洗硯圖

竹爐乍試折腳鐺，蟹眼沸作松濤聲。此時坐揮白羽扇，已覺兩腋清風生。君苗向說曾焚硯，陸羽何妨更毀茶！且聽禽魚自飛躍，此心真見道根芽。

【校】詩題"李筍香"，《篁村餘集》作"李修林"。

題李柳溪攜孫登岳陽樓圖

洞庭新水生春烟，浸斷坤軸青無邊。岳陽高樓高接天，湖雲湖雨闌干前。先生昨泛巴陵船，兼珍子舍羅芳鮮。籃輿扶昇乘興便，飛步直上層桄巔。君山一髮蒼螺旋，破碎島嶼紛洄沿。龍驤萬斛高帆懸，隨波亂走風吹綿。眼底廓廓開秦燕，齊煙九點腳踏穿。手弄明月玻璨圓，那復鸞鳳煩笞鞭！名駒千里聲琅然，權奇文采清門傳。當年曾聞《過秦》篇，畫圖見此雙矑妍。清貧太守無一錢，天付絕景娛親顏。含飴來看佳山川，收入巨筆如修椽。

胸中雲夢吞幾千，吾信夫子非癯仙。

題張丈遜亭秋林靜寄圖

商聲夜半歸疏桐，枝枝葉葉含西風。米顛喚洗太多事，何如道人默坐觀虛空！蕉衫桐履真蕭爽，天際詩情契遐想。境清無處著纖埃，便面寧須障塵坱。滿城砧杵催高秋，三徑剝啄無羊求。眼前此景祇自領，一字不著能風流。小山叢叢落桂子，涼意初生月如水。請君更問晦堂師，鼻觀通香無隱爾。

玉壘張丈招飲塔射園賦贈

朱藤絡架柳捎簷，雅稱幽居號讓廉。名士來同漢川鯽，清談味過水晶鹽。急流送響泉分牖，倒影涵空塔印尖。扶醉不妨歸路晚，林端如玦吐新蟾。

身隨乳燕去尋巢，到便勾留肯遽拋。畫本繞廊侵葉暗，棋聲隔院帶風敲。洛陽待補《名園記》，西蜀寧煩《解客嘲》。欲豁看山高處眼，過牆新竹已抽梢。

飢驅之故將作粵遊攀戀松楸詩以誌痛

草草西風別墓時，麻衣衝雪又何之！病餘骨並飛龍出，暗裏心驚隙駟馳。懸釜欲炊愁百口，睡苦難穩痛孤兒。浪遊至竟非長策，去住空憐不自持。

身是隨陽澤畔鴻，吾生真恐類飛蓬。前塵嶺外乘槎使，妄念揚州跨鶴翁。意氣半生輕負郭，文章終古悔雕蟲。祇應斷岸孤舟夢，常繞龍華野寺東。

題鄭輔堂別駕吳淞放艇圖

波如熨羅平帖妥，天際芙蓉開九朵。使君昨朝遊興發，官舫中流疾於笴。玉簫金管載兩頭，右手傳杯蟹螯左。停橈攜客躡翠微，灑面風來吹幘墮。到處頻留寺壁題，晚歸不怕城門鎖。漳濱臥疾阻歡陪，聽話風流口先哆。使君能作吳淞賦，我亦正鼓珠江柁。家山彼此互評品，秀麗雄奇無不可。待寫扶胥《觀海圖》，更乞新詩持報我。

造次成行計非獲已舟中默坐有戚然不自得者因讀東坡和陶詩輒效其體爲和貧士七篇以抒寫其意

負土事粗畢，丙舍行相依。北堂乏甘旨，何以娛春暉？身如雁隨陽，乘風復南飛。空慚懷刺去，終恐垂橐歸。道中逢故人，相見訴苦饑。我尚拙自謀，俯仰徒餘悲。

書生本徒步，廿載昌華軒。歸來生計空，無復田與園。今年穀翔貴，曉突稀炊烟。惟有千卷書，晨昏困鑽研。家人競嘲訕，閔默我不言。世無黔婁妻，誰識原憲賢？

歲月忽已徂，變除逮祥琴。大鳥巡故鄉，啁噍感哀音。胡爲泛輕舟，故友相招尋。遠遊豈我願，此意久酌斟。曾讀誓墓文，高風諒能欽。區區爲妻孥，永愧平生心。

忍飢苦學杜，唾面常師婁。吾生寡知交，竟坐懶應酬。茫茫去何適，葛屨行道周。留家東海壖，歲晚懷百憂。故人擁旌旗，風義與古儔。庶幾鮑子心，知我非妄求。

常怪《乞米帖》，自寫尺牘干。還笑光範書，志在得美官。

人生貴適意，朝餔還夕餐。但能息車轍，那知世暄寒！無端飢來驅，黽勉厚我顏。且當忍須臾，性命誠相關。

朝聞魚市喧，臥起推霜篷。行沽集村叟，時及休百工。秋禾雖薄收，善政多黃龔。家家釀春酒，氣象豐年同。上江米船來，賈販亦已通。不如早歸去，里社相過從。

張生抱奇志，揮斥臨九州。惠然肯同行，意氣今無儔。汪汪千頃波，道眼清不流。談言每微中，藉此銷煩憂。此行富江山，相約互唱酬。聊憑紀郵籤，道里尚阻修。

武林門舟次晤謝肇渚太守時方奉其母夫人柩歸葬紹興

國門曾贈繞朝鞭，瞥眼流光已二年。不道終天同抱恨，相逢此地信前緣。我行欲躡羅浮屐，君去新營京兆阡。苦說南征太遲暮，萍蹤進退轉茫然。

杭州寓舍雨坐因成短歌

朔風吹折江邊葦，密雨廉纖作還止。麥苗簇簇乍抽芽，一夜生機翠如洗。旅人枯坐怨留滯，拍手農夫盡歡喜。今年旱勢亦太甚，徐豫南來一千里。江鄉秔稻纔半熟，告糴方輸蜀川米。所期一飽償九空，蓄眼春收萬金比。天公博愛非一物，坎止流行亦常理。但教比屋歌飯甕，那怕儒生真餓死！

自杭啟行有作

十年歸夢落湖光，到便匆匆促去裝。要學浮屠三宿戀，怕難人海一身藏。朝衫脱久慵軒蓋，席帽來遲畏雪霜。未免過門成大嚼，六橋烟樹笑人忙。

富春江行即事四首

喜將晴色破愁顏，不負江湖獨往還。留住秋光莫教去，白雲紅葉富春山。

多謝青山不世情，緣流拱揖費將迎。憑君莫照星星髮，水到桐江徹底清。

天遠沙平水拍江，丹楓如畫滿船窗。船頭軟掛篷三幅，船尾輕搖櫓一雙。

無多茅屋枕江壖，隔崦依稀有爨烟。斗覺新寒上衣袂，數株衰柳驛門前。

桐　　廬

信美桐廬縣，初冬似暮秋。人家烏桕樹，客子木棉裘。樂歲高低廩，通川上下舟。宵來試山雪，白映老夫頭。

舟　中　犬

舟中細犬黠且儇，善解人意來人前。岸頭彎環百丈牽，跳踉追逐如風旋，擲波一躍還上船。天寒月黑野岸邊，嘵嘵亂吠荒雞連。老夫擁被寒入肩，三更聒耳愁無眠。吾行訪舊里數千，不是騎鶴誇腰纏，麻衣游謁暗自憐。枉汝守望慚吾顏，荒江破屋棲數椽。江南斗米五百錢，尸饔有母勞憂煎。嬌兒繞膝行蹁躚，牙牙學語雪兩顴，棄之遠去心悲酸。南來無雁書難傳，截筒繫汝馳故園。我家黃耳非虛言，長吟問犬犬不然，但和村豹聲交喧。

嚴子陵釣臺

故友方膺赤伏符，羊裘老作澤中癯。姓名只喚吳男子，印綬寧縻漢大夫。多事受經從博士，何心削牘報司徒。不知遺像荒山裏，曾見西臺慟哭無？

七里瀧

崖根亂石蹲如虎，石罅游鱗清可數。無風解道七十里，石尤盡日愁行旅。我歌《路難》心最苦，獨有篙師閑笑語。人間何限四不出，問官底事忙如許！

嚴州曉發

大洋灘接小洋灘，亂石當流蹙怒湍。夾岸山高遲日上，打篷霜重壓衾寒。客心暗逐西風急，詩思真同上水難。聞道章江在天末，故人還隔嶺雲端。

泊蘭溪

風高灘澀挽行舟，如葉輕裝悵滯留。百里正嫌邨埭遠，一溪忽抱縣門流。山中橘柚催霜信，江上琵琶動客愁。卮酒空煩慰岑寂，難教從事到青州。時蘭溪令送酒至。

舟夜次立人韻

萬里尋瀧吏，君能念渭陽。身緣羈旅賤，夜共道塗長。灘急疑喧雨，烟沉欲下霜。買山應未得，何處是吾鄉？

衢州贈費芸浦方伯

一疏陳情衆口傳，歸來春酒正如泉。國恩雖覺身難報，王事寧令子獨賢。乍喜抽帆迴大海，空勞截鐙滿南天。萬鍾我已嗟何及，眼對萊衣卻黯然！

禁中對直十年身，衣上行邊萬里塵。軒冕君真無憾事，江湖我是未歸人。交遊漸作疏星曉，會合偏同泛梗親。待逐春風更相訪，坐看蘭沼碧生鱗。

水落灘乾舟行濡滯西安至常山百里二日方達詩以誌悶

夢中一笑失百憂，銅槃青瓷堂東頭。隗生非真我非假，覺來布被風颼颼。天公夢幻等戲劇，坐使日夜煎膏油。平生阿堵不掛口，何曾束帶見督郵？飢寒顛倒事相左，懷刺欲謁東諸侯。道旁小兒拍手笑，笑我拙計同巢鳩。搶榆只宜斥鷃守，擊水妄意天池游。爲儒呻吟鄭人緩，伏波到處仍淹留。直看霜降水歸壑，始肯牽挽下南州。篙師邪許汗流踵，一灘一丈無時休。出門惘惘豈得已，居此鬱鬱真何求！江邊啼鳥苦相勸，桂叢好在山之幽。袁安破屋尚堪臥，椳柁徑返山陰舟。

玉山登舟

信州城郭暮雲邊，遠見高瓴赴大川。百越秋風通堠火，九江春水下樓船。愁如旅雁經霜倦，病比寒魚怯夜眠。獨倚孤篷望南斗，廬山一角淡生烟。

曉至湖口鎮

暫借清灘浣客顏，宵來繞枕夢潺潺。寒鐘忽發何處寺，曉艣已過無限山。屋綴蜂窠認烟直，帆開弓樣帶風彎。勞生擾擾真堪笑，篷底攤書未算閑。

鉛山道中追悼蔣心餘前輩作

豫章有名材，千尋挺巖谷。森然到合抱，徑寸受氣足。《咸》《韶》發清奏，冠佩好奇服。鵷鷺滿中臺，豪逸天使獨。靈心苦雕鎪，健筆謝邊幅。淒涼桓伊箏，諧笑東方肉。微言參聖諦，餘子但碌碌。遠追正始音，盡洗皇荂曲。寧徒壓西江，詩派繼前躅。文端今歐陽，一見快刮目。承明須著作，藜火照天祿。司空東閣士，彭蔣粲雙玉。故人已龍驤，一老猶驥伏。空呼野才子，去伴古尊宿。晚憐爲貧出，又捧侏儒粟。方乘桓氏驄，竟集賈生鵩！我昔遊諸公，杯盤互追逐。交游散風絮，歲月轉車轂。當時二三子，強半在鬼錄。都亭憶分攜，冷月挂疏木。雖言苦風痺，尚喜按絲竹。心知見無幾，慰語痛在腹。終然厄龍蛇，聞耗淚盈掬。人間讀書種，黃壤薶籯籭。定知三尺墳，夜有虹光燭。偶來通德鄉，山川覽清淑。聊爲投文弔，未遂隻雞哭。鳳毛付超宗，食子宜在穀。他年訪斜川，遺編許重讀。

【校】"虹光"，《朋舊遺詩合鈔》《湖海詩傳》作"紅光"。

貴溪縣齋示門人鄭大令高華

清淨知能事蓋公，蒲鞭倚壁獄常空。大材合遣儲都料，微法何嫌中考功！時鄭以事被議停陞。入手仙山弄晴翠，關心高廩散陳紅。書生本色君須記，世上方誇捷走工。

舟中遇風有作

連山宿雨夜浪浪，多事西風挽客航。應是江神厭嘲聒，不教點筆賦滕王。

暖翠浮嵐入畫圖，南來未覺歲行徂。寒風忽掃千楊柳，似我霜髯一半枯。

寒 鴉 行

寒烟沈山鴉接翅，一片團風起平地。啞啞急喚已倦飛，點點摩空徐作勢。忽然捲隊掠雲去，散入霜林投遠寺。霜林葉脫愁集枯，東方日出還相呼。鷺鷥尋魚雁啄菰，跳踉拾食寧求餘。一飽不復思江湖，天長歲晏寒裂膚。我獨何爲嘆羈孤，人生俯仰不自圖，可憐愧汝緣區區。

瑞 洪 聞 雁

鄱陽急雪夜淒淒，幾隊哀音落枕齊。夢老慣依邊月迥，群孤猶怕嶺雲迷。江湖浩蕩驚新侶，杭稻艱難憶故棲。欲寄封書轉惆悵，流黃機畔翠顰低。

【校】"封書"，《湖海詩傳》作"封君"。

昔與姚佃芝臬使雪中同直西苑用清虛堂韻賦詩忽忽十五年矣道經豫章喜復相見天寒欲雪追念舊事感嘆彌襟因復次舊韻爲贈

相迎不用長風沙，肩輿徑造提刑衙。十年邂逅如夢寐，但怪青鬢堆霜花。銅鋪丹地憶伴直，曉寫宣底呈官家。瀛臺歸來雪點袂，詩成醉墨先塗鴉。故人四出作霖雨，興盡無復誇滂葩。我從書閣輟編劃，君正獄市勞梳爬。江湖流轉復相見，留客爲瀹頭綱茶。南來病骨困憔悴，瘦馬強起煩鞭撾。凍雲垂垂霰先集，舊游重省空長嗟。天寒道遠還念我，去把木佛燒丹霞。

至日登滕王閣

驛亭淹倦旅，傑閣暢高攀。落照沈寒堞，驚濤入暮闌。冰霜逢日至，吳會指雲間。極目思千里，傷心近百蠻。帆檣迴左蠡，簾箔隱西山。漠漠殘霞斷，冥冥去鳥閑。何時罷歌舞，有客老江關。遣悶扶桄曲，捫題剔蘚斑。浮名最憎命，急景獨凋顏。信美非吾土，明朝掛席還。

南昌不得拜裘文達公墓感賦

愧我汪汪千頃陂，醉翁談笑憶當時。孟嘉不待風吹帽，毛遂終教穎脫錐。後死何人傳逸事，此身無路哭遺碑。門牆白髮今餘幾，晚歲誰酬國士知？公嘗目熊以爲澄之不清，撓之不濁，期許殊至。今五十無聞，深有愧於公言也。

贈權江西巡撫舒大司空　舒爲文襄公冢子

廿年東閣舊郎君，旌節新移清海軍。功業西平真有子，交游東野願爲雲。佇歸温室行聽履，長感祁連築象墳。草草江干枉車騎，還將苦語出臨分。

鄱　陽　湖

昔讀《禹貢》書，今泛彭蠡澤。連山盡東趨，大地忽中坼。岷流束衿喉，楚派會圭璧。微茫波濤青，破碎洲嶼黑。網船綰諸州，津埭通十驛。魚龍閑自舞，天水了不隔。當年戰鄱陽，陣火照山赤。檣艫灰燼滅，銘碣丹青泐。雄圖久銷沉，遺廟空血食。惟餘浩渺觀，一洗芥蒂臆。我來水歸壑，又苦寒飇射。千尋蹴巨浪，七日滯行客。崩崖困掀簸，永夜愁偪側。遥瞻落星戍，悵望柴桑宅。出險會有時，扁舟竟安適！夢醒聞好語，旗尾西北擲。

【校】圭璧，原誤作"圭壁"，據《湖海詩傳》改。"灰燼滅"，《朋舊遺詩合鈔》本作"灰燼飛"。

星子令門人王千驥過舟中夜話

五載緇衣客，今宵絳蠟光。資高官尚攝，會短語偏長。苦勸安毋躁，原知別太忙。來程困留滯，未及石尤狂。

過南康不及遊廬山

江州風來迎，洪州雨相餞。但望廬山雲，不識廬山面。枯桑杙孤艇，一晌脫飛箭。青衫逢故人，沿檄宰山縣。爲言湖浪高，橫空雪團片。城頭接嵐翠，絶景在几硯。不礙昇籃輿，粗當理廚傳。我行苦邅迴，欲往意已倦。銜裦漫故刺，縫衣綻新線。刮毛望成氈，顛倒墮夢眩。縱無山靈移，顔驛汗成串。清泠三峽水，胃濁未可嚥。幸非問津迷，空抱臨淵羨。蹉跎惜願迕，凓冽悲歲晏。平生心一寸，不共鬢髮變。微軀荷天慈，腰脚尚假便。終從麞麚遊，坐覺簪組賤。記我不生客，他年定相見。

北　風　吟

冬十一月日南至，北風夜捲南昌市。一旬不歇勢轉狂，天樞地軸爲低昂。飛廉怒抉土囊口，萬里磊落吹南斗。來船有帆不敢張，去船三老閑籠手。貧家忍凍哭向天，零亂屋茅滿地走。我回南棹鬥北風，風不我哀我命窮。船頭纜拂落星石，船尾尚縈鐵柱宮。昨朝十里今五里，力盡寸寸彎強弓。宵來繫纜沙灘空，卧聞喧豗撼檣篷。猿啼鴟叫吟伏龍，萬響亂攪愁人胸。五更向低曉又作，令我歎息何時終！

大　孤　山

濕翠波心望杳冥，塔尖盤鶻護風鈴。中流特地掀孤柱，南斗何年墮一星？極浦歸帆帶烟霧，叢祠灌木閟神靈。漁歌忽送《滄浪》調，凄絶羈懷忍更聽！

湖口柬佃芝臬使

章江門前駐車轞,輕舠欲發勞牽挽。誰知十日擷鷁風,閑煞篙師柁樓飯。丘中君自留予嗟,悔不相從杜扉揵。千搖萬兀到溢口,高閣珠簾猶挂眼。潯陽西來問米價,旱餘苦說秋禾損。連朝薄雪不到地,犖确山田未能墾。驚魚莫遣河水渾,雀鼠何知墮牢圈。奮髯正有朱子元,天下豈惟董公健!知君愷悌眾人母,肯待良規申繾綣。我今難鑄十州錯,漏盡鐘鳴不思返。誰言枉尺當直尋,空憐日暮還途遠。題襟漢上亦偶然,回首蘼蕪長春阪。征帆未轉吳王峴,鄉心已過奔牛堰。雁來倘寄一紙書,祝我歸程保安穩。

石鐘山

山根插江翠玲瓏,斑斑斧鑿留天公。寒濤夜捲乘江風,嚕呔鞺鞳諧商宮。明堂合樂考大鏞,笙竽俗耳驚長聾。無緣金奏作石中,誰乃竅石勞鐫礱?若云風水偶擊衝,風收水落聲何從?太音出虛感即通,假石以鳴石無功。世間色相徒形容,是石非石鐘非鐘。題詩一笑卸短篷,坐聽萬籟號霜空。

九江雜成四首

前度含香畫省郎,乘軺萬里有輝光。白頭又作潯陽客,風雪啼猿一斷腸!

紅亭寂寞噪寒鴉,滿眼西風捲浪花。不是江州醉司馬,淚痕也擬濕琵琶!

門戶荊襄極望遙,上游鼓角鎖江潮。祇應桑落洲前水,曾向斜陽送六朝。

夾岸青山翠欲圍，彭郎不解送帆歸。大江東去人西上，目斷吳天一雁飛。

粤行不果因道湓口泝江訪吳樹堂中丞於武昌書此見意

隨時賦芋任狙公，世事原非逆料中。不慕求仙跨東海，已緣吹律聽南風。戲場傀儡憑人弄，路鬼揶揄笑客窮。負負初心更何說，明珠翠羽棄如蓬。

繞枝烏鵲怨星稀，莽莽江天碧四圍。路到三鴉須得閒，碁爭一劫未全非。越吟休問桄榔驛，楚製重紉薜荔衣。珍重荆南老開府，可能賓至竟如歸！

熱惱根緣只自求，漫教大宅氣虛浮。鍛翎肯作驚弦鳥，牽鼻初非負軛牛。豈有公孫欺布被，且從賀老脱貂裘。《落梅》一聽江城笛，不枉乘風萬里舟。

來日無須唱《大難》，閑鷗相伴宿空灘。愁心江上山千疊，歸夢池南竹數竿。巨艦定輸估客樂，側巾猶帶秀才酸。茲遊意外翻奇絶，何限關河放眼看！

【校】《篔村餘集》詩題，"不果"作"既不果"，"書此"作"再疊前韻以"。

瀕行兒子慶勳以先文裕公秋興詩八首墨蹟卷請題字攜置行篋舟中無事感念生平因盡次原韻以竊比於秋興之義爲附書卷尾其卒章則專及本事也

少年塗抹不知慚，矍鑠誰言老尚堪！牛馬倦從太史走，桑麻閑聽野人談。著花結習應消盡，啖餅虛名莫浪貪。猶有鑑湖天賜與，菟裘卜築在淞南。嘗蒙恩賜楊基《淞南小隱圖》一幅。

父兄攜我走西東，難忘青燈夜幕風。巾屨時陪丈人行，田園都在一經中。儘教有用書常讀，肯放無因剌漫通。樗散自慚今白首，刻鵠畫虎定誰工！

鈴馱西風急暮笳，一充州賦便辭家。烏棲穩借宮中樹，蠅集寧揮闕下瓜。寶勒踏開南苑雪，荷囊吟遍上林花。車茵醉吐尋常事，狂態消磨感歲華。

萬馬橫穿入禁軍，常依華蓋織龍紋。和門勘箭秋宵月，野竈傳餐日暮雲。樸被慣隨樞府直，刺闈時候驛書聞。塞山極目盤雕處，曾倚金鞍草檄文。

舊交寂寞散吟窗，采采芙蓉賦《涉江》。得路盡兼鵷鳥百，懷人誰寄鯉魚雙？姓名尚許山公列，壁壘先驚鄭伯降。最愛龍眠老居士，十年高臥鹿門龐。謂姚姬傳郎中。

中經簿錄撰初成，同上金鑾接佩聲。已報匡衡副丞相，未容嚴助厭承明。鈞天舊夢思蓬苑，阿閣新巢在鳳城。太息周南尚留滯，更無才筆賦《西京》。

傷心陟岵淚痕多，眼送青春逝水波。草豈根高怨霜早，木方葉靜奈風何！太倉竊粟羞饑鼠，絕漠尋泉怯疥駝。掃冢急歸猶恨晚，種松未老鬢先皤。

千章喬木儼山園，秋雨頹垣忍更言。幸有墨痕留繭紙，方知詩思在江邨。縱橫健筆摩雲鵠，慘澹哀音動峽猿。慎守《通天》舊時帖，莫教鐵石溷朱門。

篁村集卷十一

上海陸錫熊耳山撰

古今體詩六十首

十二月四日

灑血身猶在，承顏夢永違。艱難空藥餌，想像只裳衣。敢望三牲奉，終虛駟馬歸。養雛毛羽大，誰道各天飛！

從宦三千里，成人五十年。曾難報絲髮，翻遣累饘饘。學豈他師授，家無長物傳。餘生負門戶，何以見黃泉！

白髮辭京邸，前番暗愴魂。關心問中饋，蓄眼望諸孫。風雨先廬計，丘山易簣言。相從九京骨，終傍鳳凰村。

慘慘衣如雪，棲棲水泛萍。再期真恛惚，一子獨伶仃。讀《禮》傷除變，安貧墜典型。祥琴不成調，江雨颯淒冥。

江行四首

江湖滯單舸，寒月三虧盈。久客厭波濤，流浪悔此行。終風無時休，五日達一程。霜宵谺澄霽，暫息心屏營。隆隆撼孤枕，起聽默自驚。萬籟寂不喧，吾耳方雷鳴。畏途積憂慮，六鑿紛相爭。冥心觀大化，一笑付聾盲。

轅門五丈旗，喧闐激鼓吹。驛亭謹掃除，錦繡照江涘。候騎流星馳，節使早晚至。節使來何爲，發粟起彫氓。饑羸困升龠，行廚粱肉棄。問誰主供張，嗟哉檢荒吏！

我家傍瀛壖，江海互吞納。輕舟溯樊口，又見江漢合。滔滔日東流，遠浸扶桑濕。相逢二千里，一水共提汲。海門渺何處，東望雲頭急。青山去無窮，來往織帆檣。故園歲方闌，淒其掩門闈。游子行不歸，何人拜腰臘！

好風船尾來，吹我檣竿旗。舟師暗歡喜，苦恨張帆遲。摟箭久不發，一朝脫弦馳。梲柂劈浪花，浪急船傾欹。大江多風波，吾行竟安之？坦途有至險，難進戒履危。攬轡下太行，驟阪蹶不支。慎勿鳴得意，辨之在毫釐。

黃州雜詠

田單遺策未堪矜，天意初非定算能。不是東風討曹力，樓船橫槊下金陵。

竹樓窈窕對烟鬟，日遠天高極望間。辛苦玉堂王學士，十年宣室夢生還。

栽柑看竹齊安郡，陽羨仍聞早買田。誰遣金蓮照華髮，海南流落豈非天！

空將大樹撼蚍蜉，開府尚書兩白頭。今日江西譜宗派，更無人祖宋黄州。

雪　　堂

雪堂冬無雪，乾麥貼隴底。臨皋數弓地，荒蘚漫屐齒。堂堂玉局翁，千載呼不起。身墮磨蝎宫，顛倒天所使。五年黄州鼓，晚寫桄榔紙。連雲誇甲第，傳舍幾成毁。我夢雪堂游，頎然丈夫偉。東軒老同叔，求樂亦鹽米。君看喧寂齋，正對屠牛几。

臘 八 日 作

瓊華仙島冰堅腹，廣寒殿外鋪瑶玉。年年臘八看冰嬉，尚方初賜莽藋粥。當時青瑣點朝簪，銀甖翠釜常分甘。江村卧病感節物，暴背時把金鑾談。書生奔走饑寒累，飄飄楚岸身如寄。舉家食粥已多時，江南米碩兼金貴。如聞轉粟下巴夔，早晚入市紛流脂。故鄉歸路春燈近，好翦青菘共餔糜。

贈吳樹堂中丞二首

特轂山公啓事勞，漢南士女拜旌旄。一家父子三開府，六省東西半列曹。魏國陰功天必祐，恬侯篤行世爭高。膝前更有王文度，整刷春風起鳳毛。

冒寒偶趁打包僧，幕府清嚴剪夜燈。風雨離情間何闊，江山賦筆病還能。空囊去怕嘲妻子，假館來偏累友朋。話到鵪鴒原上草，涕痕重爲小中丞。

費 公 祠

何年鶴去賸遺祠，華表應餘故國思。天上神仙盡忠孝，漢家社稷寄安危。墜星早付三分策，大膽誰輕一木支！莫唱巴歌薦香醑，蜀宮烟莽不勝悲。

遊崇府山劉氏園亭有懷吳白華京兆

凜冬迫羈緒，虛館斷來轍。駕言寫心憂，蕭曠契所悅。茆堂枕層阿，仄徑度窪凸。俯違邑井喧，近矚睥睨敧。岧嶤竹間樓，廷脰勞眥竭。江流會清沔，山翠浮大別。幽廬憩倦武，稍喜圖書列。雖非載壺觴，煮茗亦可啜。閑庭槁葉下，盆卉霜枝折。抱此晼晚心，坐惜芳菲節。安得百草滋，先春感鶗鴂？故人有高咏，留壁墨尚潔。因憶章臺街，走馬正衝雪。

登黃鶴樓放歌

仙人駕黃鵠，一舉凌滄洲。留此千尺磯，突兀昂其頭。下有噴濤迴薄之長江，上有切雲縹緲之飛樓。樓前楚山萬重碧，烟中今古傷心色。彝陵巴陵在何處，但見斜陽没歸翼。乾端坤倪盡呈露，一氣廓廓無終極。武昌漢陽兩蟻垤，下視醯雞苦煎迫。紫蓋走揚越，樓船轉荊益。千秋幾英雄，寒沙沈折戟。只有樓頭一片玻璃盤，曾照杯中狂太白。長風忽吹面，絲鬢何蕭騷！捫天蕩蕩纜一握，坐摘列宿圓如桃。頓思白日生兩翅，九垓汗漫追盧敖。神仙上界足官府，金支翠旗蔭采旄。洞天石戶喚不應，有力誰似三山鼇？崑崙金銀丘，可望不可招。徑踏颷輪歸，痛飲玉色醪。

梅花國裏臥吹笛，安能朝丹崖，暮黃石，鞭鸞笞鳳徒煩勞！

武 昌 月 夜

　　大別山頭月，三更上客樓。樓前漢江水，遥下石城流。寒漏催還急，哀鴻響未休。空憐夜帆影，葉葉是歸舟。

章湖莊太守罷襄陽郡將遊湖南詩以送之

　　大隄碧草春萋萋，使君五馬聞驕嘶。文翁禮殿肆樂職，攔街無復歌銅鞮。西風蕭條峴山樹，又送使君騎馬去。漢川空釀蒲桃醅，肯向習池酩酊住。洞庭新水生如煙，興發欲泛巴陵船。除書方重二千石，那得放浪江湖邊！黃鶴樓前一相見，哀樂中年感婚宦。我留且食武昌魚，君歸早趁衡陽雁。

　　【校】章銓《染翰堂詩集》之《同陳雲麓別駕炯夜登黃鶴樓隨至留雲閣小飲醉中口占題壁》詩後附此詩，題作《乙巳嘉平道經鄂渚得晤湖莊前輩知有長沙之行作詩奉贈》，"歌銅鞮"作"白銅鞮"，"哀樂"句作"契闊頻年感遊宦"。

江中望晴川閣

　　龜山高閣翠蘿陰，清簟疏簾佇勝尋。萬里晴光出形勢，一江客緒怕登臨。行雲曉接陽臺近，湧浪寒兼夢澤深。多少愁生望中眼，巴船還弄《竹枝》音。

發 武 昌 有 述

　　不去曹溪踏石頭，飄然雲夢澤南州。那堪風雪長羈旅，卻爲江山少滯留。菜把幾曾煩地主，凥輪聊與寄天游。十分眼界添來闊，烟月無邊在庾樓。

候館經旬掩夕春，又聽津皷曉鼕鼕。蓴鱸何日依張翰，雞狗由人笑董龍。叩缶不須歌楚些，擁爐應共話吳儂。黃岡玉笋羔兒酒，稍喜行廚未闕供。

贈周眉亭觀察

曾從北府識威名，漢上重聞竹馬迎。玉節宣膏看行部，絳紗勸講列諸生。早知楚甸春風滿，坐愛官齋雪景清。遥聽琅琅似翻水，丹山應是鳳雛聲。

廣寒同折最高枝，卅載多慚鬢似絲。今日萍蹤真邂逅，當年蘭臭苦差池。南樓烟月空三宿，北固風流又一時。明發歸舟尚餘戀，好憑江鯉寄相思。

舟中夜坐賦示立人索和二首

絮語篷窗伴短檠，擁衾夜皷已三更。驅磨老態眠難熟，支破春光夢易成。我豈浮梁販茶客，君如函谷棄繻生。相看共有癯仙分，莫怪歸裝一葉輕。

團團磨跡郵籤遠，閃閃燈花歲籥更。脫屣未能遊岳去，燒爐空羨鑄金成。傷心舊話提還怕，遮眼殘書放便生。歸及銅坑梅信早，杖藜同趁脚頭輕。

彭　澤　縣

大江會九派，驚濤浩無邊。潯陽三舍餘，五日勞洄沿。層崖出危堞，孤城枕江壖。茫茫辨洲樹，稍稍開墟烟。即景感徂歲，望古懷昔賢。水勢樅陽西，山光義熙前。我因一囊粟，乘此萬里船。所求亮錙銖，忍受旁人憐。造物養不材，飲啄良有緣。但當咏時運，便可歸園田。三復《乞食》詩，操瓢亦欣然。

金剛夾阻風

江上風兼雨，悲心日未央。人生幾殘臘，遊子獨他鄉。攬鏡看顏改，聞雞覺夜長。鄰船更吹篴，淒絕怨《伊涼》。

小 孤 山

單椒獨秀倚青天，遥指孤帆落照邊。鬢影窺匳最端正，墨痕堆絹倍澄鮮。靈風暗起神鴉外，春色爭歸候雁先。畫手難逢李思訓，長江絶島倩誰傳？

望江除夕用東坡集除夜野宿常州詩韻二首

簫鼓連村聽轉悲，停橈稍覺浪花微。心如流水何時住，人伴春風隔歲歸。去臘已隨游橐盡，殊鄉猶喜賀牋稀。殘燈草草寒蔬供，辛苦張郎肯共依。

南行寂寞更東徂，吴楚風烟萬里塗。辟穀便思求秘訣，編詩還笑賣癡符。時於舟中檢視舊稿尚存者，編次成帙。銅壺有信催華髮，銀燭無人挽病鬚。想到椒盤拜家慶，五年腸斷點春酥。

立人見和前詩疊韻奉答

中年此夕易成悲，況對西風燭影微。垂老但嗟聞道晚，浮生寧待有田歸！未拋官職深恩戀，細數交親故友稀。百歲與君皆逆旅，何妨客裏暫相依！

荒雞喚後漏聲徂，滿紙新詩寫更塗。禿管看成如願尋，劈箋權當辟邪符。香浮雪橘初涼齒，暖入冰梅漸放鬚。去作去聲。新年召鄉友，試煩纖手滴花酥。

正月三日發華陽鎮遇風復還香口宿

前日輕帆賽馬當，連宵巨纜碇華陽。歲真不與來浩蕩，箕獨有神常簸揚。別轉一洲依虎落，坐看萬斛舞龍驤。無金忍負垂堂戒，三月風波已飽嘗。

東流阻風偕立人步入山徑得小蘭若偶坐

風爲春先驅，東來截江路。歸期判隔歲，濡滯亦吾素。牢將一舟繫，閑送千帆度。晴光氾層岸，野徑縱遙步。緣崖稍幽迴，松翠落衣屨。意行逢招提，清磬出深樹。因留覘佳境，偶息契遐悟。往來欅一塵，遲速迭旦暮。君看右行蟻，隨磨競左鶩。同轉風輪中，我實無所住。

立春日成口號三首

乍暖春泥凍未融，輕陰澹靄夜濛濛。萬山試手誰行雪，留待東風第一功。

驚心節物一番新，那得華幡貼鬢銀！憑仗三更放山燒，去聲。紅雲吹作滿江春。

此身飄蕩似孤雲，春色初扶病幾分。不向閽門供帖子，案頭閑卻管城君。

未至皖城十里遇風泊光洲入夜風大作簸蕩竟夕復次前韻

空中一噫猛誰當，不放春姿轉豔陽。盡日風花太撩亂，接天雲氣忽飛揚。蒼茫徙宿千蛟喜，蹴踏班聲萬馬驤。弱纜空教恃管蒯，書生性命敢輕嘗。

贈書紱亭中丞

文端昔帥江東西，隻手獨障黃河泥。青春耕桑萬家室，吏呼不驚犬如雞。堂堂威望望山尹文端後，聞名能止嬰兒啼。西京世系宰相表，玉衡親付郎君提。炎荒談笑坐虎帳，搜粟歸來都尉壯。文經武緯隨所向，領父舊部江湖上。扶攜遮道看旌節，豐頤尚肖先公狀。去年宣歙旱告凶，公發倉廩哀羸窮。上書朝奏夕報可，五十一縣皆春風。飢摩寒拊感到骨，野有宿麥無嗷鴻。我陪劍履明光宮，又見列戟千夫雄。甲寅同降今幾輩，我似病鶴公猶龍。落花墜溷拂茵席，造物所付誰能同？勳名富貴有公等，我將把耒歸春農。

贈陳勤齋方伯

早歲貢禮部，唱名上丹墀。哀然君舉首，白皙軒鬚眉。程文傳四方，驚倒里塾兒。至今丐餘膏，掇第如摘髭。清華秘書職，要劇中樞司。郎潛望三署，郡寄把一麾。圭璋韞光彩，終受特達知。生祠冀中野，按部天西陲。滔流障濁河，盜弄銷潢池。給軍視首功，孔翠彩纓綏。江東正需賢，畫錦來何遲！遠持汲黯節，手活十萬贏。不貪君所寶，善頌我以規。古來三年蓄，水旱民無饑。頗聞積貯計，或耗雀鼠資。官倉掩塵土，私廩償鞭笞。臨渴寧及井，治標實良醫。但能富儲胥，豈復憂疢疿！足食信先務，當官復奚疑！願君建長策，為國綏嘉師。

【校】"遠持"，嘉慶本作"還持"。

贈馮魯巖臬使

履綦跡散鳳凰池，持斧猶煩暴勝之。國論江湖寄黃髮，交情琴瑟淡朱絲。浮生幾度長安見，別意無窮皖水知。早晚南樓弄烟雨，故人可有草堂貲？

征南書記早翩翩，部使迴翔近十年。耐職盡知非巧宦，受恩未敢說歸田。貧呼彥道還癡絕，老喜靈光獨巋然。曾是朱顏舊同舍，春風相對雪盈顛。

十二日初發皖口東北風又作再用前韻示立人

風信三番又恰當，如山白浪打樅陽。數程雨雪猶連楚，幾月烟花便下揚。同載欣然有張翰，小詩清絕似韋驤。眼前去住真聊爾，茶薺隨緣且共嘗。

十三日遇西南風復次前韻

一晌披襟與快當，試燈時節律吹陽。原知造物非偏愛，且喜仁風得奉揚。心地無瀾住安穩，鼻端出火怕騰驤。布帆分付張休滿，順境何妨略遣嘗！

桐城江上有懷姚姬傳禮部

江介滯寒景，扁舟泛夕陰。龍眠望巒翠，不覺暝烟沉。眷言同懷子，結廬臥高岑。焚香散貝帙，潔膳娛萱襟。東華一爲別，種松已成林。昔游曠嘉覿，今塗阻遐尋。相思無日夜，浩與江流深。蘭省夙相要，歲寒亮此心。綢繆十年舊，契闊二毛侵。

【校】"契闊"，底本誤作"恝闊"，據《湖海詩傳》改。

舟行得順風頗厲江濤洶壯立人有懼色詩以解之

乘風破浪丈夫事，履薄臨深孝子心。君定涉波能仗信，我緣擊楫爲長吟。黃牛峽轉還朝暮，白馬潮回自古今。到處人間有奇險，一壺珍重抵千金。

大通望九華山

陵陽郭西秋浦東，我少讀書依泮宮。九華當窗送晴碧，落在硯匣眉痕中。疲勞塵土三十載，夢魂常與名山通。昨朝揮手辭皖公，旗脚正飽西南風。千巒萬壑過飄忽，攙天忽認青濛濛。雲鬟窈窕倚霄立，四面轉側難爲容。青霞半隨步障卷，翠朶折盡花房重。信知造化妙融結，欲與仙佛留靈蹤。桐江回望富春嶺，潯陽遠揖香爐峰。嬋娟突兀各有態，奇秀獨絶誰争雄？我從丱角已識面，垂老未聽蓮城鐘。提壺裹糗定何日，莫令猿鳥愁烟空。山前石室開文翁，憶煮瓠葉歌絲桐。諸孫白首訪遺蹟，講肆知己埋蒿蓬。老人大父問曾見，只有九子青芙蓉。

【校】"落在"，《朋舊遺詩合鈔》作"吹落"。

蕪湖元夕點市中所鬻鐵畫燈以詩咏之

一片玲瓏繞指柔，裁雲翦月巧琱鎪。六如試轉燈光偈，百鍊知從鐵漢樓。曾入洪爐寧怕火，放來直幹不爲鈎。廣平未礙《梅花賦》，共守心期照白頭。

孫松友司馬從金陵古董肆得國初史大成繆沅兩殿撰手札各十通古勁可愛舟次見示爲題二絶

偶然揮灑亦藏稜，此事終須三折肱。眼底紛紛誇野鶩，風流前輩見何曾！

戲海群鴻朕廿番，家區珍重抵璵璠。故人袖裏驚虹月，爲照春燈作上元。

金 陵 感 舊

畫舫秦淮撦笛時，重來已是廿年遲。渡頭無復迎桃葉，觀裏惟應長兔葵。蜀肆人空簾寂寂，嚴冬友客中州。遼東鶴返塚纍纍。程魚門近已卜葬江寧城外。夕陽莫怪催歸騎，零落交遊更有誰！

登燕子磯入永濟寺

建康西望夕烟沉，獨上危磯散客襟。一片蒼雲湧樓閣，萬叢翠竹變晴陰。籠紗句識王文正，寺有尹文端公所作記。愛馬風餘支道林。寺僧默默，年至百有五歲，近時始示寂。江路當年幾來往，白頭惆悵始登臨。

風便自江寧一日至鎮江而運河方疏濬因泊江岸候啓壩

山遠波平極望收，布帆安穩下真州。天將末路憐窮旅，我本無心怨石尤。兩髻金焦似迎客，一江風浪不驚鷗。誰知世事還難料，留滯今朝又起頭。

碇舟江中獨遊金山用東坡大風留金山詩韻

柁樓遙共僧窗語，春波如鏡瓜州渡。中流下碇暗潮闊，恰喜橫江住風雨。登山已覺布裘重，籠水行看柳枝舞。往來坐驚人老大，去住休令公喜怒。中泠泉洌亦復佳，京口酒薄奈何許！會待渠成送客歸，萬夫雷動催鼛鼓。

開壩謠

今日喚開壩，明日喚塞壩。壩開壩塞誰得知，太守行河但嗔罵。賦功尺寸官行下，今何聰明昨聾啞！君不見華堂絲竹圍花叢，太守半醉春顏紅。可憐畚鍤開河卒，夜夜號寒向朔風！

後開壩謠

今朝壩開河尚塞，沙積水乾行不得。丹徒腼口潮填淤，何人授值驅丁夫？巡功脚未河干踐，火急文書告役葳。上官歲歲催開河，客子年年愁阻淺。

築壩謠

潤州壩乍開江頭，常州築壩又斷流。行人僵坐四十日，誰知到此還淹留！吁嗟長吏不早計，鼛鼓非時爲民累。補苴下策亦徒然，貨埠空令物湧貴。江南澤國自古傳，不知誰敗濯龍淵！何時卻致兩黃鵠，穩送滄波萬斛船。

篁村集卷十二

上海陸錫熊耳山撰

古今體詩六十四首

新城道中咏霧淞花

霧光著樹曉模糊，綴葉封條望轉殊。幻出花姿霜別樣，催成寒信雪先驅。離離映日還明滅，屑屑因風乍有無。更許三分借顏色，幾星凍上白髭鬚。

道遇范吉夫入都口占贈之

送我纜南浦，逢君又白溝。忽忽一揮手，黯黯動離愁。遠道行人節，寒颸客子裘。勞薪互來往，相看雪盈頭。

有懷都下同里諸公賦此卻寄

忽忽三月望修門，梁燕辭巢未掃痕。馬首上番還闕路，客心幾夜別筳樽。非關舊直承明厭，且喜前盟息壤存。努力諸公致身早，暫時分手莫須論。

用前韻寄徐玉崖觀察徐與余先後出都門之建昌道任

勞勞亭子國西門，慣與征人換鬢痕。誰遣白頭歧宦轍，憶曾青眼鬥吟樽。籌邊乍擁牙旗壯，較藝空慚玉尺存。炎海雪山俱萬里，人生聚散總難論！

平原夜宿二首

江外歸軺向日邊，驛亭燈火記從前。道旁禿盡官楊柳，那得朱顏似昔年！

休將行酒怨王敦，樓上無如一笑冤。便有東川絲可買，美人那肯繡平原！

長清山行遇雪

昨宵破屋被成冰，積素千峰曉尚凝。晝斂風威寒倍緊，暗消酒力醉難憑。迴風壠角還留隊，遲日山腰乍出稜。路滑真愁小兒女，疲驢高坂度凌兢。

望 岱

青連齊魯割晴陰，極望巖巖氣象森。地影全開一峰曙，雲頭常貯九州霖。蒼茫玉簡靈文閟，呼吸天門帝座深。直爲錦囊無傑句，皇華兩度怯登臨。

羊流店爲羊太傅故里

問店猶蒙姓，懷賢獨愴魂。勳名晉遺史，譜系漢高門。國豈南城舊，碑如峴首存。圖經半茫昧，湛輩更休論！

泰安與吳稷堂邱芷房兩編修同飲蔡小霞太守郡齋時吳邱典浙試回京小霞由詞林出守亦甫兩月耳

灞橋別酒未乾脣，旌纛行纕及五旬。忽漫相逢還此地，更憐不速有三人。玉堂天上情同感，銀燭宵長話最親。卻羨使星來越分，聖湖煙月滿歸輪。

自新泰至蒙陰道中有作三首

千林殘雪尚斑斑，襯出烟光好髻鬟。不惜馬蹄穿亂石，嶅山看過又蒙山。

嗷鴻歸後幾家存，生計關心宿麥根。祝爾明年炊餅大，至前見白已連番。

面受陽曦背朔吹，南程恰與雁相隨。閏年卻怕寒生早，趁取河冰未合時。

沂　　州

穆陵東去豁平疇，樹影中環斗大州。巡屬舊曾分兗府，輿程近已接吳頭。倦如驛騎空支骨，吟比村醪易棘喉。笑問一繩天際雁，稻粱辛苦爲誰謀？

李家店早發

明星如月上天來，鈴馱郎當次第催。爲報行人莫貪睡，雄雞啼到第三回。

洸沂水落已成梁，野堠荒荒路正長。獨輧鞭絲踏人影，白沙如雪月如霜。

試南劍日見兩廊燈火青熒口占二律示諸生

案列東西靜不譁，山城嚴鼓未停撾。且消夜漏三條燭，莫負春風十里花。此地化龍餘寶氣，何人吐鳳擅才華？白袍立鵠當年事，辛苦還思候曉衙。

蝦蟆更裹唱晨雞，落筆春蠶食葉齊。休惜嘔心成錦段，好教刮目試金鎞。門嚴鎖鑰封猶濕，簾捲星河影乍低。努力諸生致身早，看從天祿映燃藜。

賦得雨中荷葉終不濕

雨打銀塘驟，荷擎翠蓋稠。攢珠敲乍響，走汞掃無留。未藉沾濡力，難將色相求。出泥終不染，覆水訝能收。戴處遮同笠，紉來具是油。性翻疑就燥，幻或悟浮漚。滴滴歸何著，田田望轉悠。還須碧筒飲，更瀉酒盈甌。

奉命赴盛京典校初發京師有作

糝衣嶺雪未銷痕，又碾青門祖道輪。黃本圖書勤食字，白頭筋骨慣勞薪。南陽蔥鬱瞻佳氣，東觀輝光輒近臣。比似留司判臺去，聖恩猶許局隨身。

瀋陽書局見成警齋司空翁覃溪閣學福景堂京兆黃文橋明經倡和之作依韻奉呈

身到神仙宛委峰，中天星斗欲蟠胸。書真脫腕嘲難解，詩似尋醫興未濃。忽覷坡門有酬倡，思編《杜集》紀游蹤。西風早晚催霜信，細響無言應乳鐘。

【校】"脫腕"，底本原作"脫盌"，據詩意改。

疊前韻贈文橋明經

曾上天門日觀峰，東溟重挽沃吟胸。才名早探牛心重，氣味渾浮臘面濃。烹葉諸生禮都講，拈花尊宿悟前蹤。搖鞭好指香巖去，鵓鴣臺前有暮鐘。時君將有千山之遊。

疊前韻呈警齋侍郎

偏搶同摶最高峰，昔歲頻同侍郎扈從出塞。百感離群暗攪胸。

重接蘭言寧意料，頻叨菜把荷情濃。鬢絲各看燈前影，鴻爪空憐雪後蹤。明發句驪河畔路，夢回猶戀隔城鐘。

疊前韻呈景堂京兆

暫領留司別道峰，人倫水鏡自當胸。千章樹木干雲早，十吏抄詩蘸墨濃。少尹東都歸物望，大蓬秘閣並仙蹤。白鷗浩蕩愁多誤，待問何時許叩鐘？

疊前韻再和警齋見贈

多生慧業本靈峰，散朗清襟月瀉胸。曾托苕岑薰德久，不將綺語懺情濃。熊羆坐卻知神力，時小疾初愈。萍梗相依少定蹤。特起致師甘退舍，敢持牛鐸和黃鐘。

再疊前韻奉和覃溪前輩留題書局之作

雲羅冊府玉爲峰，典校無能愧在胸。局許隨身青待汗，裁兼衆手墨交濃。班《書》阮《錄》刊新簡，劉井柯亭話舊蹤。廿載集賢懷聚散，坐搔白首聽宵鐘。

分照藜光陟閬峰，匆匆小別感橫胸。且攀三日車輪住，莫怨千山雨意濃。密字虯蚪看定遍，疑文藤葛掃無蹤。蒙恩一樣修黃本，濫廁虛慚説號鐘。

題馮孟亭丈捧硯圖

熟釜傳家世作求，大弓還府神爲謀。金聲玉質公合德，珍函寶櫝孫貽麻。司寇將漕惠南國，平準斗概今歌謳。官閑長物琢溪骨，老去細字填銀鉤。龍騰神劍有離合，鶴返故里空林丘。名孫總角侍書案，手澤重把霜蒙頭。等身臥起伴吟卷，一日洗沐頻清流。遺安肯顧金滿籯，此田力耕歲有秋。圖成毫頬見情性，拓向繭紙尊琳球。循牆益恭守弗失，長想宛在中央浮。一泓爲含奕世澤，必復其始宜公侯。

題法時帆學士山寺學詩圖次覃溪閣學韻

我參香觀叩應真，非烟非火銷微塵。來何所從去何著，此意乃得於詩人。煎膠續弦世誰有，空山流水雞鳴晨。觀音十二無正面，悟到聖處能知津。碧山學士抱吟癖，覓句苦似彭城陳。閑依古寺問詩法，畢竟何處詩堪論！人間不少擔板漢，語言文字空紛紛。華嚴樓閣彈指現，鏡月借喻還非倫。絲韁解後牛自在，窗紙鑽破蜂安存。宗唐禰宋盡癥結，孰了内外窮三因？君今一滴嘗海味，辟支果已超聲聞。長安花事正爛漫，且鬭好句酬青春。

書張文敏公遺照後

大司寇文敏張公，以文章學術，歷事三朝，入直禁廷，自翰林汔位常伯，哀榮始終，莫與爲比。錫熊曩備官侍從，上知與公鄉里，每入對，輒問："汝曾識張某否？"且數蒙垂詢公家事甚悉。仰見聖情眷顧舊臣，所以照臨其家，至深極厚。而公之勤勞夙夜，以上承知遇者，亦良非偶然也。錫熊生晚，不及見公面，今獲睹遺像，不勝景行之思，因系以詩。

尚書歘起廊廟珍，時來珥筆乘風雲。承明謁帝爲近臣，文昌八座參國鈞。殿前臚唱何清新，書學入聖前無倫。羲之而後公一人，宸章論定光千春。後生無由接芳塵，愧荷天語親咨詢。斷縑零落賸寫真，想見跨鶴驂騏驎。願同邦人薦谿蘋，風流未沫公如存！

讀曹聲振表弟遺集

遺文真似吉光留，嘔出心肝死未休。誰信青衫消不得，十年塵土掩荒丘。

多生慧業好生天，游戲塵寰亦偶然。不識塚中王輔嗣，更何人與夜談玄！

殘編檢罷一傷神，冷雨淒風慘不春。豈獨衰宗感門戶，讀書種子便無人！

辛亥元日早朝恭紀

正衙羽仗簇曦光，劍佩千官拜未央。兆應悉新年大有，筴增太乙壽無疆。舌人卉服臚重譯，立部清韶會兩廂。六載江湖思魏闕，朝正重喜綴鵷行。

寒 食 日 作

晴光已氾六街塵，稚杏夭桃弄態新。誰惱東風作去聲。寒食，最愁南浦會傷春。吹簫餳粥初登市，銜肉烏鳶欲趁人。坐想踏青湖畔路，幾家油壁駐征輪。

西直門外郊行

東雉西勾路舊諳，赤闌橋外柳毿毿。泥融不悞新歸燕，水軟還宜乍浴鹽。一片花飛如杜曲，幾番風信到江南。小桃笑客頭堆雪，慣著朝衫候曉參。

送郭紫仲令石埭

長名糊榜闕初填，換縣多因治劇便。種秫肯師陶栗里，尋花合繼杜樊川。官閑曉散排衙吏，家近秋乘下渚船。好片宣城句中景，萬山青到印牀前。

城西學舍小如舟，隨宦童年慣釣遊。耆舊襄陽閱塵劫，諸生魯國記風流。官程相送三千里，客夢回思四十秋。煩向書堂問雙桂，看花人已雪盈頭！家大父曾任石埭學博。雙桂書堂，大父所題署齋名也。

贈周眉亭方伯

昔陪賓從登南樓，楚江萬里波濤秋。巴船擊鼓送行客，六載不見心煩憂。昨逢玉節朝天去，仙莊曉浥金莖露。鳴珂飛蓋有輝光，閶闔門前喜相遇。平生臭味托素知，許身稷契今其時。廉勤明決吏所畏，清淨寧一民之師。皖公山色濃於黛，歸路清風滿江介。授鉞行分竹使符，輯圭乍奉承明對。都亭落日離思盈，別酒比似官聲清。願公勳業光天壤，一慰東南父老情。

【校】詩題"贈"，《篁村餘集》作"送"。

送姜度香少司寇巡撫湖南二首

鄂州旌節又潭州，幕府重開鎮上游。珂馬蹴雲衡岳曉，牙旗捲月洞庭秋。文書談笑供鈴尾，粟粒金湯息佩牛。不負宣麻告廷意，湖山半壁要分憂。

迢遥五嶺控南荆，謀帥煩公復此行。令肅魚龍先避路，人和鼓角亦歡聲。未妨石廩搜苔碣，好向溪蠻課火耕。定有循良冠諸道，下車應爲禮陽城。

題馮星實夢蘇草堂圖

大峨仙人天與游，夢蘇居士神相酬。鬚眉怳見七百載，鳴止正待三千秋。平生尚友香一瓣，竹屋青燈歲方晏。鄭箋矻矻手自抄，莊蝶蘧蘧目非幻。下峽以還渡海前，嬉笑怒罵皆詩篇。搜來稗野添公案，揀盡塵沙得定詮。心精感通如面告，笠屐翩然風肅肅。尋春豈訪符秀才，聽雨還偕老同叔。披帷一笑顏色親，掉頭不住機鋒真。文章幸脫元祐禁，襟袖應貯眉山春。蓬萊游戲歸何處，壽骨長身起餘慕。隨風咳唾落尚新，湧地源泉默成悟。巧意丹青想入微，月梧烟篠晚依稀。豪情湖海呼能出，真面廬山認儻非。開府生辰詩滿紙，學士高齋署蘇米。君家證夢復草堂，去酹寒泉薦芳芷。

【校】"翩然"，《湖海詩傳》《朋舊遺詩合鈔》皆作"翻然"。

恭和御製招涼榭有會元韻

蓬壺本清曠，剏此亭榭美。宸遊暢招尋，坐覺爽意起。層崖罨翠雨，密障落松子。循環運無息，道化協時紀。屈指正秋期，涼風先至矣。

恭和御製永恬居元韻

紫邏千盤上，青苔一徑深。雲鋪光欲砑，山潤畫初臨。松籟含淳古，琴絲適靜愔。養恬貽祖澤，薄海意同欽。

恭和御製口內一首元韻

塞田留熟慶屢豐，歲積倉箱既富矣。皇仁愛物軫饑溺，凤駕猶思靈雨美。從來百里異陰晴，遲速難齊固其理。邇言必察垂聖聰，調劑咸期適可止。天心默感洽嘉澤，歌舞田家足同企。豈徒近甸兆庥徵，霖雨九州咸視此。

恭和御製烟雨樓對雨元韻

樓頭風滿快當之，嘉霈真符十日期。涵綠波疑秀州路，濕紅花是杜陵詩。珠跳響撲重簷迴，墨漲痕濃一幰披。漫道溪山晴亦好，天吟恰賞雨知時。

恭和御製題仿倪瓚獅子林圖六疊前韻元韻

寶繪臨摹秘石渠，奎芒重喜護琅書。妙超古蹟神傳此，樂會天心景契予。疊唱巧經神匠運，全賡補待後題胥。獅林咫尺移蓬苑，粉本金閶那得如！

【校】"古蹟"，底本誤作"古積"，據《篁村餘集》改。

恭和御製題澄觀齋元韻

吉惟迪應如天覆，鑑以澄宜於水觀。一揆心源河海合，兩重文曜日星看。知仁悅性皆同撰，飛躍生機亦見端。郅治建中符峻德，繹思瓊牓即銘盤。

恭和御製題文津閣元韻

巖傍積書宜傑搆，府開群玉暢幽尋。化成已愜觀文願，津逮常殷鑑古心。千輛載來欽日課，《四庫》各書，繕本送山莊者，計數千册，排日呈覽，俱蒙隨時鑑別訛謬，指示無遺。萬籤插後待天臨。更從豐水勤洄溯，次第奎光入睿吟。

【校】"各書"，底本誤作"全書"，據《篁村餘集》改。

香亭同年招集盆桂花下有作

淮南歸夢小山叢，暗喜幽香鼻觀通。羅雀門前還舊雨，浮瓜宴後又秋風。碁真不會慙和靖，酌本無多恕次公。莫怕重城催下鑰，闌干正好夕陽紅。

巴藴輝臬使被命同纂八旗通志有詩見示次韻酬之

機庭荷橐共霜辰，白首還朝感此身。馬步未工心轉愧，巢痕已掃跡都陳。柏臺久惜平反吏，芸館終資筆削人。豐沛詩歌幽雅頌，好搜掌故勒貞珉。

長編分任墨交磨，宿齒咨詢集益多。東觀群儒爭述作，南樓老子肯婆娑。驛旄故府盟猶在，蒼雅同文譯不訛。更欲爲君儲社酒，細將詩律問陰何。

一亭吳君屬謝生恩焜以所著北遊草見示爲題四絕卷端

閩中吟社數瀍川，詩話樓高有正傳。一滴偶教嘗海味，皈心知在大乘禪。

白頭重赴故人期，席帽翩然返故籬。不負騎驢冒風雪，江山滿眼卷中詩。

宋體唐音轍可尋，刻舟求劍費功深。誰知寂寞朱弦外，獨抱成連海上心。

金叟文壇老更雄，徐家玉樹競青葱。梅崖一瓣香猶在，交臂真慚失此翁。

題四松主人詩集用陳后山贈趙德麟韻

宗師早識更生名，格律波瀾老倍成。淥水清泠傳賀若，朱絲蕭穆和咸英。落箋舊句諸家定，選集新圖一座傾。到手驪珠百回讀，夜深自起剔吟檠。

肯博皇荂下里名，樓臺七寶自修成。餘情合付沉沉酌，清味誰餐采采英？健筆萬鈞天與力，長城五字世同傾。亂蟬莫向斜陽噪，看取良弨也受檠。

廚中米罄因成短篇示家人

豎儒本窮茅，脚踏四壁寢。毛錐偶多幸，竊冒廁榮品。無賄希令名，官箴寸心懍。平生阿堵物，欲語口先噤。算把那知數，蕭然日高枕。壺蒸可折項，牛飢且與飲。屢空將誰尤，撫分默已審。炎荒垂橐返，雀鼠尚偷廩。一門五百指，望突待朝飥。西風撼九衢，我僕告痡痊。齋廚賸杞菊，歲暮行凜凜。失計吾早知，食力荷勤恁。亡羊補應遲，安之躁毋甚。故鄉秋多風，湖田稼傷稔。倚閭有慈親，寒戒思請袵。南船問米價，家書值純錦。作詩敢告勞，將毋望來諗。

【校】"齋廚"，底本誤作"齊廚"，據《篔村餘集》改。

辛亥除夕題張平伯游黃山詩卷後

少年曾作宣城客，夢寐天都六六峰。垂老尚憐空見畫，羨君勝踐獨從容。

雨腋崔嵬駕鶴飆，齊烟九點望中遥。自攜謝朓驚人筆，來聽松風奏八璈。

雄深要渺語争奇，萬石華鐘獨繭絲。惜不相從笥河老，卷中添得唱酬詩。謂朱笥河先生督學時，曾游黃山，作詩百餘篇。

十日諸司鎖印牀，六街爆竹送年光。愛從冷淡尋生活，細嚼名篇字字香。

三臺子旅店遇雪口號

瑞州東來雪三尺，斷壘荒岡路盡迷。贏得田家炊餅大，行人休怨滯遼西。

朔風倦雪夜漫漫，土銼茅簷此暫安。坐憶銅坑梅信早，可憐辛苦事征鞍！

詩餘二十一闋

邁陂塘　題王述庵蒲褐山房圖二闋

愛安禪，蘆簾紙閣，維摩十笏聊住。牆低儘送遥峰影，壓遍斜陽高樹。攜卧具。似小艇淞南，夢掩紗窗雨。瀟瀟竹語。任月冷窺蒲，香留伴褐，不放早參去。　蓬萊客，十載亭臺舊主。小園休擬重賦。雲山壞衲知無恙，看煞軟紅塵土。聽粥鼓，況近巷精藍，蘚屐頻移步。閑坊記取。在走馬街前，啼鴉屋後，罨緑最深處。

問當年，歌闌舞榭，寄園回首如寄。卜居重作詩翁宅，老屋數間而已。差可喜。便隔斷東華，十里黄塵騎。庭涼似水。但書到求碑，人來議蟹，雙板晝長閉。　漁莊好，畫裏飄蕭斷葦。故鄉何限秋思！笑桃人去茶烟在，心似游絲不起。同索米，還細算長安，舊雨今餘幾！屏梅綻未。待薄雲消時，南鄰呼我，共秉竹間米。

卜算子慢　龍口關道中

烟綃斂白，樹幄堆青，朦朧山色如睡。堞隱峰迴，道是戍旗殘壘。送凄清、畫角斜陽裏。看一霎、斷雲含雨，墨痕遮住空翠。　不信無平地。算踏遍、劍脊羊腸，凌兢嘶騎。何處鄉園，目極吴淞千里。想扁舟、未穩抽簪計。空悵望、黄梅雨足，正到門溪水。

點絳唇

長短亭邊，榕陰無際天涯路。亂山欲暮，門掩荒蟲語。 望斷高樓，紈扇流螢度。空凝竚。夢飛不去，月掛愁生處。

前調

古驛山村，畫屏初逗黃昏月。紅蕉試折，相對頭如雪。 萬里炎州，只是輕離別。憑傳說。荷鈿翠合，細數歸時節。

減字木蘭花

愁心難割，劍鋩空矗山重疊。萬折千迴，留住行人不放歸。 半程涼雨，誰遣鷓鴣啼更苦！行也哥哥，路遠天長可奈何！

水調歌頭　歸雲樓聽雨

暮雨一樓急，洗出越山青。行人無限蕭瑟，愁絶若爲聽！盟鷺三年歸夢，盼鯉連宵別緒，都付破窗燈。空盡杯中物，倚簟睡何曾！ 吹不斷，疏還密，溜如繩。舊遊重踏，陳迹屈指黯銷凝。不道霜催落葉，又見荷喧欹蓋，慣是宿郵亭。催得鬢毛白，攬鏡幾添星。

過龍門

樓掩夜鐘撞，翠被銀釭。一丸影射枕函雙。宿燕梁間知慣聽，軟語紗窗。　容易別吳艭，人隔濤江。定應不寐數寒梆。十二闌干風露冷，立透鞋幫。

祝英臺近

倩雲鴻，傳素鯉，風雨苦沉滯。漬透緘題，磨滅兩行字。料應玉管停拈，銀缸欲燼，更一縷、柔情難寄。　相思味。誰道書到翻愁，孤衾冷無寐。欲寫回箋，還怕惹憔悴。耐他鳥道千盤，猿聲兩岸，慣悞了、天涯歸計。

唐多令

撲蝶畫欄邊，湘裙籠紫烟。恁當時、乍見偏憐。記得曉窗勻掠罷，曾一霎，話纏綿。　梁燕去經年，楊花飛又顛。好歸來、王謝堂前。爭奈國香天不管，空悵望，九江船。

采桑子

啼螿故惱無眠客，夢也難成。句也難成。送遍鄰雞下五更。　盡情燈火勞相照，風也程程。雨也程程。人也如今太瘦生！

賀新郎　汀州送黃春隄自江寧歸新安二闋

丁字南流處。悵無端、鞭絲帽影，送君歸去。火繖撐空行不得，底事急裝如許！奈草草、三年別緒。更灑鵜鴣原上淚，問西風落日夔巫路。多少恨，付津鼓。　滕王閣畔西山雨。數郵籤、帆迴左蠡，浪花溢浦。好訪秦淮邀笛步，寂寞酒籌香譜。記塗抹、當年三五。昨夢依然吾衰矣，想白門楊柳空烟縷。試覓我，舊題句。

　　與我周旋久。鎮相隨、萬重炎嶠，捫星攀斗。穿盡崎嶇詰曲路，催得行人白首。又聚散、天涯親友。絲竹中年多哀樂，但《陽關》未唱眉先皺。且小住，君能否？　歡場易放摶沙手。算從今、吟窗剪燭，此情非舊。聞道新安江見底，問訊樵兄漁叟。且暫作、故園重九。得意馬蹄春風疾，待相逢燕市重沽酒。看醉折，章臺柳。

永遇樂　按部汀州，寧化謝山人尊，畫北固
小景見貽。江山如夢，根觸舊遊，因次稼軒
韻填此闋，將寄王夢樓同年和之

　　百尺欄干，閑愁都在，倚夕陽處。兩髻金焦，浮空指點，欲踏黿鼉去。廣陵鍾樹，亂帆如馬，不許行人少住。望江天，茫茫飛燕，消沉多少龍虎。　舊遊回首，記送春筵上，曲誤周郎曾顧。白髮侵尋，畫圖省識，烟雨南徐路。故人無恙，楊枝放後，還打催花羯鼓。憑問訊、一杯江月，近能酹否？

摸魚兒　秩滿將還，感戀交遊，
賦此二闋，爲諸僚友贈別

　　甚西風、蕭蕭槭槭，當筵喚起離緒。三年瘴海乘槎客，蹤跡差池無據。纔梗聚。奈兩葉萍飄，又逐斑騅去。愁腸斷處。是白雁橫天，丹楓撼晚，一髮建溪路。　長安遠，望裏瓊樓玉宇。巢痕天上還補。明年相憶知何地，松杏山河夜雨。青鬢縷。怕別後霜華，滿

鏡都成素。殷勤記取。待劍佩朝天，芙蓉闕下，握手試重覷。

【校】詞題云"二闋"，底本僅此一闋。

水　龍　吟

依稀短夢輕塵，話闌苦憶三年事。鯨鯢掃後，銀河手挽，甲兵長洗。宦轍天南，使星越分，幾多征騎。悵勞勞亭子，行人送盡，輪我把、離觴醉。　休折長條繫馬，看婆娑、樹猶如此。群公努力，牙旗玉帳，功名萬里。臣朔歸來，頭顱如許，報恩無地。倘梅花信到，也應念我，索金門米。

賀新郎　別兩松中丞

三載扶風帳。慣經過、猿梯鳥棧，萬重烟嶂。珍重平生故人意，書札瑤華頻枉。記曾送、征南絲鞚。草草交衢臨風語，更今宵、樺燭明書幌。信聚散，萍隨浪。　深杯到手休輕放。怕醒來、亂山孤驛，雪花如掌。中歲關情緣兒女，何日結廬相傍？想松菊、家園無恙。我已多愁還多感，但聽歌、容易添惆悵。且莫付，玲瓏唱。

百字令　山海關

插雲睥睨，正門開四扇，榑桑初曉。萬疊蒼山爭飲海，蹴起驚濤浩渺。隔岸秦鞭，沉沙漢鏃，何處安期島？關頭楊柳，西風一夜如掃。　想見疊鼓喧箛，連峰戰格，獨控漁陽道。函谷丸泥堪一笑，都付頹垣衰草。玉壁誰當，長城自壞，往事知多少。躋疆回望，戍樓還矗雲表。

滿江紅　孟姜女廟

翠巘丹梯，湧現出、金銀宮闕。憑闌外，海天萬里，蓬萊明滅。估客連檣如點豆，行人飲馬猶尋窟。問盧龍、塞土血痕殷，長城卒。　玉貌古，靈風颯。含顰處，凝思切。想巾縶衣縞，遠來收骨。精衛冤深填不得，杜鵑淚盡啼難歇。算千秋、長照望夫情，秦時月。

點絳唇

做弄新秋，疏疏幾點黃昏雨。來時南浦，看盡垂楊舞。　蕭瑟歸鞍，暗送流年度。愁無緒。吟情正苦，獨共寒螿語。

南鄉子　渡灤河作

莽莽塞雲愁，穿塞商都一道流。雪浪千堆還怒捲，濤頭。羅剎江邊八月秋。　津鼓記征郵，衮衮輪蹄去未休。多謝遼西前夜月，如鈎。送我平州又閏州。

篁村集續編

題尹齋前輩鵲華晴嶂圖二絶

西風葉葉點霜斑，一角初窺鬟鬌鬌。好向明湖看秋色，闌干倚遍夕陽山。

年年囊筆賦《長楊》，出塞明朝又急裝。多少谿山似圖畫，吟鞭賞盡好秋光。時將扈從木蘭。

道光己酉春，重刊先集，周容齋農部出示斯圖，手澤如新，爲集中所未録，謹補刊於後。因念先都憲公，生平爲友好題詠，隨手拈筆如此圖者，當復不少。海内諸君子，如有弆藏，幸賜録示，俾得隨時補刊，實感且不朽云。成沅謹識。

篁村集跋

陸慶循

先子幼侍先大父通奉府君於石埭學署，嘗自編其詩若文曰《西郊笑端》，爲十二三歲時所作。歸里以後，隨事輯錄，皆篇頁無多，不能單行。自服官京師，多大著作，而吟咏稍稀，且不肯存稿，隨手散去，故不可多覯。

循自少里居，乾隆戊戌，始得趨侍都門，即請校輯全稿，不許。辛亥之春，乃手自編次，曰《陵陽前稿》，曰《東歸稿》，曰《陵陽後稿》，則爲往來石埭少作。曰《浴鳧池館稿》，則歸里後所作；曰《席帽稿》，則通籍時所作。又以庚寅典試廣東所作，編爲《橐中稿》；乙巳楚遊之作，編爲《雪颿稿》。各撰小序，列之首簡。

其餘諸稿，尚未徹編，而先子遽捐館舍。長途歸殯，顛沛流離，遺書幾散盡，而是稿以叢雜幸存，循攜歸校勘，謹錄成《篁村集》十二卷。通籍以前，仍依原次作四卷。自壬午抵京入直，至庚寅九年，合以《橐中稿》，凡得二卷。自辛卯至癸卯十三年，凡得三卷，次以《雪颿稿》二卷。自丙午至壬子七年，僅存詩一卷，而以詩餘附之，是爲《篁村賸稿》。統以年次編排，錄所編諸稿小序於目錄前，存詩凡八百餘首。核平生所作，十尚不得五六，當再蒐考，以成續編。

"篁村"者，先子舊所題集之總名也。循無似，不克承先人遺訓，珍守兹集，歷有年所。兹幸同里諸君子集腋付梓，俾得殺青問世，藉垂不朽，實感且慚云。事始嘉慶戊辰之季秋，八閲月刻乃竟，蓋溯先子捐館時已十八年矣。己巳長至日，男慶循謹識。

【校】此跋，嘉慶本原附於目錄後。"則爲往來石埭少作"句，無"則"字。"則歸里後所作"，作"則自歸里後至舉鄉所作"。"長途歸殯"三句，作"頓遭外辱，遺書且幾散盡"。

篁村集跋

陸成沅

先王父都憲公，以乾隆壬子春，奉命赴盛京文溯閣典校勘之役，未竣事，薨於瀋陽行館。成沅生晚，距先王父之殁已二十年。幼既失怙，孤露童年，鮮承遺訓。惟側聞諸世父述先都憲公通籍後，復獻賦行在，嗣是儤值樞廷，校書中秘，軺車持節，出使四方。生平著作繁富，率爲朋好愛慕者持去，不復錄副。今家藏《寶奎堂文集》《篁村詩集》二種，則先世父秀農公網羅散失，手校以付梓人者，手澤所存，不過什之一二耳。

道光壬寅夏，夷氛南熾，波及江鄉，先集藏板，亦付烽燧中，不可再問。成沅先筮仕宋州，行篋中尚攜一帙自隨。兵燹之餘，廬舍蕩焉無存，而《寶奎堂詩文》獨以貧宦偏隅，留一綫於子孫之手，先人靈爽，殆有憑式憑之者耶！

頃供職司理，長官爲吳子苾先生，晉謁時，知先生爲椒堂司寇曾孫。司寇與先都憲公同榜成進士，集中有贈司寇兄樹堂中丞諸作，並爲司寇尊甫撰恭定公墓誌銘，敬讀《荆南老開府》一詩，可以想當時交契之篤。先生索觀之次，促付梓人，並爲文以弁其首。

伏念先都憲公遭際盛時，所著《四庫全書提要》，懷槧握鉛之士，無不共知。而詩古文詞，則隨手散去，意當時贈答傳抄，海內藏書好古之家，或錄有存者，事未可知。成沆既不能搜輯遺聞，補苴其所未備，惟茲吉光片羽，留於患難行役之餘，尚可任其湮沒弗傳耶？寶奎堂者，先都憲公校《四庫全書》，退直時所自名其堂者也。仰承先志，重取文十二卷，詩十二卷，合編之曰《寶奎堂遺稿》云。時道光己酉季秋，孫男成沆謹識。